Roberto Emanuelli

Davanti agli occhi

Rizzoli

Pubblicato per

Rizzoli

da Mondadori Libri S.p.A.

ISBN 978-88-17-09782-6

Prima edizione: febbraio 2018
Seconda edizione: febbraio 2018
Terza edizione: febbraio 2018
Quarta edizione: marzo 2018

Rizzoli

Davanti agli occhi

A mio padre

Ti guarderanno dall'alto al basso,
credendosi più grandi di te,
e tu alzati in piedi,
lentamente, sorridendo,
e ricorda loro che eri solo seduto.

Prefazione

Per toccare il punto più bello del blu, nel cielo, quel blu che nessuno ha mai nemmeno osato immaginare, hai bisogno di volare in alto, hai bisogno di essere leggero. Staccare i piedi da terra è una dimensione che si realizza quando due particelle lontanissime, che milioni di anni prima erano una cosa sola, entrano di nuovo in comunicazione, in contatto, dopo essersi cercate disperatamente. E il nirvana ti esplode nel cuore e cancella dubbi, rabbia e dolore.

Tutte le volte che sfioravo i tuoi capelli succedeva questo, mi sembrava che il contatto delle mie dita fosse un piccolo miracolo, ogni tocco un miracolo. Le mie mani sul tuo corpo erano la prova che le parole, la ragione e la matematica non potessero nulla davanti a quella straordinaria magia rappresentata da due anime che si cercano da così tanto, da molto prima che qualcuno o qualcosa desse loro un nome o una forma. Eravamo l'uno il completamento dell'altro, insieme per essere interi, uniti per avere un senso, vicini per non mancarci, eravamo la scintilla del fiammifero appena acceso, il profumo del cornetto appena sfornato, eravamo le dita che si intrecciano ed emettono quel fruscìo che sa di vita e felicità, e bastava uno sfioramento a trasportarci sul nostro piccolo prezioso universo, su quel mondo dove il tempo non esisteva, quello da dove eravamo partiti, in cui eravamo sempre stati. Questo eravamo noi, questo siamo noi: angoli di paradiso. Pezzi di cielo. Io e te ci siamo baciati subito, in modo profondo, come non avevo mai fatto con nessuno. Non erano ancora le nostre labbra a toccarsi, era molto di più. Erano i nostri pensieri...

1
Lo facciamo con gli occhi, lo facciamo con lo sguardo

In cuffia suona The National
con *About Today*

Sabato 18 novembre 2015

Come certa musica che, senza sfiorarti, ti stende al tappeto, per terra, ansimando per averne ancora, in una pozza di sudore e lacrime e pioggia. Ecco, io il sesso più bello della mia vita l'ho fatto così, senza che nessuno sfiorasse nessuno, con gli occhi, con gli sguardi, con le occhiate rubate o proibite.

Il "piacere" finale, spesso, è solo un fatto meccanico, il vero godimento è tutto quello che c'è dietro, quello che non tocchi, quello che non ti tocca, quello che non fa rumore, il non detto, il viaggio mentale che inizia prima, molto prima, il viaggio più speciale, quello che nasce dentro di noi e poi si riconosce nell'altro, nel viaggio dell'altro, una danza di sospiri e desideri reciproci sussurrati dall'aria intorno a noi, una fusione di voli e traiettorie che non conosce le dissonanze emotive e cerebrali di chi si tocca ma non si sente, di chi si parla ma non si ascolta.

È proprio questo che penso quando incrocio lo sguardo di Valeria, mentre lei accenna un sorriso con labbra, mani e occhi. Ecco, proprio questo penso mentre le restituisco un sorriso carico di ambiguità, silenzi ed esitazioni, è così che succede: senza nemmeno una parola. Ed è in quel momento che lei stempera l'aria che si fa bollente, ed esce appena in tempo da un terreno sempre più minato e pericoloso, chiedendo: «Che tipo di donna ti piace? Sapresti descrivermela? L'ipotetico ideale, intendo».

«Non deve essere gelata» dico e la fisso sornione, in attesa di reazioni, mentre il ticchettìo della pioggia sul tettuccio insiste senza sosta.

Novembre freddo e piovoso, a Roma. Stesso clima nel mio cuore. Siamo fermi da circa un'ora nella mia Smart sgangherata, in uno dei parcheggi all'aperto adiacenti all'Auditorium Parco della Musica. Abbiamo scelto di proposito di non fermarci in quello di fronte all'entrata principale, quello più battuto, quello che si riempie prima; negli altri parcheggi laterali, compreso quello in cui ci troviamo, c'è poca affluenza, salvo nel caso di concerti di artisti molto noti, giovani cantanti pop, musicisti internazionali, non certo per eventi che riguardano libri o fotografia che, anche nei casi di "mostri sacri", fanno poco rumore, attirando il solito ristretto numero di appassionati. Valeria è una mia amica, l'ho conosciuta cinque anni fa, proprio durante una mostra fotografica che organizzava lei. Io ero lì da solo, amo visitare mostre da solo, amo andare al cinema e ai concerti da solo, amo fare molte cose da solo. Amo la solitudine, ecco, e la amo in una misura – ora che ci penso – forse inquietante.

Valeria fa questo nella vita, è ufficio stampa e organizzatrice di eventi culturali. A trent'anni è già un'eminenza nel suo settore. Finimmo a letto insieme la sera stessa, io feci cilecca. Lei è davvero notevole, ha le curve al posto giusto e quella sera indossava un vestito scollatissimo che le stava da dio e metteva in risalto un décolleté da capogiro... Le provai tutte, non ci fu nulla da fare. Era clinicamente morto. La prendemmo a ridere. Avevo bevuto tanto, troppo, in più l'emotività mi tira spesso colpi bassi, specie le prime volte.

Dopo quella sera non ci sono più stati tentativi di approccio fisico, ma qualcosa fra di noi, a tratti, sembra incompleto, sospeso, e i nostri sguardi, a volte, continuano a flirtare senza pudore. In un silenzioso balletto di pensieri nascosti.

«Non deve essere gelata?» Sbarra gli occhi e insiste: «Cioè? Che significa "gelata"? Non ti piacciono quelle con le mani fredde, tipo?». Mentre lo dice alza le mani, spaesata e incuriosita.

«Non mi piacciono quelle col corpo gelato e immobili da almeno sei ore» rispondo e continuo a fissarla, spavaldo, quasi sfidandola, in attesa di una reazione.

Lei ride e, guardandomi come si guarderebbe un simpatico marziano, forse un po' burlone, forse un po' geniale, mi fa: «Sei tremendo...». Poi, ridendo ancora di gusto, continua: «Quindi basta che respirino?».

«No. Basta che non siano gelate e morte da almeno sei ore. Tiepide vanno ancora bene, anche se non respirano.» Valeria si contorce ancora dalle risate nel sedile della mia Smart.

C'è una verità: la testa di una donna è l'unico posto che mi permette un'erezione stabile e duratura, l'unica via per un orgasmo che mi faccia scordare chi sono e da dove vengo. E non parlo di sentimenti, non per forza, ma di emotività, di percorsi mentali, di dialogo cerebrale, di vibrazioni, di brividi, quindi di charme, di sensualità e di intelligenza. Quindi di sesso. Se osservi una "gnocca" priva di cervello e umanità ti rendi conto che i veri inestetismi sono quelli che non vedi con gli occhi e riguardano l'anima, la passione, il cuore. Una donna senza passione e senza cuore è un cesso, è una donna gelata e morta da almeno sei ore...

Mary, però, non è morta da almeno sei ore, per quanto abbia provato a convincermi del contrario. Ed è pure straordinariamente gnocca, oltre che brillante e intelligente. Vorrei non averla mai conosciuta. Vorrei aver detto di no, quel giorno, a Paolo, vorrei non aver mai accettato l'invito a incontrarlo in quel maledetto lounge bar da ricchi. Qualcuno avrebbe dovuto avvisarmi. Qualcuno avrebbe dovuto impedirlo. Certe cose non dovrebbero succedere.

«Stai male, vero?»

Ora Valeria è seria, quasi preoccupata. Aveva intuito fin dall'inizio che Mary sarebbe potuta essere devastante nella mia vita. Allunga una mano sopra la mia.

«No, sto bene, tranquilla... Ok, no, sto male, sto fottutamente male» ammetto, e abbasso lo sguardo cercando un punto da fissare fra il volante e il cruscotto. Appoggio piano la testa sul clacson e subito dopo sento le sue dita infilarsi nei miei capelli.

«Mi dispiace, io sono qui» dice e, sporgendosi verso il mio lato, mi abbraccia come solo un'amica sa abbracciarti, stando in silenzio, come solo un'amica sa stare.

«C'è qualcosa che mi sfugge. Ho visto i suoi occhi, ricordo il suo sguardo... Vedi, io... Ecco, io sono sicuro che c'era, c'era la magia, non ti puoi sbagliare, non ti puoi confondere quando c'è la magia, perché la senti, capisci? La provi, la percepisci in ogni cosa. È una questione di istinto. Fra me e lei c'era, la magia. Io l'ho sentita.»

«Sì, forse è così, forse c'era la magia, ma c'è anche che è fidanzata, e che convive con un altro uomo. Forse questa volta hai sbagliato, Luca, forse ti sei confuso. Forse la magia non c'era, o forse è solo dentro di te, la senti solo tu...» Parla veloce ma con grazia, e mentre lo fa mi accarezza i capelli.

«Ma no, dài... E poi cosa intendi quando dici che forse la magia è "solo dentro di me"?» chiedo, mimando il virgolettato, e la guardo fissa sforzando un po' gli occhi, socchiudendoli, come quando, nel momento stesso in cui affermi qualcosa, ti chiedi anche quanto sia vero, quanto ci credi, e queste due forze, completamente opposte, comportano un dispendio di energia che non ti aspettavi, che ti costringe a concentrarti il doppio per non smettere di parlare, per non finire barricato dietro un laconico "no comment". Come quando si forma una piccola crepa su un cristallo che ritenevi infrangibile, quello dietro il quale guardavi il mondo, il tuo mondo, quello che ti proteggeva dal vento e dalle rotture di cazzo, un cristallo così perfetto, pulito e trasparente da non poter esser notato da nessuno. Solo che le crepe si notano eccome, e più è sottile la rottura, più è visibile la linea.

«Sai, Valeria...» Mi interrompo un attimo per fissarla, quasi cercando, nei suoi occhi, una risposta alle millemila domande che mi frullano in testa. «È solo che certe volte ho bisogno di credere che il mondo, il mondo che osservo, quello che ho intorno, quello che ho dentro... Ecco, ho bisogno di credere che non stia andando davvero a puttane come sembra. Ho bisogno di pensare che certi momenti non esistono unicamente per riempire i vuoti, per farci sentire meno soli, o meno annoiati, o più speciali. Ho bisogno di dare un senso alle cose, e di credere che posso ancora fidarmi del mio istinto, del mio cuore e delle mie sensazioni.» Da un rapido sguardo allo specchietto retrovisore, mi rendo conto che i miei occhi sono un po' lucidi. Solo un po'.

«Se la tua sensazione è giusta lo capirai, Luca. Devi avere pazienza, devi cercare un po' di calma dentro di te. Me lo hai insegnato tu: le cose belle nascono da sole, vivono da sole. Arriverà, se lei deve essere nella tua vita, arriverà.» E abbozza ancora un sorriso di supporto, pieno di comprensione.

«Certo, hai ragione. Non posso credere che finisca così, non è possibile...» Il tono della mia voce è basso, basso come succede solo in certi dialoghi con noi stessi, quando intorno non c'è nessuno ma abbiamo voglia di pronunciare le parole che scorrono come fiumi dirompenti nella nostra testa.

Ma lei mi sente e risponde: «Magari ha solo bisogno di tempo, magari è l'unico modo che conosce per fare questa cosa, per uscire da questa storia... o per entrarci. Quanto è passato dal vostro ultimo contatto?».

«Dieci giorni. Non era mai passato così tanto. E poi quel suo messaggio finale... è tutto assurdo...»

«Quando vi siete visti l'ultima volta, te l'aveva detto che voleva mettere un punto, giusto?»

«Sì, l'aveva fatto.»

Mi guarda come per dire che c'è poco altro da aggiungere. E ha ragione, c'è poco altro da aggiungere. Sento una morsa allo stomaco. Dieci giorni sono tanti. Troppi per il mio cuore.

Mi tiro su, simulando di colpo un'aria sollevata. «Oh, però, dài, ora andiamo, è la tua serata...»

Poi le sorrido, quasi riconoscente.

> In fondo non conta da quanto non ti vedo, e non importa nemmeno quanto sei lontana. Perché tu sei nel posto esatto in cui sei sempre stata. Sei lì, nell'unico luogo possibile, in quel punto nascosto da tutto, in quell'angolo dove c'è spazio per una sola, preziosa cosa rara. Una sola. Solo una. Sei tu, il mio luogo di bellezza. Il mio posto raro. L'unico che può rendermi felice. Sei tu.

2
Vetri appannati

In cuffia suona Neil Young
con *My My, Hey Hey (Out Of The Blue)*

Sabato 18 novembre 2015

L'evento organizzato da Valeria è una mostra di Herb Ritts, il fotografo di moda, di cinema, dei ritratti in bianco e nero. Famoso il suo scatto a un giovane Richard Gere in jeans, canotta da meccanico e sigaretta in bocca, una foto del '78 che ha fatto storia. Ma anche molte fra le più importanti immagini della carriera di Madonna furono opera sua, e alcune celebri foto di Jack Nicholson, Cindy Crawford e Naomi Campbell. Da tanti esperti e critici d'arte è considerato il più grande fotografo degli ultimi vent'anni. Valeria ha lavorato a questo evento per un mese intero, per lei è molto importante.

Mentre scende dalla macchina, incuriosita, mi chiede: «Che cos'è?» indicando un origami, una barchetta di carta grande come una moneta, poggiata in un angolo del cruscotto della mia Smart.

«È una barchetta.»

«Lo vedo» sorride. «Posso?»

«Certo.»

La prende delicatamente fra le dita, alzandola all'altezza dei suoi occhi, e la osserva.

«L'ho ritrovata a casa, qualche giorno fa, in una scatola in cui tengo vecchie lettere, bigliettini e cianfrusaglie d'amore.

La scatola era nei pacchi del trasloco, accanto a quella delle foto... E niente, mi sono messo a sbirciare ed è saltata fuori...» sorrido.

«Quindi questa meravigliosa, piccolissima barchetta è un segno d'amore?» chiede, continuando a fissarla.

«È il primo gesto d'amore che io abbia ricevuto da una donna. Uno dei più sinceri. Me la regalò una bambina di cui non so nulla, più di vent'anni fa.»

Lei scuote la testa, senza fare altre domande, i suoi occhi sono pieni di ammirazione.

«Valeria...» distolgo la sua attenzione con dolcezza. «Ora però dobbiamo andare, è la tua serata!» e le faccio una carezza sulla guancia mentre lei rimette la barchetta nel cassettino con l'attenzione e la delicatezza con la quale si riporrebbe un diamante in cassaforte.

Ad aspettarla, nella libreria di fianco all'entrata, c'è il tipo che sta frequentando, insieme a un suo amico.

«Ma quello è un papillon? Esci con un tipo che usa il papillon? Dimmi che non è lui, ti prego, dimmi che è quello basso, brutto ma senza papillon!» mi rivolgo a lei mentre ci avviciniamo a Marco e al suo amico, senza riuscire a trattenere un sorrisino fra lo stupito e il divertito.

«È lui, è quello col papillon. E non fare lo stronzo.» Me lo dice a mezza bocca, agitatissima, a mo' di ventriloquo imbarazzato da quattro soldi.

Marco ha un papillon e una giacca verde. Cazzo.

Li raggiungiamo e, fatte le consuete presentazioni, Valeria consegna loro i pass; finalmente ci avviamo tutti insieme verso l'entrata.

La mostra si svolge in una bella sala moquettata con dei faretti puntati sulle opere. Al centro ci sono divani e poltroncine dal design minimalista, in pelle nera. Per la sala girano dei camerieri con vassoi di tartine e champagne.

Quando visito una mostra fotografica, oltre che dalla location, sono attratto da due cose: ovviamente la fotografia, e poi il commentatore di turno della fotografia. Oggetto e soggetto...

Ecco, molti dei visitatori di mostre fotografiche, prima di entrare, si inseriscono, per l'occasione, un palo nel culo. Sì, proprio così. È un atteggiamento talmente diffuso che ormai nelle mostre di un certo livello, all'entrata, vengono gratuitamente distribuiti pali da culo usa e getta, sterilizzati e sigillati in appositi contenitori.

Il commentatore col palo nel culo è sempre accompagnato da un altro commentatore col palo nel culo, la prassi è sempre la stessa: ci si ferma davanti alla foto, dita semichiuse a pugno sotto il mento, l'altra mano a reggere il gomito, postura retta, rigida, vigile, per via del corpo estraneo, attenzione massima sull'opera, sulla fotografia, la si osserva con pathos, con trasporto, in religioso silenzio, socchiudendo un po' gli occhi, lasciandosi penetrare dalle vibrazioni, dal magnetismo che sprigiona, poi scatta una leggera quanto sobria apertura della bocca, in segno di stupore, di impressione, quindi un'impercettibile inclinazione del viso e dello sguardo verso il nostro accompagnatore e, all'improvviso, come colti da un'illuminazione divina, ci si rivolge all'altro con: «Dio, l'hai notato?»; e l'altro, che ovviamente non ha notato nulla, distolto dalla fase "religioso silenzio" nella quale era entrato in leggero ritardo per via del palo nel culo un po' difettoso che non scorreva e che ha provveduto a farsi sostituire dall'hostess all'ingresso, prova a concentrarsi per un attimo di più sull'immagine che ha davanti, per capire cosa cavolo ci sia da notare di così tanto significativo, ma proprio non nota nulla, niente, zero, se non quello che vede, un viso di donna, bellissimo, immortalato in un momento perfetto, ma nulla di trascendentale, nessun simbolo satanico, nessun segnale in codice, niente che si muova in modo soprannaturale all'interno della foto, nessun esoterismo, proprio nulla, ecco, ma, seguendo un cliché consolidato e automatizzato che lo rassicura sull'impossibilità di essere "tanato”, risponde: «Certo» – circa quindici secondi di silenzio, anche qualcosa di più... – e prosegue: «Incredibile! Erano anni che non provavo un’emozione del genere, mi tremano le gambe, mi sento svuotato».

Marco ha un papillon e una giacca verde. Capelli ricci sopra occhialini da intellettuale radical chic. E un palo nel culo, ha anche un grande palo nel culo che sono sicuro non toglie mai, nemmeno dopo le mostre di fotografia. Ci ho scambiato pochissime parole, non amo appiccicare etichette alle persone senza nemmeno conoscerle, odio stigmatizzare in modo prevenuto la vita e la storia della gente, mi sforzo sempre di sospendere il giudizio fino all’ultimo, per quanto mi sia possibile, ma lui non mi ha fatto una buona impressione. Mi irrita.

«Be’, dunque tu sei il gvande Luca! Valevia mi ha pavlato molto di te... L’assicuvatove, giusto?»

«Sono un broker assicurativo, sì...» rispondo, e marco la parola “broker”. “Tu invece sei quel coglione che non fa un cazzo perché è ricco di famiglia, giusto?” Questo avrei voluto rispondere, invece mi forzo a un più formale: «Tu, mi diceva Valeria, sei un giornalista, vero?».

«Sì, esatto...»

«E scrivi di viaggi e attualità, deve essere pazzesco!»

«Guavda, è davvevo una passione pev me...»

“Grazie al cazzo” penso, e rispondo: «Immagino...» sorridendogli.

«Anche il tuo lavovo sembva molto intevessante... Tu, quindi, devi esseve uno che ha un gvan fiuto pev gli affavi. Soldi, finanza, investimenti...» Accompagna le sue parole facendomi il pollice in su alla Fonzie e l’occhiolino, ma è evidente che non sa nemmeno di cosa parla.

«Non hai centrato perfettamente il mio lavoro, ma... ecco, direi che è meno interessante del tuo, Marco.» Gli restituisco una strizzata d’occhio carica di sarcasmo, simulando una leggera pacca sulla spalla, poi annuncio: «Scusami, devo andare in bagno, a dopo!» e sparisco.

È una questione di pelle. È altezzoso, snob e ridicolo. Ti fa domande le cui risposte non gli interessano minimamente. Si percepisce lontano un miglio che è cresciuto nella bambagia, che è nato con la camicia. Ha quella voce fina e gracchiante che io trovo odiosa. E la erre moscia. E poi quel papillon, diamine! Mi chiedo cosa possa trovarci Valeria.

A lei però piace, non so perché, ma le piace. Glielo leggo negli occhi. La mostra è andata molto bene, e lei è felice, soddisfatta, appagata e, nello stesso tempo, ancora eccitata, ma non si tratta solo di questo. «Ti dispiace se mi riaccompagna Marco?» mi chiede saltellando sulle punte e guardandomi con la faccia da finto cane bastonato, malcelando un ghigno sotto i baffi.

«Certo che no» le rispondo allargando le braccia.

Nel frattempo si avvicina lui: «Piaceve di avevti conosciuto, cavo Luca».

"Piacere mio, coglione col palo nel culo" penso, ma anche questa volta mi limito a un più civile: «Mio...» seguito da un sorriso accomodante e profondamente falso.

Mentre mi avvio alla macchina, attraversando le aiuole che dividono in due via Pietro De Coubertin, sento il *beep* di un sms, e so che è mia madre. Solo lei e qualche cliente mi mandano sms, ormai, ma a quest'ora non può essere che lei.

Mamma: "Sei a casa? Riposa bene".

Luca: "Sto andando ora. Grazie. Buonanotte!".

Poi ricevo, tutte insieme, le notifiche di una serie di mail. Nella sala il telefono non prendeva. Si tratta perlopiù di spam e pubblicità, le offerte di Groupon, gli ultimi post di due blog che seguo, l'estratto conto della banca. Ho ricevuto anche tre messaggi su WhatsApp, da Stefano, Nicola e Valentina.

Nicola è il mio collaboratore.

Stefano è un amico dell'università con cui ogni tanto mi vedo per una birra e due chiacchiere, e lavora come web content editor per alcune riviste nel settore della moda.

Valentina invece è una vecchia amica, eredità della relazione con Carla – mia penultima ex. L'ho ricontattata ultimamente, dopo anni, per una consulenza professionale. Avevo un grattacapo da risolvere con un concorrente relativo al logo della mia società – eccessivamente somigliante al suo, secondo lui – e Valentina è un avvocato specializzato proprio in questo genere di cose.

Stefano: "Ohi, ma allora??? Ce la prendiamo questa birra??? Anche una pizzetta! Vengo con una mia cara amica, voglio presentartela!".

Valentina: "Ciao, se per te va bene facciamo il 27 alle 9 da Poletti. Fammi sapere. Buona serata".

Nicola: "Ascolta *Tentativi* di Cali (prod. Aleaka)".

Rispondo a Stefano: "Sì, Ste, volentieri!! Mi fa davvero piacere!!! Ti chiamo nei prossimi giorni! ;)".

A Valentina: "Va benissimo! A lunedì, grazie!".

Rispondo a Nicola: "Ok!".

Poi fisso il display, speranzoso. Di Mary nessuna traccia...

In radio, mentre guido rientrando a casa, passano Neil Young con *My My, Hey Hey*. "*It's better to burn out than to fade away, nananannananà...*" E mentre Neil sale in cielo con l'armonica a bocca, fra una strofa e un'altra, ripenso a quella frase: "*It's better to burn out than to fade away*", che più o meno si traduce in: "È meglio bruciare che spegnersi lentamente".

Ho passato gli ultimi mesi a bruciare, dal giorno in cui ho conosciuto Mary non ho fatto altro, ho bruciato per lei, ho corso e scalciato, e sperato, e non ho chiuso occhio, ho digiunato per lei, e ho scolato quantità industriali di alcol, ed ecco, io non lo so, non lo so se è meglio bruciare che spegnersi lentamente.

Qualche volta penso che la mia natura sia bruciare, esplodere, creare e distruggere tutto nello stesso identico momento, in una deriva emozionale folle, fuori dalle cose e dal tempo. È così perché ancora mi capita di impazzire per due occhi che si incollano ai miei e mi spaccano il cuore. È così perché ancora faccio seicento chilometri per incontrare una donna a cui penso giorno e notte, stare con lei due ore, il tempo di bere una birra, mangiare fritto di mare e poi ripartire. È così perché non c'è niente e nessuno che possa fermarmi, se sento la magia, se credo davvero in qualcosa e quel qualcosa crede davvero in me. E tutto questo difficilmente cambierà, di certo, non basterà a farlo cambiare qualche sciocco errore di valutazione. Se non fossi stato quello che sono, e non avessi rischiato di sbagliare, non avrei vissuto alcuni preziosi momenti d'amore che porto ancora sotto la pelle e in un angolo del cuore. Non cambierà, no, perché questo sono io, è il mio modo di essere, il mio modo di esserci. Il mio odore, le mie cicatrici sul viso, il mio sguardo. Il mio passato. Tutto questo è la mia vita. Anche Mary e i suoi silenzi sono la mia vita. Anche Mary e la mia sofferenza, e la sua indifferenza, e la sua mancanza. Tuttavia, col tempo, incredibilmente, capisci il valore e l'importanza di aspetti che prima ti sembravano di poco conto, o assurdi e lontani. Ed ecco che parole come "riflettere", "aspettare", "comprendere" assumono significato, e ti suggeriscono che, per crescere e gustarti la vita fino in fondo, devi saper guardare anche dentro le scatole che non conosci o che non ti appartengono, devi avere voglia di provare cibo mai assaggiato prima, devi avere le palle per guardare non solo nella cesta dei panni puliti, ma anche in quella dei panni sporchi. Insomma, devi saper riconoscere i tuoi limiti, e farti un giro, più di uno, nei punti di vista fuori dal tuo ordinario raggio d'azione, cercando di farti un'idea su come girino le cose dall'altra parte. E poi succede di scoprire che rimanere in silenzio, per esempio, in certe occasioni, è segno di rispetto, è un piccolo enorme gesto d'amore, di generosità. O che non fare niente, non dire niente, non muoversi, non parlare, in alcuni momenti, è la cosa più giusta possibile, quella che farà succedere le cose più belle. E ti accorgi che aspettare può dar vita a delle piccole incredibili rivoluzioni, e che certe attese non sono altro che la voce occulta di forza e potenza. A un tratto cominci a pensare che, nella tua personale corsa verso il futuro, e verso te stesso, sarà bello fare delle pause, sedersi, sdraiarsi per terra, chiudere un po' gli occhi, anche senza nessun motivo particolare, anche se non sei così stanco, anche se non c'è nessuno a farti compagnia. E sarà bello guardare il mondo e tutto l'universo da nuovi punti di vista. In modo trasversale o obliquo. Per guardare le stelle, qualche volta, più che di un telescopio, abbiamo bisogno di una nuova prospettiva.

Nel frattempo, non mi rendo nemmeno conto di essere arrivato sotto casa e avere pure parcheggiato, per quanto i pensieri e certi voli abbiano preso il sopravvento. Alcuni miei automatismi sono inquietanti, è come se entrassi in trance. La pioggia non si è fermata un attimo, in questo autunno che ormai avanza, e i vetri, dopo aver spento il motore, si sono gradualmente appannati. Bellissimi, i vetri appannati... I vetri appannati sono pieni di poesia. Perché per me la poesia non è una serie di versi in metrica, con un certo ritmo e un certo suono. No, la poesia è nel cuore delle persone, nel loro stile di vita, in un certo modo di vedere le cose, di sentirle, di ricordarle, è nell'energia e nelle vibrazioni che non sai spiegare, in certi colori che non hanno un nome, nelle note che non hanno un suono ma cambiano la musica e la rendono unica. È per questo che, senza poesia, anche la più perfetta fra le "poesie" sarà solo un esatto insieme di parole ordinato secondo certe regole. È per questo che, quando il vetro si appanna e scrivo il suo nome, con una sola parola ho scritto la poesia più bella del mondo. Ecco, io una certezza ce l'ho, ed è che sono sicuro di voler rimanere acceso il più a lungo possibile, per poter sentire il rumore della pioggia sul tettuccio mentre il vetro si appanna...

"Mary": è questa la poesia più bella del mondo, e l'ho scritta senza neanche accorgermene. Perché certe poesie sono come quei fiori che spuntano nelle crepe del cemento: nascono da sole, senza una logica, senza una spiegazione, chiudi gli occhi, li riapri e loro sono lì, o forse ci sono sempre state, a colorare uno sfondo grigio, a dare un sapore tutto nuovo a quello che fino a quel momento era un film noioso e prevedibile.

Quando entro in casa prendo il mio quaderno rosso, quello in cui metto tutte le cose importanti, e scrivo:

> Per me l'amore è un nome scritto su un vetro appannato. L'amore, quando sei adulto, ti fa tornare piccolo, e quando sei bambino ti fa provare le cose degli adulti. La magia dell'amore è questa: ti spinge a scrivere sul vetro che si appanna il suo nome, mentre fuori piove, a prescindere dall'età che hai tu, a prescindere dall'età che ha lei...

Ricevo un altro WhatsApp.
Valeria: "Grazie di cuore. Ti voglio bene".
Luca: "Anche io. Buona serata...".
Valeria: "Buonanotte. ♥".

Nella playlist è il turno di Ligabue con *L'amore conta...*

> Più che altro volevo essere sicuro che non ti scordassi di me, nei giorni del freddo, in quei momenti in cui il buio avrà la meglio sulla luce, quando sentirai il mondo voltarti le spalle e crollarti addosso, quando non ci sarà nessuno a dirti che sei bella da morire, io sarò sempre lì, a prenderti per mano. Senza dire una parola.

Piove e fa freddo, ma io ti penso e sorrido. Eccolo l'amore...

Crollo.

SIAMO COSÌ FRAGILI QUANDO
SIAMO INNAMORATI.
SIAMO COSÌ BELLI...

3
Sbam!

In cuffia suona Filippo Gatti
con *Il pilota e la cameriera*

Venerdì 23 giugno 2015

Ho conosciuto Mary in un locale di Roma ben frequentato. Cioè frequentato da persone vestite bene, che parlano bene, che bevono bene, che hanno studiato in scuole e università bene e che, anche se fingono di non saperlo, tutto questo, loro, lo sanno bene.

Un genere di posto e di gente che ho potuto conoscere in modo approfondito, un mondo di cui ho incredibilmente fatto parte, ma, in fondo, sempre un po' da straniero, da imboscato, arrancando, per alcuni anni, senza quasi accorgermene, un mondo apparentemente *easy* ma schifosamente snob, un po' come Marco e i suoi occhialini, fatto di falsissimi "Ohi, cavissimo"; "Ti tvovo benissimo", fatto di gente ricca che compra i vestiti al mercatino dell'usato perché è divertente, a volte, mischiarsi fra i poveri. Un mondo fatto di gente che alterna il Patek Philippe al Casio rigato, con conti in banca da capogiro e la casa all'Argentario, con le scarpe rotte e la fabbrica di scarpe.

C'è stato un tempo in cui subivo il fascino di queste stronzate, forse perché le vedevo lontane e impossibili, belle e irraggiungibili. Era il tempo in cui pensavo che la mia massima realizzazione fosse una bella macchina, vestiti firmati e una modella da esibire quasi come un trofeo. Era il tempo delle cene mondane e costosissime, nelle quali si parlava di business, affari, feste, accordi. Avevo bisogno di essere esclusivo per non sentirmi escluso, per non escludermi. Quel tempo è finito quando ho capito che quelle cose sono vicine e possibilissime, più di quanto si possa immaginare, basta volerle, davvero, basta volerle.

Una pallottola (per esempio la .221 Remington) può viaggiare a una velocità vicina al chilometro al secondo. Voglio dire, il tempo che passa fra la vita e la morte può essere infinitesimale. Il punto è sempre lo stesso: cosa vogliamo fare della nostra breve esistenza? Ecco, io ho capito che quello non è il mio ambiente, non è il mio spazio, non mi ci trovo, non me lo posso permettere, non me lo voglio permettere, non fa per me, non mi piace, non mi diverte. Tutto qui. E quasi sempre è tutto più facile ed elementare di quello che sembra. Quasi sempre, siamo noi stessi a complicare la nostra vita. Quasi sempre...

Mi ritrovo in questo posto per colpa di Paolo, un mio cliente molto facoltoso, che mi ha telefonato dicendo: «Dobbiamo assolutamente incontrarci, devo parlarti».

Voleva discutere di alcune sue importanti esigenze assicurative, aveva già scelto il posto e io non ho potuto dire di no. Sono un broker assicurativo indipendente, e il mio lavoro consiste in questo: dire di sì ai clienti, bere e mangiare con loro, assecondarli. Con Paolo, tra l'altro, ho anche instaurato un rapporto di simpatia che potrebbe definirsi molto vicino all'amicizia, perciò non avrei saputo dire se si trattasse più di lavoro o di piacere.

In ogni caso, lei è là. È con un'amica di Paolo, beve un drink.

Incrocio il suo sguardo appena entrato: è un colpo al cuore. *Sbam.* Steso.

Quando ci presentiamo, sono già perdutamente innamorato di lei. Senza sapere perché, senza sapere come, senza sapere quando. È successo in una frazione di secondo, o forse meno, come quando inizia a piovere o a nevicare, come quando arriva un terremoto o esplode un vulcano, succede e basta, c'è un momento in cui succede e non c'è niente che possa cambiare quello che sta accadendo, perché è semplicemente già accaduto. Non sai perché stia succedendo, sai solo che non puoi fermarlo, e forse è proprio quello a fotterti del tutto: la perdita di controllo su te stesso.

Le cose belle si presentano così, all'improvviso.

La vita ti travolge, ti investe, senza se e senza ma.

«Piacere, Luca.»

«Piacere, Mary.»

Sbam.

Fottuto.

Sharon, l'amica di Paolo, è in Italia solo per il weekend. È venuta a trovare i genitori, domani ripartirà per gli Stati Uniti – dove vive e lavora da anni – e da lì, dopo pochi giorni, si trasferirà per un anno a Shanghai. Lei e Paolo si conoscono dai tempi del liceo, ma ormai riescono a incontrarsi solo di rado.

Dopo aver scambiato poche formalità con lei e Mary, io e il mio cliente ci appartiamo su un divanetto per parlare. È questo il motivo per cui ci troviamo lì, solo che a me non interessa più nemmeno un po'. Paolo mi spiega quanto sia importante per lui proteggere la sua azienda in caso di guasti macchina, di blocchi della produzione, di perdite di profitto, e io rispondo in modo quasi robotico: «Loss Of Profit, Loss Of Profit, hai bisogno di una polizza chiamata Loss Of Profit, Paolo, è una polizza nata nel mondo anglosassone, la sottoscriviamo con i Lloyd's di Londra, ho un partner che ha facoltà di farlo...». Nel frattempo osservo lei da lontano, la seguo con gli occhi, col cuore in gola e la gola secca, cercando di non perderla mai di vista. C'è solo lei, solo lei in questo locale alla moda che non mi piace. Trovo lei, invece, decisamente elegante, nonostante sia vestita in modo piuttosto informale: jeans blu scuro stretti infilati dentro un paio di stivali neri con le borchie, maglia scollata che le scopre una spalla, nera, di seta o di un tessuto molto simile. È semplice e nello stesso tempo raffinata, si muove con lentezza e non ride: sorride. Non discute: conversa. Mi viene da pensare che sia geneticamente fatta per uccidere, per non fare prigionieri. Schiena dritta, mani affusolate. Mora, pelle bianca, incredibilmente bianca, meravigliosamente bianca, bianca come lo yogurt, come la neve, come il paradiso... Occhi azzurri, e gialli, e viola, caldi e glaciali allo stesso tempo, occhi belli da perdere i sensi, da non respirare più, da crisi d'identità, con un taglio leggermente orientaleggiante e un accenno di strabismo di Venere. Alta ma non troppo, forse un metro e settantatré, snella ma con le forme al punto giusto, armonica, bellissima, perfetta. Perfetta. Perfetta, cazzo.

A un certo punto Paolo si accorge che sono altrove, che non sono lì con lui e, seguendo il mio sguardo come ci sia un raggio laser che dai miei occhi arriva diretto a lei, mi chiede se voglio tornare dalle ragazze.

«Sì, Paolo. Sarebbe proprio il caso, sì...» Mi scuso, prometto che recupereremo prestissimo la conversazione, e che mi occuperò della sua polizza con la massima premura, come fosse la mia, ma che, ecco, adesso non ho la giusta concentrazione. Non c'è bisogno di dare troppe spiegazioni: Paolo ha capito tutto, il locale ha capito tutto, il mondo ha capito tutto. Perché, quando succede, l'universo intero trema, si rigira e si rovescia, nulla è più come prima. Il colpo di fulmine non colpisce te, colpisce ogni cosa, rendendola per sempre diversa. Quando arriva, sfonda tutto: barriere, muri e strutture. Inutile opporre resistenza, inutile fuggire, perché quando arriva è già dentro di te, e nessuno può scappare da se stesso.

Sharon, l'amica di Mary, è la top manager di una banca d'affari con sede a New York e interessi in tutto il mondo, è piuttosto facile per Paolo attaccare bottone su potenziali investimenti della sua famiglia nel mercato cinese e, da buoni amici, prendono subito a chiacchierare. Io, invece, ho le mani sudate e la bocca asciutta. Sono agitato, ho paura di balbettare, di non trovare parole abbastanza intelligenti, di non essere abbastanza interessante ai suoi occhi. Come quando ti chiedi cosa potresti indossare per piacerle, o di cosa parlare per risultarle interessante, e niente, poi scopri sempre che sono le cose più stupide, quelle prodotte dalla tua ingenuità, dal tuo essere quello che sei, cose a cui proprio non pensavi, ecco, sono quelle cose a farla innamorare di te, e proprio cose così, semplici e piccole, hanno il potere di rendere magici certi momenti. Solo che in questo momento io sono certo di non essere all'altezza, sento il vuoto nella testa... Ma lei è lì, e io ho solo questa chance.

Mentre Paolo discute con Sharon di possibili investimenti nel mercato cinese, io ho la possibilità di scoprire che Mary è un architetto d'interni freelance, che ama l'arte, il rock, il punk, la musica indie, il teatro e la letteratura classica. "Incredibile, Mary ama la letteratura classica, Mary ama Pirandello e Calvino!" In quel breve scambio di parole – sudate e indecise le mie, sicure e chirurgiche le sue – scopro anche che, purtroppo, Mary è fidanzata. Anzi, peggio: convive con un uomo. Più le parlo e più sono nel pallone, più le parlo e più mi rendo conto che in lei c'è anche un qualcosa di irritante, che mi infastidisce, e più mi infastidisce più mi eccita, più mi infastidisce più la trovo irresistibile; è stronza, superba, sicura, ma mantiene un aplomb col quale riesce a mascherare la sua stronzaggine, e la sua superbia.

È figa, lo sa, ma ostenta l'atteggiamento di chi non vuole fartelo pesare, il che, è del tutto evidente, sottintende che in realtà te lo sta facendo pesare, eccome. È cortese e aggressiva insieme, raffinata ma scostante e supponente. E io sono follemente perso. Sono perso di lei, perso dei suoi occhi, perso nei suoi occhi.

Perso. Innamorato. Come non lo sono mai stato prima, come forse non sarò mai più. E non so niente di lei, ma so tutto. E quello che mi esplode dentro non ha senso, ecco perché dà senso a ogni cosa.

Dopo dieci minuti che parliamo, mi dice che deve andare, che ha impegni per cena ed è, anzi, già in ritardo. Io ho retto il dialogo abbastanza bene fino a quel momento, nonostante il senso di panico che mi governa la testa e il cuore.

«Allora stai andando?» le chiedo, nel disperato tentativo di farla restare ancora un po' con me. E, senza aspettare la sua risposta: «E dimmi, vieni spesso in questo locale?».

«No, è la prima volta.»

«Dài! Pensa... Ero convinto fossi una habitué.»

«Cioè?»

«Cioè mi sembravi proprio tipo da questo locale.»

Subito dopo aver pronunciato quella frase mi pento di averlo fatto. Perché? Perché ho detto una cosa tanto stupida? Certe cose si pensano ma non si dicono. Altre nemmeno si dovrebbero pensare, per non sbagliare...

«Ah sì!? Quindi ci sono "tipi da questo locale". Mh... E sentiamo, quali sarebbero, secondo te, i "tipi da questo locale"?»

Ha un'aria compiaciuta e divertita, e ha colto il mio imbarazzo, l'impaccio: uno a zero per Mary. Mary è passata in vantaggio. Mary è nata in vantaggio.

«Be', non lo so... Dài, hai capito, vero?»

Certo che ha capito, ma non ha nessuna intenzione di aiutarmi.

«Sinceramente no, ma deve essere l'ora, o la fame. Non dipende da te, davvero, è colpa mia...» Ridacchia, quasi prendendomi in giro, poi continua: «Dài, facciamo che me lo spieghi in una mail, quello che intendevi, ok?» dice, provocatoria, allungandomi un tovagliolo di carta con sopra scritto il suo indirizzo mail.

«Ok... Ma era così, una cazzata... Comunque mi ha fatto davvero piacere conoscerti... Allora ti scrivo.»

Lei mi fissa, il suo sguardo canzonatorio pare dire: "Mh,

ti ha fatto davvero piacere? Sicuro? Cosa cerchi, straniero?". Eppure, insieme a quelle domande, nel suo sguardo mi pare che ci sia anche un interesse nei miei confronti. O forse è solo una mia interpretazione. Forse è solo quello che spero.

Subito dopo si gira verso Sharon, che annuisce.

«È ora di andare, vero, Mary? Bene, sì...»

Entrambe salutano Paolo, poi Sharon si rivolge a me: «Ciao, piacere di averti conosciuto!».

«Piacere mio, Sharon!» rispondo, accennando un velato inchino.

A quel punto mi giro verso Mary e la guardo negli occhi, allungo la mano e lei mi dà la sua, accompagnandola con un sorriso disarmante.

Sono pietrificato.

«Allora ti scrivo via mail...»

«Ok.» Fa ancora ciao con la mano mentre si gira e va.

E va...

Ecco, io dico che è sempre un nuovo viaggio. Anche quando ci sembra di tornare, in realtà stiamo andando, ancora una volta. Non esistono arrivi. Non si arriva mai, non si torna mai, nessuno lo fa davvero, ma solo perché non è possibile, non per altro. Ogni mattina usciamo di casa, e la sera scopriamo un nuovo modo di essere ancora lì, a casa, di esserci ancora, ma il tragitto non è mai lo stesso, anche quando ci sembra di percorrere gli stessi identici passi.

Il viaggio, prima di tutto, è dentro di noi, nel nostro cuore: anche lì dentro funziona così, non siamo mai la stessa cosa, pure se a volte fingiamo che sia così, o cerchiamo di convincercene. O di convincere il mondo.

L'amore è un viaggio senza ritorno, come tutto il resto. Quella sera, io e Mary, rientrando a casa, nelle nostre rispettive case, non eravamo più gli stessi. E, per un motivo o per un altro, non lo saremmo stati più.

E poi ci sono due persone...

Torino, Caserma Scuola Sottoufficiali, 26 settembre

Dolce amore mio, è un mese che non ti vedo, un tempo infinito, già dopo poche ore sentivo nel cuore un vuoto, lo stesso che sento ora, qualcosa che mi lascia senza fiato e mi spacca in mille pezzi. Oggi hai il compito di italiano, non l'ho scordato, non scordo mai le cose importanti, soprattutto quelle che ti riguardano, so che il tuo sarà il tema più bello!

Ti prego, non essere triste in questi mesi, ti prometto che non durerà molto, questa lontananza. Tutte le volte che non riesci a prendere sonno, occhibelli, pensami, io ti cullerò da qui, veglierò su di te, accarezzerò il tuo viso e i capelli, come ti piace, come mi piace, come ci fa impazzire. In quel modo che fa del mondo un posto più bello. Il nostro amore è molto di più di qualche mese, molto di più di poche centinaia di chilometri. La distanza è solo una parola priva di significato, è il rifugio di quelli che non mettono il cuore (e l'anima) in quello che fanno, di quelli che non proteggono i loro sogni, ma noi no, noi non scappiamo, perché noi, sul piatto, abbiamo messo le nostre vite.

Ecco perché non ci lasciamo mai, ecco perché io sono sempre con te, e tu sei qui, piccola, sempre con me. Ti amo, ma questo non basta, perché qualche volta diamo per scontate le cose più preziose, quelle che ci sembra ormai di possedere. E invece non possediamo mai nulla, non quando in ballo ci sono i sentimenti, l'amore esiste fino a che ce ne occupiamo con cura, con la massima attenzione per i dettagli. Per quelle cose apparentemente piccole ma incredibilmente importanti. Ecco, io non ti do per scontata, nemmeno per un attimo. Tutte le volte che ti penso, tutte le volte che ti guardo, ho paura di perderti, e sono felice che tu sia nella mia vita.

Michele
Il tuo gigante

* * *

Napoli, 2 ottobre

Tesoro, la tua lettera mi ha ridato un po' di ossigeno, credevo di morire soffocata. Ma poi sono arrivate le tue stupende parole, solo per me! Dio, quanto ti amo! Odio tutti, odio tutto! Perché sei così lontano? Io non so stare senza te, sei già tutta la mia vita, le hai dato un senso. Quest'ultimo anno di scuola sarà infinito, tu lontanissimo e i miei sogni lì con te. Mi solleva solo pensare al futuro, sapere che poi arriverai tu a portarmi via. Perché lo farai, vero? Mi porterai via con te, vero? Non c'è un solo secondo in cui io non ti pensi. Alle mie amiche parlo sempre di noi, dei tuoi occhi, del mio gigante... Non mi sopportano più. Rossana dice che la mia è un'ossessione e che sono poco seria, che passo da un ragazzo a un altro. Fa niente! Pensassero quello che vogliono! Non mi chiedo più perché certe persone si comportino così, non mi chiedo più perché ti feriscano senza motivo, ora so che hanno solo bisogno di sporcare la vita degli altri, così, un po' per noia, un po' per divertimento, e un po' per guardare la loro, di vita, e vederla meno brutta. Possiamo essere quello che vogliamo, quando siamo liberi di non essere quello che vogliono gli altri. Col tempo impari a non mostrare la tua fragilità perché sai che questo può renderti vulnerabile. E adesso sorrido tutte le volte che ho voglia di piangere. Adesso sorrido tutte le volte che mi crolla il

mondo addosso. Siamo solo per pochi per questo, perché non permettiamo più a chiunque di guardarci dentro, di toccare il nostro cuore con le mani sporche, di scoprire le nostre fragilità come niente fosse. Di sbirciare fra le nostre emozioni come fosse un gioco. Perché no, non lo è, non è un gioco. È la nostra vita. È il nostro cuore. È il nostro amore. E noi siamo solo per pochi per questo, perché non permettiamo più a nessuno di calpestare la nostra dignità. Come sempre, oltre a te, solo Bianca mi capisce... La amo come una sorella, lei è una parte di me!
Quest'estate è stata la più bella della mia vita, perché ti ho incontrato. Nessuno mi ha mai guardata come mi hai guardata tu, nessuno mi ha mai messo al centro del suo universo. Il mio ex fidanzato mi trattava come un giocattolo, come qualcosa di poco importante, di secondario. Per lui non ero né la prima scelta né una priorità, mi dava per scontata, un po' come quelle cose di cui siamo troppo sicuri, quelle che pensiamo resteranno sempre nostre, qualsiasi piega prendano le nostre vite, anche se non ci impegniamo, anche se non ci mettiamo amore... E pensare che ero convinta di essere io quella sbagliata. La verità è che sono sempre stata convinta di essere quella sbagliata in qualunque situazione. Non sopporto più nemmeno questa casa, i miei genitori, gli zii, i parenti. Nessuno si chiede mai se sto bene, se sono felice, per loro contano solo le cose che faccio, non quella che sono. Nessuno mi guarda dentro... Nessuno tranne te. A volte vorrei sparire, smettere di essere qualcosa che piace solo agli altri. E quando non mi piace nulla di tutto quello che vedo, io chiudo gli occhi e vengo da te.
Ti prego, fai passare veloce questi mesi che ci separano, fa' una magia! Ho bisogno di te. Ti amo!

Lu'
La tua piccola

QUANDO ARRIVA, SBAM.
SBAM...

4
Parlami della tua vita

In cuffia suona Ligabue
con *Balliamo sul mondo*

Martedì 21 novembre 2015

Mentre bevo il caffè, appena sveglio, ascolto la radio, subito dopo *Stay With Me* di Sam Smith che mi porta per un po' su un altro meraviglioso pianeta, due tizi continuano quella che deve essere una discussione iniziata qualche minuto prima, parlano di sogni, di soddisfazione, il tipo intervistato è uno psicologo, uno di quelli specializzati in ambito lavorativo. Si tratta il tema dello spazio vitale, del benessere psicofisico. Della spinta motivazionale. Consiglia di credere in se stessi.

Sogni, soddisfazione personale, mah...

Esco di casa in fretta e furia, con il nodo della cravatta ancora da stringere, la valigetta aperta e alcuni fascicoli di clienti nella mia mano, clienti che devo incontrare più tardi. I fascicoli dovevo studiarli ieri sera ma non l'ho fatto. Non ne ho avuto voglia.

«Il broker assicurativo povero.»

Questo rispondo, quando mi chiedono: «Che lavoro fai?».

«È un momento difficile, ma ho in ballo dei progetti grossi» è la seconda frase, e in genere la uso per stemperare la delusione che leggo negli occhi dell'interlocutore, che non coglie il senso autoironico e poco drammatico della battuta. In giro c'è sempre meno ironia.

Il bilocale senza finestre al pianoterra di questo vecchio palazzo di periferia, in zona Bravetta, nel quale vivo da circa quattro mesi, è un posto che, guardandolo, ti fa capire che di grosso, per l'appunto, al momento ci sono solo i progetti, e qualche rottura di palle. Ok, no, molte rotture di palle.

Questa nuova sistemazione è l'epilogo dell'ennesima storia andata a puttane, finita circa un anno e mezzo fa. La casa che avevo acquistato accendendo un mutuo trentennale, contando anche sul potenziale aiuto di Ludovica, la mia ex, era troppo grande, e le rate erano diventate insostenibili per le mie finanze. Trovare velocemente un acquirente per estinguere il debito con la banca è stato una manna dal cielo.

Il posto dove sto ora l'ho definito "la mia topaia", perché è un po' umido e scassato. È messo male, ecco. Somiglia molto alla mia testa, e anche un po' al mio cuore. Per questo mi piace, per questo fa per me, per questo si è adattato subito al suo nuovo inquilino. Fa il suo sporco lavoro, colorato ma sporco. La mia topaia ha un'entrata tipo garage – e in effetti credo proprio lo fosse, in origine – indipendente, con una grande, unica persiana di ferro all'entrata. È selvaggia. Fa molto loft newyorkese. Forse miniloft newyorkese. Ehm, ok: la brutta copia di un loft newyorkese in miniatura...

Ora è questo che posso permettermi, ma lei, con me come inquilino, non se la passa molto meglio. Un po' come quei cani randagi che incrociano lo sguardo di un disgraziato che campa alla giornata e decidono che quello sarà il loro padrone, ecco, la topaia newyorkese, umida e fighissima, ha fatto lo stesso con me, come il cane randagio, ha deciso che ero abbastanza "in linea" per essere il suo inquilino. Mi ha scelto. E io ci sono stato subito, sono stato subito suo, e lei è stata subito mia. Ci sporcheremo insieme, e insieme faremo pure tutto il resto delle cose che normalmente fanno una topaia e un inquilino.

Tutte le volte che ho cambiato casa, ho lasciato qualcosa dietro di me, sul percorso. E no, non parlo di roba che puoi mettere nelle scatole o in un furgone. Parlo di cose che, col tempo, non puoi mettere nemmeno più nel cuore, ché, cazzo, io uno ne ho, di cuore, mica cento. Che poi ho scoperto che certe cose è meglio non metterle nel cuore, meglio non portarle con sé, certe cose devono rimanere dove sono, nel loro tempo, nei loro spazi. Nelle loro topaie.

Ho affrontato già molti traslochi, per la mia età credo troppi. Solo di uno conservo un bel ricordo, un ricordo fantastico, uno di quelli talmente belli che risuonano nel cuore e nella testa come sanno fare solo certe canzoni: in modo magico. A tutti gli altri associo tristezza e sapore di fallimento – quando si trattava di "storie" finite; dubbio, incertezza e noia negli altri casi.

La sensazione che ho provato nell'affrontare questo mio ultimo spostamento non è facile da descrivere. Ho sentito che si trattava di un "passaggio" obbligato, e che sarebbe stato fondamentale. Adesso, sento che qualcosa è cambiato definitivamente in me, negli ultimi tempi, negli ultimi giorni, e non parlo esclusivamente di Mary, credo che lei sia stata solo la molla. Gli spostamenti più grandi avvengono dentro di noi, da fermi. Più siamo immobili, più il viaggio è profondo. E sento che non tornerò più a essere quello che ero prima. Nulla torna davvero, nulla è mai uguale a prima. Niente è sempre la stessa cosa o nello stesso modo. Diamo un nome alle cose, un nome già usato, per convincerci che siano le stesse di sempre, che facciano lo stesso effetto, ma non è così, nulla si ripete, anche se gli diamo lo stesso nome. E io non sono come prima, nemmeno la mia topaia è come prima, ora che ha conosciuto me non è più la stessa, si comporta in modo strano, e come darle torto.

Quando ho deciso di abbandonare la mia vocazione per la scrittura, dopo pochi, deboli, ridicoli tentativi, dopo le prime prove, esitanti e poco coraggiose, con la scusa dei soldi e del dover essere indipendente, ecco, sapevo che, con quella scelta, con quel voltafaccia, avrei perso un pezzo di me stesso, giorno dopo giorno, un pezzo significativo. Sapevo che con quel tradimento mi sarei allontanato dai luoghi del mio cuore, dal piccolo Luca, quel bambino che scalciava per raggiungere i suoi sogni e il mondo in cui credeva, sapevo che mi sarei allontanato da tutto quello che avevo dentro e che mi faceva stare bene.

Le stonature fanno parte dello spartito, certo, ma alcune sono volute, altre no; certe note stonate rendono più belle e centrate le note successive, altre invece sono solo sbavature, imperfezioni, errori del musicista, segni di incapacità sua o di chi ha scritto la musica. Se ti laurei in Lettere moderne, perché era la tua passione, e finisci a fare il broker assicurativo, ecco, questo somiglia a una nota stonata e basta, una toppata, niente di voluto. Mi ricorda pure un accordo armonico di comodo, uno di quelli semplici e noiosi, senza settime, ottave o minime, nessun bemolle, no, un accordo in chiave maggiore, scontato, tipo quelli del giro di do, quelli che ti fanno cascare le palle in terra, che rendono la canzone una musichetta, una canzoncina banale e facilmente fruibile, sì, insomma, non un passaggio jazz di quelli dissonanti ma cercati apposta per dare un sapore "sporco" al pezzo, per esaltarlo con sbavature volute. No, è solo una cazzata del pianista che non ha avuto le palle di tentare. È una scorciatoia. È il frutto della non decisione, della non azione di un musicista pavido e poco consapevole del suo strumento e delle sue capacità: arrivato a quel passaggio, quello più complicato, quello in cui si decideva tutto, quello che, a seconda dei casi, faceva del pezzo un "brano fico" o uno di quelli che finiscono nei cestoni di paglia dell'Autogrill, ecco, arrivato a quel bivio, il pianista si è cagato sotto ed è scappato, ha fatto la scelta più facile. E l'ha pure mal interpretata: perché poi, alla fine, il brokeraggio assicurativo nemmeno ti frutta come speravi.

Ecco, in circostanze come queste, il pianista dovrebbe alzarsi e andarsene a testa bassa, chiedendo umilmente scusa al pubblico e, prima di tutto, a se stesso. Nulla è mai come prima.

niente ha lo stesso nome, ma io spesso sogno di suonare di nuovo quel passo dello spartito, quello cruciale, quello dove ho mancato. Sogno una seconda chance, per affrontarla da fuoriclasse, per giocarmi tutto, questa volta, come al casinò... Solo che al momento mi ritrovo a guardare il mondo da una cesta di paglia dell'Autogrill, fra i torroni e i Baci Perugina, fra auricolari cinesi e Gratta e vinci. La mia vita in saldo, prezzata a due centesimi...

Dopo il lavoro, corro per un'ora al parco.

Noto una signora, è sempre lì quando vado a correre.

È molto particolare e, non so, desta la mia attenzione, nei suoi occhi vedo qualcosa di magico...

Poi rientrando compro una pizza, due supplì e una birra. Non ho proprio voglia di cucinare.

Dio, quanto mi manchi, Mary, quanto mi manchi!

Prima di mettermi a letto, metto su un po' di musica, e mentre va John Legend con *All Of Me*, scrivo qualcosa per te...

> Parlami di quelle volte in cui hai bisogno d'amore. Quelle in cui ti senti triste. Quelle in cui non ti vedi bella.
> Parlami di quelle notti in cui hai paura, quelle in cui hai bisogno di stringere la mano di qualcuno. Quelle in cui ti giri nel letto senza prendere sonno, quelle in cui una lacrima, poi, arriva, e ti riga il viso.
> Parlami di quando sorridi invece di piangere. Di quando stai zitta invece di urlare. Di quando rispondi una cosa ma dentro ne hai un'altra.
> Parlami della tua vita. Parlami dei tuoi silenzi. Dimmi di quando voli. Dimmi di quando cadi.
> Parlami di quella volta in cui tu ci credevi e lui ti ha tradita. Di quando lo amavi e lui ti ha ferito. Fammi vedere i segni. Mostrami le cicatrici.

Parlami delle domande a cui non trovi risposte. Raccontami di quelle storie che conservi nel cuore.
Parlami del tuo passato, raccontami del futuro, di come lo immagini. Dimmi dei tuoi sogni, di quello in cui speri, delle stelle che hai guardato in certe notti buie. Mostrami i tuoi occhi...
Parlami di tutto questo, fallo ancora così, senza dire una parola. Ma non smettere mai di guardarmi. Non smettere mai di guardarmi!

5
Vale la pena provare solo se puoi sognarlo...

In cuffia suona The Smiths
con *Please Please Please Let Me Get What I Want*

Venerdì 24 novembre 2015

Prima di incontrare Valeria, farò un aperitivo con Franco. Anche se sono già in ritardo, metto su un vinile degli Smiths e canticchio mentre infilo i calzini e allaccio le scarpe.

"*... Good times for a change / See, the luck I've had / Can make a good man / Turn bad...*"

Franco è un amico storico, quello che resta il tuo migliore amico anche se ormai siete cresciuti e non avete più nulla in comune in quanto a preferenze e stile di vita, o amici e passioni. Quello che, anche se non c'è più nulla che vi leghi davvero, continuerà comunque a essere il tuo migliore amico, perché è così e basta. Perché l'ha detto la vita.

Franco ha la mia età, trentun anni, classe 1984. È un commercialista, un commercialista che a quindici anni già sognava di fare il commercialista e guadagnare tanti soldi... Non come me, un broker che a quindici anni sognava di fare lo scrittore. Lui, per intenderci, è un "pianista" con i fiocchi, un professionista, uno che sa il fatto suo, non un dilettante fifone che strimpella pezzi che non può permettersi, ecco... Le sue note stonate sono sempre volute.

Quando alle 19 arrivo davanti al bar dove ci si vede sempre, in zona Prati, dietro casa sua, lo trovo già seduto, legge «Il

Sole 24 Ore» e fischietta, col suo trench Burberry blu e i jeans da trecento euro che cadono su Church's molto chic. Gambe accavallate, pelle distesa, capello leggermente brizzolato e curato. È sempre rilassato, Franco. Lui non si scompone mai.

«Ciao, come va?»

Lo colgo da dietro mentre, salutandolo, appoggio una mano sulla sua spalla.

Si gira, lasciando il giornale sul tavolino. «Oh, Luca, ciao, eccoti!» e mi batte il cinque sorridendo. «Mettiti seduto!»

«Allora, che racconti?» Mi siedo, ricambiando il sorriso, e senza dargli il tempo di rispondere continuo: «Aspetta, prima ricordami: a che ora giovedì?».

«Alle 20, davanti casa mia.»

«Ok... Senti, ma com'è questa Daniela?»

«Ventisette anni, avvocato, gran culo, single.»

«Le piace l'arte?»

«Luca, che cazz... Ehm...» Si è quasi scomposto, ma poi ritrova immediatamente la calma. «Cosa te ne frega se le piace l'arte? È ora che cambi aria, che ti fai una scopata. È ora che ti scordi di quella e ricominci a vivere in modo normale... Ok, forse normale non lo sei mai stato, ma prima avevi una vita sociale, ora sembri esserti chiuso, un monaco di clausura. Sei un bel ragazzo, potresti averne una diversa ogni sera... Capisco che non sei il tipo, e questo ti fa onore, ma stai scivolando nell'estremo opposto. Sei teso, non sei più te stesso. Te lo dico da amico.»

«Sì, certo, forse hai ragione... Ma, ecco, la ragazza che tu chiami "quella", in realtà ha un nome: Mary. E mi manda al manicomio. La sento nelle ossa, sotto la pelle, non riesco a non pensarci, Franco, e ti giuro che ce la metto tutta... Ma io ho bisogno di lei...»

«Ok, ne abbiamo già parlato. Allora, devo dirti questo... Ehm... Devo dirti che è improbabile che tra voi funzioni...» Ora cerca quasi di cambiare strategia di dissuasione, mettendo da parte ogni forma di aggressività. «Luca... Ecco, Luca... È improbabile, capisci? Visto come stanno le cose è molto, molto improbabile!» Mi fissa come per assicurarsi che riesca a comprenderlo, scandendo e ripetendo lentamente le parole "molto" e "improbabile", quasi per permettermi di leggere più agevolmente il labiale, un po' come farebbe un papà con il figlioletto affetto da un forte deficit cognitivo...

«Appunto. Quindi, se è improbabile, per definizione, è anche probabile. Sta nel senso del termine!» Lo sfido con lo sguardo furbastro del figlioletto che si finge ingenuo e poi ti dice: "Fregato!".

«Va bene, e se avessi usato "impossibile"?»

«Ti avrei corretto. Sarebbe stato inappropriato, in questo caso. Lei non è morta.»

«Ok, Luca» alza un po' il tono. «È improbabile e, allora, vorrà dire che è anche probabile, va bene?» Non è una domanda, è solo indispettito. Poi prosegue: «Ma potrebbe esserlo nella misura dello 0,0001%, te ne rendi conto? Ne vale la pena?».

«Me ne rendo conto, ma qui si tratta del mio cuore, dei miei sentimenti, e a me basta lo 0,0001% per sognarlo, per credere che possa succedere... Quindi ne vale la pena.»

«Bene. Sei tutto matto. Non è una novità. Lo eri già da piccolo. Spero tu sappia in cosa ti stai cacciando...»

«Certo che lo so. Mi sto cacciando in quello in cui mi sono sempre cacciato, Franco, quello in cui ci cacciamo sempre tutti: la vita.»

«La vita, eh?» Questa non è né una domanda né un'affermazione, credo sia solo rassegnazione. «Allora, ascoltami... Adesso non ci pensare. Vattene a cena con Valeria, poi riposati, domani è sabato... Ecco, prendi un po' di tempo per te stesso in questi giorni, non so, dormi, rilassati, magari ti fai una lampada, so che non ami fare lampade, nemmeno io, lo sai, ma sei bianco, pallido, cadaverico!» Storce un po' la bocca, alzandone un angolo insieme allo zigomo con un'espressione che vuol dire: "È proprio il caso". Poi riprende: «Arriva a giovedì con la mente fresca, poi prima di uscire ti fai una lunga doccia, ti metti qualcosa di decente addosso, e vieni a cena con noi». Fa un attimo di pausa e mi sorride, poi riattacca: «Ma devi essere ben disposto, ok, Luca? Con lo spirito giusto, a prescindere da Mary e da tutte le cose probabili, improbabili e impossibili di questo mondo. Non come l'ultima volta, che se fai come l'ultima volta te lo scordi che io o Angela ti presentiamo un'altra amica, quello sì che sarà "impossibile", ok?».

L'ultima volta che Franco e Angela mi hanno presentato una loro amica, circa un mese e mezzo fa, le cose non sono andate come dovevano. La tizia in questione era molto carina esteticamente, davvero molto, e anche lei, come Franco e Angela, era una commercialista. Educata, buona famiglia, bei vestiti. Solo che io la trovavo noiosa da morire. Aveva manifestato il suo totale disinteresse per cinema, letteratura, teatro e tutto ciò che avesse una minima attinenza con l'arte. Gli unici autori che mi aveva detto di leggere con piacere erano Wilbur Smith e John Grisham... Sul più bello, poi, aveva giocato la sua carta vincente, palesando un tenero e secolare amore per la musica neomelodica. E dài, c'è un limite a tutto.

Eravamo a casa di Franco e Angela, così a metà serata mi sono piazzato davanti alla PlayStation, con fucile a pompa e cuffiette, e ho lasciato che si tediassero l'un l'altro, conversando educatamente di investimenti immobiliari e detrazioni fiscali. A un certo punto Marzia, la triste-noiosa-grigia fanciulla in questione, mi si è avvicinata dicendomi che stava andando. Oh, ho pure messo in pausa per salutarla... Insomma, sono stato carino, no? Le ho detto che era stata una bella serata, che sarebbe stato bello rivederla e tutto il resto di cazzate che si dicono in questi casi. Lei non l'ha presa bene, a quanto pare, e io mi sono dovuto sorbire una serie infinita di rimproveri da

Franco, e in particolare da Angela, amica stretta della insipida Marzia.

«No, Franco, certo. Ma lo sai, quella sera ero nel pallone per Mary...»

«Perché lei?» mi chiede di botto. Sembra davvero interessato a saperlo.

«Perché quando chiudo gli occhi sento il suo profumo, e spengo il mondo con tutto quel rumore, e capisco che volare è possibile. E non ho bisogno d'altro...»

Rimane in silenzio, mi fissa per qualche secondo come si fa con qualcosa che non si è mai visto prima. Sembra fiero di me, ma finge di non aver sentito e si riaggancia alla risposta precedente... «Luca, tu sei *sempre* nel pallone per Mary. Da circa sei mesi a questa parte.» Mi guarda con aria compassionevole e tira un lungo ma bonario sospiro.

Quando saluto Franco, ci scambiamo un abbraccio che vale più di qualsiasi parola. Poi corro a prendere Valeria, che vive in zona San Giovanni. In macchina, prima di ripartire, prendo il quaderno nella tasca interna:

> Come quando durante la ricreazione cercavo di farmi notare dalla ragazza di cui ero innamorato, e la sera pensavo di continuo a cosa indossare il giorno dopo a scuola, quali jeans, quale felpa, o come sistemare i capelli, ecco, io questo provo tutte le volte che esco di casa, mi chiedo se ti incontrerò, se mi scriverai per vederci, anche solo per un minuto, anche solo per guardarti un attimo negli occhi, per sfiorarti appena le mani, per sentire il tuo profumo e tornare a respirare, tu sei questo per me: la campanella che mi fa sentire vivo. Io sono questo per te: pazzo. Pazzo e follemente innamorato.

Ecco perché ne vale la pena...

Sei stronza in tutti i modi possibili. Ma io ti amo. Perché so cosa c'è dietro la parte che vedono tutti. Io sono andato oltre, ho guardato lì dove nessuno vuole guardare. Quel lato fragile e meraviglioso. Quello pieno di venature. L'ho accarezzato, l'ho ascoltato. Io so cosa hai dentro. Io lo so...

SE SEI LA MIA MALATTIA
RIFIUTO LE CURE...

6
Capisci che è amore quando senti *crac*. E il muro crolla!

In cuffia suona Vasco Rossi
con *Dillo alla luna*

Sabato 24 giugno 2015

Naturalmente, il giorno dopo aver conosciuto Mary, le scrivo subito una mail:

> Ciao! Sono Luca, l'amico dell'amico della tua amica Sharon...
> Eccomi qui, come promesso.
> Come stai? :)

Qualche ora più tardi arriva la sua risposta:

> Ciao, amico dell'amico della mia amica Sharon. :P
> Io bene, ma tu non te la cavi mica così. Devi spiegarmi cosa intendevi per "tipo da questo locale", ricordi?
> Sono tutta orecchi. :P

E io:

> :)
> Non fai passare nulla, eh?
> Comunque, davvero, era una cosa così, mi sembravi adatta allo stile di quel locale elegante. Tutto qui.
> Com'è andata la tua giornata?

Lei:

Luca, Luca... "Adatta"?? Mh. Tutto qui? Tutto questo tempo per dirmi che ti sembravo "adatta"? Non mi convince... Io diço che puoi impegnarti di più, su... :)

E io:

Non ne uscirò mai... :))
Ecco, diciamo "in linea". In linea è meglio? Ma non c'è nessuna accezione negativa nelle mie parole!
Come è andata la tua giornata?? :))

Lei:

Ma se non ci fosse stata nessuna accezione negativa non avresti sentito nemmeno il bisogno di specificarlo. Ah, Luca... Amico dell'amico della mia amica Sharon... Lasciamo perdere, va'... :P
Una giornata non buona, dal punto di vista lavorativo. Poi si è raddrizzato tutto con uno Chardonnay da sturbo.
La tua?

Io:

223/55549762

Lei:

La tua giornata è stata una combinazione di numeri?
(Cosa dovrei farci? :P)

Io:

Tutto meno che trascriverlo sulla porta del cesso di qualche Autogrill :)

Dopo pochi secondi ricevo un messaggio su WhatsApp.

Mary: "Ti sembro un tipo da Autogrill?".

Luca: "Direi di no!".

Mary: "Risposta sbagliata. Amo gli Autogrill, in particolare i bagni degli Autogrill. Li trovo pieni di sentimento, tutte quelle vite che vanno e vengono".

Luca: "Interessante...".

Mary: "Abbastanza. Quindi, cosa cerchi?".

Luca: "Vorrei uscire con te".

Mary: "Perché?".

Luca: "...".

Mary: "Odio i punti di sospensione, sono dell'opinione che andrebbero aboliti".

Luca: "Non ami le sfumature?".

Mary: "Non amo i punti di sospensione. :P".

Luca: "Ti va di vedermi per un cocktail?".

Mary: "Un cocktail? Meglio una birra :P".

Mary: "Perché vuoi vedermi?".

Luca: "Perché ti trovo interessante E comunque ok, sarà una birra! :)".

Mary: "Vedremo, ora dormo. A presto, amico dell'amico della mia amica Sharon".

Luca: "Buonanotte".

Nei giorni successivi continuiamo a sentirci e, dopo uno scambio di messaggi in cui è evidente che nessuno dei due intende scoprirsi, e lei risulta sempre assolutamente quella più tosta e figa fra i due, mentre io sono quello più ansioso di rivederla, e sono già chiare tante, troppe cose, e sono tutte impietosamente a mio svantaggio, riesco a strapparle una promessa: prenderemo una birra insieme.

WhatsApp:

Mary: "E dove vorresti offrirmela, questa birra?".

Luca: "Non lo so, dove vuoi, dove preferisci. Anche al Pigneto se ti va. O a Trastevere".

Mary: "E quando?".
Luca: "Oh... che ansia! :P".
Luca: "Possiamo fare domani".
Mary: "Ansia? Già mi crolli :P Comunque questa settimana non posso, ho impegni tutte le sere".
Luca: "Ammazza! E chi sei!? :D Non lo so, allora dimmi tu...".
Mary: "Poi ti dirò io, sì. :)".
Luca: "Va bene. :)".

Il martedì successivo ci troviamo al Pigneto. Ci diamo appuntamento davanti a Necci, un bar ristorante molto frequentato. È un posto storico, è stato usato come location del primo film di Pasolini, *Accattone*.

Scopro che in comune, io e Mary, abbiamo il fatto di perderci ovunque. È una questione organica, congenita e genetica: l'ho letto sul web, si chiama "intelligenza spaziale", è situata in una specifica zona del cervello ed è quella coinvolta nell'orientamento. Io ne ho poca. E pure Mary.

Il Pigneto è una di quelle periferie romane riqualificate e, fra le varie zone battute dalla movida romana, insieme a San Lorenzo e a una parte di Trastevere, è quella che preferisco. La via principale dalla quale prende il nome il quartiere, via del Pigneto, è piena di piccoli locali, vinerie e baretti, uno attaccato all'altro, tanto che i tavolini e le sedie delle varie proprietà sono quasi un tutt'uno, tanto sono mischiate fra loro. Il target è piuttosto *easy* e variegato – o almeno così si proporrebbe di essere, anche se non è esente da alcune fastidiose derive radical chic. Ci puoi incontrare gente dai diciotto ai quarant'anni. Avvocati e spacciatori, musicisti e studenti. Si respira profumo di arte e musica, profumo di vita, c'è energia: puoi trovare ragazzacci sporchi e lerci buttati per terra a suonare De André o De Gregori con la chitarra, e persone intorno a cantare stonando che "l'uomo che cammina sui pezzi di vetro / dicono che ha due anime e un sesso, di ramo duro il cuore" o che "la guerra è bella anche se fa male".

Quando la vedo arrivare da lontano, penso che al Pigneto non l'hanno mai vista una così. Dovrebbe essere illegale, dovrebbero chiamare la polizia. O un'ambulanza, per me. Ha i capelli più belli, più lunghi, più neri e più lisci che io abbia mai visto.

Questa volta era vestita in modo molto più casual, total black, leggings neri, scarponcino nero, T-shirt nera sbiadita con la scritta NIRVANA. Tutto quel nero mette in risalto la sua pelle bianca e delicata e i suoi occhi di ghiaccio, azzurri e gialli. Potrebbe sembrare la chitarrista di una rock band appena arrivata da qualche sobborgo cool londinese. Al polso ha tanti braccialetti di vario tipo, unica nota colorata. Spalle larghe, schiena dritta, come una modella.

«Ciao!»

«Ciao!»

«Scusa il ritardo, ho parcheggiato lontanissimo. Oh, ma c'è il delirio qui!»

«No, ma tranquilla! Sono arrivato cinque minuti fa, io. Sì, pazzesco, un botto di gente.»

«Allora, dove ce la prendiamo questa birra?»

«Non lo so, guarda, di là è pieno di posti, possiamo camminare e sceglierne uno, ti va?»

«Certo! Vamos?» chiede, mentre col piede destro anticipa una torsione verso la via dei locali...

«Vamos!»

Ci fermiamo in un pub dove si beve birra da un euro insieme a Crik-crok del discount. Un posto fantastico. Parliamo tanto, ci guardiamo, ci studiamo, ci prendiamo in giro, ridiamo; lei si è mostrata in tutta la sua meravigliosa velocità di ragionamento e stronzaggine.

«Dài, raccontami un po' del tuo lavoro.»

«Sono un architetto d'interni, studio soluzioni strutturali e d'arredo per uffici, negozi e abitazioni private... Tutto ciò che è su larga scala non mi attrae.»

«Bello! E c'è lavoro?»

«Sì, io non mi lamento, ho molto lavoro.» Ecco, Mary non si lamenta. Mary è il tipo che ha molto lavoro e te lo dice senza tanti cazzi. E prosegue: «Sto per conto mio, ho una partita IVA, progetto a casa, di norma, e qualche volta mi appoggio presso lo studio di un amico con cui collaboro saltuariamente».

«Complimenti! Lo sento che ti piace quello che fai, lo percepisco... Sarai anche in gamba, ne sono certo.»

«Sì, amo molto il mio lavoro. Ma se sono in gamba non sta a me dirlo. Diciamo che i clienti per ora non si lamentano, ecco. E tu, mi dicevi di essere un broker assicurativo, giusto?»

«Io sì, io sono un broker assicurativo povero» dico, e allargo le braccia come a dire: "Sono *solo* un broker assicurativo povero".

Lei ride, piacevolmente sorpresa, quindi continuo: «E normalmente, dopo questa dichiarazione, leggendo lo sconforto negli occhi della gente sono costretto ad aggiungere: "Ho molti progetti in ballo, roba grossa!". Ma con te pare non ce ne sia bisogno, visto quanto ti stai divertendo...».

Sollevato, butto giù un bel sorso di Moretti.

«Ahahah! Be', non è male, no? A parte che sei povero, intendo. Non ti piace quello che fai, il tuo lavoro?»

«Ce l'hai un'altra domanda?» rido, poi continuo: «Diciamo che mi potrebbe piacere di più, ecco. Ma non è tanto il lavoro in sé, quanto tutto quello che ci sta intorno. La gente, i compromessi, la competizione, i soldi... Non lo so, certe volte credo non faccia per me. O forse è il mondo a non fare per me...».

«Il mondo stesso è un intero compromesso... Cosa avresti voluto fare?»

Mary sa il fatto suo...

«Quindi non ce l'avevi un'altra domanda?» rido, e anche lei ride.

«Sì, ne ho una!»
«Spara.»
«Te l'hanno mai detto che somigli vagamente a James Franco?»
«Non sei la prima persona che me lo dice.»
«Lo ricordi, sì... Ok, ecco, diciamo che sei la brutta copia di James Franco!»
«Oh! Vaffanculo.»
«Me lo immagino James Franco a fare l'assicuratore povero» e ride.
«Maledizione!» Mi fingo arrabbiato e rido ancora, poi le chiedo: «Davvero ti piacciono i Vaccines? Assurdo...».
«A me stupisce che li conosci. Comunque, certo, li adoro, andrò al concerto.»
«Ma dài? Fantastico! Con chi vai?»
«Con Giulio.»
«Giulio è...»
«Ehm... Sì.»
"Sei innamorata?" è la domanda che vorrei farle, ma che non le faccio. Preferisco non andare oltre, la serata è troppo perfetta per rovinarla con domande stupide. Quando fai una domanda stupida, devi aspettarti due cose: o il silenzio o, peggio, una risposta complicatissima, che potrebbe incasinarti la vita. Forse è per questo che la mia vita è un cazzo di bordello, ho fatto troppe domande stupide.
Decido che è meglio continuare a parlare di musica, è più sicuro.
«Sai, credo che la loro *All In White* sia una delle cose più belle che io abbia mai ascoltato nel panorama indie.»
«Ecco, sono profondamente d'accordo con te» dice, e mi fissa per un attimo seria, quasi ammirata, compiaciuta.
«Dove lo fanno?» le chiedo.
«Cosa?» Pare cadere dalle nuvole.
«Il concerto.»

«Ah, scusa. Alle Capannelle» e si ricompone.

«Già, quest'anno grande programmazione, suona pure il Boss... Quanto vorrei andare.»

«Il Boss mi ha stancato, è stato un grande, ma ha fatto il tempo suo. Basta. Via.»

«Ma è ancora un grande!» Lo dico quasi speranzoso di un suo ripensamento, di un po' di clemenza, ma, prima di poter continuare la mia arringa in favore di Bruce, la osservo alzare mani braccia e mento, velocemente, con uno scatto, come a dire: "Io la vedo così, punto!".

"Eccola là" penso, "ferma nel suo giudizio solenne e lapidario, quasi superbo..." Desisto: «Oh, punti di vista...».

«Ma certo!» Sorride, felice di non dover più parlare di un argomento che per lei era già chiuso, e che di certo l'avrebbe annoiata da lì a pochissimi secondi.

Mentre le parlo, mi rendo conto che è davvero un po' stronza come sembrava all'inizio. Ma ha stile, cervello e carisma. Ed è bella, è bella da morire.

«E, sentiamo» mi chiede, «tu, storie, relazioni? A quando risale l'ultima?»

«A circa un anno fa.»

«E come mai è finita?»

«Non l'amavo più. E la cosa era reciproca.»

«Be', una figata!»

«Sì, davvero!» Le faccio l'occhiolino, quasi a prenderla in giro.

«Quanto siete stati insieme?»

«Tre anni.»

«Nemmeno poco.»

«Nemmeno troppo. E poi, se ci pensi, davvero è stato meglio così. Poteva andare peggio, potevo finire in analisi come per la precedente.»

«Per la precedente sei finito in analisi?»

«Be', diciamo che ho colto la palla al balzo, ecco. Quando

abbiamo avuto i primi problemi un po' più seri, per me è stato un vero colpo. Quella volta ero davvero impreparato, e forse lo era anche lei. O forse lo siamo tutti, sempre. Comunque, decisi di andare a parlarne con qualcuno, per avere un consiglio "disinteressato", ma in realtà avevo bisogno di parlare anche di altro, ed è stato un bene.»

«Quindi è stata lei quella "importante"...» Mima il virgolettato, poi prosegue: «Eh, l'amore...», simulando un leggero sospiro, seguito da un furbo sorrisetto.

«Io non so niente dell'amore, per me l'amore è più simile a una pagina bianca che a milioni di parole. Potrei accettarle solo se fossero infinite, le parole dell'amore.»

«Sono d'accordo» dice, facendosi più seria. «Chi siamo noi per definire l'amore?» Poi continua, con uno sguardo curioso: «Dimmi qualcosa dell'amore, ti va?» e sorride dolcemente.

«Mh, non è facile... Vediamo...» Rifletto un attimo mentre la fisso. «Quando qualcuno ti sceglie.»

«Cioè?»

«L'amore è quando qualcuno ti sceglie, senza prenderti per caso, solo perché, magari, cazzonesò, passavi di lì...» Alzo un po' le spalle continuando a guardarla negli occhi, lei non dice una parola e mi fissa. «Ecco, quando succede te ne accorgi, perché quella persona conosce cose di te che non conoscevi fino in fondo nemmeno tu, perché ti ha guardato dentro prima ancora di guardarti fuori, andando oltre il primo strato, quello sotto gli occhi di tutti, quello sul quale, spesso, trovi solo tanta polvere. E l'ha fatto in silenzio, restando in disparte, cercando di "sentire" le parole che tu non sei stato in grado di pronunciare, quelle più vere, quelle più belle, quelle che parlavano davvero di te...» M'interrompo un attimo e riprendo: «Hai presente quando, dopo una delusione, costruisci un muro tra il tuo cuore e il resto del mondo? Quel muro può durare anni, e diventare sempre più spesso... Ecco, l'amore è il momento esatto in cui senti *crac*».

Dopo qualche secondo di silenzio, che pare sfruttare per memorizzare ogni mia singola parola, mentre mi scruta stringendo un po' gli occhi, come per capire dove sia l'inganno, mi fa, con tono serio: «L'amore è proprio quello, sì. Io non avrei saputo trovare nulla di meglio...». Poi riprende subito, cambiando timbro: «E del sesso, cosa sai dirmi? Vediamo...». Alleggerisce l'atmosfera ridendo come un'adolescente, e aggiunge, per sdrammatizzare: «Si sa che poi si finisce sempre a parlare di sesso, no?!».

«Oddio... È vero!» rispondo divertito. «Be', non saprei, fammici pensare... Ecco, riguardo al sesso l'unica cosa che so è che, se due persone non si "sentono"» alzo le dita per sottolineare le virgolette, «non ci sarà mai nessuna posizione che permetterà loro di toccarsi.»

«Bene, diciamo che con le parole ci sai fare...» concede. «Quindi l'amore, per te, è stato la tipa che ti ha spedito dallo psicologo?»

«Direi di sì...» ammetto. Poi, in modo repentino, senza pensarci due volte, la guardo e faccio: «Mi sei piaciuta subito, appena ti ho vista. Ecco, volevo dirlo».

Non resistevo più. Ma non ho avuto il coraggio di dirle tutta la verità: che ero cotto fin dal primo istante, e che era la cosa più bella che mi fosse mai capitato di vedere e sentire...

«Mh, dovevi proprio dirlo?» ride. «Comunque lo mettiamo agli atti, eh...» dice, e mi fa l'occhiolino.

Ricambio il sorriso. «Ecco, sì, era da mettere agli atti, almeno questo.»

«E a quante donne lo dici, mediamente?»

«Cosa?»

«Che ti sono piaciute subito, galletto! Se no, cosa?» E giù un altro sorriso strategico.

«Non a molte.»

Manda giù la sua birra a canna. «Galletto, sei un galletto...»

Mando giù la mia birra a canna. «Se fossi un galletto non te lo avrei detto...»

«Naaa, i veri galletti lo dicono, non usano strategie di quarta classe.»

«Be', quelli sono i fighi, allora. I galletti fighi... E comunque tu la sai lunga, mi sa...»

«Io non so niente, sono ingenua ingenua, fidati...» Poi, con la solita velocità, torna sul pezzo: «Quindi, cosa avresti voluto fare al posto del "broker povero", galletto figo?».

«Lo scrittore, o qualcosa del genere.»

«Pensa... "Lo scrittore, o qualcosa del genere"...» ripete a mo' di scherno.

«Tu me lo hai chiesto... E io ti ho risposto.» Lo dico con un filo di disappunto.

«E va bene, oh, è una bella cosa! Chi ti ha detto nulla? Puoi ancora farlo, comunque, no? Puoi ancora provare...»

«Non credo. In ogni caso ho fatto una scelta, ho preso una decisione.»

«Ok... Ma non scrivi nemmeno per te?»

«Mi capita di scrivere pensieri su un piccolo quaderno rosso, è una via di mezzo tra un diario e un taccuino.»

«Mh... Interessante...»

Continuiamo a parlare ininterrottamente per più di tre ore, quando lei a un certo punto mi fa: «Vogliamo avviarci? Domani si lavora... Non so tu, ma io sveglia alle 7».

«Certo! Sì. Non mi ero reso conto che fosse così tardi. Dài, ti accompagno alla macchina.»

In realtà io non ci sarei proprio andato, a dormire. Sarei rimasto lì con lei tutta la notte, tutta la vita, altro che tardi...

Mentre camminiamo, continuo a chiedermi se devo provare a baciarla, se posso farlo. "Su, un bacio, solo un bacio, cos'è un bacio? Al limite ti dice no. Fatti coraggio!" Arrivati alla sua macchina, invece, lei mi tende la mano frettolosamente e io, altrettanto frettolosamente, la saluto con due baci sulla guancia, in modo quasi brusco, rigido, come farebbe un bambino timido. E scappo via.

Dopo dieci minuti, mentre guido, ricevo un suo WhatsApp:
Mary: "Hai anche tu questa sensazione?".
Luca: "Cioè? Quale sensazione?".
Mary: "Quella sensazione".
Luca: "Quella quale, scusa? Puoi aiutarmi?".
Mary: "Devo aiutarti?".
Luca: "Ehm, ecco, sì sono stato bene... Molto bene...".
Mary: "Ok, lascia perdere".
Luca: "No, dài, dimmi... A cosa ti riferivi?".
Mary: "No, niente, davvero".
Luca: "Ma come niente? Dài... Tu non sei stata bene?".
Mary: "Sì, ma adesso che c'entra come sono stata io?".
Luca: "Non lo so, dimmelo tu".
Mary: "Cosa dovrei dirti? Ok, davvero, scusa, volevo dire una cosa carina ma non mi pare più il caso, sta diventando un casino questa conversazione. Non ci pensiamo più. Notte".
Luca: "No, dài, sono belle le cose carine, ti andrebbe di dirmela? Ci terrei davvero".
Mary: "Avrei voluto tornare indietro e baciarti, era questa la sensazione. Ma davvero è stato necessario dirlo? A quanto pare sì. Ora, se non ti dispiace, parcheggio e dormo. Ok?".
Luca: "Ok. Ehm...".
Luca: "Ehm... Mary...".
Luca: "Anche io".
Luca: "Anche io l'avrei voluto".
Luca: "Ok? Buonanotte...".
Luca: "Sono stato bene!".

Nessuna risposta.

E poi ci sono due persone...
Un ragazzo e una ragazza...

Torino, 25 ottobre

Piccola,
odio sentirti triste e così tesa. Stai tranquilla, adesso ci sono io, ci sono anche da lontano e ti prometto che presto ti porterò via con me. Avremo una casa solo nostra, e nel mio universo tu sarai sempre al centro. Non potrò impedirti di cadere, ogni tanto, questo no... Ma sarò sempre lì, a prenderti per mano tutte le volte che ti rialzerai. Ti guarderò con occhi sempre nuovi, perché ti vedrò arrivare tutte le volte come se fosse la prima, e mi innamorerò ancora come se tu fossi appena entrata nel mio cuore. Ricordati: tu sei quella che ce la fa anche quando gli altri dicono il contrario. Tu ce la fai anche quando sembra impossibile. Tu ce la fai comunque. Tu ce la fai sempre!
Tu fai così, come quei fiori che nascono nelle crepe dell'asfalto: stupisci...
Oggi ho sostenuto l'esame di armi e tiro, credo sia andato bene ma il capitano mi ha richiamato per la barba non perfettamente rasata. Ha ragione, non mi era mai successo. È che ultimamente sono un po' distratto...
Ora mi hanno messo in punizione, non potrò uscire per cinque giorni. Ma non sono triste: li passerò a fantasticare su di noi e sul nostro futuro.
Tu ricordati che non urlerò al mondo quanto è grande il nostro amore, ma lo farò vibrare, il mondo, tutte le

volte che, pensandoti, accarezzerò il tuo cuore. Piccola Lucia, è questo il nostro amore, è così che succede, una mano che stringe l'altra e non la lascia mai. Mai. Perché è così che va: insieme. Sempre. Contro tutto e tutti. Qualunque cosa avvenga.

Ti mando cinque baci, uno per ogni giorno che passerò qui da solo a pensare ai tuoi occhibelli.

Mic

* * *

Napoli, 3 novembre

Gigante, povero il mio gigante! Mi dispiace per la punizione! Ti prego, dimmi che non è colpa mia, che non dipende da me, che non sono io a distrarti. Anzi, no... Dimmelo, ti supplico! Dimmi che dipende da me!
Scusa, sto solo facendo la stupida, è solo che ho tanto bisogno di sentirmi importante per te!
Sai che ieri leggevo un libro e ti pensavo? Mi domandavo: come passi le ore in cui non lavori? A cosa pensi quando non pensi a me? Ti immagino solo nel tuo letto, lontano da casa, lontano dalla tua famiglia, lontano da noi. Sei bellissimo in uniforme, così fiero e orgoglioso.
Ieri ho fatto una passeggiata con Bianca e mi sono detta: "Lucia, lei era lì quando avevi bisogno d'aiuto e tutto il mondo ti aveva voltato le spalle, lei è l'unica persona che sa capirti senza chiederti una sola parola. Ecco, diglielo che non lo scordi e che le vuoi bene! Diglielo quanto la ami e che lei è tua sorella. Dille che per lei tu ci sarai sempre". E così ho fatto, le ho detto tutto, e ci siamo abbracciate forte. Quando torni voglio che tu la conosca, ci tengo troppo! Lei sì che merita la mia attenzione, lei che non mi ha mai giudicata, mai chie-

sto di essere qualcosa che non sono, non come certe persone...
E sai a chi mi riferisco! Che poi... Ti chiedono di essere diversa ma loro sono sempre gli stessi.
Oggi ho accompagnato mamma a fare spese in città. Passando per via Toledo, in una vetrina, ho visto un abito da sposa... Era meraviglioso, gigante! Non riuscivo a smettere di guardarlo e di immaginarmici dentro, e di immaginare quel giorno, con te. Sarà fantastico, sarà il giorno più bello della mia vita.
Oggi ho ripensato a quando abbiamo fatto l'amore a casa dei tuoi, a quanto è stato magico. Ricordo ancora l'odore della tua pelle, i tuoi occhi nei miei. Sono tanto felice che la prima volta sia stata con te. Sei stato il primo e so che sarai l'ultimo. Lo so perché non c'è nulla che vorrei più di te. Lo so perché lo sento. Lo so perché ti amo alla follia!

Ti rimando i cinque baci, più altri cinque, e altri dieci ancora.

La tua piccola

7

L'amore non è mai sbagliato

In cuffia suona Dimartino
con *Amore sociale*

Venerdì 24 novembre 2015

Con Valeria abbiamo prenotato da Kumakiki, un ristorante indiano in zona ghetto nel quale non sono mai stato, anche se è piuttosto noto qui a Roma. Il posto è molto grande, ed è davvero bello, merita la fama che ha. La luce è soffusa, le pareti sono rivestite di carta da parati di velluto rosso decorate con disegni di foglie e ghirigori; a separare le due stanze ci sono tende spesse di canapa grezza, aperte e raccolte da cordoni coi fiocchi. Applique in legno lavorato a nido d'ape che restituisce un'illuminazione soffice, ben dosata. La gente, condizionata dall'ambiente, tende a parlare a bassa voce. Sopra i tavolini, ciotole di vetro piene d'acqua nella quale galleggiano candele accese e petali di fiori profumati. I camerieri indossano abiti tradizionali indiani, e la musica in sottofondo è quella del loro Paese.

«Allora, racconta, come va con Marco?» le chiedo mentre mando giù un boccone del mio samosa...

«Proprio non ti piace, vero?» Poggia forchetta e coltello ai lati del suo piatto.

«No, Valeria, è inesatto dire che non mi piace. È che non sono riuscito a inquadrarlo... Boh, forse è solo che viene da un mondo lontanissimo dal mio. Siamo molto diversi. Ok, no, non mi piace» ridacchio. «Com'è il tuo pesce al cocco?»

«Lo capisco. E in effetti c'è un lato di lui che non piace nemmeno a me, ma ce n'è anche un altro, che mi attira molto... Ehm... Il pesce è buono...»

«Questo mi solleva... Intendo sapere che in lui c'è un lato che non ti piace» rido e lei mi tira una mollica.

«No, davvero, sono combattuta... Perché, sì, me ne rendo conto, ha un'aria da radical chic, ed è snob, troppo snob, e a volte è ridicolo quel suo modo di parlare e di guardarti... Ma c'è altro, oltre a questo. È colto, sensibile, ecco, vedi, non so dirti...»

«No, capisco» la interrompo, e divento serio. «Davvero, capisco. Ce l'ha grosso, questo volevi dire, vero?»

«Vaffanculo! Comunque sì, ce l'ha grosso!» e fa un'espressione come a dire: "Tiè!". Poi continua: «Mi piace anche perché è curioso, ed è dolce e coccolone quando siamo soli, in intimità... E poi perché, forse, ho bisogno di avere qualcuno accanto in questo momento della mia vita, e lui, ecco, io... Ecco, lui...».

La blocco ancora: «Davvero, Valeria, la capisco, la capisco quella sensazione, quel percepire che ci piace una persona, e la sua natura, anche se sulla carta non ha nulla in comune con noi».

«Ti riferisci a Mary?»

«Anche, ma non solo... Mi è capitato molte volte, e la cosa più noiosa è doverlo spiegare, ci sentiamo quasi in diritto di doverle giustificare, certe scelte, certe nostre preferenze, certe nostre debolezze... Ma il mondo cosa cazzo vuole!? Come si permette!?» La guardo sorridendole nel modo più dolce che posso. «Con me non ti devi giustificare, davvero.»

«Ti voglio bene, Luca.»

«Anche io.» Le prendo la mano per un attimo, poi, per tornare al gioco, aggiungo con voce volutamente spocchiosa: «E poi quel palo nel culo lo rende un sacco originale nel camminare...» e scoppiamo in una grossa risata.

«Chissà come si fa a riconoscere la persona giusta...» mi dice poi lei.

«Io non credo a questa storia della persona giusta o sbagliata, sai, Valeria?» Faccio un attimo di pausa e continuo: «Perché in fondo penso che quando ti innamori della persona "sbagliata" significa che, a qualche livello, avevi bisogno di quello "sbaglio", che quindi, in quel momento, era la cosa più "giusta". Poi, ecco... riguardo all'amore, e alla persona "giusta" o "sbagliata"... Ci penso da un po' di tempo, o forse da tutta la vita, e vorrei dire una cosa forse banale: l'amore non è mai sbagliato».

«L'amore non è mai sbagliato!» Lo ripete col tono di chi ti dà atto di aver trovato la soluzione al problema e riconosce che, quindi, non c'è altro da aggiungere. Le brillano gli occhi, mentre mi guarda in modo profondo e tenero e mi fa: «Adoro che tu sia così...».

Non chiedo: "Così come?". Mi basta il fatto che l'abbia detto...

Dopo cena, decidiamo di fare due passi per i vicoli di questa Roma ebraica che pare aver mantenuto intatti tutti i suoi scorci più suggestivi. Posti come questo, di notte, diventano magici, ti pare di essere in una fiaba, di poterci camminare dentro, tutto assume una connotazione diversa, quasi surreale. Il ghetto ebraico di Roma, oltre a essere il secondo più antico del mondo dopo quello di Venezia, è anche tra i più belli, è davvero fantastico.

A cena abbiamo scolato molta birra, birra indiana, e parlato tanto. Lei è una di quelle con cui potrei chiacchierare ore e ore senza mai stancarmi, senza mai sbadigliare. Prima di conoscere Valeria già apprezzavo, se pur in modo timido, la fotografia, ma grazie a lei ho cominciato ad amarla. Parliamo di Francesca Woodman, grande fotografa, artista rivoluzionaria, morta suicida, giovanissima, all'inizio degli anni Ottanta. Mentre camminiamo chiacchierando, a un certo punto Valeria mi blocca e mi prende per il braccio. Fissa qualcosa alla mia destra, pare rapita ed estasiata. «Eccola, è questa la libreria di cui ti parlavo.»

Mi giro e, dietro di me, la vedo. La serranda a maglie larghe permette di osservare bene dentro, di sbirciare, quasi come fosse aperta.

«Bellissima!» le dico, e resto a bocca aperta a fissarla anche io, pensando che il silenzio della notte è il miglior modo per fare la prima conoscenza con un posto così speciale...

«Qui, in questa libreria, tempo fa, ho assistito proprio a una mostra di Francesca Woodman. C'erano anche molti inediti. Guarda, ci sono le sue foto ancora esposte!»

«Dio, che meraviglia...» Lo dico a bassa voce, così bassa che forse non emetto nemmeno un suono.

«Hai detto qualcosa?»

«Ehm, no...» E resto con gli occhi incollati sui libri e sulle foto, fra il suono del silenzio e il profumo delle idee...

Penso a cosa possa essere passato per la testa di Francesca poco prima di andare giù, poco prima di lasciarsi andare, nel (suo) vuoto. Talento fenomenale e fuori dal comune, fotografa e artista rivoluzionaria e piena di poesia, soggetto e oggetto del suo stesso obiettivo, Francesca Woodman a ventidue anni decide di lanciarsi dal tetto del palazzo dove vive. È il 1981. Nel mio cuore voglio immaginare e credere che, poco prima di farlo, abbia detto: «Non voglio più essere niente. Solo in questo modo potrò essere davvero tutto». Non mi consola vederla così, no, nemmeno un po', però "giustifica" – nella mia visione ottusa e limitata – un gesto a cui non so dare un senso, che non so giudicare. E forse il punto è proprio questo, ecco: il giudizio.

Io ho un mio punto di vista: credo dovremmo sospendere il nostro giudizio sulla maggior parte delle cose, dei gesti, dei pensieri. Anche riguardo a noi stessi, anche per le cose più piccole. La mia idea nasce dal fatto che i pensieri, le azioni, le scelte, dalle più insignificanti alle più importanti e grandiose, ecco, sono un po' come certi suoni e certi profumi: si diffondono naturalmente, avanzano, sfumano, finiscono, rinascono. Sono lì, al di là dei nostri giudizi e delle nostre definizioni. Ci penetrano, entrano e toccano quello che devono toccare, cambiano quello che c'è da cambiare, se possono, quando possono. Ci parlano, ci raccontano. E per chi non sa "sentire", per chi non sa "ascoltare", non basterà una definizione, la comprenderà comunque a modo suo, nel suo "piccolo" modo, e invece di essere qualcosa che tende all'infinito tutto sarà inquadrato e ridotto a qualche riga senza futuro, senza respiro, senza "poesia". Quindi, ok, certe cose vanno tenute a mente, scritte, conservate, ricordate, ma finiamola con tutte queste parole per definire, con tutto questo "giudicare". Non ce n'è bisogno. Non sempre. Non per forza. Dovremmo sospendere certa roba come in un volo... Le parole che usiamo per giudicare appaiono sempre così piccole, così incomplete, così banali, non restituiscono mai un senso di vero, di reale, non potrebbero, non ne hanno facoltà. Le pronuncio, le ascolto, le leggo, e manca sempre qualcosa, o c'è sempre qualcosa in più. I giudizi, anche quelli più onesti e ben espressi, hanno spesso quel retrogusto di comica solennità che li rende odiosi, ridicoli e fuori dalla storia, fuori da ogni storia, persino da quelle di periferia, quelle che più amo. E così, nel piccolo, vale per i nostri errori, per gli errori dei nostri amici, per quelli dei nemici, per i gesti d'amore, per le debolezze, per i tradimenti, per gli abbracci. Dovremmo sospendere il giudizio, lasciare che siano i suoni e i profumi di quelle cose, di quelle storie, di quelle decisioni, di quei "voli", a fare il loro corso. Forse la *piccola* grande Francesca, a ventidue anni, non voleva più essere niente perché voleva essere tutto, forse perché non riusciva a essere "qualcosa che bastava", forse perché non riusciva a bastarsi, forse perché non bastava al mondo, forse perché il mondo non era abbastanza per lei, forse perché qualcuno non aveva sospeso il proprio giudizio. Credo che Francesca non volesse certo essere solo una definizione, solo un giudizio a posteriori. Per me non lo è, gli angeli non si giudicano. E forse nemmeno i diavoli... Io voglio guardare le sue fotografie e chiudere gli occhi, e sentire il loro suono. E il profumo. Poi voglio guardare le mie fotografie, quelle che ho dentro, belle e brutte, e non dire niente, e non pensare niente, solo, quando c'è da sorridere, sorridere.

Voglio ballare quando sento la musica, anche da solo. E adesso sono solo, nella mia vita, mi sento perdutamente solo. Anche con tutta questa musica dentro.

Alle tre sono ancora sotto casa di Valeria, a parlare in macchina con lei. Impressionante che abbiamo sempre così tanto da dirci.

«È ancora qui...» Indica la piccola barchetta di carta che non ho mosso dal cassettino della macchina. Da quando l'ho ritrovata ho pensato spesso a quel ricordo, a quella bambina. A quell'occasione mancata. E guardarla, ogni tanto, mentre guido, in questo periodo così fortemente tormentato, mi trasmette serenità e una sensazione di speranza.

«Sì, non so... Mi piace che sia lì...» Fisso per un attimo la barchetta, poi lei.

«Ma la bambina che fine ha fatto?»

«Non lo so, l'ho persa di vista subito dopo... È stata colpa mia, non ho dato il giusto peso al suo piccolo immenso gesto...» Senza permetterle di replicare cambio tema e registro: «Ok, dài, Valeria, o salgo da te e ti scopo a dovere, o vado, che domani lavoro...».

«Sei tutto chiacchiere, meglio che vai...» mi dice, e ridiamo di gusto.

Ci guardiamo in modo ambiguo. E ridiamo di nuovo.

«Sei una stronzetta...» La fisso con aria di sfida, e lei l'accetta. Poi distolgo lo sguardo e lo indirizzo oltre il cruscotto, su una via Taranto buia e deserta. «Buonanotte, Valeria, grazie per la serata...»

«Grazie a te...» Mi bacia sulla guancia, lentamente, mentre io resto fermo nella stessa posizione, ma posso percepire il suo dolce e bellissimo sorriso, anche senza guardarlo con gli occhi, ché i sorrisi belli non si guardano negli occhi, si sentono nel cuore. Appena scende mi volto e la vedo sparire dietro l'angolo del vialetto condominiale.

Tornato a casa, prima di infilarmi a letto prendo il quaderno rosso e scrivo:

> La "banalità" della bellezza mi ricorda, tutte le volte, quanto sia sciocco cercare di decodificare con assurde combinazioni e chiavi di lettura i fatti della vita. Quasi sempre, la porta che tentiamo disperatamente di buttare giù a spallate non è nemmeno chiusa a chiave. Quasi sempre, le persone alle quali tentiamo di inviare improbabili messaggi in codice, pieni di complicati e poco comprensibili sottintesi, non aspettano altro, invece, che un nostro semplicebanale gesto di assoluta bellezza: un sorriso.

Durante la serata ho controllato spesso il telefono. Lo controllo ancora, di Mary niente...

> Vorrei che il pensiero di questa sera fosse come un nastro di seta d'Oriente. Te lo metterei addosso, te lo farei sentire sul petto, facendolo scorrere lentamente, accanto al cuore e, più che un pensiero, sarebbe una carezza.

Mi arriva la notifica di un blog che seguo, di una certa Laura, leggo il post, è una buonanotte:

> Buonanotte a te che hai dentro una luce che ti fa brillare anche quando arriva il buio. Sei caduta ancora. Ti sei

fatta male. Avevi messo tutto in quella storia, il cuore e l'anima, la vita e i tuoi sorrisi. Ma ti ha tradito. Si è preso gioco di te. Ti avevano detto che non ce l'avresti fatta... Non questa volta. E invece guardati, guarda quanto sei bella! Guarda quanta luce! Guarda quanto ha perso!

Spotify:

Alabama Shakes con *Hold On*
Tiziano Ferro con *Non me lo so spiegare*
Daniele Silvestri con *Occhi da orientale*
Alabama Shakes con *You Ain't Alone*
Wiz Khalifa con *The Race*
Niccolò Fabi con *Costruire*
Brunori Sas con *Come stai*
Benjamin Francis Leftwich con *Pictures*
Beach House con *Norway*
James Yuill con *This Sweet Love*
Sufjan Stevens con *The Upper Peninsula*
The Isley Brothers con *Voyage To Atlantis*
Lemongrass con *Cho-Cho*
Avi Buffalo con *Truth Sets In*
Cinematic Orchestra con *Breathe*
Cinematic Orchestra con *Time And Space*
Gary Clark Jr. con *The Life*
Vasco Rossi con *Liberi liberi*
Vasco Rossi con *Stupendo*
Wim Mertens con *Close Cover*
Beach House con *Walk In The Park*
Lo Stato Sociale con *C'eravamo tanto sbagliati*
Jovanotti con *Le tasche piene di sassi*
...

E buonanotte mondo.

8
Magia

In cuffia suona Diego Mancino
con *Le cose inutili*

Venerdì 20 luglio 2015

"Vorrei parlarti" mi scrive lapidaria.

È l'unica occasione in cui è lei a cercarmi e a volermi vedere, dopo che io per qualche giorno sono sparito e non le ho più scritto di proposito... Ed è fatale, per me.

Le propongo una cena e dice subito sì. Sento già, dentro di me, che questa serata, questa maledetta incredibile magica serata, per il mio cuore e per la mia psiche sarà il colpo di grazia definitivo.

La mattina le scrivo: "Scegli: mare, centro, pesce o carne" e lei risponde: "Carne al mare".

E io, che mi ero preparato per le opzioni "centro carne" o "mare pesce", prenotando entrambi, sono costretto a chiamare il ristorante di Fregene per assicurarmi che non abbiano solo menù di pesce. In effetti, ecco, hanno solo menù di pesce...

Riesco a concordare un menù di terra, con una scelta non troppo ampia, semplice ma di qualità.

Metto la mia camicia preferita, azzurra a righe bianche finissime, di un cotone simile al lino, con il collo morbido e un po' stropicciato. L'ho portata in tintoria per l'occasione. E ieri ho fatto lavare la macchina. Prima di uscire, trascorro un'ora davanti allo specchio a sistemare i capelli, passando infine dentro una nuvola di Aqua di Bulgari spruzzata a circa un metro da me, perché, mi hanno detto, è così che si fa per avere addosso la giusta dose del tuo profumo preferito senza che l'effetto sia stucchevole e pacchiano.

Bella l'eccitazione prima di un incontro, la preparazione, i sogni, le aspettative... Soprattutto quando senti il cuore che ti esplode. Sì, insomma, siamo nel 2015, me ne rendo conto, lo so, e il mondo va a puttane, nessuno si chiede più se valga davvero la pena farlo o dirlo, tutti lo dicono e lo fanno e basta, nessuno dà più valore a un bacio o alle parole che dice, nessuno crede più in niente. Leccarsi fra le gambe è come accendere e spegnere una sigaretta... Forse era così anche mille anni fa, non lo so, non ne faccio una questione morale o di etichetta, ma sento che qualcosa non va, sento che qualcosa l'abbiamo persa per strada, qualcosa di speciale, qualcosa che ha a che fare con la bellezza dell'anima, con il tatto, con la gentilezza... Con lo stile.

Eppure, dopotutto, io sento di avere ancora voglia di mettere la mia camicia preferita, profumata e ben stirata per un appuntamento con lei, per fare colpo, per sentirmi bello e "fico". Sento che le stelle, la spiaggia e il mare faranno ancora il loro dovere. Ho ancora voglia di essere quel bravo ragazzo "pulito" che fa cose "sporche". Voglio lavare la macchina prima di andarla a prendere, sì, quel cesso di macchina, piena di righe, vecchia e sgangherata. Voglio avere le palle di credere ancora nel romanticismo di una serata indimenticabile, nella magia del primo sguardo, nella poesia di certi momenti. Voglio essere tanto folle da credere nell'amore.

Perché leccarsi fra le gambe, senza tutto questo, in fondo avrebbe comunque un senso, certo, ma non il senso che voglio io. Io stasera, qualunque cosa accada, comunque vada, voglio che sia magica, deve esserlo, e ho voglia di credere che sia davvero molto più importante tutto il resto, e che il senso sia un altro; ho voglia di recuperare una o due delle cose che si sono perse per strada, negli anni, i piccoli accorgimenti, le attenzioni, alcuni preziosi dettagli, il rispetto e la voglia di mettersi in gioco, di esporsi, tutte quelle cose lì, dimenticate nel tempo, superate, sorpassate da moderni, frettolosi, mediocri approcci, io voglio recuperarle perché ne vale la pena. E le sue gambe, a meno che il mio cuore non schizzi fuori dalla mia camicia preferita profumata e ben stirata, rimarranno chiuse, lo giuro, io non oserò aprirle. Perché il mondo va a puttane, ok, ma io stasera sarò con lei...

Dopo aver scritto la combinazione "carne al mare", quasi per giustificarsi, Mary ha aggiunto: "Nei ristoranti di mare io in genere ordino il menù bambini: hamburger e patatine fritte". E io ho pensato: "Che stile!".

La verità è che avrebbe potuto dire qualunque cosa, io avrei pensato comunque: "Che stile!". Perché, quando ti chiedono: "Cosa ti piace di lei?", tu non sai rispondere. Succede questo, quando siamo innamorati: prendiamo tutto, ci piace tutto, senza chiederci perché. E le domande sono inutili tentativi di razionalizzare una magia che ha bisogno solo di essere vissuta col vento in faccia, le ali ai piedi e gli occhi chiusi...

Stasera i miei occhi sono chiusi, chiusissimi, e ho staccato i piedi da terra già da un po'. Per me amare significa arrivare sull'orlo del precipizio e buttarsi giù, pur non essendo certi di saper volare. La parte bella del volo è il vuoto che senti quando lasci terra.

L'appuntamento è davanti all'Harry's Bar di via Veneto, dove Mary ha un aperitivo con alcune sue amiche.

Alle 20 sono lì. Dopo pochi minuti la vedo uscire e, per l'ennesima volta, provo quella sensazione di stupore misto a eccitazione misto a panico misto a meraviglia. Indossa una gonna beige, senza calze, scarpe blu aperte con tacco medio, camicia in lino, bianco sporco, con i bottoncini piccolissimi in madreperla e un foulard di seta in stile Audrey Hepburn.

Capelli legati con la coda. I soliti braccialetti, il solito charme. Cammina verso la mia macchina lentamente, ma con passo deciso, con la consueta sicurezza, fissandomi, con quel suo vezzo di inclinare leggermente la testa a sinistra che già avevo notato la sera del Pigneto.

«Buonasera» mi fa entrando in macchina con un sorriso appena accennato.

«Buonasera» rispondo restituendo il sorriso. «Stai molto bene» aggiungo.

«Ma grazie! Allora, pronti per il mare... Andiamo?»

«Andiamo!» dico, e rido mentre parto. Intanto nel mio stereo passa Ed Alleyne-Johnson con *Orange* e il suo violino elettronico senza pari al mondo.

Poco prima delle 21 siamo a Fregene. Da Luigi è un posto carino, non troppo affollato, niente a che vedere con quei locali modaioli e pieni di tavoli uno attaccato all'altro. Me lo ha consigliato Franco, ha chiamato lui per me. Con Franco, su questo genere di cose, non sbagli mai: è un buongustaio e sa scegliere i posti giusti, soprattutto perché può permetterseli.

Beviamo vino californiano, su suggerimento di Luigi. Ramey Chardonnay, un Carneros del 2008. Bianco, gelato, leggermente fruttato ma fermo: ottimo. La conversazione di persona, anche in questo caso, è favolosa. Nessun attrito, nessuna ostilità, niente giochi o competizioni. Optiamo entrambi per un primo: fusilli con pachino e scaglie di ricotta salata, preceduto da un antipasto in condivisione di mozzarella di bufala e prosciutto crudo spagnolo tagliato a mano.

«Allora, cosa dovevi dirmi?» le chiedo, con un sorriso accomodante.

«No, niente, solo che vorrei che tu capissi la mia situazione... Cioè, non è che io non voglia vederti, ma lo sai...»

"In realtà, no, non lo so" penso, un attimo prima di rispondere: «Certo, lo so, è che dopo esserci visti mi hai scritto una cosa, mi hai detto di quella sensazione... E... Anche io, ecco... Ti penso spesso...».

«Ed era vero, l'ho sentita, ma era solo una sensazione. Cioè, Luca, non lo so... Comunque ora mi sento in imbarazzo...»

È davvero rossa in faccia, sorride coprendosi il viso con il palmo delle mani.

«Scusami, hai ragione, è stupido parlarne. Non dovevo tornare sull'argomento...»

«Non scusarti, sono io la scema. Mi rendo conto di essere contraddittoria, se così non fosse non sarei nemmeno seduta qui, con te...» Sorride mostrando i suoi denti bianchi e l'incisivo leggermente rientrato e scheggiato – un'imperfezione che la rende umana, e terribilmente sexy. Poi, alzando un po' il calice di vino all'altezza degli occhi, mi fa: «E, dimmi, sei mai stato in California?».

È incredibile come riesca a uscire velocemente dalle situazioni che la imbarazzano senza tradire il minimo impaccio.

«Sì, nel 2011. Tu?»

«Io no, ma vorrei andarci. Ti è piaciuta?»

«È molto bella, anche se non l'ho vista tutta. Però ho percorso la statale One, quella che costeggia il mare, da San Francisco a San Diego. Avevamo affittato una Pontiac, io e tre amici... Se devo scegliere una cosa della California, una sola, scelgo Big Sur. È in assoluto il posto che mi è rimasto più impresso, quello che mi è rimasto più dentro.»

«Dài! E perché?» Accende una sigaretta, è la prima volta che la vedo fumare. "Deve essere una di quelle persone che riescono a fumare poco e solo nei momenti giusti, quelli che meritano" mi dico. Ho sempre invidiato questo tipo di fumatori, non come me che sono stato costretto a smettere perché o tutto o niente.

Mi porge il pacchetto con una Marlboro sporgente e mi fa: «Ne vuoi una?».

Cazzo.

«Oh, no, no... Ho smesso un anno fa, ne fumavo troppe, ma non sai quanto mi andrebbe ora...»

«Io sono contro lo smettere del tutto, non ne vale la pena...» risponde mantenendo il braccio teso e la Marlboro verso di me, ma io le faccio segno con la mano come a dire: "Grazie, vorrei tanto ma passo". Lei alza un po' le spalle, posa il pacchetto sul tavolo, accanto al piatto, e riprende: «Ok, dài... Dimmi di Big Sur. Perché ti ha colpito tanto?».

«Per il tramonto, dicono sia il più bello del mondo. È impressionante, ti resta dentro per sempre... Immagina il cielo e il mare, e poi le nuvole e la nebbia, con le montagne dietro l'angolo. Ora prova a immaginare di non riuscire a capire dove inizia una cosa e finisce l'altra: potrebbe essere cielo, invece è mare... Potrebbe essere nuvola, invece è nebbia, potrebbe essere vero, invece è magia... Senza soluzione di continuità, tutta la poesia del mondo racchiusa in quell'orizzonte...» Alzo le braccia a mezz'aria con i pugni chiusi, aprendoli poi all'improvviso come farebbe un mago al termine del suo numero, e la fisso con lo sguardo di chi indaga per capire se ha fatto centro...

«Wow» esclama, e resta un po' a bocca aperta. «*Cheers!* Al nostro grande tramonto pieno di magia! Potrebbe essere acqua, invece è vino...» E giù un altro sorriso perforante.

«*Cheers!*» ricambio il sorriso mentre sento che le cose stanno andando per il verso giusto.

«Ricordi quando mi hai descritto il tuo concetto dell'amore? Eravamo al Pigneto...» Assume un'espressione seria.

«Sì, certo che lo ricordo.»

«Ecco, ho pensato a questa cosa, al mio concetto di amore...» Io non dico nulla, la lascio parlare. Così lei continua: «Vuoi saperlo? Vuoi sapere cosa penso dell'amore?». Me lo chiede con un tono di voce dolce e pacato, accennando un sorriso pieno di grazia.

«Certo!»

«Sai, a Roma ci sono alcune chiese nelle quali sono custodite opere del Caravaggio. Non lo sanno in molti, eppure sono lì, esposte, in bella vista. Chiunque può entrare e godere di quello spettacolo immenso e meraviglioso, senza pagare. Ecco, per me l'amore è questo: un miracolo alla portata di tutti. L'amore è lì. Basta volerlo vedere. Basta entrare. Basta crederci.»

«Wow! Davvero bello, Mary...» La fisso sorridendole. Senza aggiungere nulla.

Dopo cena le propongo un drink in un bar sulla spiaggia, a pochi metri dal ristorante, con dei divanetti bianchi di paglia, proprio sulla sabbia.

«Che bella la sabbia, vero?» le dico. «Se ti va, dopo aver bevuto qualcosa, ci togliamo le scarpe e camminiamo un po'...»

E lei: «Perché non subito?».

«Perché no...»

E così, senza nemmeno entrare nel bar, a piedi nudi, ci dirigiamo verso il mare, fino ad arrivare a pochi centimetri dalla riva; l'acqua lambisce le nostre dita, con quelle onde cariche di una potenza appena sufficiente a ricordarti che la vita è tutta lì, in quel rumore, in quel profumo di salsedine, in quel tocco di bellezza che va e viene, che ti sfiora e ti accarezza e ti fa sentire vivo.

«Guarda» mi dice lei indicando qualcosa sulla sabbia bagnata.

«Cosa c'è?» chiedo avvicinandomi.

«Ah, ma è una bottiglietta di birra! Pensavo fosse un pezzo di vetro, quei meravigliosi e colorati frammenti levigati dal mare e dalle intemperie.»

«Belli quei sassi... da bambino facevo la collezione!»

E non posso fare a meno di ripensare a quella piccola e preziosa bottiglia che trovai qualche anno fa sulle coste di Capo Verde...

Quindi camminiamo fino a un gabbiotto chiuso a chiave che ci protegge da sguardi indiscreti.

Lì la stringo contro di me e la bacio, a lungo. Mi sento bollire, sono cotto, cucinato, vorrei bloccare il tempo, il mondo, incastrare quel momento, controllarlo, tenerlo fra le mani e riporlo in una scatoletta di seta, cristallo e magia che aprirei quando ne ho voglia, o bisogno. Ogni tanto mi fermo e la fisso, col dorso della mano le sfioro le guance, avvicinando i miei occhi ai suoi, per convincermi che sia vero, che sia vera. Le accarezzo i capelli, le massaggio la nuca con i polpastrelli. E lei è lì, immobile, sembra persa in quel trasporto nel quale sono perso anche io. Poi accosto le labbra al suo collo, ed ecco... Quando avvicino bocca e naso al centro di quell'area posizionata fra la spalla e l'orecchio di una donna, in quel preciso istante so come sarà fare l'amore con lei. E, quando lo faccio, se il suo odore mi fa chiudere gli occhi e staccare i piedi da terra, allora so che non sarà fare l'amore, ma sarà il paradiso. Il collo di Mary mi fa piangere di piacere, lo bacio e lo lecco e ci soffio su, fino a dietro l'orecchio, e dentro.

«Stai bene?»

«Sì...» Ansima, mentre la mia mano finisce fra le sue gambe.

«Ti va?»

«Non lo chiedere...» Lo dice con un filo di voce e gli occhi chiusi, mentre si morde il labbro inferiore e mi afferra i capelli da dietro.

Iniziamo a fare l'amore sulla sabbia, come due adolescenti, lei sopra, io sotto, e tutto scorre liscio, scorre liscio come i miei pensieri sui suoi, e sento che il mio sudore si mischia col suo. Il sesso con lei è un gioco di sguardi e di fiducia, di gocce e desideri liquidi, un gioco di capelli fra le mie mani serrate che le fanno piegare la testa indietro e le procurano quel dolore-piacere che ti stacca i piedi e il corpo da terra, e sospende pensieri leggeri, e rende un sabato notte rarefatto, ecco, è un gioco di respiri profondi fra il collo, la spalla e l'orecchio, saliva fra le sue gambe e le mie labbra, e in fondo, ogni centimetro del suo corpo è sesso per me, è amore, è follia, è quello che mi serve, quello di cui ho bisogno...

È tutto così surreale e fantastico, anche quello che c'è intorno lo è, pure il gabbiotto in legno, il cane che abbaia in chissà quale giardino nelle vicinanze, le stelle, e il bar in lontananza, il rumore del mare, il profumo della salsedine; le mie gambe che tremano e le voci lontane di ragazzi che parlano e ridono, la luce della luna che fotografa in penombra i nostri lineamenti persi e ritrovati gli uni negli altri, ogni granello di sabbia, la musica che sento adesso, la musica che sento dentro, quella che sento addosso, gli attimi che non so definire, singoli infiniti attimi di godimento e amore e sesso e respiri: tutto è sesso con lei, perché tutto è amore, e intorno nulla può sfiorarci perché nulla è altrettanto importante, come in un cuscinetto spazio-temporale solo nostro, la nostra zona franca, il nostro salvavita. Ci tocchiamo, ci penetriamo solo perché ci siamo già sentiti dal primo momento, quando ancora non ci eravamo nemmeno sfiorati, e se nella penombra confondo i miei occhi con i suoi, o cerco le sue mani e trovo le mie, è solo perché non c'è un limite o un punto, ecco, il sesso con lei non ha limiti, punti, spazi o virgole, fare l'amore con lei è un flusso senza punteggiatura, sgrammaticato e scorretto, senza numeri o geometrie, senza regole e traiettorie, un flusso che scorre liscio e diventa altro, si trasforma sempre, diventa molto di più, o molto di meno, su o giù, sotto o sopra, e non ha un nome perché non può averne uno, come tutte le cose belle e speciali, è solo un flusso che scorre chiuso e protetto in questo nostro universo magico e parallelo...

Quella è stata l'unica volta in cui abbiamo fatto l'amore. Dopo quella notte non ho fatto che pensare a lei, senza tregua, senza mai un minuto di pausa. Da sveglio e nel sonno, e in fondo non sono nemmeno più certo che la realtà e i miei sogni non siano la stessa cosa, che non coincidano. Un'ossessione. Una meravigliosa maledetta implacabile ossessione da cui pare non possa guarire.

9
Cose belle

In cuffia suonano i Coldplay
con *A Sky Full Of Stars*

Era l'agosto del 2009, insieme a Carla, la mia ex, stavamo trascorrendo una vacanza a Capo Verde, dopo essere stati alcuni giorni nella capitale Praia, ci spostammo a Boa Vista, poi a Sal, e infine nella splendida Santa Luzia, un'isola paradisiaca e minuscola, lontana dalle solite rotte turistiche. Erano gli anni in cui mi giravano un sacco di soldi fra le mani e potevo permettermi di viaggiare alloggiando in alberghi di lusso, visitando posti fantastici ed esotici... Vedendo tante cose senza sentirne nessuna dentro. Puntando a tutto senza avere davvero niente.

Quella volta prenotammo un resort pazzesco con dei bungalow in legno su palafitte, immersi nella giungla, e la giungla, a sua volta, era proprio sulla spiaggia, con quella vegetazione esplosiva tipica dei luoghi tropicali: ricordo palme altissime e spettacolari, la spiaggia sembrava quella del film *The Beach*. Mai vista una sabbia tanto fina e tanto bianca. Mai vista un'acqua tanto limpida e cristallina. Era tutto stupendo, a vederci da fuori, ma io ero completamente annegato in quella deriva personale iniziata qualche anno prima, che mi aveva allontanato per sempre dalle cose che contavano davvero per il mio cuore, mi aveva allontanato dalla mia natura. Dal piccolo Luca.

Stavo bene ma stavo male. Ero vivo ma ero morto. Però questa è un'altra storia...

Tornando a quel giorno, stavamo mangiando del pesce crudo sulla spiaggia comprato direttamente da un pescatore che aveva ormeggiato la sua barca pochi istanti prima accanto a noi, mentre il sole iniziava a calare meravigliosamente sul mare.

Ricordo di averla notata subito, incastrata fra due rami secchi, brillava di una luce arancione, blu e rossa come quella del tramonto. Lasciai il piatto con i gamberi e la birra lì sul bagnasciuga e mi alzai per andare a vedere di cosa si trattasse.

Sorrisi osservandola, era piccola e arrotondata, sembrava una di quelle bottiglie delle versioni in miniatura dei liquori, quelle da collezione. Mi avvicinai un po' notando che era chiusa con un tappo di sughero integralmente infilato nel collo. Mi chinai per guardarla ancora meglio.

«Guarda!» esclamai.

«Cosa?» mi chiese Carla alla quale, nel frattempo, mi ero riavvicinato.

«C'è qualcosa dentro questa bottiglietta!»

«Mh. Sembra un sacchetto di plastica!» disse con una certa indifferenza, distogliendo velocemente lo sguardo.

«Sì! E dentro c'è un foglio ripiegato!»

«Forse non è il caso di aprirla. E poi che te ne frega? Buttala!» lo disse girandosi, continuando a mangiare e a leggere il suo libro.

«Forse hai ragione...» risposi io.

Carla sapeva essere molto sbrigativa davanti ad alcune cose.

Io, invece, non la buttai. Tenni la bottiglietta con me, la misi nello zainetto e poi, di notte, nel bungalow cercai un cavatappi. C'era dell'ottimo vino bianco nel frigo, doveva esserci anche qualcosa per aprirlo, e infatti lo trovai.

Ricordo di aver stappato la bottiglia con un'eccitazione insolita per quel periodo della mia vita. Tirai fuori il sacchetto con dentro il biglietto, mentre Carla già dormiva. Uscii e mi sedetti su un letto in bambù, con una vista mozzafiato sul mare. Aprii il foglio e lo lessi, non prima di accendermi una

Marlboro. Rimasi letteralmente stupefatto: era un messaggio d'amore datato 26 ottobre 2002, sette anni prima, un grido d'aiuto di una potenza sconvolgente e commovente. Mi chiesi cosa potessi fare, se parlarne con Carla, ma ero sicuro che lei non avrebbe capito. Decisi di richiudere il messaggio dentro la bottiglia e scendere giù in spiaggia per lasciarla andare, sperando che potesse arrivare dove doveva. La lanciai a nemmeno un metro dal bagnasciuga, e come per magia lei iniziò ad allontanarsi, e in pochi minuti la persi di vista. Poteva sembrare una cosa stupida, e forse lo era, ma mi sentii felice per averlo fatto, sentivo che forse quel messaggio aveva davvero una chance di arrivare al suo destinatario, e che forse quel mio gesto avrebbe davvero potuto salvare una o più vite, o magari solo migliorarle. Perché in fondo è così che succede, noi scegliamo di essere qualcosa, di compiere delle azioni, piccole o grandi che siano, e quei gesti poi ne produrranno altre, di azioni. E forse è così che fa l'amore, inizia con dei piccoli e apparentemente insignificanti segni, e poi diventa qualcosa di più grande, via via che si compiono passi, man mano che si incrociano sguardi, fino a che, un bel giorno, non si realizza un miracolo, qualcosa di immenso e sconvolgente che nessuno sa spiegarsi, che sa di buono, che sa di magico, qualcosa che all'inizio era solo un minuscolo solco sulla sabbia, una luce negli occhi. Un grido d'amore. Una bottiglia che si perde nell'oceano, all'orizzonte. Come quel messaggio.

Rientrato nel bungalow mi misi a letto, accanto a Carla; lei nel dormiveglia mi chiese dove fossi stato, le accennai al messaggio nella bottiglia e al fatto che lo avevo riaffidato al mare. Rise e mi disse che ero pazzo a occuparmi di certe scemenze. Mi abbracciò e si rimise a dormire. Risi anch'io confermando che erano scemenze e che lo avevo fatto semplicemente perché non avevo sonno e non sapevo come ingannare il tempo.

Poi mi girai e, prima di dormire, sentii un piccolissimo brivido sulla schiena e un sussulto nello stomaco.

Ero felice, non sapevo perché, ma ero felice.

Le cose belle iniziano così, con un piccolo brivido sulla schiena.

MI CAPITA DI CHIUDERE GLI OCCHI
E TORNARE A QUEI MOMENTI.
SE IL VIAGGIO PIÙ BELLO È QUELLO
DENTRO DI NOI, IL MIO VIAGGIO PIÙ
BELLO SEI TU

10
Broker, rapper e videogame

In cuffia suona Marracash
con *Bastavano le briciole*

Sabato 25 novembre 2015

Alle 11 mi sveglio per un notifica sul cellulare. Il sabato in genere lo spengo, il telefono...

Ci sono messaggi di Valeria e Nicola.

Valeria: "Grazie ancora per la cena e la serata, adoro passare del tempo con te. E grazie anche per tutto il resto...".

Mentre penso sorridendo al bellissimo messaggio di Valeria e a quel *resto*... leggo quello di Nicola.

Nicola: "Capo, Nicola ha aggiornato il sito della società! Ora è una bomba!".

Rispondo.

Luca: "Grazie Nicola! Ma non era necessario lo facessi di sabato! Ora vado subito a vederlo!".

Poi rispondo a Valeria.

Luca: "Siamo solo per pochi perché ci basta uno sguardo di intesa con una sola persona per azzerare mille tradimenti. E tu per me rappresenti questo, Valeria, un posto dove sentirmi a casa, dove sentirmi al sicuro...".

"Marini Broker S.r.l. è una nuova realtà che ingloba e sintetizza la continua evoluzione del mercato assicurativo e delle nuove tendenze. L'azienda nasce con l'obiettivo di porsi nel settore dell'intermediazione assicurativa in un modo innovativo e originale, attingendo dalla tradizione italiana aspetti come solidità e serietà, ma rifacendosi alla cultura assicurativa anglosassone relativamente all'approccio aperto alla valutazione di ogni tipo di rischio senza alcun preconcetto o preclusione. Marini Broker S.r.l. si avvale della collaborazione di partner con esperienza trentennale nel ramo assicurativo."

Questo – e altro – sul sito web della mia società, quella che rappresento, quella di mia proprietà, quella che ho ereditato e rilevato da mio zio Alfredo, uno dei fratelli di papà, affiancandolo negli ultimi anni della sua attività professionale e seguendo parallelamente un corso privato, specifico e molto costoso, durato ben due anni, per sostenere il difficile esame statale da broker, poi passato con un discreto punteggio.

Ho corrisposto a mio zio una cospicua buonuscita, scaglionata, per fortuna, nel tempo, mensilmente e in base alle entrate. Numero totale degli addetti: due. Io e Nicola. Inizialmente c'erano altre due collaboratrici, Marta e Adele, ereditate dalla vecchia gestione dello zio, ma sono stato costretto a licenziarle un anno fa, per via della crisi. Nicola è con me da circa quattro anni, un paio di anni dopo il mio subentro. Alcuni clienti li ho mantenuti, altri, nel tempo, li ho persi. Ai tempi dello zio la concorrenza non era così spietata, e lui era molto più cazzuto di me nella lotta per accaparrarsi un cliente, lui sì che sapeva essere la fottuta "concorrenza spietata" dei suoi competitor: questione di attitudine.

Anche io, comunque, nei primi anni, guadagnavo un sacco di soldi, e non era solo per via del periodo economico più favorevole. Ero davvero spregiudicato, proiettato al guadagno, a ogni costo, deciso a emergere, ambizioso. Non mi fermava niente, business, business e business! Questa era la mia vita. Ero in quella fase del "mondo esclusivo", quello della gente "bene". Quello del voltafaccia al mio cuore e al piccolo Luca. Poi, col tempo, in me è cambiato qualcosa. Col tempo, in me, il paradigma del *do ut des*, filosofia che mi ero sforzato con tutte le energie di fare mia, si è sfaldato come un'impalcatura di cartapesta, è crollato insieme a quella visione cinica in cui mi ero incastrato violentando la mia reale natura, creando dilanianti movimenti interni alla mia anima; il "piccolo esclusivo universo" a cui avevo tanto aspirato, e di cui per un breve periodo avevo goduto, aveva a che fare con scelte e percorsi sbagliati, con scorciatoie e compromessi, con una ricerca "a perdere" di corrispondenze che stonavano con la mia anima, dissonanze emotive, sguardi sfuggenti, valori sbiaditi, sapori sballati. Quelli erano i tempi degli eccessi: macchine sportive, cene di lusso, locali alla moda, frequentazioni mondane. Una parentesi di vita lontana dal mio cuore, dalla mia storia, troppo sopra le righe – le mie righe, quelle del mio pentagramma, quelle della mia musica... Una parentesi che continua a fare un gran casino dentro di me, ancora adesso, nel mio presente stonato.

Negli anni, fra nuove acquisizioni e i clienti persi, il fatturato è rimasto grossomodo invariato, le spese invece sono salite, e di tanto, ed è sempre più dura tenere in piedi la baracca.

Nicola ha trent'anni, uno meno di me, ed è un tipo piuttosto strano. Nel tempo abbiamo stretto un rapporto molto buono e capita, se pur di rado, di sentirci anche fuori dal lavoro. Non lo definirei ancora un amico, ma nemmeno un semplice collaboratore. Sotto il profilo professionale, è meticoloso e preparato, e ha una laurea in Economia. È fin troppo per quel che serve a me, e infatti mi chiedo spesso perché non si cerchi qualcosa di più remunerativo... A volte, senza che neanche glielo chieda, si ferma oltre l'orario di lavoro per sistemare l'agenda o, non so, per eseguire il backup dei pc, o per creare un *template* nuovo e più efficace per le mail che mandiamo ai clienti, per informarli delle scadenze. Solo che per il resto è davvero strampalato, occupa il tempo libero in modo quantomeno bizzarro. Per esempio, è fissato con i videogame vintage, tipo Monkey Island o Prince of Persia... Roba che è stata creata per consolle preistoriche come il VIC-20, il Commodore 64 o l'Amiga. E poi ha la passione per il rap italiano, una passione che condividiamo. Solo che, con i suoi interessi, lui diventa ossessivo, vuole sapere tutto, ogni cosa, il minimo dettaglio, e questo per due ragioni: la prima è che è semplicemente un pignolo psicopatico esaltato; la seconda è che, così facendo, può chiamarti nel bel mezzo di una pigra domenica pomeriggio e chiederti: «Come si chiamava il bisnonno di J-Ax?», ridacchiare pochi secondi, compiacersi della tua ignoranza e darti la risposta. Lui conosce a memoria tutti i testi delle canzoni comparse, anche sottobanco, nel panorama rap italiano, inserite anche per sbaglio in impossibili compilation autoprodotte da giovani emergenti; è abbonato a tutte le newsletter, blog e forum che trattino anche marginalmente l'argomento; va a qualsiasi concerto o jam di cui venga a sapere. Di ogni gruppo conosce qualsiasi componente, e sa se questi, a loro volta, in passato hanno prodotto cose per conto proprio o militato in altre band; è informato persino sugli scazzi che ci sono fra le varie *crew* e, se avverte che qualche informazione gli sta sfuggendo da sotto il naso, comincia a inviare mail a chiunque ne possa sapere qualcosa e, se non è convinto di aver saputo tutto quello che c'era da sapere, lui va avanti, lui va fino in fondo. Fa in modo di avvicinare rapper, discografici o dj, insomma, esponenti di spicco del settore, e li mitraglia di domande sul futuro di questo o quell'artista, con la scusa di raccogliere informazioni per una prossima apertura di un portale dedicato al mondo hip hop... Insomma, è completamente pazzo, ma è una persona affidabile.

In realtà, l'ossessività di Nicola nel coltivare i suoi hobby deriva dalla mancanza di una sana occupazione del tempo nelle ore non coperte dal lavoro: le donne. Da quello che ho potuto capire, non ne ha praticamente mai avute e, con gli anni, il suo impaccio con il genere femminile si è via via trasformato in un atteggiamento intriso di odio e superiorità. Ne parla spesso con fare irritato e non fa mai nulla per cercare di piacere a qualcuna di loro. Ma in realtà so che le ragazze gli piacciono molto. Nicola non è brutto, tutt'altro, i suoi problemi col mondo femminile non derivano dal suo aspetto. Il problema è dentro di lui, e soprattutto nel suo passato.

A quindici anni, quando frequentava il liceo, si innamorò di una ragazza della sua classe, che aveva tutti intorno, soprattutto gli studenti più grandi. La classica reginetta della scuola. Lui, che è sempre stato un mezzo genio, le passava tutti i compiti. Per questo Giorgia, è così che si chiamava, quando sapeva che il giorno seguente sarebbe stata interrogata, chiedeva a Nicola di sedersi al banco dietro di lei e lui le suggeriva tutte le risposte, rischiando e beccandosi più di una nota sul registro. Ogni giorno, all'uscita, Nicola l'accompagnava a casa con il suo motorino, anche se le loro abitazioni erano in quartieri diametralmente opposti. «Ma poverina» diceva sempre, «lei non ha il motorino, e con i mezzi pubblici ci impiegherebbe due ore per tornare.» Lei lo trattava come un cagnolino, qualsiasi cosa ordinasse, lui scattava, ed era impossibile farlo ragionare, inutile fargli notare quanto Giorgia fosse opportunista: era totalmente perso.

Fra loro non ci fu mai neanche il barlume di un approccio fisico, e Nicola era convinto che questo dipendesse dall'integrità fisica e morale della ragazza. Fu un duro colpo, quindi, vedere le foto che a un certo punto iniziarono a girare per la scuola – stile volantini pubblicitari – in cui Giorgia e uno del quarto, completamente nudi, si incastravano in tante posizioni da far impallidire i più accaniti giocatori di Tetris...

Ecco, quel giorno, tra Nicola e l'universo femminile, si creò una crepa, che sarebbe diventata con gli anni una voragine incolmabile.

Queste cose me le ha raccontate lui una sera di circa un anno fa. Il giorno prima era stato il mio compleanno e gli avevo proposto una pizza e una birra. Ma le birre sono diventate tante, e a fine serata lui, completamente ubriaco, si è lasciato andare.

Non ne abbiamo mai più parlato, dopo. E io non mi sono mai più permesso di aprire il discorso.

Nel pomeriggio, dopo il jogging, porto la Smart a fare la revisione, il meccanico è un tipo simpatico e la sua officina, più che un'officina, sembra una gioielleria, non ne avevo mai vista una tanto pulita. È attaccata a una villetta deliziosa che immagino sia la sua. Non è molto lontana da casa mia. Do le chiavi dell'auto a un giovane, deve essere un dipendente. Mentre attendo, scambio due chiacchiere con il titolare. Niente di che, si parla del più o del meno, le solite cose che si dicono in queste circostanze. Dopo un po' decidiamo di darci del tu. Lui, mentre parla con me, è sdraiato sotto un'auto, e ogni tanto mette la testa fuori per dialogare.

«Visto che freddo, pare sia prevista addirittura neve nei prossimi giorni.»

«Neve? Ma a Roma non nevica mai!» dico io.

Nel frattempo riconosco le note di *Una canzone per te* di Vasco che suona in sottofondo in filodiffusione. E apprezzo.

«Eh, ma pare che questa volta...» Poi prosegue: «Comunque a me piacerebbe, c'è molta poesia nella neve...».

Lo guardo stupito, un meccanico che parla di poesia...

«Ha ragione, lo penso anch'io. Ma sai, col mio lavoro... io giro molto in macchina, di qua di là, sarebbe un bel casino per me! Roma non è mai pronta per la neve!»

«Che lavoro fai?»

«Il broker assicurativo. Il broker assicurativo povero...» e sorrido.

E ride anche lui. Incredibile! Il primo che ride della mia battuta sul *broker povero*...

Poi diventa serio per un attimo e mi fissa negli occhi.

«Comunque va bene, va bene lo stesso...»

«Cosa?» chiedo.

«Va bene lo stesso se sei povero, sono altre le cose che contano, sono altre le cose che vanno considerate...»

Io non dico nulla perché resto pietrificato, e lui continua: «Dobbiamo prenderci per quello che siamo e, a volte, abbracciarci da soli» e allarga le braccia con un bel sorriso per poi tornare – credo – su dei bulloni.

«Non so che dire, giusto...» lo dico quasi balbettando, poi continuo: «Comunque era una battuta, era una battuta quella del "broker povero"...» e gli faccio l'occhiolino.

«Ah, be', lo so, l'ho capito!» e sorride ancora.

Un attimo di silenzio. Poi arriva il giovane che aveva preso in carico la mia auto e dice che è tutto ok, che i test di verifica sono terminati. Tiro un sospiro di sollievo. Pago e me ne vado. Non prima di aver salutato con una calorosa stretta di mano Leonardo, il meccanico della poesia, che mi guarda ancora in un modo strano...

Mentre mi allontano sono quasi certo di veder entrare a piedi nell'officina un mio cliente che tra l'altro devo incontrare la prossima settimana.

Tornando a casa penso a quelle parole, e credo che abbia davvero ragione, a volte abbiamo solo bisogno di questo, di abbracciarci da soli.

Scrivo un messaggio a Nicola.

Luca: "Ottimo il sito web, ora la home si apre benissimo e le foto non sgranano! Sei un grande Nicola! Grazie ancora!".

In cucina, su una mensola, fra le bollette della luce e quelle della Pay Tv, vedo un biglietto, è una delle cose che avevo scritto la mattina dopo aver fatto l'amore con Mary:

> Sei bella senza trucco, sai? Mentre sorridi un po' spaesata, lì sul mio divano, dentro quel maglione che ti sta mille volte, rannicchiata in un angolo, in punta di piedi, tu che sei entrata nel mio cuore e ti sei presa tutto.

Ti avevo immaginato già a casa mia, nella mia vita. E invece niente, niente...

> Sei la mia tentazione più bella, fai male quanto basta quando cedo, fai male da morire quando manchi. E manchi quasi sempre, cazzo.

Cucino un hamburger e delle patatine fritte. Ok, "cucino" è una parola grossa...

Poi metto un vinile, suona *Unchained Melody* nella meravigliosa versione dei Righteous Brothers.

Prendo il quaderno e scrivo...

> Ti porterei a guardare il mare, in una di quelle notti d'agosto con le stelle, la luna e la poesia. Metterei un po' di musica, e poi ti sussurrerei nell'orecchio che sei bella. Che mi piaci. Che ti desidero. E che mi manchi da morire, anche quando sei con me.
>
> Ti porterei a sentire la pioggia, in una di quelle notti d'inverno con le nuvole il vento e la magia, ce ne staremmo lì, in macchina, con il ticchettio sul vetro che ci culla, con le mie mani nelle tue mani. Con i tuoi occhi nei miei occhi. A disegnare cuori, sorrisi e i nostri nomi sui vetri appannati.
>
> Ti porterei dei fiori, in mezzo ci metterei anche un po' di carezze, qualche storia e un vestito da principessa. Così poi andremmo a vivere una favola e tu con il vestito addosso mi chiederesti "Come mi sta?" e io risponderei "Sei la creatura più bella del mondo!". Poi arriverebbe un mostro a farti paura, come in certe favole, come in certe storie... Ma io ti salverei. Ti salverei sempre. Sempre...

Ti porterei sulla Luna e su Giove e poi su un altro pianeta, per farti vedere che è vero, che non dico bugie quando dico che l'universo gira solo per te. E che quando ti muovi lui si muove, e con lui gli assi, i cieli, le galassie. E quando danzi lui danza. E quando piangi lui piange...

E poi ti porterei in quello spazio solo nostro, quello dove si sono già incontrati i nostri sguardi, quello dove si sono già toccati i nostri cuori. Lì dove nessuno oltre a noi potrà mai arrivare.
Ecco, lì mi farei coraggio e ti chiederei di stare con me, solo se ne hai voglia. Lì ti abbraccerei per tutta la vita. Io lì ti direi che ti amo, ti amo da morire. Ti amo da impazzire. E che se tu non puoi, amore, anche se tu non puoi, io ti amerò comunque. Io ti amerò per sempre.

Poi capita di avere bisogno solo di un abbraccio. Perché in quelle notti in cui il nostro cuore va in mille pezzi, serve un abbraccio sincero per sentire meno freddo, per sentirci meno soli. Per convincerci che passerà. E che alla fine, anche questa volta, ce la faremo.

Prima di dormire, come faccio spesso, do un'occhiata alle notifiche degli aggiornamenti dei blog che seguo. Leggo solo il post di quella blogger... *Laura*... perché è una buonanotte che faccio un po' mia...

Buonanotte a te che quando ti chiedono: "Come stai" rispondi: "Bene" anche quando il tuo cuore va in mille pezzi. Perché in fondo speri che qualcuno abbia voglia di sedersi lì, accanto a te, in silenzio. Al buio. A tenerti la mano. Buonanotte. Buonanotte a te...

E poi ci sono due persone... Un ragazzo e una ragazza... Giovani e innamorati...

Torino, 24 novembre

Piccola, sei tu la causa di ogni mia distrazione, e in fondo sono pronto a beccarmi qualunque punizione per questo... È davvero poco il tempo che passo senza averti nella mente; sai quanto io ami la divisa che indosso, quanto io creda in quello che faccio, ma tu mi manchi davvero troppo, e pensarti è l'unico modo che ho per tenerti qui con me. Sono sicuro che tu saresti bellissima in qualunque vestito, anzi, lo renderesti speciale. Figuriamoci quel giorno, figuriamoci in *quel* vestito... Hai fatto bene a dire quello che provi a Bianca, a ricordarle quanto le vuoi bene. È stato un gesto bellissimo. Invece riguardo al resto... Ricorda che ti perde chi non sa cosa si perde! Io pure, come te, piccola, ho avuto delle delusioni in amicizia, e non solo... ma sai, anche se il mio fegato non è d'accordo, io continuerò a essere leale. A metterci il cuore. La vita di chi si fida è troppo più bella di quella di chi ti tradisce...
È bello vedere la piccola donna che c'è in te, è stato bello riconoscerla la prima volta che ho sentito la tua voce, innamorarmene la prima volta che ho incrociato il tuo sguardo davanti a quella meravigliosa caffetteria di fronte al mare. Tu e quel tuo sguardo che attraversa il mondo senza ferirlo. Tu e quello sguardo di chi è pronto a rigirare l'universo per le cose in cui crede. Incontrarti è stato un miracolo, la cosa più bella che

mi sia mai capitata. Fare l'amore, poi... Una magia, racchiusa tutta nei tuoi occhi e nei miei mentre si perdono dentro di te. Vorrei vederti sorridere, sapere che stai bene, perché tutte le volte che non sorridi è una sconfitta per l'universo. E manca un colore al mondo. E manca ossigeno al mio cuore.

Conto i giorni che ci separano.
Ti amo da impazzire.
Il tuo gigante

* * *

Napoli, 1 dicembre

Gigante, anche tu mi manchi tanto, ho un bisogno assoluto di perdermi fra le tue braccia, e le tue parole rendono più leggere le mie giornate, solo tu mi fai sentire speciale, solo tu sai chi sono e quello che ho dentro. Ieri mio padre mi ha costretta a rimanere in casa, volevo andare a vedere i presepi a San Gregorio Armeno con le mie amiche, loro ci sono andate, anche mio fratello che ha due anni in meno di me è andato, a lui lo ha lasciato andare. Io sono dovuta rimanere a casa ad aiutare mia madre a cucinare, perché stasera abbiamo tutti i parenti a cena da noi... ma ti rendi conto? Solo perché lui è maschio! Ma dove sta scritto? Ho quasi diciott'anni, non sono una bambina. Ma lui mi tratta come se lo fossi. Alcune volte urlerei, diventerei volgare! Se non ci fossi tu, a calmarmi, temo che perderei il controllo... Perché certe volte ho proprio voglia di esplodere e gridare al mondo tutta la rabbia che ho dentro. Ti prego, non lasciarmi mai! È meraviglioso sapere che per te invece io sono una donna, la donna che hai scelto al tuo fianco. Non sai quanto questo mi renda orgogliosa. E sì, gigante, per te sarei pronta a tutto, anche a rivolta-

re l'universo. Perché ti amo, e per le cose che amiamo dobbiamo essere pronti a tutto, dobbiamo proteggerle, difenderle. Io ti difenderò da tutto, da tutti. Sei il mio mondo, sei il mondo che voglio, ti amo in un modo che non puoi nemmeno immaginare. E non c'è nulla che possa trattenermi, anche se è difficile, anzi, più è difficile e più so che ne vale la pena. Più è difficile e più so che è vicino al mio cuore. Nei miei pensieri più profondi, nel rumore della carta strappata del regalo, quando parte la mia canzone preferita, sotto il sole che mi scalda quando ho freddo, fra le righe della poesia più bella del mondo, in quell'abbraccio che mi fa sentire a casa anche quando mi perdo, ecco, tu sei lì, in tutti quei momenti di felicità. E ci sei, anche quando non ti vedo. Perché poi chiudo gli occhi. E tu sei lì...
Manca pochissimo al giorno in cui ci rivedremo.

Tua piccola Lucia

11
Cavalli alati

In cuffia suona Kansas
con *Dust In The Wind*

Martedì 14 settembre 2015

Ho deciso di chiedere a Mary di parlarmi di Giulio e le ho chiesto di vederci per l'ora di pranzo.

L'appuntamento è da Traversari. Lei arriva col suo leggerissimo, consueto ritardo. Gonna alle caviglie, sandali e canottiera verde militare di quel cotone tanto leggero da costringerti a pensare e pensare e pensare... I capelli lambiscono il fondoschiena... Ecco, appena la guardo sento il consueto, momentaneo arresto cardiaco. Oltre ai braccialetti – un vezzo che a quanto pare l'accompagna sempre – sfoggia una collana con grandi medaglie a forma di foglia, di un materiale che sembra ottone. Le foglie, ovviamente, cadono proprio nella scollatura...

Mi abbraccia velocemente, senza calore, e si siede mantenendo quel suo tipico mezzo sorriso di circostanza e dando un'occhiata rapida dall'alto al basso ai nostri vicini di tavolo. Mary, all'occorrenza, sa guardarti dall'alto in basso anche se tu sei in piedi e lei è seduta, e non hai scampo. Quel suo mezzo sorriso lo odio e lo amo allo stesso modo e per ragioni completamente opposte.

Venti giorni fa mi ha detto che forse era il caso di non vederci più, ma con poca convinzione. Infatti ci siamo rivisti per un aperitivo non più tardi della settimana successiva e, se non fosse stato per la strada molto affollata, saremmo finiti a fare l'amore nel parcheggio davanti al locale, tanto era forte la voglia di saltarci addosso. Ricordo di averla guardata, in macchina, fra un bacio e un altro, fra un abbraccio e un altro, e ricordo di averle detto con dolcezza e convinzione: «Dammi la mano». Lei, per tutta risposta, mi ha guardato con gli occhi languidi, quasi lucidi, si è avvicinata e mi ha sussurrato all'orecchio: «Che affermazione bellissima...» mentre le nostre dita s'intrecciavano, producendo nel silenzio quel suono meraviglioso che fanno due vite che s'incastrano.

Mary a volte pare cedere, a volte sembra voler permettere al muro di andare giù. Ma è sempre per poco. Infatti, nei giorni successivi, è apparsa di nuovo fredda e distaccata, quasi infastidita dal mio cercarla.

Questo suo essere altalenante mi manda al manicomio. È un po' come toccare il paradiso con un dito per poi sprofondare all'inferno, poi darsi un'altra spinta e riafferrare quelle nuvole di seta e magia e venire avvolti all'improvviso, ancora una volta, dalle fiamme degli inferi.

Questa volta decido di non lasciarle scampo, e appena si siede le dico: «Vorrei parlare».

La guardo e poi mi volto velocemente facendo un segno plateale al cameriere per catturare la sua attenzione.

«E di cosa? Davvero vuoi ancora parlare? Non ti pare che abbiamo detto già molto? Forse troppo...» Il suo tono è impietoso, e mi guarda con aria prima sorpresa e poi scocciata, quasi annoiata. Prosegue: «Comunque ci siamo appena seduti, non c'è bisogno di accendere un fuoco d'artificio per attrarre l'attenzione del cameriere! Rilassati, Luca...».

"Rilassati, Luca..." Lo dice sussurrando, guardando verso la strada, oltre la veranda del bar, quasi parlasse fra sé e sé e non intendesse farsi sentire nemmeno da me.

«"Già molto"? "Forse troppo"? Che cazzo, Mary! Se ti ho detto che vorrei parlare significa che ho bisogno di "dire" ancora, non ti pare? "Già molto"... Ma che modi! E poi ho fame, ho molta fame, posso avere fame?» urlo, quasi in modo isterico. Ho perso la calma e la compostezza, percepisco il suo imbarazzo. E me ne dispiaccio.

«Dio...» sospira. «Non posso stare molto, cosa devi dirmi, di'...» È glaciale.

«Lo fai apposta, vero? Mi provochi e mi snervi di proposito, non puoi essere tanto insensibile.»

La fisso per cercare nei suoi occhi le risposte che non riesco a ottenere dalla sua bocca, l'umanità che non percepisco dalle sue reazioni.

«Non so davvero di cosa parli, io non faccio nulla "di proposito". Cosa vorresti, che io venissi da te dimostrandoti amore ed entusiasmo, che stessi ore e ore a parlare con te di quanto è bello fare l'amore sotto le stelle di nascosto, o a progettare il nostro futuro? Ma te lo ricordi o no che convivo con una persona? Non ci sono solo i miei sentimenti in gioco, ma anche i suoi, e io devo proteggerli. Per te è diverso, tu sei solo.»

«I miei sentimenti valgono quanto i tuoi, il mio cuore batte come il suo, e il fatto che io sia solo non mi pare un vantaggio.» Esito un attimo, poi, cercando di ritrovare calma e dignità, continuo: «Ma non è questo il punto, non è questo il punto...».

Abbasso un po' lo sguardo. Il bar-tavola calda dove ci troviamo, Traversari, è lo stesso dove ci siamo incontrati più di una volta. Si trova in via Flaminia, lato Ponte Milvio, è a mezz'ora di macchina dal mio ufficio e, a quanto pare, abbastanza vicino al suo – che dovrebbe trovarsi in zona, anche se non ho mai capito precisamente dove. Del resto, sono molte le cose che non so di Mary. Per esempio, so che vive dalle parti di Villa Ada, Nomentana, ma non mi ha mai dato l'indirizzo, e io non l'ho mai chiesto. Conosco il suo cognome solo perché me lo ha detto il giorno che l'ho conosciuta, lasciandosi andare, in un impeto di estrema avventatezza, a tale inaspettata confidenza, considerando, a posteriori, la sua scarsissima propensione a raccontare dettagli di sé e della sua vita privata. Non ama esporsi, non ama sbilanciarsi, gioca a carte coperte. E io sono stato al suo gioco, anche perché le regole le ha sempre stabilite lei e questo è sempre stato l'unico gioco possibile.

Ma oggi ho bisogno di forzarle, le regole. Ne ha bisogno il mio cuore, e pure il mio equilibrio, anche se non saprei dire precisamente perché. A volte abbiamo bisogno di essere infantili, tutto qui, e ne abbiamo bisogno per dare un senso a certa sofferenza... Ma sono sicuro che Freud l'avrebbe spiegata meglio di me, di questo ne sono quasi certo.

Le porgo il menù e dico: «Ok, diamo un'occhiata?» con un sorriso appena abbozzato, per stemperare l'aria...

Lei annuisce e inizia a sfogliarlo senza rispondere.

Ordiniamo io un'insalata di pollo e lei una macedonia e dell'acqua.

Appena ritrovata una certa calma, mi faccio forza: «Parlami di Giulio. Lo so, lo so che è una domanda stupida, ma, ecco... Ti va?».

«Cosa vuoi sapere di Giulio, Luca?»

«Qualsiasi cosa... Ho bisogno di sapere qualsiasi cosa...»

Mary scuote la testa, fra l'indispettito e il rassegnato. Poi, dopo un attimo di esitazione, risponde: «Giulio è fermo, stabile» e allarga le braccia come a dire: "Ecco, ora è chiaro?", provocando quell'eccitante tintinnio dei braccialetti etnici che porta su entrambi i polsi.

«Fermo, stabile...» Ripeto le sue parole con un certo automatismo, come fossi in trance, quasi cercando di sentirle sulla pelle per comprenderne il senso. Intanto la fisso, e poi continuo: «Che significa?».

«Significa che non è un tipo volubile, che non dà mai di matto, che prende la vita con un certo metodo, e che puoi contare su di lui, perché è affidabile e razionale.» Si ferma un attimo e continua: «Ecco, io so che lui c'è... capisci?».

La fisso ancora e poi abbasso lo sguardo. Giulio è tutto il contrario di me. Giulio è fermo. Giulio è stabile. Giulio è razionale.

Non le ho mai chiesto se lo ama, se la fa tremare, e non intendo farlo.

«Grazie» rispondo solo.

Lei sembra non capire, e non dice nulla.

Poi esplodo e riprendo la parola: «E lo sa che ha per le mani la pietra più preziosa, rara e meravigliosa che sia mai esistita? Lo sa quanto è fortunato? Non dà di matto, ok, ma fa ballare tutti i giorni le foglie e il vento per te? Fa vibrare il cielo per te? Lo fa cadere? Lo fa? Ha mai trasformato il suono della pioggia nel più bel pezzo punk scritto e suonato solo per te? È mai venuto a prenderti di notte con un cavallo bianco alato per portarti in riva al mare, al tramonto, fra violini e musicisti marziani volati sulla Terra per farti danzare staccando i piedi da terra, vestendoti solo di seta, di lino d'India e di magia? Tutto questo, lo ha mai fatto per te?».

Lei resta in silenzio, pietrificata. E io affondo, parlandole lentamente, dolcemente, e a voce bassa: «Vedi, Mary, ascolta... Forse, sì, forse lui c'è... ma c'è in un modo sbagliato, se non ha rigirato l'universo intero per te, facendolo esplodere di continuo per ricrearlo ogni giorno diverso solo per te, per non farti mai annoiare... Ecco, credo non sappia cosa si sta perdendo, forse non può nemmeno capirlo, non si può essere "stabili" e "fermi" senza, nello stesso tempo, rinunciare a guardare una meraviglia da tutti gli infiniti punti di vista possibili. Forse i suoi occhi, quando si posano su di te, non vedono quello che vedo io: la meraviglia, la meraviglia delle meraviglie, lo spettacolo più bello del mondo».

Mary non muove un solo muscolo del corpo. Mi fissa in un modo in cui nessuno mi aveva mai fissato prima: pieno di terrore.

Io continuo: «Mary, tu, ecco, quella notte, quella notte a Fregene... Anche tu hai provato quello che ho provato io?».

«Non ricominciamo.»

«Per me è stato qualcosa di sconvolgente, Mary...»

«Quindi, sentiamo, quando saresti venuto a prendermi con un cavallo alato?»

Nel suo sguardo intravedo un sorriso compiaciuto.

«Moltissime volte, Mary... E vuoi sapere una cosa?»

«Oddio, posso dire no?»

«Ascolta...» Mi avvicino un po', poggio le mie mani sulle sue, e la fisso negli occhi. «Ascolta: prenderò ancora quel cavallo bianco, alato, lo stesso di tutte le volte, per venire a rapirti e portarti in riva al mare, al tramonto, lì, nello stesso punto, dove ad attenderci ci sarà lo stesso falò che accenderò allo stesso modo di sempre: schioccando le dita. Schioccandole a tempo farò muovere la fiamma. Con un pezzetto di quella fiamma brucerò ancora città intere, come ho fatto non so quante volte, e lo farò di nuovo per costruirti argini invalicabili, muri altissimi di fuoco, per proteggerti e renderti inattaccabile da tutto e da tutti. Persino da me. E nessuno potrà impedirmi di comporre l'ennesima canzone più bella di sempre, come solo io so fare, con note e accordi che non esistevano prima, solo per permetterti di ballare ancora a piedi scalzi sulla sabbia, staccandoli, a volte, dal suolo, fluttuando e roteando nell'aria, con quel tuo semplice fantastico vestito di lino bianco d'India addosso, per vederti ballare con un pezzo tipo *Dust In The Wind*, ma molto più bello, un pezzo scritto da me, suonato dalle mie mani, cantato dalla mia voce, ideato dalla mia testa, nato nel mio cuore.»

Mi guarda esterrefatta, non sembra nemmeno che stia respirando, ma le leggo negli occhi la voglia di ascoltarmi ancora, anche se non dice una parola. E io non mi fermo...

«Per l'occasione farò apparire alcuni musicisti, pochissimi, uno o due. Ci sarà sicuramente una chitarra acustica, costruita a mano, ricavata da un legno incredibilmente pregiato, antichissima, dal suono unico e irripetibile, dal retrogusto malinconico ma dolce, dal sapore caldo. Poi farò apparire un violinista, quello lo farei venire da qualche pianeta lontanissimo dell'universo, lui e il suo strumento, come ho già fatto non so quante volte. Il marziano e il suo violino interverrebbero solo qualche volta, ma sarebbe nei momenti giusti, quando necessario a rendere alcuni passaggi della melodia ancora più preziosi, io accompagnerei il tutto con la mia voce e lo schiocco delle dita, cosicché anche le fiamme del falò, e quelle delle città incendiate, possano muoversi a tempo con la musica e con il tuo ballo etereo. Al clic scoccato in quattro quarti dalle mie dita aggiungerei un po' di riverbero, e un po' d'effetto flanger, solo un po', per rendere tutto ancora più armonico, in armonia con te e con ogni singolo impercettibile movimento del tuo corpo, fosse anche un respiro, fosse anche un sospiro. Renderei, come ho fatto l'altra notte per provare, l'atmosfera rarefatta, il sole sul mare lo colorerei con i toni del rosso e dell'arancio, ma non quelli che hanno già ammirato tutti, eh, no, li inventerei io, li ho già inventati non so quante volte; la sabbia sotto i nostri piedi sarebbe soffice e rosa, rosa solo per te, morbidissima solo per te, come seta mediorientale e di una qualità mai vista, creata solo per te. Il cielo sarebbe una gamma di colori infinita, dal blu al giallo, passando per il turchese. Rigirerei il mondo, sottosopra, lo scuoterei come una palla di vetro per far cadere, al momento giusto, fiocchi di neve bianca come latte, come ho fatto non so quante altre volte. Ecco, tutto questo farei, tutto questo farò, ma sarà normale, sarà facilissimo per me, lo faccio quasi tutti i giorni pensandoti, è nelle mie capacità, nelle mie corde, è un quadro già visto, già pensato, dipinto in mille modi, nel sonno e da sveglio, sono cose che ho fatto non so quante volte. Quello che non ho mai fatto, Mary, quello che non ho mai fatto...» Mi interrompo un attimo e lei fa per dire qualcosa, ma io alzo l'indice e delicatamente lo frappongo fra le nostre bocche molto vicine, lo appoggio in verticale sulle mie labbra, facendo segno di non parlare, e lei non se lo fa ripetere due volte. Così io affondo: «... Ecco, quello che non ho mai fatto, e che trovo impossibile fare, è pensare di baciarti ancora... Quel momento non riesco mai a immaginarlo. Quando ci penso mi blocco, si blocca il mondo, la musica, i musicisti, la neve, le fiamme, si blocca tutto, resto immobile perché quella è davvero magia. E non è per me, per me che non sono magico. Quello è davvero solo un sogno, uno di quei sogni assurdi e irrealizzabili, ma incredibilmente belli. E io non so farlo, nemmeno un po'. Ci ho provato, non so quante volte...».

La fisso, e lei sembra incantata. E poi la bacio, e poi lei mi bacia, ed ecco che mi ritrovo a scattare una foto di felicità, con i miei occhi, ancora una volta, mi ritrovo a vivere un sogno che sembra vero o in una realtà che pare un sogno. Questa è la magia di Mary. Questo è quello che mi fa essere: pieno di vita, pieno d'amore.

«Ok, adesso vado.» Lo dice con un filo di voce, sensualissima e dolce, appena riesce a staccarsi dalle mie labbra, con lo sguardo basso e le guance rosse.

«Tu sei la cosa più bella che la vita potesse regalarmi.»

«Tu sei pazzo.»

«Sì, sono pazzo di te.»

Resta in silenzio, mi guarda negli occhi e, con gli occhi, potrei giurarci, mi dice: "Anch'io". Poi, ancora sussurrando: «Vado...».

E io riesco a dire solo questo: «Ok...».

Ecco, io *ok*, io solo *ok*...

LA FELICITÀ HA IL TUO PROFUMO

12
Le parole più belle si nascondono dietro interminabili attimi di esitazione

In cuffia suona Cousteau
con *You My Lunar Queen*

Domenica 26 novembre 2015

«Ti ho comprato un gilet di filo e uno di lana, dei colori che piacciono a te. Uno è grigio con piccolissimi punti blu e l'altro è nero, così butti quelli che metti di continuo, su quelle tue T-shirt sbiadite.»

«Grazie mamma, ma a me piacciono i miei gilet, non voglio buttarli. E mi piacciono anche le mie T-shirt...»

«Ma li metti da anni, amore mio, sono logori! Risulti sempre così trasandato...» Non rispondo e lei continua: «Guarda che le donne le notano certe cose, sono molto attente ai dettagli...».

La interrompo prima che ricominci con la solita manfrina: «Ok, ok, mamma, passerò a prendere i gilet!». Il mio tono è leggermente alterato.

«Va bene.»

«Dài, a domani...»

«Oggi non esci?»

«Non credo. Vabbè, ciao, basta, ora mi hai rotto!» rido, e ride anche lei.

«Lo so, lo so... Va bene, amore di mamma, ci vediamo domani, allora!»

«Sì... un bacio.» E metto giù.

Domenica rarefatta: letto, musica e divano. Latte e Pan di Stelle. Felpona in pile. Non male.

Metto su i Cousteau, tutta la discografia su Spotify, e mi chiedo perché non tirino fuori un album da così tanto tempo. Pare che le cose migliori siano sempre dispensate col contagocce, e forse è un bene. Sgranocchio biscotti con lo sguardo perso nel vuoto, facendo a volte "nananana" dietro al pezzo con un filo di voce.

"Fragile"... È il termine che leggo sullo scatolone accanto al divano, quello su cui ho appoggiato i piedi. Credo sia lo scatolone dei bicchieri – ce ne sono da vino e da spumante, da rum, da cognac e da grappa... Fissazioni di Ludovica, la mia ex. Non poteva portarli via con sé, insieme a tutte le sue noiose certezze e a tutte quelle ridicole pretese? Insieme a tutta quella odiosa e disumana arroganza? Cosa me ne dovrei fare, io? A volte mi chiedo che diavolo m'abbia detto la testa. Perché ho perso tutto quel tempo con lei?

"Fragile"... È la parola chiave di una conversazione telefonica con Mary, una delle poche che valga la pena ricordare, una delle poche in generale.

Era settembre.

«Non lo so, ecco, la mia vita mi piace, Luca, sai? Non è niente male, la mia vita! La mia casa. Il rapporto con Giulio... E tu, tu chi sei? Tu, quante vite hai, tu? Eh, Luca? Non so nulla di te. Il fatto è che tutto questo mi destabilizza, mi fa sentire fragile, e io non voglio essere fragile, Luca, lo capisci? Io ho bisogno delle mie certezze, quelle che ho costruito con fatica...»

«Mary, le certezze...» ho esitato un attimo e accennato una risatina nervosa e leggermente ironica, poi ho proseguito: «Ma non lo vedi? Non ti rendi conto? Le certezze... Sappiamo dove trovare le nostre certezze solo perché ce le inventiamo giorno dopo giorno, Mary... E a chi non se ne inventa viene appioppata l'etichetta: "fragile". Stigmatizziamo, stigmatizziamo di continuo, offendiamo i nostri sentimenti, i nostri desideri, li svalutiamo in modo mediocre e meschino e lo facciamo per non vedere. Abbiamo il terrore di guardarle negli occhi, le nostre emozioni, abbiamo il terrore di vedere quello che c'è dopo, quello di cui abbiamo bisogno. Abbiamo il terrore di andare oltre...».

Dopo un attimo di silenzio, ha risposto: «Ecco, non lo so, magari è come dici tu, non so che dirti, ma so una cosa: ho bisogno di controllare la mia vita, di non deludere chi crede in me, chi mi ama... Lo capisci, vero? Questa fragilità mi rende sbagliata, e ridicola...».

Ho sentito una leggera e inedita rottura nella sua voce.

«Non sei ridicola... Sei ancora più bella così, sei ancora più bella quando sei fragile...» L'ho detto in modo lento, e con tutta la grazia che potevo, con l'intento di essere quanto più convincente possibile. Un attimo di silenzio, entrambi abbiamo sospirato, poi ho ripreso: «Vedi, Mary, vedi... È solo nella fragilità di chi mi guarda negli occhi che riconosco me stesso, è in quella fragilità che mi specchio, davvero! Io... Io solo lì so guardarmi sul serio, per quello che sono». Ho sentito che esitava, stava per parlare ma poi non l'ha fatto. Quindi ho affondato: «E vuoi saperlo? Anche io sono fragile...».

«Lo so...» ha detto, in modo dolce ma secco. «Ora torno al lavoro, ho un sopralluogo da fare, il cliente mi aspetta... E, Luca, ecco... Carino parlare con te, davvero molto...»

Io sono rimasto zitto, e lei, con un filo di voce: «Ciao, Luca...».

Ho fatto passare qualche secondo, sperando di trovare altro da dire, poi mi sono arreso e ho ricambiato il saluto, anche io con un filo di voce.

«Ciao...» E ho messo giù.

Le parole più belle si nascondono dietro interminabili attimi di esitazione.

Prendo il mio quaderno rosso e scrivo:

Fra le cose che vedo, Mary, quando ti guardo, ci sono i tuoi silenzi, gli attimi di esitazione, i dubbi, la paura, le parole che non dici, la voglia di lasciarti andare che barcolla per il contraccolpo delle regole di matematica. Uno più uno quanto fa nei tuoi silenzi? Nonostante la sicurezza apparente, in quei silenzi vedo una bambina nel corpo di una donna e una donna con gli occhi da bambina. Però, ecco, lì dentro, ho deciso, cercherò le risposte che non puoi darmi per via delle domande che non ti ho fatto e non ti farò, perché ho smesso da tempo di fare domande, da quando ho capito che le domande sono quasi tutte stupide, banali, che sono quasi sempre un modo vigliacco di non prenderci le nostre responsabilità o di correre meno rischi, ottenendo, come effetto, la morte della magia... Adesso cerco direttamente le risposte, e le cerco al buio, senza chiedere, e le cerco lì sotto, senza timore, le cerco nel fondo, lì dove scendi solo se hai deciso di scendere, lì dove scendi solo se hai deciso che la tua mano dovrà rimanere incollata alla sua, comunque vada, fosse anche solo per un viaggio di qualche minuto, perché senti che ne vale la pena, lo senti sulla pelle, sai che scendere è facile, ma risalire non è detto, non è poi così scontato.

Questo e molto altro avrei voluto dirle.

Nel frattempo si sono fatte le tre del pomeriggio, metto dell'acqua a bollire in un pentolino, ho voglia di pasta. Per fare una cosa semplice decido di condirla con del pesto di pistacchi già pronto in barattolo. Me l'ha portato un cliente dalla Sicilia, un tipo che esporta frutta e verdura da Catania. È un prodotto biologico, originale di Bronte: scoli la pasta, ce ne butti su una cucchiaiata, aggiungi un filo di olio, e il gioco è fatto.

Intanto i Cousteau vanno, e mentre suonano la meravigliosa *You My Lunar Queen* rifletto ancora sulla fragilità dell'animo umano, su quanto la trovi piena di bellezza e verità.

Mary è fragile, meravigliosamente fragile, nonostante si sforzi di recitare un ruolo che non le appartiene. O, almeno, era questo quello che pensavo fino a che non è sparita di punto in bianco dalla mia vita.

Mi distoglie lo squillo del telefono, è Valeria.

«Ciao.»

«Ciao, Vale...»

«Come stai?»

«Bene, dài, non mi lamento. Giornata casalinga, oggi. Tu che fai?»

«Io alle terme con Annarita, la mia collega, ricordi? Poi ceno con Marco...»

«Ma certo che la ricordo... Salutamela. E brave che andate alle terme!» Ridacchio.

«Senti, volevo dirti che fra una decina di giorni ci sarà una rassegna su Arthur Fellig. Capita di mercoledì.»

«Arthur Fellig? Non lo conosco...»

«Arthur Fellig, Weegee! È il precursore del fotogiornalismo d'assalto, da strada, roba forte, ne rimarrai soddisfatto! Si svolgerà all'INS, io dovrò occuparmi di alcune relazioni per la stampa, se ti va vieni con me... Te lo dico ora perché ho bisogno della conferma per il pass, domani mattina devo dare i nominativi.»

«Certo che mi va, grazie, Vale!»

«Allora buon proseguimento di domenica casalinga!»

«Buone terme, buona cena, e...» esito un attimo «... e grazie ancora, Vale!»

«Scemo, finiscila! Un bacino» dice con la voce dolce e amorevole, quella da bimba. E io penso che sia davvero un bene averla nella mia vita.

La domenica va avanti così: cibo, musica, lunghi dialoghi con me stesso sull'opportunità o meno di scrivere a Mary, internet, ricordi molesti, musica, libri (leggo *Exit Strategy* di

Walter Siti e *Funny Girl* di Nick Hornby), riviste, scatti improvvisi a ogni nuovo *beep* di notifica sperando in un messaggio di Mary, ricordi molesti, pensieri molesti su Mary, sogni a occhi aperti su Mary, sogni a occhi aperti su Mary, sogni a occhi aperti su Mary, imprecazioni contro Mary, musica, musica, musica, scatti improvvisi a ogni nuova notifica sperando in un messaggio di Mary. Mary, Mary...

Nel mezzo c'è stato aprire gli ultimi due scatoloni e maledire ancora Ludovica per tutti quegli inutili bicchieri dei quali non so che farmene. Ricordo come fosse oggi le sue minuziose spiegazioni sulle differenze fra un bicchiere e un altro. Quello del cognac a forma di tulipano doveva avere un diametro maggiore di sessantacinque millimetri, e quello del rum un'altezza non superiore a venti centimetri, quello del Martini, che va "shakerato e non mescolato gnègnègnè", doveva avere il lembo fino, la forma a V con il diametro intorno ai dodici centimetri, e così via, e così via in un delirio ossessivo che non aveva fine... «Ludovica, ma cosa ce ne facciamo di tutti questi bicchieri, non siamo mica degli intenditori, noi... Non abbiamo nemmeno tanto spazio nella vetrina!» le dissi una volta, e lei, indispettita e quasi delusa da tanta pochezza: «Luca, è incredibile che tu me lo stia davvero chiedendo... Guarda, proverò a spiegartelo in modo semplice. Questa si chiama estetica, e-s-t-e-t-i-c-a!». Rimasi in silenzio a fissarla, cercando di dare un senso all'enfasi con cui scandiva la parola "e-s-t-e-t-i-c-a", poi buttai un occhio a tutti quei bicchieri e, sentendomi quasi in colpa per non capire, non ne parlai più.

Ah, Ludovica... Ripensandoci, non è la prima volta che mi capita di avere a che fare con donne impegnate, pur non essendo un amante dei giochi di gruppo... Ma con Mary è la prima volta che mi succede consciamente.

Con Ludovica fu davvero squallido: la frequentai per almeno tre mesi senza avere il minimo sospetto che stesse ancora, pressoché ufficialmente, con il ragazzo con il quale era fidanzata da tre anni. In quei mesi disse pure di amarmi. E sono certo che lo disse anche a lui. Mi aveva chiesto di andarci piano, perché in quel periodo aveva la nonna malata e doveva accudirla, quindi non diedi peso alla sua scarsa e bizzarra disponibilità nel vederci, forse anche in considerazione del suo lavoro: Ludovica ha quattro anni meno di me e fa la fotomodella, è sempre in giro e in quel periodo viveva con i suoi, che per inciso la viziavano senza ritegno, essendo molto ricchi e poco appassionati all'universo della figlia. Scoprii la cosa per caso quando, un giorno, li vidi in un bar, mano nella mano. Si giustificò accampando varie scuse, fra le quali quella di non aver trovato il coraggio di parlare con lui perché sapeva che lo avrebbe ferito spaventosamente, e che, in fondo, era una persona che rispettava e stimava tanto, a cui voleva bene, una persona che aveva amato profondamente...

Dopo una sfuriata iniziale, durata un paio di giorni, accettai la cosa, se pur di traverso. Ludovica sapeva essere molto convincente quando voleva, e io non avevo poi tutta questa voglia di rompere e litigare con lei. Forse perché, avrei scoperto dopo, non avevo nemmeno tutta questa voglia di lei... In ogni caso, la perdonai a patto che lasciasse subito quel poveraccio. Lo lasciò un mese dopo.

Ludovica era giovane, bella e arrogante. E soprattutto era spregiudicata. Valeria la detestava, e a ragione. Ricordo come fosse oggi una conversazione fra di noi: «E cosa ti piace di lei? Voglio dire, siamo qui e ne stiamo parlando, dimmi perché». Non ero riuscito a trovare una caratteristica, nemmeno una, nulla di socialmente accettabile, nulla che non mi facesse sembrare mediocre o patologico. Valeria aveva insistito: «Dimmene una, anche assurda, anche fosse una cosa che non va detta, una di quelle di cui ti vergogni o che non ammetti nemmeno con te stesso».

L'avrei uccisa, e infatti avevo reagito con stizza. «Scusa, Valeria, che cazzo intendi con "non va detta" o "di cui ti vergogni"?»

«Voglio dire che credo a tutto quello che mi hai raccontato, corrisponde a un profilo preciso, un profilo che conosco bene, e una persona sana di mente non proverebbe il minimo interesse per una donna del genere. Quindi dobbiamo dare un senso a questa cosa: è orgoglio? Ti piace soffrire? Ti piace subire? Sogni una donna tanto piena di sé da confondere l'amore con la noia? Così superba e figlia di puttana da umiliare i sentimenti di chiunque abbia intorno, persino di quelli che dice essere i suoi affetti più cari, di quelli che dice di amare, giustificando le sue stronzate oggi con la scusa di non voler ferire, domani con quella di un bicchiere di troppo, o del suo bisogno di libertà? Vuoi davvero crepare avvelenato nel sonno? O con due buchi sul collo?»

«I due buchi nel collo sono quelli del vampiro? Ma che cazzo!» avevo fatto una faccia schifata, ma solo per gioco.

«Rifletti un attimo: di una donna che offende e umilia in quel modo tutti quelli che ha intorno, dall'ultimo coglione appena arrivato – che sei te – a chi dice di avere amato e rispettato profondamente... Ecco, di una donna così, cosa ti attira? Perché ti piace?»

«Qualcuno direbbe che "a qualche livello inconscio" ho bisogno di una persona così...»

«"Qualcuno" credo abbia ragione...»

«"Qualcuno" costava novanta euro l'ora...»

Ecco, ho sentito spesso discorsi su questo genere di cose, sul fatto che se un rapporto inizia con una bugia non potrà prospettarsi nulla di buono o di pulito, che se una persona tradisce il suo partner non c'è da fidarsi, probabilmente lo farà anche con te, prima o poi, perché tradire è nel suo Dna... Ragionamenti simili si risolvono in semplicistiche generalizzazioni o stigmatizzazioni: o puttane o sante.

Non lo so, pensandoci adesso, non lo so proprio... Mica è facile addentrarsi in roba del genere con la presunzione di stabilire regole e verità... Sarà che non tollero più la banalità, non la sopporto nemmeno in quelli che cercano di non esserlo, banali, con atteggiamenti forzatamente anticonvenzionali. E ascoltare discorsi su temi come "corna", "relazioni" e "tradimenti", trattati con quel perbenismo tipico dei bigotti, o degli ottusi, o degli ipocriti, lo trovo più che banale, e molto noioso.

Ho una mia mezza idea sulla questione, un presupposto: la monogamia e l'amore sono concetti che è complicato subordinare l'uno all'altro, per quanto questo sia difficile da digerire. Osservo solo il mondo come gira, dico che può capitare, che faccia parte del "gioco", che è umano che succeda, che "sta nelle cose", soprattutto in quelle che nessuno vuole dire, in quelle che nessuno dice. Ci sono milioni di possibilità e di retroscena in un tradimento, miliardi di motivi che non starò qui a elencare. Soprattutto c'è la presa di coscienza di ognuno di noi, l'assunzione di responsabilità verso se stessi, il fatto che non si possa mettere d'accordo tutto l'universo.

Quello della lealtà è un concetto abusato, spesso travisato, strumentalizzato, adoperato a uso e consumo del momento e dell'interesse personale specifico. Dietro a certi tradimenti si nascondono sofferenze assurde, pressioni, richieste di aiuto. Segnali non percepiti, non colti o ignorati. Solo chi non vive non capisce che certe cose non sono giuste o sbagliate, ma solo possibili, certe volte ineluttabili; le cose succedono, a prescindere da noi e dalle nostre aspettative. A prescindere dall'educazione che abbiamo ricevuto o da quanto rispettiamo e amiamo qualcuno. Certe cose succedono perché non potevano non succedere. Certe cose "sporche" sono solo il mezzo per arrivare a certe cose "pulite", un passaggio obbligato, la via per il paradiso. O per l'inferno.

L'alternativa? La morte. Il decesso dell'anima. La resa totale e incondizionata.

E allora forse è il caso di prendere il bene di quello che viene, vivere al massimo ciò che abbiamo, godere delle chance che ci mette sul piatto la vita, cercando di "costruire", certo, ma senza "distruggerci". E forse dovremmo cercare di farlo giorno dopo giorno, piuttosto che stare a giudicare il comportamento degli altri , o il nostro, col culo stretto sulla poltrona. Certe volte abbiamo così tanta paura di vivere che saremmo disposti a morire di noia, di frustrazione, di silenzio, di monotonia. Di non vita. E allora viva le corna e la non morte, viva la carne e l'energia, viva il coraggio di prendere certe decisioni e dilaniarsi dentro. Viva le palle di attraversare certe tempeste emotive, di farlo e non soffrire per il resto della vita di inutili sensi di colpa e rimpianti. Viva le palle di farlo, e farlo bene, e non confessarlo solo come scarico di coscienza, per sentirsi "migliori", o "a posto". Non tradire la nostra anima è già un buon punto di partenza. Dobbiamo ascoltare il nostro cuore e seguire il nostro istinto. Pagando, nel caso, di tasca propria. Prendendoci tutte le responsabilità che ci competono, che ci spettano. Cercando di fare il minor danno possibile alle persone che amiamo, compresi noi stessi. I conti dovremo farli allo specchio, alla fine, perché alla "festa di chiusura" non ci sarà nessun altro. Non ci sarà nessun prete. Non ci sarà nessun Dio.

E penso non si possa generalizzare, né in un modo né in un altro... Il bene e il male non hanno un perimetro distinto e preconfezionato. Intendo dire che ci sono delle differenze, che dietro a ognuno degli sguardi che incrociamo c'è una storia, ci sono dei motivi. Ci sono dei perché. Ci sono dei quando e dei come. Silenzi e aspettative. Rabbia e speranza. Amore e odio. E noi non siamo nessuno per giudicare quegli sguardi. Perché, a nostra volta, noi siamo storie, motivi e perché, siamo quando, come, silenzi e aspettative. Siamo rabbia e speranza. Ecco, a nostra volta, noi siamo odio e amore...

Ludovica si è lavata la coscienza con il suo ex in modo perfido e vigliacco, in modo veloce e superficiale: gli ha raccontato tutto di me, del tradimento, di quanto si sentisse in colpa, ha pure incassato un perdono... si è comportata in modo disgustoso e meschino. Quello che ha fatto Ludovica con me, con lui – e indirettamente anche io, accettando di rimanere con lei – oggi, dopo essermi fatto un'idea sul suo conto e sulla sua leggerezza, sulla sua scarsa sensibilità, io dico che è stato un errore, è stato sbagliato. È stato qualcosa di sporco, un passo falso, l'ennesimo del mio percorso, forse l'ennesimo passo falso per arrivare ad altro... L'ennesima nota stonata dettata dall'inettitudine, dalla paura, dall'immobilismo emotivo che farà suonare in modo ancora più magnifico e armonico la prossima... O, almeno, me lo auguro.

Una cosa è certa: con Mary è tutta un'altra storia, un universo a parte... Al tradimento di Mary, ecco, non riesco ad attribuire alcuna valenza morale negativa. A differenza sua, che fin dal primo momento si è sentita molto in colpa. Penso che il motivo del suo strazio, oltre che dal tradimento in sé, e dal dispiacere verso il suo partner, dipenda dalla difficoltà di accettare di perdere il controllo, da quella fragilità che si ostina a dissimulare.

Mi infilo sotto le coperte che sono ormai le 2.30. Domani alle 9 ho appuntamento con Valentina da Poletti, spero che almeno lei mi dia buone notizie e che quel grattacapo legale relativo al marchio della mia società si risolva senza conseguenze...

Accendo il portatile e metto su la mia playlist "Luna", su Spotify:

Lorenzo Fragola con *#fuori c'è il sole*
Francesco De Gregori con *Rimmel*
Tiziano Ferro con *Ed ero contentissimo*
Max Gazzè con *Mentre dormi*

Bassi Maestro con *Foto di gruppo*
Queen con *Bohemian Rhapsody*
Queen con *Under Pressure*
Beirut con *Elephant Gun*
Songs of Water con *Bread & Circus*
Marracash con *Chiedi alla polvere*
Mavis Staples con *You Are Not Alone*
Mauro Ermanno Giovanardi con *Bang Bang/Auschwitz*

Controllo il cellulare, nessun messaggio di Mary.
Non resisto, le mando un WhatsApp: "Sogni d'oro...".
Nessuna risposta. Nemmeno visualizza.
Alcune volte penso che tutto questo non abbia nemmeno un nome.

> Sei bella come le cose che non puoi avere, quelle che stanno lì, a un millimetro dalle tue mani, ma non arrivi mai a toccarle, per pochissimo, ma non ci arrivi. Perché forse non sono vere. Perché forse non sono mai esistite. Perché, forse, sono troppo per te. Ecco, tu sei così, come quei sogni che sembrano veri ma poi ti accorgi che restano sempre quello che sono: sogni.
>
> Volevamo toccare le cose vere con le mani, ma poi abbiamo finito per mancare l'amore con gli occhi. Ché a cercare in tutti gli angoli che non conosciamo, nascosti e bui, magari inesistenti, fantasticando su chissà quali scenari futuri, si fa presto a perdere di vista il senso delle nostre traiettorie più profonde. È facile, facilissimo, e ogni alibi ha il suo perché, e guardare quello che abbiamo sotto il naso è troppo complicato. O troppo noioso. E così succede che il bello, e tutto l'amore che c'era, resta lì, scordato, muto; quelle bellissime parole, quei bellissimi sorrisi, timidi, fragili, restano lì, finiscono così, smettono così, così... Persi in certi nostri

silenzi, in colpevoli silenzi, figli di rincorse senza più un senso, verso obiettivi a cui non sappiamo più dare nemmeno un nome. Finiscono così, ecco, senza nemmeno un nome.

Notte...

13
Avremmo fatto l'amore...

In cuffia suona Brunori Sas
con *Una domenica notte*

Lunedì 27 novembre 2015

«Ma questi cosa cazzo vogliono, Valentina? Ma insomma... il nome è diverso, c'è una lettera diversa! Ma poi io sono una pulce e loro una S.p.A., possibile che vengano a prendersela con me? Roba da pazzi...» Unisco le mani come volessi trattenere un'imprecazione, mentre cerco di capire come giri il mondo...

Poletti è un bar-ristorante storico di Roma, punto di riferimento per appuntamenti di lavoro e aperitivi semi-formali, frequentato da gente del cinema e dello spettacolo anche per via della vicinanza alla sede della Rai. Nelle ore di punta c'è sempre da attendere qualche minuto per sedersi, sia dentro che fuori. A pranzo, a colazione, nell'ora del cocktail.

«Sì, in effetti è atipico in ambito commerciale che si intenti una causa verso un'azienda solo per un'assonanza col nome... Comprendo che siete nello stesso settore, ma, voglio dire, anche i colori del logo sono nettamente diversi, non riscontro alcun pericolo di ambiguità. Credo tu possa stare tranquillo, saranno loro a pagarci i danni per il disturbo, Luca!» mi dice con un sorriso rassicurante.

«Ok, Valentina, grazie. Mi darebbe davvero noia dover cambiare il nome alla società o, peggio, pagare a questi squali gli assurdi risarcimenti che chiedono... guarda, ti dico, a quel punto lascio tutto. Chiudo tutto e via, e vaffanculo...»

«Certo, ti capisco! Ripeto, comunque, non vedo grossi problemi.»

«Meglio...»

Decisa definitivamente la strategia legale da adottare – e l'esigua e amichevole parcella che Valentina avrebbe percepito per supportarmi – scambiamo due chiacchiere bevendo una spremuta, dopo aver fatto colazione insieme. Parliamo del più e del meno, della sua vita, della mia, di Carla, del suo ex, di quello che è stato...

«Vedi, Luca, dopo la prima fase, quella delle farfalle e degli occhi a cuoricino, quella nella quale accetti tutto e non capisci niente, e accetti tutto – sia chiaro – proprio perché non capisci niente, dopo quella fase, l'amore va curato, rispettato, ci vuole impegno, costanza, empatia e sensibilità... E un po' di follia, sennò – è ormai sotto gli occhi di tutti – le cose tendono ad andare a puttane.»

«Sono d'accordo, Valentina, tanto d'accordo! E, credimi, con Carla ce l'ho messa tutta, per me lei era davvero importante, ma alla fine, ecco...» Allargo le braccia senza terminare la frase.

«Lo so, lo so... E sono certa che è stato così anche per lei. Il fatto che abbia deciso di metterlo tu, un punto, non fa ricadere alcuna responsabilità specifica su di te...» mi fa un sorriso, poi riprende: «Eppure, guarda, ancora non mi spiego come possa essere finita fra voi. Eravate così perfetti, così complici...». Scuote la testa assumendo un'aria un po' delusa, e un po' frastornata...

Abbozzo una smorfia con la quale cerco di esprimere un sottinteso: "Capisco quello che intendi..." e lascio passare qualche secondo di silenzio. Nel frattempo arriva il cameriere che lascia lo scontrino del conto sul tavolo, lo prendo in mano per pagare e ne approfitto per cambiare discorso: «E com'è, avere dei figli?».

«Massacrante e meraviglioso» sorride.

Ora lei ha due figli, mentre io due brevi convivenze fallite entrambe in tempi record, entrambe per colpa mia, o per mio merito, dipende da come vogliamo guardare la cosa. Tutto il resto è invariato e questa mi pare una bella notizia. O forse non lo è.

«Dimmi, Valentina, te l'avrei sempre voluto chiedere: tu perché non hai seguito le orme di tuo padre, perché hai scelto di fare l'avvocato?»

«Non avrei potuto fare il giudice, impossibile.»

«Perché?»

«Perché, nonostante tutto, io non volevo essere imparziale. Io ho sempre voluto essere di parte, prendere una posizione netta. Schierarmi.»

«Cazzo! Wow...» le dico, fra l'ammirato e il sorpreso. E lo sono davvero: la sua frase mi lascia senza parole.

Tornato in ufficio, mi metto a lavorare sull'analisi delle coperture assicurative di un gruppo di clienti, che mi hanno chiesto una relazione e una proposta a breve. La giornata scorre senza grosse novità. Qualche incombenza burocratica e altri brevi giri di lavoro.

Insieme a Nicola, di recente ho deciso di riorganizzare l'archivio delle pratiche, sostituendo tutti i vecchi raccoglitori. Oggi, mentre ci passiamo le schede, lui fischietta e abbozza sorrisi. Pare piuttosto allegro, il che mi provoca un velato senso di malsana irritazione.

«Cos'hai, Nicola, felice?»

«Hai saputo del concerto a Tor di Valle?»

«No, quale concerto?»

Sospira, molto compiaciuto del fatto che non ne sapessi nulla. Poi, con aria sicura e ghigno beffardo, butta lì un: «Ah ah!».

«Nicola...» Lo fisso con lo sguardo di chi non ha granché voglia di indovinelli.

Lui capisce e risponde: «Roba pesantissima, old school: A.T.P.C. e Bassi Maestro...».

Il suo ghigno che ora è più simile a quello di un bambino che dopo averti dato una notizia bomba attende un'esultanza quanto più palese possibile.

«Figo! Ci andrai?»

«Certo, è fra una settimana esatta, lunedì sera!»

«Ottimo! Ma gli A.T.P.C. sono quelli di *Dammi solo un'ora*?» Non aspetto nemmeno la risposta e continuo: «Nicola, hai sistemato le polizze di novembre? Siamo già in ritardo, ne ho bisogno... Insomma, erano loro, quelli di *Dammi solo un'ora*?».

«Sì, sono loro!»

«Cazzo, ne è passato di tempo! All'epoca impazzivo per i Sottotono e per gli Articolo 31. Comunque io verrei soprattutto per sentire un paio di pezzi di Bassi, come *Foto di gruppo* o *Il tipo di persona*...»

A differenza di Nicola, io prediligo il rap più melodico, o musicale, quello pop. La gente dovrebbe avere più dimestichezza con la parola pop, meno pregiudizi. La *Gioconda* è pop, la *Divina Commedia* è pop, la *Nona Sinfonia* di Beethoven è pop, la Cappella Sistina è pop. Pop non significa banale, non sempre, così come "di nicchia" non è sinonimo di qualità. E anche del rap preferisco la versione pop, un po' perché non l'ho mai seguito in modo ortodosso, non sono un integralista del "bit", un fanatico dello stile e della cultura hip hop, tanto è vero che amo nello stesso modo, e in alcuni casi forse di più, anche molti altri generi come il rock, l'indie, il punk, il jazz; e poi perché in fondo le cose estreme e troppo rigide, chiuse, senza aperture, senza respiro, ecco, non le ho mai digerite. Del rap, poi, ho sempre apprezzato più che altro i testi che, rispetto ai brani di musica leggera, sono molto, molto più lunghi e articolati; amo il modo geniale che hanno alcuni rapper di usare le parole, di giocare con esse, con il loro suono, con il loro ritmo, con il loro senso, doppio e triplo senso. Trovo vincente il modo diretto di arrivare al punto, ritengo che alcuni passaggi siano poesia pura, in certi casi poesia di strada, metropolitana, ok, con un linguaggio e un codice precisi, a volte ruvidi e sporchi, ma sempre di poesia si tratta. Molti esponenti della categoria sono parolieri di altissimo livello. È per questo che per certi versi il rap, nel panorama artistico, io lo percepisco più vicino alla letteratura che alla musica.

«*Foto di gruppo* è una pietra miliare del rap italiano. A volte sono felice di averti come capo.» E poi prosegue: «E sì, le polizze di novembre sono tutte pronte».

«Bene.» E aggiungo: «La parola "capo" è proprio brutta».

«Uhm... Non so, "datore di lavoro"?»

«Ok, va bene "capo".»

Prima di cena svolgo l'ormai consueta corsa al parco dietro casa, a Villa Pamphilj; da quando conosco Mary ho intensificato fortemente l'attività sportiva, è l'unica cosa che riesca a distendere un po' i miei nervi. A scaricare la tensione. Ho comprato un iPod e creato playlist in base ai giorni e ai minuti di allenamento, e allo stato d'animo... Stato d'animo che ultimamente si sta livellando sempre più verso una linea costante di inquietudine e malinconia piuttosto preoccupante, soprattutto per la quasi totale assenza di variazioni. Come sempre da mesi ormai, mi imbatto in quella signora silenziosa, solitaria e schiva, dagli occhi di ghiaccio, che legge un libro sulla panchina. Ogni giorno un libro diverso. Oggi è la volta di Murakami con *Nel segno della pecora*.

Tornato a casa, doccia bollente e cena, bistecca alla piastra, un paio di bicchieri di Chianti e un film in streaming: *Crash, Contatto fisico*. Ma non riesco a concentrarmi, non riesco a seguire il film come vorrei. I pensieri, molesti, e i ricordi, molesti, mi tormentano... È sempre lei a torturarmi: Mary, Mary e ancora Mary...

E allora spengo, allungo le gambe sul divano, accendo un po' di musica e chiudo gli occhi... La sera di Fregene, quella magica, tornando a Roma, avevo messo un CD. Era una selezione di pezzi indie pop, ma in particolare associo al rientro il pezzo che ho appena fatto partire: *Una domenica notte* di Brunori Sas, che, con il pianoforte e la sua voce graffiata, sporca e dolcissima, mi fa sentire alleggerito, e mi riporta a quel momento. Non abbiamo parlato molto, durante il viaggio di ritorno, eravamo come in un'altra dimensione. Io di sicuro non ero lì, non ero in me, né sulla terra, ero su un pianeta lontanissimo; le ho tenuto la mano per tutto il tempo, e ogni tanto sbirciavo nello specchietto retrovisore, dal pianeta lontanissimo, per non farmi beccare a fissarla, e cercavo di capire se era reale, se lei era davvero lì, con me, nella mia macchina, se davvero era successo quello che era successo...

> Dopo la corsa al parco e la doccia, sarebbe stato bello ritrovarti da me, magari sul mio divano, con le gambe incrociate e gli occhi pieni di vita. Saremmo usciti a camminare, o avremmo visto un film, o forse tu mi avresti letto un breve passo di un libro che ti ha colpito, e il mio bilocale senza pretese sarebbe stato il posto più bello del mondo. Di sicuro avremmo fatto l'amore, e sarebbe stato meraviglioso.
>
> Ricordo ancora l'espressione del tuo viso, quella mattina di luglio, nel bar della stazione. Ci siamo incontrati per pochi minuti, il tempo di un caffè. «In te c'è qualcosa che mi fa impazzire» ti ho detto. Tu mi hai chiesto: «Cosa?» e hai sorriso. Io ho risposto: «Tutto» e ho sorriso.

Mi addormento con la penna in mano e il mio piccolo quaderno sul cuore.

14
Buio e luce

In cuffia suona Asaf Avidan
con *Love It Or Leave It*

Giovedì 10 agosto 2015

Siamo un miscuglio di contraddizioni, strisciamo nel fango ma poi, quando alziamo gli occhi al cielo e vediamo le stelle, pervasi da un senso di inadeguatezza o da deliri di onnipotenza, vogliamo volare per andarle a toccare, le stelle. Ma le stelle non si possono mica toccare con le mani sporche di fango... In più, a differenza di quello che tutti credono, per fermarti a guardare le stelle, a osservarle, ad accarezzarle, devi avere i piedi ben piantati per terra ed essere abbastanza "grande" da arrivarci, altrimenti rischi di sbilanciarti, di perdere l'equilibrio, e di finire col culo per terra, e più il salto è alto, tanto più il botto è forte. E invece noi, indecisi, insicuri, "piccoli" senza voglia di crescere, restiamo a mezz'altezza, a mezz'aria, né insetti né rondini, né diavoli né angeli. Buio e luce, rabbia e dolcezza. Guerra e pace. Questo siamo. Sfumature di contrapposizioni. Inseguiamo l'integrità morale e scivoliamo di continuo in milioni di tentazioni. Perché le tentazioni, quasi sempre, hanno un sapore più buono, e la nostra moralità è variabile nel tempo, in base alle circostanze, al contesto, agli interessi, ai compromessi ai quali di volta in volta siamo disposti a scendere. Alle regole che di volta in volta siamo disposti a scrivere e trasgredire.

Veniamo a patti quotidianamente col nostro peggior nemico, quello che ci fa più paura: la parte buia della nostra coscienza, la forza opposta dei nostri sorrisi, i pugni chiusi e violenti delle nostre mani tese e pulite. Il contrario delle nostre inclinazioni, delle nostre attitudini, dei nostri sogni. Diventiamo disumani tutte le volte che la nostra umanità ci rende vittime, perdenti e sconfitti, tutte le volte che ci bagna l'anima di lacrime, e lo fa di continuo. Urliamo al mondo che la nostra parola è solo una e sempre la stessa, con le spalle dritte e la voce ferma, affacciati sul baratro della nostra patetica piazza Venezia in cerca di cori e consensi, in cerca di sangue e di un branco in cui identificarci, ma di parola non ne sappiamo mantenere una che sia una.

Le nostre fragilità ci rendono così umani, così imperfetti, così impauriti e incoerenti... e trovo tutto questo fottutamente commovente, fottutamente mediocre e vicino alla verità, quella che tutti vorrebbero sentirsi raccontare ma che nessuno è mai disposto a difendere.

Anche Mary è così, piena di sfumature e colori contrastanti, in lotta col bene e col male, col bianco e col nero, con i sogni e le certezze, con quello che vorrebbe e quello che è. La vedo camminare su un filo sottilissimo, sulle punte, a strapiombo sul suo universo, e un po' anche sul mio... In fondo anche lei non è mai una cosa sola, non è mai la stessa.

Ricordo una sera di agosto, verso le otto di sera, eravamo in centro...

«A me piace vivere così» mi aveva detto. «Faccio sempre quello che mi va, quello che mi viene in mente.»

«È una bella cosa fare quello che ti viene in mente, ma a volte non è semplice. Comunque ho capito cosa intendi.» Buttai lì questa frase, così, tanto per... Lontanissima da me la volontà di polemizzare, o tanto meno di offenderla. Ma la sua reazione era stata agitata: «No, no! Ascolta: io intendevo dire ciò che ho detto. E cioè che faccio sempre quello che voglio. È chiaro, vivo in questo mondo... E so che in ambito professionale, per esempio, c'è bisogno di un po' di diplomazia. Ma intendevo dire che difficilmente metto in discussione i miei propositi o convincimenti».

Il tono era perentorio. "Che caratterino!" pensai.

«Guarda che la vita è una, eh!» Stava quasi urlando. «Se ci facciamo tediare da mille dubbi o scrupoli, o se stiamo sempre lì ad assecondare la volontà degli altri non ne usciamo vivi! E io voglio vivere!»

"E io voglio vivere" lo urlò proprio. Rimasi basito.

«Ok!» dissi con un tono distensivo. "Tutti vogliono vivere" pensai intanto tra me, "o forse no".

Stavamo passeggiando in via dei Coronari, e avevamo da poco svoltato in via della Vetrina, direzione bar del Fico. Lei si fermò e sospirò guardando prima fugacemente me, poi una coppia di turisti tedeschi che ci incrociarono borbottando con una mappa in mano. Infine, alzando gli occhi al cielo, mi disse: «Scusa. Sono un po' pazza, vero?».

«Assolutamente. È giusto che tu metta passione nelle cose che dici.»

«Sì, ma dovrei essere più calma. Ci conosciamo da così poco. Chissà che idea ti stai facendo di me!»

La sua espressione, da agguerrita, si fece quasi triste, tanto che avevo paura di vederla scoppiare a piangere da un momento all'altro.

«Non mi sto facendo nessuna idea sbagliata, stai tranquilla. Ma ho capito che è un argomento che ti sta a cuore. Parliamone, se vuoi.»

Lei mi guardò e, con un tono quasi riconoscente, disse: «Se vuoi ti offro qualcosa da bere». Indicò una porticina fra i cassonetti, con la scritta gialla: VIO. «Così approfitto per togliere queste scarpe...»

«Va bene. Ma, scusa, che tipo di locale è? Ti togli le scarpe?»

«È un'associazione culturale. Ci sono dei divanetti all'interno, moquette, un pianoforte e qualche sacco di sabbia su cui sedersi, a volte fanno mini concerti di acid jazz, o violino elettronico, roba così. Amo questo posto... Ci vengo da anni, sempre da sola, è il mio luogo del cuore. Quando ho voglia di staccare un po' vengo qui...»

Mi sentii onorato dal fatto che volesse coinvolgermi in quel suo piccolo importante fazzoletto di vita. Quella sera, Mary mi raccontò molto del suo passato, e del suo problema con le imposizioni. In realtà, quella sera mi raccontò molto di più di quello che lei stessa voleva raccontare.

I suoi, in particolare il padre, le hanno imposto tutto. La danza classica, il pianoforte, la scelta del liceo, la scelta della facoltà all'università. Il padre è un architetto di fama internazionale, famoso soprattutto in USA e Giappone. Fin da piccola, Mary si è portata addosso un carico di responsabilità fortissimo, e si è impegnata anima e corpo per non deludere le elevatissime aspettative riposte in lei. È stata eletta per tre anni consecutivi miglior studentessa del Lazio, vincendo gli ambiziosi premi Renutes. Ha conseguito il diploma di danza classica all'Accademia nazionale di Roma e ha superato da privatista l'esame del quinto anno di pianoforte al Conservatorio. Nei mesi di agosto, negli anni del liceo, è stata spedita puntualmente all'estero, in college, per studiare l'inglese, controllata H24. Si è laureata con il massimo dei voti e con circa tre mesi di anticipo. Ma, non appena finiti gli studi, presa da un raptus rivoluzionario e mossa dalla frustrazione, invece di lanciarsi verso una sicura e per molti versi comoda carriera nello studio del padre, ha deciso che non avrebbe mai più fatto qualcosa che non fosse il frutto di un suo desiderio personale.

L'architettura, fortunatamente, era diventata per lei una vera passione, ma il pensiero di lavorare tutta la vita sotto l'ala invadente e accentratrice del papà la faceva impazzire.

Odiava i suoi modi aggressivi e autoritari.

Odiava il fatto che avesse tradito la madre con altre donne fin dal giorno dopo il loro matrimonio.

Odiava che lui non le avesse mai chiesto come stesse o se fosse felice, o se desiderasse altro nella vita.

«Dei momenti in cui era previsto usare dolcezza, sensibilità o dialogo se ne è occupata sempre mia madre» mi disse quella sera. «Lui, l'uomo tutto d'un pezzo, non poteva abbassarsi a tanto. Per lui l'unica cosa che contava era che io fossi perfetta. Ha sempre avuto un'idea molto chiara di quello che voleva da me. Per lui contava molto di più fare bella figura con i suoi amici, esibendo i miei successi scolastici o universitari come trofei, che sapere veramente come me la passavo.»

Mentre parlava, vedevo nei suoi occhi una serie di sentimenti contrastanti e ingombranti, che scalciavano per uscire. C'era il fango, e c'erano le stelle... E prima una, poi l'altra, quelle emozioni così diverse si materializzavano in determinati aspetti e dettagli del suo gesticolare, del suo corpo, del suo sguardo. Mary è meravigliosamente bella, ma anche rigida. Se la osservi attentamente lo puoi vedere, in ogni angolo e centimetro del suo corpo, del suo viso. Nella tensione dei muscoli, nella mappa dei nervi e delle vene, nelle traiettorie severe che formano gli angoli delle sue ossa sporgenti. A volte vedo in lei una donna con il coltello fra i denti e tanta rabbia da far paura, in altri momenti vedo una bambina che ha bisogno di quell'affetto e di quella protezione che il padre le ha fatto mancare.

«Considera che baci o carezze, da mio padre, non ne ricordo. È solo uno stronzo narcisista che non avrebbe dovuto mettere al mondo nessuno» mi aveva detto, impetuosa.

«Purtroppo capita che i figli li faccia anche chi non dovrebbe.»

Avrei potuto essere più originale e scandagliare un po' la situazione. Ma decisi di non spingermi troppo oltre, quello dei legami familiari è veramente un territorio minato.

Comunque, da ciò che ho capito, la decisione di non lavorare dal padre la portò a tagliare quasi del tutto i rapporti con lui: Mary mi disse che negli ultimi sei anni aveva visto e sentito suo padre non più di cinque o sei volte. Credo che lui in poche e isolate occasioni abbia tentato un debole riavvicinamento, non trovando in lei terreno fertile. I suoi divorziarono l'anno in cui lei conseguì la laurea. Il padre si trasferì definitivamente a New York. La mamma comprese il male che le era stato fatto, tardi, ma comprese. Anche lei era stata succube per una vita del marito, non per ragioni di dipendenza economica ma per quegli incomprensibili meccanismi che portano ad amare e rispettare chi non ti ha mai amato e rispettato.

Mary, subito dopo la laurea, è entrata nello studio di famiglia di un suo amico, quello in cui ancora lavora. La mamma, figlia di un industriale argentino, nata e cresciuta a Buenos Aires, a quindici anni si trasferì con la famiglia a New York dove conobbe poi il padre di Mary. Luisa, colta ed estremamente facoltosa, nei primi anni di specializzazione ha garantito a sua figlia una tranquillità economica non indifferente.

E io quella sera, mentre ascoltavo in silenzio il suo racconto, quel pezzo tanto importante della sua storia, riflettevo sul fatto che non sapevo quasi nulla di lei, dei dettagli del suo presente, della sua quotidianità, eppure sapevo già così tanto del suo passato, delle sue radici. Non dissi una parola perché mi fu subito del tutto chiaro che più che di un parere aveva bisogno di sfogarsi.

«Ho parlato solo io. Ti ho annoiato, vero?»

«Ma scherzi? Nemmeno un po'. Mi spiace che tu abbia un rapporto così poco costruttivo con tuo padre, credo che, a prescindere da tutto, non sia facile per te. Ma nello stesso tempo ho l'impressione che tu ne sia uscita abbastanza bene, da tutta questa storia.»

«Be', sì, dài... Quello che non mi uccide mi fortifica... O qualcosa del genere, giusto? Si sono fatte le dieci, devo tornare... Facciamo l'ultimo giro e andiamo, ok?»

Citare Nietzsche fu una comoda scappatoia. Il suo tono all'improvviso divenne superficiale, frettoloso, quasi indifferente. E io colsi il velato invito a cambiare argomento: il discorso era finito. Era lei, ancora una volta, che stabiliva le regole. Era successo nel locale, nella nostra prima conversazione. Poi via email, via WhatsApp, e poi al telefono... E sarebbe successo quasi in tutti gli altri nostri scambi. In qualche rara eccezione mi sono trovato costretto a "usare le maniere forti", a impormi per farmi sentire, ma lei è sempre riuscita a girare ogni cosa a suo favore, facendomi apparire come un pazzo con cui era impossibile relazionarsi. Credo che, per certi versi, abbia preso dal padre più di quello che pensa. Ha bisogno di gestire e governare le situazioni, ma ha un fascino incredibile nel farlo. Mantiene il suo aplomb e sa darti l'impressione che la cosa migliore da fare sia proprio quella che dice lei, e nel modo che dice lei, al punto che tu ti senti quasi in imbarazzo per non esserci arrivato prima.

Però mi chiedo se Mary faccia davvero sempre solo quello che pensa, quello che sente. Mi chiedo se segua il suo cuore, e il suo corpo. So che è piena d'amore e di passione, anche se si ostina a cercare di nasconderlo con quei modi ruvidi e ostili. Quasi brutali.

Capita che il nostro passato torni a romperci così tanto i coglioni da trasformarci in quello che proprio non siamo, il negativo della nostra immagine, e serve che qualcuno abbia voglia di infilarci in una camera oscura e di appenderci con una molletta per sviluppare la fotografia con i nostri colori reali. Lasciarci addosso ricordi stonati può rischiare di ripercuotersi sull'intera armonia della nostra esistenza, il passato risuona nel nostro futuro, l'amore e l'odio sanno nascondersi l'uno nell'altro, e se non stai attento rischi di non distinguerli nei momenti che contano. E io vorrei distinguerli, invece, ne ho bisogno, perché io vivo per quei singoli, preziosi momenti, quelli che contano...

Se Mary seguisse il suo cuore e il suo istinto ora sarebbe con me, lo sento, cazzo, lo sento! C'è stato quel momento fra me e lei, uno di quelli che contano più degli altri, prezioso e irripetibile, e io l'ho riconosciuto, ho riconosciuto lei. Va così, riconoscersi... È quando ci scegliamo fra miliardi di persone, come se fossimo le uniche due finestre illuminate in mezzo a milioni di grattacieli spenti.

In quel locale, il giorno che l'ho vista per la prima volta, l'universo si è spento, e Mary era lì: unica stella lucente.

E penso sia stato lo stesso per lei, anche il suo cuore l'ha distinto chiaramente, quell'attimo fra di noi. Ma tutte le volte che mi ripeto questo, mi chiedo anche se io, allo stesso tempo, non mi stia facendo solo un lavaggio del cervello. La mia certezza vacilla di fronte alla realtà, di fronte al posto vuoto sulla sedia davanti alla mia, tutte le volte mi chiedo perché, semplicemente, lei non sia qui con me.

Prima di salutarci, quella sera da VIO, Mary ribadì per l'ennesima volta che non si fidava in alcun modo di me. A prescindere da Giulio e da tutto il resto, c'era questa cosa... Non mi reputava affatto stabile, o affidabile...

«Tu l'hai capito il mio cuore, come si sente?» le chiesi, posando il bicchiere sul tavolo.

«Sì... Ma tu non ti sei mai chiesto come si sente il mio, non immagini minimamente quello che sta attraversando il mio cuore, non puoi...»

«Io ho pensato solo a quello, al tuo cuore. Altrimenti sarei già venuto a rapirti, Mary...»

«Che bugiardo... Paraculo e bugiardo!» Sorrise. «Tu hai pensato solo a te!» Altro sorriso... «E poi saresti venuto a rapirmi, dove?»

«In qualunque posto.»

«Senti, sul serio, ascoltami un attimo. Voglio dirti una cosa.» Mi fissò per qualche istante, poi riprese: «Io penso che non è possibile provare certi sentimenti per qualcuno che ha un'altra vita e un'altra felicità. E penso che, nello stesso tempo, chi si butta come nulla fosse in queste storie poco limpide faccia pena. E poi non mi fido di te. E non mi fiderei nemmeno di me, se mi buttassi in un casino del genere. Io non voglio essere così. Io non voglio sospettare di me stessa. Io mi piaccio, sul serio. Capisci?».

Le sue parole tradivano un'opera interna di autoconvincimento, e questo era comprensibile...

«Invece ti potresti lasciare andare, Mary... Io non sto giocando, e ho meno vite di quelle che pensi, e vorrei affidarle tutte a te...» Sorridendo, allungai la mia mano sulla sua.

«Non mi fido assolutamente di te.» Scuoteva la testa, ma le sue guance erano rosse...

«Se tu lo volessi, io ti porterei via, Mary...» Continuando a tenere la mia mano sulla sua, e avvicinandomi il più possibile, tirai fuori un tono di voce bassissimo e pacato: «E ti accompagnerei piano piano, dolcemente, da me, nel mio cuore... lo vuoi?».

«Non fare lo stronzo con me, ti avverto, non fare lo stronzo con me!» Mi puntava contro il dito, e le sue guance erano sempre più rosse. «Mi hai vista cinque volte. Cinque.»

«Mi bastava la prima. Una!»

«E questo succederà ancora. Ti basterà anche con la prossima. E poi con un'altra ancora. E ancora...»

«No, Mary, sai che non è così. No, perché lo sento, lo sento qui...» Portai la mano sul petto, all'altezza del mio cuore.

«Tu senti tante cose. Io invece ne sento una sola: sento quello che vedo!»

«E allora? Eh? Perché, dimmi, dimmelo, in me che vedi?» esclamai. «Mary, non è uno scherzo, io sento unicamente questo per te. Guardami, lo vedi? Non c'è più il muro, l'ho fatto per te, l'ho buttato giù solo per te.»

«Il muro... Dio...» Abbozzò un sorriso colmo di sarcasmo e di paura. «Non è così che posso crederti. Non in questo contesto, non con queste vite. Muro o non muro.»

«Non è così che puoi credermi... E come potresti? Dimmi cosa devo fare! Mary, dammi la mano.» Le presi nuovamente la mano, stringendola. «Guardami, Mary, guardami... Dimmi, non senti nulla? Ora, non senti nulla? Io sento qualcosa che non so descriverti, io adesso sto volando.»

«Certo...» Si staccò in modo brusco da me. «Ma sento anche che non mi fido. E questo basta. Non funziona così. No, non funziona così... Sei brillante, non lo nego, ma un po' confuso, un bel po'!»

«Confuso? Non sono confuso, e nemmeno brillante, forse goffo, quello sì. Ma sono sicuro. E sincero. Voglio te, voglio solo te.»

«No, non con questi elementi.»

«Ma il fatto che sia innamorato di te non conta niente?»

«No, e lo sai! E comunque non lo sei. Luca... Non lo siamo, ok? Ora devo scappare, scusa, davvero!»

Qualche volta, l'immagine impressa nello specchio è solo il riflesso di quello che abbiamo bisogno di vedere.

E allora avrai voglia di scappare e correre forte, come non hai mai fatto, ma a un certo punto, esausta, dovrai fermarti e, voltandoti, ti renderai conto che tutto quel dolore e tutto quell'amore sono ancora lì, mischiati e confusi l'uno nell'altro, attaccati al tuo cuore.

E poi ci sono due persone... Un ragazzo e una ragazza... Giovani e innamorati... La vita li ha allontanati...

Torino, 3 gennaio

Occhibelli, oggi abbiamo avuto l'esercitazione alla polveriera e poi ci siamo allenati alla corsa di fondo. Ora sono stanco e penso a te. Solo ieri eravamo insieme, mano nella mano, sul lungomare, con tutte quelle luci, con tutta quella magia, mentre il Vesuvio ci guardava da lontano. Avrei passato i giorni della licenza solo con te, ogni singolo istante, peccato che i tuoi non ti abbiano lasciato uscire più spesso. Sono comunque contento di averli conosciuti e di essermi presentato a tuo padre, è un uomo così severo, così duro... Voglio che sappiano che faccio sul serio e spero di aver fatto loro una buona impressione. Ti porterò via presto, non manca molto. A settembre avrò il mio primo incarico da ufficiale, e poi ci sposeremo. E tu sarai bellissima e raggiante.

Appena tornerò a Napoli, in estate, parlerò con la tua famiglia, la affronterò, e poi andremo a scegliere la chiesa. Non scordare le parole che ti ho detto: tu sei bella anche quando nessuno te lo dice. Riguardo alle tue amiche, a tutte quelle cose che ti fanno stare male... Fregatene! Non dar loro importanza, non permettere mai a nessuno di renderti infelice. Tu sei molto più del giudizio frettoloso di chi non ti conosce. Tu sei bella perché sei diversa. Tu sorridi e sei felice mentre ti rialzi tutte le volte un po' più forte. Tu sei la donna della mia vita, e il mio amore immenso.

Il tuo gigante

* * *

Napoli, 10 gennaio

Gigante, come potrei scordare le parole che mi hai detto? Solo ricordarle mi fa venire i brividi, mi fa tremare. Sono così innamorata... Sono solo tua! E così sarà per sempre! Solo tu sai accendermi il sorriso quando il mondo cerca di spegnermelo. I prossimi mesi saranno infiniti perché sono quelli che mi separano da te. Dovrò studiare molto per l'esame, ma lo farò sapendo che poi saremo insieme. Mi immagino a insegnare in una scuola materna, in una città nuova per entrambi, per poi ritrovarci la sera a casa, ad ascoltare musica, a ridere come due scemi, a fare l'amore, a parlare tutta la notte, ed essere semplicemente felici. È questo il mio sogno più grande: essere felice con te per tutta la vita. Mia madre già ti adora, e in fondo sono sicura che tu sia piaciuto anche a quel burbero di mio padre. Solo che lui non riesce a liberarsi di questo ruolo in cui lui stesso si è incastrato, ha una mentalità ancora vecchia, non capisce che il mondo sta cambiando...
Sai... subito dopo averti conosciuto, tu eri appena andato via, e noi eravamo tutti a cena, mia madre ha detto: «Mi pare proprio un bravo ragazzo». Mio padre non ha risposto ma ha accennato un sorriso con gli occhi per poi tornare a nascondersi dietro quella sua maschera da uomo tutto d'un pezzo. Mio fratello non si separa mai dalla maglia del Napoli che gli hai regalato. Sei il mio gigante, mi manchi. Ti amo.

Tua, piccola

POI CAPITA DI AVERE BISOGNO
SOLO DI UN ABBRACCIO.

15
Ti amo

In cuffia suona Daniele Silvestri
con *Tutta colpa di Freud (Il giardino di Psiche)*

Martedì 28 novembre 2015

L'ultima volta che l'ho vista, diverse settimane fa, è stato in un locale in zona Monti, abbiamo bevuto un rum in una piccola cantina dove suonano musica indie, rock indipendente.

L'ho attirata a me con la scusa che avevo un regalo per lei, due braccialetti. Due braccialetti di pelle con le borchie. Sapevo che era un richiamo al quale non avrebbe potuto resistere. In realtà c'erano altre due sorprese per lei: una gliel'ho messa in tasca di nascosto, era un piccolo biglietto con poche righe scritte dentro e un indirizzo. Mi chiedo se, dopo, in macchina, a casa, o nei giorni successivi, l'abbia visto, chissà se l'ha trovato, chissà se se n'è resa conto. All'altra sorpresa tenevo tantissimo, era una cosa alla quale avevo pensato molto nei giorni precedenti, sognando quel momento, ma poi, dopo aver scoperto le sue intenzioni, non gliene ho più parlato. Comunque, nonostante il richiamo del regalo, e la mia insistenza, è stata dura convincerla a incontrarmi. Ora che ci penso, tutte le volte, dannazione, è stata dura convincerla a incontrarmi.

L'ultima sera, il 3 novembre, Mary arriva con l'intenzione di rompere, di chiedermi di non vederci più. Questa volta sembra risoluta, è pronta a fare sul serio.

Beviamo e ascoltiamo tre canzoni del gruppo che si esibisce senza praticamente scambiare una parola.

«Comunque bella la tua T-shirt» mi ha detto alla fine, facendo l'occhiolino in segno di approvazione, mentre usciamo dal locale. È una maglia con la serigrafia – in stile pop art – del viso di Woody Allen.

«Lui lo adoro. Woody, dico...» Indico col pollice il mio petto.

«Come potrebbe essere altrimenti? È un mostro, un genio senza precedenti...» dice lei. Poi, di scatto, prosegue, quasi incazzata: «Ma perché non mi chiedi niente?».

«Cioè?»

«Sulla mia storia, se sto bene con lui... Insomma, cazzo, io sono fidanzata, e tu dici di essere innamorato di me.»

Abbasso lo sguardo. «Ehm...»

«Voglio dire, ma come fai? Non vuoi sapere come va il mio rapporto?»

"Va male, se stiamo qui..." penso, ma riesco a trattenermi.

Lei continua: «No, perché non va male per niente, anzi, io ci sto bene, ne sono molto innamorata».

"Valle a raccontare a qualcun altro, certe stronzate." Questo avrei voluto rispondere, invece ribatto: «Certo, ti credo».

«Sei stato un attimo di debolezza, tu, nulla di più» dice. E mi bacia.

"Più di un attimo, direi..." penso, ma mi freno ancora, faccio un ulteriore sforzo per non umiliarla, per non umiliarmi, e ripeto solo: «Certo, ti credo».

«Mi sento una merda. Io amo Giulio. Quindi basta, chiudiamola qui. Domani partirò, trascorrerò qualche giorno in montagna con lui, lo sapevi... Sarà importante anche per riflettere su molte cose.»

Io la guardo in silenzio, le poche parole che ho detto le ho balbettate, sudo, e non so che dire, cosa rispondere, come provare a farle cambiare idea. Ma le idee vanno e vengono, difficilmente cambiano. Mi sento perso. E abbandonato. E solo.

«Lo sai che sono, ecco, ehm... Voglio dire, ecco, lo sai che sono p-perdutamente innamorato di te...» Prendo fiato e chiudo un attimo gli occhi, poi, recuperando un briciolo di dignità, provo a ricompormi aggiungendo: «E sai anche che non sto giocando, vero?».

Queste sono le uniche cose che riesco a dire. Due domande, per di più retoriche, perché le ho già detto di essere innamorato di lei molte volte. Forse troppe. Ma mai in modo tanto goffo e patetico...

«Sì» risponde, secca e glaciale. «Ma, a parte che cambierebbe poco, non ti credo, non posso crederti...»

La guardo e non dico niente. Non è la prima volta che me lo sbatte in faccia, ma in fondo ho sempre pensato fosse un modo per non dirmi quanto in realtà mi credesse e quanto cazzo le facesse paura questa cosa. Però forse non mi credeva davvero.

Ecco perché non riesco ad aggiungere altro. Ci abbracciamo, ci salutiamo. La stringo forte, e lo fa anche lei.

Ci sono momenti nei quali proprio non riesci a dire nulla, o non riesci a dirlo nel modo in cui vorresti. Non riesci mai a dirlo come vorresti. Lo dici, ma manca un pezzo. Lo dici, ma manca il fiato. Forse non avrebbe fatto differenza dirlo in modo più convincente, più deciso, ma ecco... Il fatto è che potrebbe sembrare altro solo perché lo mischi con altro, solo perché ti mischia con altro. Ti confondi fra le pieghe superficiali del jersey di una T-shirt con la faccia di Woody Allen, mentre lo scimmiotti, alla faccia di chi ti giudica senza impegno e riflessione, e urli, con lui, che: "Il mondo sta rimanendo senza geni: Einstein è morto, Beethoven è diventato sordo... E io incomincio a non sentirmi bene". Perché chi ti guarda dritto negli occhi, in silenzio, per più di venti secondi, un tempo incredibilmente grande e pericoloso, o vuole ucciderti o, peggio, potrebbe avere perverse sadomasochistiche intenzioni su di te.

Magari chi lo fa vuole davvero vedere come sei fatto dentro, vuole davvero andare oltre per sentire che tipo di musica gira dopo il primo strato, se è ancora pop, e se il sapore è lo stesso, e allora che fai? Ti confondi fra le pieghe superficiali del jersey di una gonna anni Cinquanta, per ricordarle che tu sei diverso, più veloce, più sicuro, diverso da tutti, diverso dal mondo, ma che, nonostante questo, i tuoi BPM non sono variabili come il meteo e la luna, non sei una cazzo di banderuola o una bussola impazzita, ma, anzi, i tuoi BPM girano perfettamente in battuta con i suoi, lo stesso sound, lo stesso *groove*, lo stesso riff; e poi le dimostri, con un po' di malcelato imbarazzo, che tu sudi, sudi e balbetti, e bagni T-shirt di jersey con la faccia di Woody Allen o camicie con le righe, borghesi e ben stirate, e che tu riesci a essere tutto quello che non vorresti essere, per non farcela, e riesci a dire tutto quello che non vorresti dire, per boicottarti, e tutti i refusi della tua bio non sono un cazzo, un cazzo, se paragonato a quanti errori potresti ancora fare per colpa e per merito suo. E non è mai facile come sembrava, non sei mai calmo come speravi.

Serviva uno smoking, sorriso sicuro e brillantina per l'occasione, per convincerla, non quattro stracci da morto di fame e la voce incerta e rotta che ti sei portato appresso. Volevi strappare all'asfalto il suono della pioggia, e buttare giù un pezzo indie punk solo per le sue orecchie, un pezzo duro ma sincero, come orecchini fatti a mano e su misura, unici, un pezzo solo per lei, con la pelle, le borchie e un po' di zucchero filato, ma solo un po', il giusto quantitativo per non stomacarla, invece la pioggia è scesa, ma senza musica, e l'asfalto era bagnato, ma senza ritmo, ops... Sgambetto! Via, giù, e rotoli indietro sulla sabbia, e ricominci, e lo rifai, e ti nascondi, e chiedi a ogni granello di restare lì dov'è, per sempre, col profumo, le lacrime e tutto l'amore là dentro, tutto l'amore là dentro, fermo come solo chi è perso e terrorizzato sa essere, tutto l'amore là dentro, fermo come solo chi esplode sa essere, ché se non puoi spiegarlo al mondo, ché se non puoi gridarlo a chi non lo chiede o non vuole saperlo, allora lo spiegherai alle stelle quanto sei fermo, e resterà nel cielo ogni suo dubbio e chi vorrà le cercherà fra le nuvole, le risposte, se saranno ancora lì dove le hai lasciate, se il vento e il tuo respiro incazzato non le avranno spazzate via, addosso ad altre stelle e ad altre domande, meno luminose, ma più sicure. Non riesci mai a dirlo come vorresti, ma sai che sei fermo, tanto fermo da essere tu a proteggere lei e tutti quelli che lei vuole proteggere, tanto fermo che la sua scelta è la tua scelta, anche se la sua scelta è una pallottola nella tua testa, o un buco sul tuo petto, o una cannuccia infilzata nel tuo cuore, ma quelli che ti fottono, gli occhi che ti fottono, fanno così, lo sapevi, lo sanno tutti. Tanto fermo che non basta una doccia e lo sguardo altrove, quello è per i ladri e le puttane, naa, serve ben altro, ben altro per lavare via tutto l'amore che senti esplodere dentro di te, una bomba atomica, un'altra Hiroshima, la fine del mondo. Ma non riesci mai a dirlo come vorresti.

Dopo cinque giorni di silenzio, nei quali cercavo di convincermi che questa volta fosse davvero finita, è arrivato un suo messaggio su WhatsApp:

Mary: "Ti penso tantissimo. E volevo lo sapessi...".

Luca: "Anche io, dal primo momento in cui ho incrociato il tuo sguardo, e non credo questa cosa possa cambiare tanto facilmente. Non credo proprio... Ti amo!".

C'è un momento, nella vita, nel quale le azioni e i pensieri non si possono più spiegare, o descrivere. Non lo racconti perché non sai farlo, e non sai farlo perché non puoi. Non succede a tutti. E no, non è la fase delle farfalle, come invece potrebbe sembrare, non quella in cui stacchi i piedi da terra e voli, che parti senza sapere dove stai andando e non torni più, o torni a pezzi, o con un buco sul petto, no. È molto più speciale, è IL momento, quello in cui i tuoi piedi sono ben piantati per terra, e tu sei sicuro, molto sicuro. Stabile, come non sei mai stato.

E le tue spalle sono larghe e forti, come non le hai mai viste. E sai che le farfalle, il magone e il batticuore, se non ci saranno ostacoli, arriveranno, sono già lì, e sarà la parte delle capriole e delle rincorse, della magia e della musica, della rabbia e della gelosia, del fare la guerra per fare la pace, ma questa parte, tutto questo, non potrà essere prima che *quel* momento, che percepisci intorno a te come precedente a tutto il resto, sia stato vissuto e consumato in pieno. Non prima che sia maturo e consapevole di se stesso, e di tutto quello che comporta. È il momento in cui le parole hanno un peso specifico ben preciso, un peso importante, alto, pieno, un peso che tu conosci perfettamente, matematicamente, perché sei tu a tagliarle, col bisturi, tu, chirurgo del tuo desiderio e, dopo averle scelte pesate e sezionate, le tieni un po' in mano, non le molli all'improvviso, come si fa con qualcosa che scotta, di cui ci si vuole liberare, qualcosa di cui si ha paura o di cui non si conosce fino in fondo il significato e il senso, no, tu le stringi, paziente, prima in un palmo, poi nell'altro, e le valuti, le moderi, le analizzi, come un chimico, come un biologo, le senti, le ascolti, e quando ne sei certo, quando sei certo che sono quello che avevi in mente, le stesse che avevi nel cuore, ecco, a quel punto le poggi sul piatto, e in quel momento sai che, comunque andrà, te ne sarai privato per sempre, magari ce ne saranno altre, ma non quelle, non così reali, non così perfette. E le deponi, con calma, lì dove devono essere lasciate, senza correre, senza fretta, e nel farlo i tuoi occhi restano fissi sull'obiettivo, immobili sull'obiettivo, come un killer prima di colpire, come un cecchino che segue la sua vittima agganciata nel mirino e pensa: "Ce l'ho", inquadrata nella X della lente posta sulla canna del fucile di massima precisione. E una volta messe sul piatto LE parole, lentamente ma con fermezza, senza alcuna esitazione, senza alcun timore, ti fermi, sorridi, sereno, e resti lì a guardarle per un po', ti chiedi se hai detto tutto, ti rispondi che sì, hai detto tutto, è per questo che sei tranquillo, poi fai un passo indietro, un piccolo, microscopico, passo indietro e, silenziosamente, ancora un passo indietro, e poi un altro, e poi un altro. E poi un altro. E poi ancora un altro...

Ecco, quel "ti amo!" erano LE mie parole.

Mary: "Ora sto piangendo, piango tanto e da ore, Luca... non riesco a smettere. Ti abbraccio".

Questa, è stata la sua risposta al mio "ti amo!", prima di sparire nel nulla, lasciandomi qui a chiedermi perché, a fare a botte col mondo, prendendole di santa ragione.

> Fra le cose più importanti da preservare nel mio cuore ci sei tu. Troppo facile proteggere e difendere, nei nostri pensieri, solo le persone che ci restano accanto nel modo in cui vogliamo noi. Io ti terrò lì, in un angolo riparato da ogni cosa, soprattutto nei momenti in cui il mio cuore ne avrà più bisogno, quando avrà paura, ti terrò lì, come un diamante raro, anche se tu hai deciso di andare. In fondo, guardaci, tu sei andata, sei andata via da me, ma quando sbircio nei miei sogni più profondi, sei ancora lì, che mi guardi con quel sorriso delle meraviglie. Senza esserti mai mossa davvero di un solo millimetro...

Mentre bevo un bicchiere di Chianti, a casa, ascolto *Panette* di Sfera Ebbasta. Il pezzo suona molto "trap", un genere nuovo che mischia il rap e l'elettronica, o almeno credo. Comunque mi piace un sacco. Sia il pezzo che il genere.

Poi sul mio Spotify passa *L'amore è una cosa semplice* di Tiziano Ferro, e il mio pensiero va a te...

Di te mi resta un profumo che non è solo un profumo, è qualcosa di diverso. Lo sento negli occhi, e nelle ossa. Sulla pelle, fra le dita. E non va via con un po' d'acqua e del vino rosso. No. Lui resta lì, lo sento nel cuore. Lui resta lì...

16
Il male è male e basta

In cuffia suona Archive
con *Again*

Giovedì 30 novembre 2015

Lavorare per conto tuo ha come vantaggio quello di poter puntare la sveglia a un orario da privilegiati. Io per esempio ce l'ho quasi tutti i giorni alle otto e trenta – salvo il caso di appuntamenti presi (non per mia iniziativa) in orari che impongano di anticiparla. Roba di lusso per la stragrande maggioranza della gente che conosco, e ne sono consapevole, ma, nonostante questo, tutte le mattine, quando suona con quell'odioso *beep* elettronico, ripetuto all'infinito come la goccia nella tortura cinese, ecco, mi pare sempre un'ingiusta crudeltà che non meriterebbe nessuno.

Oggi, per esempio, è particolarmente dura. Devo aver calcato troppo la mano con la sessione di running, ieri. In effetti ho raggiunto un ritmo niente male per essere un principiante; è vero quello che dicono: la corsa è una droga, procura dipendenza. Quando entri nel mood non ne puoi più fare a meno, e vuoi andare sempre oltre.

Doccia rapida, come tutte le mattine. Mi vesto con giacca e cravatta, incontrerò due clienti per i quali è opportuno un look classico e formale. Sì, c'è ancora molta gente su cui la cravatta ha un certo appeal e per cui fa la differenza, assurdo... Tazza di yogurt e cereali; cucchiaio di Nutella, acqua a canna dalla bottiglia di vetro; notizie su Ansa.it. Dopo circa quaranta minuti sono pronto.

Chiuso il notebook, incastrata l'ennesima tazza sporca sull'ennesimo piatto sporco, infilato fra le ennesime pentole sporche, il tutto adagiato su un letto di posate e cucchiaini sporchi, nel lavandino sporco, esco di casa per affrontare quella che si prefigura come una giornata lavorativa davvero di merda... Devo fare mille giri, e tutto entro le 15, ché poi le direzioni amministrative delle compagnie chiudono, e oggi è il giorno mensile di rimessa, cioè il giorno in cui devo girare gli incassi del mese alle compagnie trattenendo le mie provvigioni. Devo incassare soldi per coprire il rosso in banca, ritirare polizze, consegnare polizze, telefonare a clienti, trovare nuovi clienti, parlare con la gente, fingermi figo e vincente, col sole in tasca e sicuro di me.

Ho appena chiuso la porta di casa, nemmeno il tempo di entrare in macchina che squilla il telefono, non conosco il numero.

«Marini, salve, sono Lucchi, Banca Gerre, filiale 42, piazza Irnerio...»

Cazzo... Il numero non l'ho riconosciuto perché si sono trasferiti pochi giorni fa nella nuova sede.

«Salve, Lucchi, sì, mi dica!»

«No, scusi, la disturbo perché... Vede, ci sarebbe uno sforamento del fido... di seicento euro... sul conto 32466654...»

«Sì, certo, sarei passato in mattinata, infatti!»

«Senza fretta, anche lunedì, era mio dovere avvertirla, sa, gli interessi così schizzano alle stelle...»

«Ha ragione, e la ringrazio!»

È uno stress. Un continuo correre per coprire in banca, per pagare bollette, multe e tasse. Corro come un pazzo per la sopravvivenza. E la mia vita, la mia vita dov'è? Cazzo.

Incontrati un paio di clienti che hanno lo studio a un chilometro di distanza, un notaio e un avvocato, e incassati un po' di soldi, mi ritrovo di nuovo in macchina. In zona Eur. Ne incontro un altro davanti al Palazzo dei Congressi.

«Filippo, allora ti mando la quotazione questa sera via email, ti divido tutte le voci e i relativi importi, così puoi farti un'idea più chiara!»

«Va benissimo! Allora l'aspetto. Grazie Luca!»

Filippo è un agente immobiliare di case di lusso, uno di quelli che la sanno lunga, lo conosco da anni, ci presentò Carla, mi affidò alcune polizze, poi col tempo siamo entrati in una buona confidenza, ha bisogno di un preventivo per la casa che sta acquistando, è un attico in centro, proprio su corso Vittorio. È un tipo davvero strano, sui trentacinque anni, veste sempre alla moda, è alto e ha i baffi lunghi, folti e neri, e mentre parla fa continue citazioni di scrittori o cantanti famosi, facendo sembrare siano sue. Oppure fa battute e ride da solo, e mentre ride ti dà delle grandi pacche sulla spalla. Insomma, sembra davvero sciroccato, a volte. Non ho mai capito se ci fa o ci è, però lo trovo un sacco simpatico. Sciroccato, ma simpatico...

«Figurati, grazie a te! Ora mi tocca correre da un altro cliente, non so più nemmeno dove sto correndo, certe volte me lo chiedo, sai?»

«Solo chi non sa dove sta andando può arrivare lontano.»

Lo guardo divertito e sto per dirgli "è una meravigliosa citazione di Oscar Wilde, quella che hai appena fatto!", ma poi evito, in fondo non è mica un mio amico, è un cliente con cui ho, sì, un buon rapporto, ma non al punto di poter prendermi tanta confidenza. Quindi sorrido, annuisco, e lo saluto. E poi scappo.

Questa zona mi mette sempre una certa serenità, sarà il verde, i colori, gli spazi... Roba inedita per una città come Roma. Ma appena imbocco la Cristoforo Colombo la serenità sparisce, ancora traffico e delirio.

Mentre guido e penso alla cena di questa sera con Franco, e a come sarà Daniela, squilla il telefono, per l'ennesima volta.

È Carlo, un cliente molto importante, lui sì, lui lo considero anche un buon amico: «Luca, un dramma... Ho subito una rapina... Una cosa tragica, mi hanno rubato tutto, hanno ucciso una donna, una cliente, sono disperato...»

Lo sento piangere, singhiozzare, entro nel panico.

«Ma quando?»

«Due ore fa, l'ho vista morire davanti ai miei occhi, mi fissava mentre moriva...»

E si dispera, la sua voce cambia di continuo frequenza e timbro, fino a diventare un filo quasi inesistente. Poi prosegue: «Luca, devi venire... Luigi, il mio avvocato, è già qui. Ho perso tutto».

«Certo, vengo subito... Non so che dirti, Carlo, cerca di stare tranquillo, per quanto puoi, sotto il profilo assicurativo non c'è problema, recupererai i tuoi soldi, so che non è tutto, ma, ecco, ehm...»

E mi interrompe con un tono basso e apparentemente sicuro di sé: «Ok, ok, va bene, grazie, ma vieni qui, per favore». Poi ricomincia, quasi implorante: «Luca, Luca...».

Esito pochi secondi, in silenzio. «Mi dispiace...»

Carlo lo conosco da dieci anni. Ci siamo incontrati in palestra, seguivamo lo stesso corso di kick boxing. Ne è nata una bella amicizia, una di quelle che non sono legate a stereotipi e regole prestabilite, cose del tipo: ci si deve vedere ogni settimana, sentire ogni tre... Quelle nelle quali, per considerarsi amici, è sufficiente l'amicizia, tutto qui. Ha una gioielleria in centro. L'ha ereditata dal padre, insieme a un cognome piuttosto importante nel giro dei preziosi. Un negozio antico, storico, ed è mio cliente da almeno cinque anni. Un ottimo cliente.

Il mio lavoro non è solo quello di individuare la migliore copertura sul mercato e rappresentare il mio cliente nei confronti dell'intero panorama assicurativo nazionale ed estero al momento della sottoscrizione del contratto; l'aspetto più importante e delicato del mio lavoro è la gestione dei sinistri: è lì che ti guadagni la fiducia del tuo cliente, perché è in quella occasione che lui ha davvero bisogno di te. In quel momento potrai dimostrare di avergli venduto una polizza ben fatta, completa, senza falle o clausole vessatorie. Senza la fregatura, quella che tutti si aspettano dalle assicurazioni.

Fare in modo che tutto scorra liscio, sotto il profilo delle formalità e della preparazione delle pratiche, per ottenere il giusto risarcimento, è il mio obiettivo. Nel caso di grossi sinistri, tanto grandi da mettere in ginocchio la vita personale e lavorativa del cliente e di molte famiglie, ecco, in quel caso il mio obiettivo coincide con la sua sopravvivenza. Sono momenti drammatici, non è uno scherzo. Poi qui c'è pure un morto, davvero una brutta storia. Povero Carlo.

Quando arrivo da lui, mi pare di essere sul set di un thriller. Polizia dappertutto, transenne, giornalisti con microfoni in mano e telecamere. La persona uccisa è una giovane donna: qualcosa di orrendo e terribile.

«Eccoti, Luca, sono sconvolto. Tutte le mie certezze, tutta la mia vita, la mia serenità, è tutto in frantumi.»

«Carlo, vedrai che supererai questo momento» gli dico appoggiandogli una mano sulla spalla mentre lui, disperato, resta a testa bassa a fissare i sanpietrini, poi proseguo: «Ma ora devo andare al dunque: dimmi, il sistema d'allarme, le varie aperture e chiusure, il Time-Lock della cassaforte, ecco, ha funzionato tutto, vero? Le procedure di apertura e chiusura delle porte sono state rispettate? Il video della rapina è al sicuro, è su un server esterno, giusto?».

In questi casi è fondamentale che tutto sia in regola, che non ci siano negligenze gravi nella condotta degli assicurati, tipo il mancato inserimento di un sistema d'allarme, o distrazioni serie come lasciare la cassaforte aperta o priva del sistema Time-Lock, o non rispettare i tempi di apertura della doppia porta all'ingresso... Capita che i clienti che non hanno mai subito un furto o una rapina ritengano così basso il rischio che iniziano, pian piano, a non badare più a certe procedure di sicurezza, che però sono contrattualizzate, previste in polizza come raccomandazioni vincolanti, e richieste in caso di sinistro. La manutenzione dei sistemi di videosorveglianza è fondamentale. Il video è la prima cosa da chiedere, la prima che mi chiederanno i periti liquidatori, è un elemento basilare. Per far sì che un sinistro importante e grosso come questo venga pagato, e in tempi accettabili, non si deve dare nulla per scontato.

«Era tutto attivo, Luca, tutte le procedure sono state rispettate... Il video è al sicuro, nelle mani della questura e dei magistrati, non sarà disponibile prima di un mese o due... Non lo so, guarda, è tutto sotto sequestro, ho solo una copia autenticata della denuncia parziale presentata poco fa in comando, andrà integrata con tutti i dettagli: la lista degli oggetti rubati, la somma precisa di contanti, i danni al locale, l'ammontare della somma globale sottratta e tutto il resto...»

«Certo. Per attivare il sinistro, intanto, quella va più che bene, Carlo...»

Me ne dà una copia e la leggo velocemente davanti a lui, in modo trasversale.

> Io sottoscritto Carlo Ancestri, dichiaro sotto la mia (...) che il giorno (...) con l'uso di armi da fuoco di cui non saprei (...) circa quattro milioni di euro (...) circa duecentomila euro in contanti (...) dichiaro che i locali sono sottoposti a videosorveglianza a circuito chiuso con trasmissione delle immagini su server remoto il cui hard disk si trova (...) che i rapinatori erano tre e muniti di passamontagna (...) corporatura robusta, statura circa (...) erano presenti cinque clienti, fra cui un uomo di cui conosco le generalità in quanto cliente abituale (...) mentre la donna cercava di divincolarsi dalla presa (...) non conoscevo la vittima e le sue generalità (...) dichiaro di aver sottoscritto polizza assicurativa col seguente numero di certificato assicurativo (...) dichiaro di esse-

re a disposizione per qualunque (...) in fede (...) Carlo Ancestri (...) L'appuntato incaricato di (...) il presente verbale di denuncia (...) Roma, 30 Novembre (...).

Non ho ancora terminato la rapida prima lettura della denuncia che lo sento ancora parlare, e in modo ancora più agitato: «C'è un'indagine in corso, hanno una pista... C'è un morto, Luca, un morto!».

Lo guardo addolorato, e chiedo: «Come è successo?».

«Erano vestiti da carabinieri e li ho fatti entrare, c'erano già quattro clienti dentro, a un certo punto hanno detto che era in corso una rapina, di rimanere calmi, che nessuno si sarebbe fatto male... Hanno prima preso tutto quello che c'era nelle vetrine, nei cassetti, sul bancone, poi mi hanno detto di aprire la cassaforte... Quando gli ho detto che la cassaforte aveva una chiusura a tempo e che non potevo aprirla nemmeno io prima di una certa ora, hanno cominciato ad agitarsi... Avrebbero dovuto aspettare circa dieci minuti, non mi credevano, hanno dato di matto, uno di loro ha preso una cliente sotto il collo, quella donna, le ha puntato la pistola alla testa e mi ha detto di sbrigarmi ad aprire la cassaforte, l'altro mi ha colpito in modo violento col calcio della pistola in testa, e io... Ecco... lui... Vedi, quella maledetta cassaforte non si apriva e lui a un certo punto ha cominciato a urlare e stringere il collo di quella donna, e urlava: "Apri quella cazzo di cassaforte o le faccio saltare il cervello!" e le stringeva sempre più il collo sotto il braccio... Lei ha cominciato a divincolarsi, a lottare con quel bastardo, ed è riuscita a sottrarsi alla presa, l'ha colpito con una gomitata al fianco, io le dicevo di stare calma ma lei era...» Carlo è in uno stato psicofisico precario. Credo sia nel pieno di una crisi di panico, e come biasimarlo? Parla veloce, si mangia le parole, balbetta e suda... «E vedi, Luca, a un certo punto, non lo so, non ricordo, ho sentito un botto assordante, e lei era a terra, in una pozza di sangue che si allargava terribilmente in fretta, capisci, Luca? Capisci? Capisci? Poi si è finalmente aperta quella troia puttana di cassaforte, e... ecco.. hanno preso tutto e sono andati...»

È sconvolto, e lo sono anche io, non ho più saliva in bocca e sento il sangue gelato. Racconta senza prendere fiato, senza sentire quello che sta dicendo, o forse sentendolo troppo, fino al midollo, fino alle ossa, è in un bagno di sudore...

Lo abbraccio. «Cristo, Carlo, Cristo, non so che dire, mi dispiace... Sono sconvolto, è allucinante, ma che succede... Io non so davvero dove andremo a finire...»

«Devono bruciare lentamente all'inferno, maledetti schifosi bastardi!»

Davanti a certe cose tutto perde di senso, e mi domando cosa cerchiamo davvero, dove corriamo. Dove andiamo. Sembriamo ossessionati dai fantasmi, dalle nostre costruzioni mentali, fasulle e alterate, leggere e frivole e inutili. E allora cerchiamo motivi nei dettagli, nelle cose insensate o in quelle che non vogliono averlo, un senso, cerchiamo risposte nell'indifferenza, simboli nelle immagini, parole e suoni nel non detto, nel silenzio. Perché ciò che vediamo, per come si palesa, non ci basta quasi mai. Ottusi, mediocri visionari... Arranchiamo fra perversi teatrini dell'assurdo, come le mosche nel bicchiere, in trappola, ma convinti di avere grande visuale e tutto il mondo in mano, per via del vetro trasparente. E, presuntuosi e un po' patetici, diamo all'ossessione il nome di amore, e all'amore il nome di ossessione. Schiviamo i colpi dei nostri aguzzini al solo scopo di restare abbastanza vivi da infliggere colpi alle nostre vittime. La maggior parte di noi parla di cose nelle quali non crede, e crede in cose delle quali non parla. Te ne accorgi perché c'è un momento in cui ti senti costretto a partecipare a questo comico perverso gioco al massacro, per sopravvivere, per non morire. Te ne accorgi quando fai già parte del gioco. Un gioco ridicolo, a perdere. Noi siamo quelli che con le spalle al muro meniamo di brutto, meniamo forte, ma solo perché siamo con le spalle al muro, ci diciamo, solo per quello, ci raccontiamo, non per altro, perché in realtà siamo buoni, noi, siamo gente per bene, noi, veniamo in pace, noi. Un po' come il rapinatore, che era con le spalle al muro, ed è così – ne sono certo – che se la racconta.

Noi abbiamo dato un senso al concetto di odio, anche se c'è chi dice che "l'odio è amore stanco, perso, non corrisposto, scaduto"... Forse... Ma io dico che è odio e basta, odio che ha generato altro odio, che si alimenta con l'odio, che si uccide con l'odio, che uccide per odio, che odia se stesso e tutti i suoi simili, questo dico io, questo diciamo noi. Il male è male e basta, non ha alibi, non ha scuse e non si scusa, se non per ragioni utilitaristiche, strumentali.

E quando ci consigliano di stare calmi non capiamo, Cristo, *calmi*? Ché sembra quasi, in quel modo, deponendo le armi, abbassando la guardia, di dover delegittimare la schizofrenica inquietudine quotidiana, quella frenesia dal retrogusto amaro e un po' commovente che ci fa sentire vivi, quella che ci dà la forza di non soccombere all'abitudine, alla noia, quella che ci fa essere abbastanza maledetti da offendere il bene e i gesti più puri, i gesti più sinceri, al solo fine di non dover guardare quello che non vogliamo vedere, al solo fine di non dover tendere una mano e dire: "Basta, perdonami, pace, è tutto passato". Altro che la *roba*... solo quell'insana inquietudine ci dà l'energia che serve, ci fa essere tanto sballati e su di giri per recitare il ruolo del pagliaccio, prima, e del duro, dopo, o viceversa, in base ai casi e alle circostanze: quando viene a mancare si forma la crepa, iniziano i dubbi e le insicurezze, e le crisi di identità, e i tremori dell'anima. E il senso di vuoto.

Noi lo sappiamo bene, sappiamo come tenere in piedi il nostro artefatto show, perché siamo consapevoli del fatto che se cala il sipario, e si spengono le luci di scena, ci ritroviamo nudi davanti al mondo, e il mondo può osservarci per quello che siamo: umani, solo umani.

Lasciato Carlo, entro in macchina e appena vedo un bar accosto. Consumo un tramezzino e una pizzetta col prosciutto e la mozzarella, al bancone. Ho voglia di alcol. Butto giù un Amaro del Capo ghiacciato. E a seguire un altro. E poi ancora un altro. Passerò in ufficio giusto per dare a Nicola le istruzioni per inviare i report delle coperture alle compagnie, e poi andrò a casa. Finisse lui, io ho bisogno di riposare, e di staccare.

WhatsApp:

Valeria: "Ciao scemo! Ti pensavo! Sai che ho prenotato il mio viaggio in Brasile? Vado sola! Un viaggio solo per me!".

Valeria: "Parto il 20 dicembre! Spettacolo, vero!?".

Valeria: "Marco non ne era molto contento, credo sia geloso, ma io ho prenotato lo stesso...".

Luca: "Dài! Bello!".

Luca: "Marco geloso? Ma come, lui sta sempre in giro per il suo lavoro!? Non era quello con la 'mente aperta'?".

Luca: "Mah... hai fatto bene a prenotare, Vale... :)".

Luca: "Sai, è successa una brutta cosa a un amico, un cliente amico, un brutto momento, che cazzo di mondo schifoso...".

Valeria: "Mi spiace, cosa è successo?".

Luca: "Una rapina. E un morto, una donna...".

Valeria: "Cazzo!".

Luca: "Sì. Cazzo!".

Valeria: "Questa sera vedi Franco, Angela e la sua amica, giusto?".

Luca: "Sì, ma adesso non sono nemmeno più in vena, guarda! Vorrei solo Mary e un suo abbraccio, solo quello vorrei...".

Valeria: "Lo so, ma vai! Approfittane per staccare, Luca".

Valeria: "Ti farà bene".

Luca. "..."

Valeria: "Fidati di me!".

Luca: "Sì, forse hai ragione... Ora scappo. A dopo. Bacio".

Valeria: "Ti voglio bene".

Luca: "Anche io. Tantissimo".

QUANDO NON MI PIACE NULLA
DI TUTTO QUELLO CHE VEDO,
IO CHIUDO GLI OCCHI E VENGO
DA TE.

17
Una piccola cosa semplice

In cuffia suona Belle & Sebastian
con *Piazza, New York Catcher*

"Sì... ma tu non ti sei mai chiesto come si sente il mio, non immagini minimamente quello che sta attraversando il mio cuore, non puoi..."

Ripenso a queste parole di Mary, al modo in cui le ha dette, ai suoi occhi, dopo averle pronunciate, a come mi guardava, all'intensità del suo sguardo. Avrei dovuto capire tutto dai suoi occhi e da quello sguardo. Lì dentro c'era tutto.

Anche se in realtà non c'è nulla che possa avvertirti, niente che possa salvarti la vita, quando succede lo capisci solo dopo, quando è troppo tardi, mentre guardi il mondo da giù, da terra, in modo obliquo, nello stesso modo nel quale lo guarderebbe un pugile andato al tappeto per un colpo che non ha visto nemmeno partire, travolto dalla tempesta, dal ciclone, mentre guardi tutto quello che resta di te e del tuo futuro da una prospettiva diversa e fottutamente compromessa... Ed è questo che è successo con te, Mary. Tutta colpa tua, tutta colpa loro... Ma quanto è bello, però, quanto è bello!

E non hanno mica una forma o un colore preciso, quegli occhi che ti mandano fuori di testa... Sarebbe troppo facile! Ché a quel punto uno potrebbe mettere dei cartelli in giro per le strade, scrivere leggi, promulgare regolamenti precisi con avvertenze chiare, pubblicare libricini di istruzioni pieni di cuori e frecce e archi e cupido, e invece no, sono sempre diversi, tutte le volte diversi, magici ma diversi, e tutta quella magia, tutta quella meravigliosa poesia non si può certo spiegare in quattro parole intrappolate nel terrore, rallentate dalla paura, svilite dalla razionalità. Sono quelli che ti fottono subito, ecco, all'istante, con una velocità maggiore di quella della luce, una velocità talmente elevata che permette di viaggiare nel tempo, ed è proprio quello che succede: dopo lo sconvolgimento, dopo l'incantesimo, dopo la botta inizi a viaggiare nel tempo. Come in certe favole... Torni di continuo a quel momento, e poi, per cercare di capire e difenderti, ripercorri gli attimi appena successivi e quelli appena precedenti, e avanti e indietro alla ricerca di un filo conduttore, di qualcosa che renda sensato quello che nella tua testa non ha né capo né coda, ma niente... Niente è come prima, nulla ha più lo stesso sapore e lo stesso colore, no, no che non puoi capire, non serve pensarci e ripensarci, perché nessuno può capire, non in modo scientifico, ma il tuo cuore percepisce, il tuo cuore, sì, lui sì che capisce... E quella condanna tanto impetuosa, destabilizzante e fulminea è anche la cosa più fantastica e bella che ti sia mai capitata. E loro fanno così, ti entrano dentro e ti devastano, e non escono più, non c'è modo di farli uscire, non con le buone, e se lo fanno è con un buco sul petto. Ti accarezzano l'anima e poi te la violentano. E poi te l'accarezzano. E poi te la violentano. Ti costringono a cercarli ancora, in tutti quelli che incroci, come un tossico con la roba, ma non ti basta, no, Mary, non ti basta mai, perché devono essere gli stessi, e tu lo sai bene, devono essere proprio quelli, i tuoi, e dopo che li hai rivisti, dopo che hai placato la fame e convinto il tuo orgoglio, il tuo equilibrio e la tua autostima che puoi vivere pure senza di loro, dopo, ecco, dopo ricomincia tutto, e si genera di nuovo il vuoto, ma in modo più violento, ogni volta più violento, e l'autonomia è sempre più breve, e il pensiero sempre più fisso.

Gli occhi che ti mandano fuori di testa non hanno una forma e un colore preciso, ma ti ci perdi dentro. C'è il mondo dentro, c'è tutto il mondo dentro. Ogni forma e ogni colore è dentro. Ogni storia è dentro. Ogni risposta è dentro. Fanno suonare la vita, come il vento con le foglie, o la pioggia con l'asfalto. Musica, musica, musica in ogni cosa, Mary, musica dopo di loro. Musica dopo di te. Anche nella terra rossa di un campo da tennis, vedi musica, dopo; pure in un bicchiere d'acqua, in un sassolino, in un pezzo di legno, in una goccia di mare, in qualunque cosa vedi musica, in qualunque cosa la vedi, per colpa loro. Per colpa tua. Questo, questo hanno fatto i tuoi occhi, Mary. Questo è successo.

E non c'è nulla di strano, nulla di cui le galassie o le stelle o il vento o gli astri possano stupirsi... Nulla che rondini, lumache o cerbiatti già non sapessero, tutti lo sapevano, ogni cosa, perché tu non sei la creatura più bella dell'universo, no... Tu sei l'universo! Sei il mio universo. E se questo ti sembra impossibile è solo perché lo è anche tutto l'amore che sento nel cuore. Piango di gioia solo per te. Io piango di gioia solo per te...

Hai mai pensato a quanto possa essere potente piangere di gioia per qualcuno mentre il mondo urla di dolore? Hai mai pensato a quanto possa essere potente piangere di gioia per qualcuno mentre il mondo trema per la rabbia? Ti sembrerà impossibile, come tutto quello che provo per te. Ma non lo è, non lo è, è solo colpa loro. È solo grazie a loro. Tutto merito dei tuoi occhi, Mary...

E sai che penso? Che forse hai ragione, forse non ho mai ascoltato il tuo cuore come avrei dovuto. Mi illudevo di farlo per il solo fatto di volerti in un modo in cui non ho mai voluto niente, ma non basta. Quello fa molto parte di qualcosa più vicina all'egoismo che all'amore. Deludiamo di continuo, siamo egoisti più volte di quello che crediamo. Facile osservare il proprio dolore, il proprio sangue, molto meno concentrarci su quello degli altri, persino su quello delle persone che diciamo di amare. Perché, in fondo, come tu sei arrivata all'improvviso nella mia vita, anche io sono entrato nella tua a gamba tesa, rompendo il tuo equilibrio, le tue misure, gli spazi, gli angoli, insinuandomi nelle incertezze, negli affetti, in quelle parti buie e di insoddisfazione che con non poche difficoltà fingiamo di dimenticare. E io non voglio, io non voglio perdere questa possibilità, non voglio perdere la possibilità di essere diverso, anche solo un po'. Troppo facile preservare qualcosa solo quando è nostro. Io voglio proteggerti e accarezzarti anche così, anche se non so nemmeno dove sei, Mary. E non è poi troppo complicato, in fondo, basta rimanere in silenzio, al buio, spingere "play" e mettere un pezzo di quelli che proprio non puoi sbagliare. E così faccio con *Piazza, New York Catcher...* di Belle & Sebastian. Poi, ecco, Mary, poi accendo una candela, e butto giù ancora un po' di alcol, solo un po', quanto basta, e metto sottosopra la mia vista, la mia vita, e in standby tutto il resto, e chiudo gli occhi, e penso ai tuoi... Quelli che mi hanno mandato al tappeto in un modo tanto fantastico. E... Quello che vorrei... Quello che vorrei è accarezzare le tue ferite, leccarle, per sentire che sapore hanno, farle cicatrizzare sotto la mia lingua, restituire un po' di tutto il bene e il bello che ricevo. Darne un po' a te, ne vuoi un po', Mary? Ne prendi un po'? Perché in fondo la mia vita non è poi così male, anche se a volte ci faccio a botte. Per questo quando sento una lacrima correre sulla mia guancia, sai, Mary... Sai... penso di non meritarla, non io, non ora, non stasera. Questa sera piango e ballo per te, Mary, brucio candele per te, ascolto musica per te. Questa sera la mia luna è immobile, piena e immobile per te. Puoi smettere di tremare. Ci sono io, io con te. Ci sono io, Mary...

È incredibile, incredibile... Tutto avviene così velocemente da convincerti che non poteva essere altrimenti. E se non fosse un attimo, ecco, se non fosse tanto veloce e tanto imprevedibile, tanto assurdo e tanto inspiegabile, se non fosse tanto bello e tanto terrificante, non avrebbe senso questo terremoto inaspettato che sento nel profondo della mia anima, non trovi? Succede questo: tu cammini per i cazzi tuoi, tranquillo, in discesa, sparato verso la più noiosa, malinconica e letale delle derive, e tutto a un tratto senti che trema, trema la terra sotto i tuoi piedi, quella stessa terra che un attimo prima era ferma, e resti immobile, bloccato, eccitato, chiudi gli occhi e incroci le dita, e speri che tutto vada come sogni. E, cazzo, cazzo... le cose, dovresti saperlo ormai, non vanno mai come le sogni. E allora che fai? Chiudi gli occhi e speri che le cose vadano bene, non come le sogni, solo bene. E non è vero che non conta l'impegno e l'amore, non l'amore per qualcun altro, intendo, ché quello è facile da avere, non dipende da te, e ha a che fare molto con quella faccenda di egoismo a cui pensavo prima... Un po' come è facile fingere di occuparsi di qualcuno mentre ci occupiamo comodamente di noi stessi, quando gli interessi coincidono non c'è alcun impegno, l'amore per qualcun altro spesso è solo un alibi: nasce nel tuo cuore e basta, senza sforzi... Io invece parlavo di quello con cui sei nato, che hai curato, quello che dipende solo da te, quello che usi per cucinare o per fare un buon caffè, quello che metti quando scrivi un bigliettino con poche importanti parole, o quando racconti una barzelletta brutta con l'intento di strappare un sorriso a un amico triste, ecco, quello delle piccole cose semplici. Come prendersi la mano, senza parlare, durante il terremoto, per farsi coraggio, mentre tutto crolla, o tutto nasce: conta tanto, almeno quanto preparare un buon caffè. È per questo che vorrei prendere la tua mano, Mary, per farti coraggio. Perché sento che ne hai bisogno, lo sento nel cuore, anche se non me lo hai mai detto. Vorrei stringere la tua mano, intrecciare le nostre dita come abbiamo già fatto. È una piccola cosa semplice, come sorridere, e la riconosci dall'aroma e dal suono della caffettiera, mentre borbotta. Ma questo già lo sai, Mary, la sai bene, perché il caffè, tu, lo fai con amore...

18
Beatles

In cuffia Tiziano Ferro
con *La paura non esiste*

Giovedì 30 novembre 2015

Quando arrivo sotto casa di Franco, qualche minuto prima delle venti, sono già tutti e tre lì, davanti al portone, al 27 di via del Vetro. Daniela dev'essere la ragazza con il maglioncino avvitato rosso, i bottoncini in tinta e la gonna nera. Sarà circa un metro e sessantacinque, ha la carnagione olivastra, i capelli legati, castani, gli occhi dello stesso colore e, come scopro appena le do la mano, un gran bel sorriso.

«Piacere, Luca!» Accenno un inchino

«Piacere mio, Daniela.» Sorriso. Sorriso bello.

Poi saluto Franco e Angela, Angela l'abbraccio con calore.

«Scusate, ragazzi, andiamo tutti con una macchina, no? Andiamo con la mia...» propone Franco, e prosegue: «Tanto il ristorante è davvero a pochi minuti da qui».

«Per me va bene, nessun problema» dico io.

«Certo!» esclama Daniela.

Quindi saliamo – io davanti e le ragazze dietro - sulla Range Rover Evoque di Franco, l'auto di cui va tanto fiero e parla sempre, da mesi, da quando l'ha acquistata, anzi, da molto prima. Nera, interni in pelle beige, tettuccio panoramico, 2.0, turbo, 241 CV: ammetto di trovarla una grande automobile, pur non essendo un fissato. Nonostante il nostro stile sia diverso, a prescindere dalla disponibilità economica che è comunque ben distante, devo riconoscere che Franco ha gusto. Guadagna molto bene e sa spendere i suoi soldi, che si tratti di vetture, di ristoranti, di viaggi o di abbigliamento. È innegabile. È preparato e si informa su tutto. Non è uno di quelli che spendono i soldi a cazzo, quelli che più detesto; non ama ostentare, come certi cafoni, ma non fa neanche quei miserabili teatrini fingendo magari di essere povero per chissà quali scaramantiche ragioni, non si trincera dietro quell'irritante costruito *low profile* rinunciando a godere delle cose belle, come fanno i noiosi radical chic, milionari da milioni di generazioni. Ecco, Franco butta un occhio al contenitore, ma anche al contenuto. Non si limita, come fanno alcuni, al solo aspetto esterno delle cose, pur riconoscendo apertamente a quest'ultimo un peso – il che lo rende ai miei occhi intellettualmente onesto, a volte basico, semplice, ma onesto. Mi viene da pensare a quelli che fanno l'albero di Natale e lo addobbano solo davanti, perché "tanto dietro chi lo vede?". Ecco, forse è vero, forse non lo vedrà mai nessuno, ma solo se ti preoccupi di quella parte nascosta con la stessa cura con cui addobbi quella di facciata dimostri di avere amore per le cose e non solo per la loro "confezione". E, anche se non lo vede nessuno, fa differenza... Franco cura anche la parte nascosta dell'albero, perché lui ha amore per le cose, a modo suo, ha molto amore per le cose, quantomeno le proprie. Franco è uno vero, nel bene e nel male. È equilibrato anche in questo. Non viene da una famiglia che lo ha viziato, anche se avrebbe potuto – cioè, i suoi stavano molto bene, molto più dei miei, ma non erano ricchi sfondati per eredità. Il padre è partito come dipendente, nel settore tipografico, poi si è messo in proprio, ha aperto una piccola stamperia che in seguito è diventata una grande industria, e si è arricchito. È uno da 18 ore al giorno di lavoro, un tipo umile, con la terza media, ma tutto cervello, rinunce e abnegazione. Uno che i soldi se li è sudati e meritati. Proprio per via della loro modestia, i genitori di Franco non hanno mai cambiato zona e lui è cresciuto nel quartiere dove sono nato anche io, Casetta Mattei, periferia sudovest di Roma. I suoi gli hanno trasmesso il senso del sacrificio e della fatica: gli hanno pagato gli studi, dopo il liceo, nell'università privata più quotata di Roma, fra le più prestigiose d'Italia, e lui, in cambio, ha fatto sempre il suo dovere. Si è laureato col massimo dei voti. Oggi ha uno studio tributario di tutto rispetto, con due soci molto in gamba, uno dei quali è Angela. Ha persino portato avanti la carriera accademica, supportando come assistente un professore che lo ha preso in simpatia fin dal primo anno di università. Franco è una persona stimabile.

«Come è andata la giornata, Luca?» chiede Angela.

«Non il massimo, Angela, un cliente... Un amico, ecco, ha subito una rapina, c'è scappato il morto...» rispondo voltandomi verso di lei, e rivolgendomi con lo sguardo anche a Daniela.

«Ah, ma quello che hanno detto al tg? Cavolo, mi dispiace...» risponde lei, e poi rivolgendosi a Daniela prosegue: «Luca è un broker assicurativo...».

«Ah... Eh sì, l'ho sentita anche io la notizia su Sky Tg 24, prima di uscire, il colpo milionario in gioielleria. La vittima era giovanissima, diamine!» commenta Daniela, e quasi contemporaneamente interviene anche Franco: «Cazzo, sì, quello in via della Spiga... Era un tuo cliente? Porca puttana!».

La notizia ha già fatto il giro d'Italia, a quanto pare. «Non ho visto i tg» replico, «ma sapevo ne avrebbero parlato, era pieno di telecamere e giornalisti... Comunque sì, un cliente che considero anche un amico... Ricordi Carlo? Ti avevo raccontato di lui, quello con cui ho fatto il corso di kick boxing alla Dibby, anni fa».

«Ah, sì, ok, ora ricordo! Ha una gioielleria storica, giusto?»

«Comunque, ragazzi, la cosa mi ha lasciato davvero l'amaro, meglio non pensarci, questa sera...» propongo.

Un coro di "sì" sancisce che un punto sulla questione va messo, e alla svelta.

«Eccolo, quello con la scritta "Vision". Siamo arrivati» dice Franco, indicando il ristorante alla nostra destra.

Il posto è davvero gradevole e originale, tutto in ferro, sembra una grossa scatola di alluminio grezzo, con fili di luci al led di vari colori sapientemente incastonate in fessure a strisce, immagino create ad hoc, sulle pareti. Ci sono molti oggetti anni Ottanta e Novanta, cubi di Rubik, mangianastri, Polaroid, vinili, tutti oggetti sparsi qua e là sui tavolini, sui divani, per terra, nei bagni o appesi con calamite sulle pareti di ferro, e nel bel mezzo del locale una Vespa 50 bianca la fa da padrona.

«E tu di cosa ti occupi, Daniela?» fingo di non sapere.

«Io sono avvocato, specializzazione in diritto tributario.»

«Ottimo!»

«Tu invece, dicevi, sei un broker assicurativo...» finge anche lei di non sapere, ma sono certo che Angela le avrà raccontato vita, morte e miracoli...

«Sì, sono un broker» evito tutto il teatrino, dalla battuta del povero a quella dei grossi progetti, soprattutto per non mettere in imbarazzo Franco.

«A proposito, Luca...» interviene Franco. «Ricordami che devo parlarti di un mio cliente, l'AD di una quotata in borsa ha bisogno di una polizza Key Man!»

«Ok, bene!» rispondo a Franco alzando il pollice.

«Oh, ragazzi, qui vi consiglio la carne alla brace, hanno del manzo argentino da urlo, e la fanno in modo divino» dice Angela.

«Io amo la carne!» Apro il menù e do una veloce occhiata ai prezzi... "Cazzo!" penso, è un posto carissimo. Ma ormai sono in ballo, e devo ballare...

Brindiamo buttando giù un Chianti spettacolare; nel frattempo si chiacchiera un po' di tutto, dal lavoro ai viaggi, Daniela sembra brillante, interviene spesso e non a sproposito. A quanto pare ama molto leggere, e va a teatro. Io faccio notare che, fossi nato nel 1970, a vent'anni sarei stato di sicuro un paninaro.

«Ve lo giuro, sarebbe stato davvero il mio terreno ideale: superficiale e trash. Eccessivo e kitsch.» Rido, poi proseguo: «Un paninaro col sorriso beota stampato in faccia, un sorriso da coglione, col sogno americano in testa e il sole in tasca, con i pollici nella cintura munita di fibbione di acciaio El Charro a reggere i Levi's 501 portati "a cacarella" e corti alle caviglie».

Tutti ridono e accettano il gioco, Franco interviene: «Ah ah! E io avrei sorriso giorno e notte, in continuazione e senza motivo, senza un perché, urlando al mondo che il mondo è mio, e che la vita è bella e colorata, accennando di continuo un movimento della testa avanti e indietro, con la bocca un po' aperta e gli indici puntati verso il cielo, su e giù, al ritmo di disco music, col flash della strobo a rendermi troppo figo». Mi guarda con la faccia di un cretino e mi tira una mollica...

Dice la sua anche Daniela: «Io avrei avuto un Casio in alluminio, o in oro, guanti di lana senza dita, un cane di nome Rocky, un gatto di nome Rambo e un pesce di nome Wanda, nero come quello di Arnold!».

«Ahahah! Grande Daniela!» le dico e le faccio l'occhiolino.

Lei ricambia e continua: «A proposito, ve lo ricordate Arnold?».

«Ma certo! "Che cavolo stai dicendo, Willis?"!» Angela imita la voce imbronciata del piccolo Arnold, e con quella battuta entra anche lei di diritto nel gioco...

Continuiamo a citare marche e miti di quegli anni, dalle Superga allo Zippo, da Apollo Creed a Pete "Maverick" Mitchell di *Top Gun*, passando per *Take My Breath Away* e la pubblicità delle Duracell, facendo la parodia di ogni cosa.

Poi passiamo a vecchi aneddoti, miei e di Franco, di quando andavamo a scuola, di quella volta che presi in prestito il suo motorino appena comprato, io che non ne avevo mai guidato uno, e glielo distrussi alla prima curva dietro la parrocchia, quella nella quale giocavamo a pallone da piccoli, con don Franco che faceva da arbitro. Poi arriviamo a parlare di

Calotti, il secchione saccente e saputello che faceva la spia al preside per farsi bello, e di quella volta che Franco, in terza media, come ritorsione lo denudò davanti a tutti e gli imbrattò la faccia di gesso – al quale sosteneva di essere allergico – colpendolo ripetutamente col cancellino della lavagna...

«Lì sei stato proprio un bastardo! Un meraviglioso bastardo!» dico, e giù risate collettive...

«Dài, se lo meritava quello stronzo! Ci aveva fatto sospendere! Era andato a spifferare al preside che fumavamo in bagno!» Poi riprende sghignazzando, come farebbe un ragazzino: «Ricordi quanto era bianco?! Sembrava una mozzarella! Una mozzarella che si lamentava, un mix fra una mozzarella e puffo brontolone!» e giù ancora risate.

«Denudarlo davanti a tutti, però...» interviene Daniela, con l'espressione da finta dispiaciuta.

«Sì, infatti! Franco, sei davvero una brutta persona!» sentenzia Angela, visibilmente divertita.

«No, dài, le mutande non gliele tolsi... Bleah! Sai che schifo!» Franco fa la faccia disgustata come se avesse appena visto le chiappe di Calotti sul suo piatto, poi diventa serio e aggiunge: «Oh, ragazzi, un inciso, ma la sentite cos'è questa bistecca?» e indica il suo piatto.

«Davvero buona, speciale...» concordo io.

«Cavolo, mai mangiato carne tanto squisita...» commenta Daniela, che poi prosegue raccontando una sua vecchia storia, una di quando era piccola, una cosa molto buffa e divertente che riguarda la sua ossessione per le lumache e un viaggio in Francia fatto con i suoi genitori e sua sorella...

In quel momento nel locale mettono *Allo Stadio* degli Stadio, un pezzo del 1984, l'anno in cui sono nato. La cosa mi ha fatto tornare in mente un vecchio episodio di casa, uno di quelli che ti trascinano in un'apnea piena di ricordi meravigliosi da cui non vorresti più riemergere... Ho due fratelli, Lorenzo e Daniele. Entrambi molto più grandi di me, rispettivamente dieci e tredici anni di più. Daniele è divorziato e ha ereditato il lavoro di papà, amministrazioni condominiali; Lorenzo ha un negozio di articoli sportivi, una casa, una moglie e una figlia. In più, suona il pianoforte molto bene, e ha una bella voce. Quando c'erano feste di compleanno – o di Natale, Pasqua eccetera – organizzate a casa dei miei, e si stava tutti insieme, mio padre amava che lui suonasse un po' il piano, solo una strimpellata qua e là, gli chiedeva canzoni tipo *Over The Rainbow*, che lui adorava interpretata da Frank Sinatra, o *Unforgettable* di Nat King Cole. Era fiero che il figlio suonasse così bene, glielo leggevi negli occhi, ma, soprattutto sentirlo suonare era la cosa che più gli metteva allegria, lo rilassava, era come la ciliegina sulla torta: una bella serata, ottimo cibo, buon vino, le persone più care intorno e Lorenzo che strimpellava un po' le sue canzoni preferite. Ed era vero, la gioia era vera, lo sentivamo tutti e, se chiudo gli occhi, lo sento ancora sotto la pelle il profumo di arance, caffè e tabacco, mentre un po' di voci stonate ciancicano fuori tempo *My Way* e corrono dietro a un pianoforte nero pieno di cornici d'argento e bomboniere, incastrato in un angolo, fra carta da parati davvero brutta e parquet rigato. Ci sono dei momenti, singoli momenti, nei quali ti pare che tutto sia possibile, o perfetto. Momenti nei quali il film, il tuo, è proprio quello che volevi vedere, magico. Momenti in cui hai l'impressione che tu e la tua felicità siate inattaccabili, infrangibili... A questi momenti, spesso e non per caso, seguono quelli nei quali hai il terrore che tutto questo possa finire, o essere attaccato, che non sarai in grado di proteggere quello che ti fa stare bene, di mantenerlo, di renderlo immortale come una poesia, o una canzone, momenti in cui temi che non sarai abbastanza sveglio da capire quando farlo, o tanto sensibile da capire quando tacere, o abbastanza empatico da ascoltare il suo cuore, tanto forte da reggere il colpo, o abbastanza cattivo da restituirlo. I momenti più belli sono sempre, apparentemente, i più semplici.

Quando non sto bene, una cosa che faccio è ascoltare musica. Certe volte, quando mi sento così, vorrei essere peggiore di quello che sono, e urlare al mondo, con tutta la forza che ho: "Vaffanculo, me la pagherai", ma non funziona in questo modo, la rabbia ti divora da dentro, ti logora e poi ti uccide, ti rende più meschino di ciò che odi, più piccolo e tossico di ciò che ti fa stare male. Ecco, in quei momenti dovrei telefonare a Lorenzo e chiedergli di suonare un pezzo, magari *A Kind Of Magic* dei Queen, oppure uno italiano, di quelli un po' vecchi, uno di quelli che suonava e cantava di continuo e senza sosta, rompendo le palle a tutto il vicinato all'ora di pranzo e la sera dopo cena, uno tipo *Chiedi chi erano i Beatles* degli Stadio, che ripeteva sempre la stessa cazzo di frase in modo ossessivo: "Chiedi chi erano i Beatles, chiedi chi erano i Beatles, chiedi chi erano i Beatles...". Dovrei farlo, buttarmi sul divano di velluto, chiudere gli occhi, immergermi fra le arance, il caffè e il tabacco.

Comunque, l'episodio che mi viene in mente ascoltando quella canzone è questo: un giorno, a casa dei miei, trovammo una lettera nella cassetta della posta. Quel giorno eravamo tutti molto tristi per via di una brutta storia, avevamo scoperto che mia nonna aveva una malattia molto seria, perciò il nostro umore non era certo dei migliori. La lettera era anonima e in busta chiusa, con francobollo e indirizzo, il destinatario era mio fratello Lorenzo. Dentro c'era scritto: "Se te dimo chi ereno i Beatles, la smetti de rompe' er cazzo?".

«... E nel biglietto c'era scritto: "Se te dimo chi ereno i Beatles, la smetti de rompe' er cazzo?"» concludo il racconto e rido, e loro pure, si sbellicano...

«Nooo! Davvero? E non avete mai saputo chi era?» mi chiede Daniela divertitissima e incredula, di fronte a quella che sembrava una esilarante barzelletta... E fanno coro Franco e Angela con: «Ma infatti, non avevate proprio idea di chi potesse essere?» e «Comunque era un genio»...

«Abbiamo avuto sempre forti sospetti su un anziano vicino, piuttosto brillante e stronzetto, che poi è passato a miglior vita e non ce lo potrà mai confermare» concludo, e alzo le mani come a dire: "*C'est la vie!*".

Alle due sono a casa, dopo un'ottima serata piena di risate, chiacchiere e spensieratezza. Ne avevo bisogno. Ne avevo davvero bisogno. Ho scambiato il numero di telefono con Daniela, e sì... Pare avere davvero un gran culo.

WhatsApp:

Luca: "È stato un piacere, bella serata. Spero di rivederti".

Daniela Amica Angela: "Piacere mio! :)))".

Daniela Amica Angela: "Lo spero anche io!!!".

Inevitabilmente, però, l'occhio mi cade sulle vecchie chat, e in un attimo mi ritrovo a rileggere alcuni scambi fra me e Mary. Intanto su Spotify suona Marco Mengoni con *L'essenziale*...

Luca: "Mary, sei bella come quei momenti di magia che non fai nemmeno in tempo a realizzare, ad assaporarli, che sono già passati. E poi nel cuore ti rimane il sapore di qualcosa che ti ha toccato, che ti ha cambiato, lasciando un segno che rimarrà lì, qualunque cosa accada".

Mary: "Dio, Luca. Mi fai emozionare".

Mary: "Ma... Ecco... Qualunque cosa accada... Sai, Luca, davvero, io non so cosa accadrà, proprio non lo so...".

E poi in particolare uno:

Mary: "Forse litighiamo spesso perché poi è bello fare la pace".

Luca: "Forse è bello fare la pace perché è brutto litigare".

Luca: "Vorrei fossi qui con me".

Mary: "...".

Luca: "?".

Mary: "...".
Mary: "Eri bello ieri, ti sta bene il blu".
Mary: "Ti sta bene il tuo sorriso".
Mary: "Sei bello quando sorridi, dovresti farlo sempre".
Luca: "Grazie...".
Luca: "Quando ti vedo sorrido sempre, perché sei tu che mi stai bene...".
Mary: ":)".
Luca: "A proposito, quando ti vedo? :)".
Mary: "Non dovremmo vederci più".
Luca: "Questo mi sembra assurdo!".
Mary: "Cosa ti sembra assurdo?".
Luca: "Lo sai. Il non vederci più. Il pensiero non mi fa dormire...".
Mary: "Cosa potrei darti io? Solo delusioni. Lascia perdere, Luca, è una guerra persa con me".
Luca: "Potresti darmi anche altro...".
Mary: "Ma tu cosa provi per me? Cioè, mi hai visto quattro volte, cosa provi? Cosa sai di me? Come potresti perdere il sonno per me? Perché?".
Luca: "Tu lo hai mai sentito il profumo di latte, caffè, terra bagnata ed erba? Ti può succedere di sentirlo, per esempio, facendo campeggio. Quando lo senti per la prima volta capisci che, dopo, la tua vita non sarà più la stessa. Quando lo senti non è possibile dormire, perché hai bisogno di respirarlo, di farlo entrare dentro di te, nei polmoni, nel cuore, in ogni cellula e centimetro del tuo corpo, e dormire no, non è possibile... Ecco, tu per me sei il profumo di latte, caffè, terra bagnata ed erba...".
Mary: "Cazzo, devo smetterla di farti domande".
Luca: "...".
Mary: "Non sai quanto vorrei fosse tutto più facile...".

Ricordo come fosse adesso che quella notte ho fatto un sogno, e poi sono corso a scriverlo sul mio quaderno rosso:

> Sono su una barca, piccola ma molto carina, o almeno nel sogno io la percepisco così. C'è mare grosso, la barca sembra avere dei problemi, non è solida, ci sono falle, tante falle... Poi scoppia un temporale pazzesco, si balla forte, la luce è poca e rossa e si alterna al buio, ma io sono sereno, stranamente sereno. Nella barca, con me, c'è un marinaio, prima è un uomo molto anziano, poi lo guardo ancora e diventa una donna, sui cinquanta, vestita di nero, magra, spigolosa, sguardo acuto ma dolce, dolcissimo, non ricordo bene i dettagli del viso, mi dice: «Scendi, finché sei in tempo, scendi! Qui è pericoloso per te!».
> «Non voglio scendere, non ci penso nemmeno, questa è la mia barca.»
> «No, questa barca è mia, non è tua, e fa schifo» insiste, e poi continua, tendendo la sua mano verso la mia: «Ma tu mi vuoi? Lo voglio sapere, tu mi vuoi?».
> «Certo» rispondo, «è per questo che non voglio scendere.»
> A quel punto, nel sogno, lei ritira la mano, e mi guarda con compassione. «Puoi salvarti, non vedi che imbarchiamo acqua? Perché vuoi restare? Questa barca affonderà, sali lassù» dice, e indica una nave enorme che si è materializzata davanti a noi, dove vedo tanta gente che ride e si diverte serena, e pare quasi che sopra ci batta pure il sole...
> «E tu? Che fai? Non ti metti in salvo?»
> «No, io resto qui, questa è la mia vita, l'ho scelta io.» Batte un pugno su un tavolaccio di legno. «Però mi piaci, quanto mi piaci!» sta quasi piangendo, guardandomi con rassegnazione...
> Piove sempre forte, tuoni e lampi, e c'è pochissima luce.

Alzo un po' il mento, a mo' di sfida, deciso. «Va bene, ma io non vado. Voglio stare qui, con te.»
«Sei sempre così testardo!»
«Io resto, resto, ti aiuterò a riparare la tua barca, a sistemarla, e torneremo insieme. Se non ci riusciremo, saliremo insieme sulla prossima nave, tanto ne passerà un'altra, e un'altra ancora, sono tantissime le navi del mondo che potranno salvarci...»
«Io non salirò su nessuna nave, mai!» All'improvviso è rabbiosa, ostile: «Fanculo! Ma che cazzo vuoi, tu? Stronzo!». Ma ha gli occhi lucidi...
Io resto calmo e la fisso, e ripeto per l'ennesima volta: «Ok, io però non vado, resto qui, non ti abbandono, voglio stare qui con te» e le sorrido.
Tutto a un tratto lei diventa una bambina, otto, nove anni, somiglia a quella che mi regalò l'origami a forma di barchetta da piccolo. Piange, ha un vestitino a quadri bianchi e verdi, gli occhi grandi, sembra completamente persa, smarrita, corre verso di me a braccia larghe e, singhiozzando, dice: «Ho paura, tanta paura».
«Io resto qui, piccola, non ti lascio, tranquilla!»
L'abbraccio forte, la guardo ed è di nuovo la signora sui cinquanta. E poi il marinaio. E così via in una frenetica alternanza senza senso, tipica dei sogni.
Intanto la nave di fronte si allontana, con tutto il sole e la gente allegra. Ma io sono sereno.

Io volevo stare su quella barca: quella era la mia barca.
Su Spotify va Tiziano Ferro con *La paura non esiste...*
Buonanotte mondo!

E poi ci sono due persone... Un ragazzo e una ragazza... Giovani e innamorati... La vita li ha allontanati... Ma l'amore può superare tutto...

Torino, 18 febbraio

Piccola, la felicità è questo: andare a dormire sapendo che il giorno dopo lo sguardo che incrocerai e ti farà perdere la testa sarà quello che ti ha stregato la mattina prima, e quella prima ancora... Siamo questo noi, parti di una musica che può essere magica solo se viene suonata tutta insieme. Di te, adoro quel miscuglio di fragilità e potenza, a volte sembri una bambina dolcissima da proteggere, altre una donna con il potere di incenerire qualunque cosa si ponga fra lei e i suoi sogni. Sei la vita che vorrei. Le cose belle sanno di te.
Di' a tuo fratello che quando tornerò gli porterò un altro regalo, questa volta sarà ancora più felice. Lo sento già come se fosse anche il mio, di fratellino, tutto quello che ti riguarda riguarda un po' anche me, quello che ami tu lo amo anch'io. Quello che ti fa soffrire fa soffrire anche me. E poi ricordati che io credo in te, è stato così fin dall'inizio, non avevo ancora visto il tuo volto e già credevo in te, non sapevo ancora il tuo nome, e già credevo in te. È stato il mio cuore a sceglierti, e io mi sono affidato a lui, perché quando lo ascoltiamo, soprattutto nei momenti importanti della vita, quelli che contano davvero, la strada che ci consiglia è sempre quella giusta.

E tu, occhibelli, sei la mia strada giusta, l'unica sui cui voglia stare.
Vorrei prenderti per mano tutte le volte che ti sentirai smarrita, quando di notte vorrai perderti in un abbraccio che sa di casa e poi parlare fino all'alba di cose senza senso ma che per il tuo cuore, un senso, ce l'hanno.
Vorrei dirti di quando chiudo gli occhi e ti immagino saltare e ballare per strada, è in quei momenti che capisco che volare non è poi così difficile, a volte basta fare questo: chiudere gli occhi e pensare a te.
Vorrei guardarti mentre ti specchi, insicura, chiedendoti se il vestito ti dona e se il resto è a posto, vorrei dirti che sei bella da morire, bella come quelle stelle speciali che illuminano il cielo in modo magico.
Vorrei raccontarti di quelle sere che arriveranno, nelle quali sarai stanca di lottare, stanca di proteggerti e di cadere. Stanca di essere tradita e ingannata. Stanca di ritrovarti in cose lontane dal tuo cuore. E tu sarai questo, quello che sei: speciale, unica.
E io sarò quello che sono, sempre quello che sono: innamorato perso di te.

Ti amo,
tuo gigante

* * *

Napoli, 27 febbraio

Gigante, quando ho letto la lettera ho pianto, le tue parole mi emozionano tantissimo!
Se ripenso a come ci siamo conosciuti, a come è andata... A volte faccio fatica a credere che sia vero, che sia davvero successo in quel modo, è stato tutto così magico e stupendo! La verità è che tu, tu sei stupendo! E tu, solo tu, hai portato magia nella mia vita! Non riesco

più ad accettare il fatto che siamo così lontani. Non dipende da me, ti giuro, sono il mio corpo, la mia testa, il mio cuore che lo rifiutano. Ho necessità di toccarti, ho bisogno fisico della tua pelle. Non c'è nulla che non mi porti a te, nulla che non mi parli dei tuoi occhi, delle tue mani, della tua voce. A volte, di notte, nel letto, mi ritrovo a sorridere pensandoti, subito dopo ad asciugare una lacrima maledicendo il fatto che tu non ci sia. Quando sono triste, quando sono felice, quando ho l'impressione di perdermi, ecco, ho sempre bisogno di te, ho sempre voglia del tuo odore, ma tu dove sei quando mi manchi così tanto? Lo senti il mio respiro sul tuo collo? Sai, gigante, io mi sento bella solo quando mi guardi tu. Forse perché tutte le altre volte non è poi così importante essere bella, forse perché bella non mi sono sentita mai, forse perché, in fondo, bella, bella davvero, puoi esserlo solo quando sei felice.

La tua bambina
Lucia

A VOLTE I SOGNI SONO LA PARTE
PIÙ BELLA DELLA REALTÀ.

19
Volevo te prima ancora di conoscerti

In cuffia Muse
con *Madness*

Lunedì 25 settembre 2015

Sono le tre del pomeriggio, e io e Mary siamo in macchina, nei pressi di piazza Venezia. Le ho chiesto di vederci, anche solo per un saluto. Anche solo per un abbraccio. Ne avevo troppo bisogno.

Le parole che ci scambiamo mi si imprimono dentro, le ricordo una per una. La verità è che ricordo ogni singola parola scambiata con Mary fin dal giorno in cui l'ho incontrata, anche quelle non pronunciate, soprattutto quelle.

Ci accompagna il rumore della pioggia. E il vuoto, i silenzi, quello spazio fatto di attimi sospesi intorno a noi, e non di mancanze, quel vuoto che rende tutto più magico e romantico... Ma anche più malinconico. Comunque speciale. Perché in quel momento, in quell'istante, fra i pensieri e il rumore della pioggia, ci sei di mezzo tu, Mary. Perché ci sono dei vuoti, che possono essere colmati solo da certi pensieri preziosi, altrimenti restano spazi, spazi vuoti. Quelli fra il rumore della pioggia e i sospiri, fra il sonno e la veglia, fra un battito e quello successivo. Tu sei il mio pensiero più bello, perché sei bella. Sei una cosa bella. E incontrarti è stato una cosa bella. E baciarti è stato una cosa bella. E fare l'amore... è stato una cosa bella. Ecco, ecco perché con te gli spazi, i momenti di vuoto, si trasformano in meravigliose attese, sono vigilie di un piacere irripetibile. Anche quando le sorprese non sono quelle desiderate, quelle che vorremmo...

Siamo nella sua macchina, suonano gli Against Me! con *Sink, Florida, Sink...*

«Oggi pensavo a come certe persone siano sempre state nella nostra vita pur non essendoci mai state... Forse le anime sono legate fra di loro, in un modo che noi non conosciamo, da una o più vite passate...»

Lei mi guarda per un attimo e poi sospira. «Oggi pensavo... Ecco... Luca...»

La interrompo: «Aspetta, Mary, aspetta...» e le metto delicatamente il palmo della mano davanti alla bocca. So cosa stava per dire. Lei tace e mi guarda con l'aria di chi non sa davvero più come diavolo portare avanti la propria vita. «Vedi, Mary... Io volevo te ancora prima di conoscerti, ancora prima di capire che volevo davvero qualcosa, e questo non può succedere così, per caso. Le nostre anime già si conoscevano, già si amavano, sennò come si spiega?»

Lei si limita a fare no con la testa, senza dire una parola, in modo poco convinto. E poco convincente...

Io vado avanti: «Volevo te ancora prima di capire che sei libero solo quando hai il coraggio di scegliere invece che essere scelto dagli eventi, dalle cose, dalle parole, dal vento...». Lei ora guarda fuori. «Ma io volevo te da sempre Mary, ed è così perché lo sento dentro, è così perché non può essere in un altro modo, in nessun altro modo.» Continuo a fissarla, e lei continua a guardare fuori. Piove.

«Sì, certo...» Sorride sarcasticamente: ecco Mary che esce dalla zona pericolo col suo solito sarcasmo, con la sua solita ironia. «Io ti consiglio davvero di rimetterti a scrivere, saresti un ottimo romanziere, cazzo...» ride ancora, nervosa, e guarda fuori.

«Questo non è un romanzo, questa è la mia vita. E la tua. E il mio cuore. E il tuo. Ed è tutta la verità...»

Do un colpetto col pugno sulla plastica interna del mio sportello, più simbolico che reale.

«Quindi volevi me da sempre e blablabla, eh? E, sentiamo, perché? Perché, galletto? Sono tutta orecchi...»

«Volevo te perché guardandoti è palese che il bene e il male, spesso, sono solo un modo diverso di misurare la stessa emozione, la stessa quantità di rabbia e di gioia, di condivisione e ostilità, di violenza e dolcezza, sono un modo per dissimulare la paura che a volte ci prende e che trasforma un ti amo in un ti odio, un abbraccio in una spinta, una carezza in uno schiaffo...» Mi interrompo solo un attimo, lei finge quasi di non essere interessata, ma io sento che lo è da morire. «La fottuta paura, Mary, che trasforma la genesi di una singola storia nella deriva emozionale di milioni di anime che forse non si toccheranno mai per via di quella paura, capisci?» Le metto una mano sul ginocchio... «Un po' come una maschera trasforma un guerriero in un pagliaccio... ecco, questo per dire che tu non sei né bene né male, né bianco né nero, tu non sei giusta, e non sei sbagliata, tu sei solo quello che voglio, tu sei tutto quello che voglio, tutto quello che cerco, tutto quello di cui ho davvero bisogno... Ed è molto meno banale di quello che può sembrare, Mary...»

«Non penso sia banale, ma difficile, quello sì... Difficile, cazzo!»

«Se è difficile ci impegneremo di più» e le sorrido dolcemente.

«Ora devo andare, romanziere... Alla prossima puntata!»

«Forse dovresti iniziare a prendermi sul serio, invece che in giro...»

«Sto solo scherzando, non offenderti! La prossima volta che ci vedremo ti insegnerò a prenderti meno sul serio, così nel tuo romanzo metterai un po' d'ironia!»

«Ok, ok...»

«Anche se, Luca, ecco... In genere sono risoluta nelle scelte, e non faccio cazzate, non questo tipo di cazzate in cui coinvolgo altri... Con te ho ceduto, ma, come ti ho già detto più volte, questo viaggio che abbiamo intrapreso... Hai capito, lo sai... Non so quanto ancora possa durare, io non lo so proprio... È un viaggio appena iniziato, me ne rendo conto, ma io non posso andare avanti...»

«Non lasciare la mia mano, Mary...» Nel frattempo suona *Give Me Novacaine* dei Green Day...

«In questo viaggio io non posso proseguire...» Fa un grosso respiro, come a ricaricare ossigeno, come le mancasse l'aria...

Io la guardo e non rispondo. Poi lei prosegue: «Anche se tu sei spesso nei miei pensieri, lo ammetto...». Abbassa lo sguardo per un attimo. «Ora scappo, davvero, ci sentiamo!»

Quello che vorrei, ora? Mary, vorrei Mary. Vorrei la sua mano sulla mia. E poi...

E poi vorrei che qualcuno avesse voglia di andare fino in fondo, sì, fino in fondo, lì dove si raschia il barile, dove si respira male e l'aria è pesante, fino in fondo, fra silenzio e affanni, dove gocce di sudore risuonano su pozzanghere di pensieri liquidi come il mare, come la pioggia, come le lacrime...

Fino in fondo, dove le parole si defilano in favore degli sguardi. Dove gli occhi cercano le tue mani e parlano di me. In fondo, dopo la maschera, in fondo, oltre il pagliaccio. In fondo a un abbraccio, e oltre tutte le stronzate. In fondo, dopo tutte le parole, e i vestiti, e le cene, e le sbroccate. In fondo, oltre il "ciao" e il "come stai". Il "ti penso" e il "mi manchi". Oltre le descrizioni e gli aggettivi. In fondo, in fondo fino all'anima. Ché ci sono dei viaggi che proprio non li puoi fare da solo, soprattutto quelli di ritorno, quelli che eri partito insieme, mano nella mano, quelli che ci si sente abbandonati, non preferiti, non scelti, superati... Ma insomma, che modi sono? Ma qualche volta lo devi fare, anche se non lo volevi, anche se non dipende da te. E allora, per il ritorno, conviene mantenere un po' d'amore nel cuore, pure se ti sembra impossibile, pure se a guardarci dentro ti pare di vedere solo rabbia e disperazione. L'amore ti tornerà utile in quei momenti in cui non ci sarà nessuno a tenerti la mano su quella salita tanto ripida, lì ti ricorderai di dare un senso alle tue parole, soprattutto a quelle che non sei riuscito a dire, a quelle che sono rimaste dentro. Forse un giorno arriverà qualcuno che vorrà prenderle e farle sue, quelle parole che hai nel cuore, ma prima devi fare quel pezzo di strada da solo, quello in salita.

E poi vorrei che qualcuno avesse voglia di andare fino in fondo, sì, fino in fondo, lì dove si raschia il barile, dove si respira male e l'aria è pesante, fino in fondo, fra silenzio e respiri affannati, dove gocce di sudore risuonano su pozzanghere di pensieri liquidi come il mare, come la pioggia, come le lacrime...

Quando torno a casa, scrivo:

> La semplicità è una magia straordinaria che fa cadere tutte le strutture e le costruzioni, mostrando ogni cosa per quello che è: semplice.
>
> In macchina, oggi pomeriggio, mentre andava *Give Me Novacaine* dei Green Day, volevo scattarti una foto, ma poi non l'ho fatto e ho continuato solo a guardarti... Perché non serve, è inutile. Quello che ho nel cuore non potrà mai essere riprodotto in una foto.
>
> E tutte le volte che ti vedo è sempre la stessa storia. Si blocca il cuore e il respiro. E il mondo gira e gira, e il cuore urla e trema, e il mondo crolla e poi rinasce, e il vento disegna nuove forme e geometrie, colori mai visti, musiche mai ascoltate, canzoni che ti fanno ballare sulle nuvole e il cuore a ventimila metri d'altezza, e tutto gira gira e poi si ferma e poi riparte. E poi scintille. E poi fumo blu. E poi tu. Tu... che sei il mio cortocircuito d'amore!

20
Le cose che ho dentro

In cuffia suona Jovanotti
con *Mi fido di te*

Venerdì 1 dicembre 2015

Rientrando dal lavoro, mentre guido verso casa ricevo una telefonata da mio zio Giuliano, un fratello di mamma. Lui, nella mia testa, è quello quadrato, oculato, quello che sa come gestire le cose, che conosce la misura, che ha saggezza, che sa prendere in mano la situazione, con polso. Da sempre, in famiglia, se c'è da comprare un'automobile, installare un condizionatore o visionare un appartamento per valutarne lo stato, ecco, va chiamato prima zio Giuliano per un consiglio...

«Ciao, zio! Come va? Sempre in forma, eh!?»

«Insomma, Luca, le cose non vanno poi così bene...»

«Che succede?»

«Eh, sai... ho bisogno di soldi, devo pagare un debito di gioco...»

Mentre lo dice, sento un piccolo sconvolgimento dentro.

«Un debito di gioco? Ma... ma zio? Non sapevo giocassi d'azzardo!»

«Non lo faccio da molto... Sai, dopo la morte di tua zia, io...»

«E quanto, zio, di quanto hai bisogno?»

«Mancano ancora mille euro... Ma va bene qualsiasi cifra, Luca, non so come scusarmi, io mi vergogno, mi vergogno tanto!»

Qualche secondo di assoluto silenzio in cui sento mancare la terra sotto i piedi e sprofondo in un misto di delusione, incredulità e pena.

«Farò il possibile, zio, forse arrivo a cinquecento domani mattina, poi il resto...»

Mi interrompe: «Vanno benissimo, Luca, benissimo! Il resto lo trovo, sai che zio ha sempre un asso nella manica!». Abbozza un tono energico, da supereroe, come quello che usava quando ero piccolo e mi pareva fosse magico e imbattibile. Poi continua serio, quasi commosso: «Grazie, Luca! Perdonami!».

«Ti voglio bene, zio... Non scusarti. Ora devo andare, ho un cliente...»

C'è un momento in cui quelli come me, pieni di debolezze, trovano il coraggio di guardare negli occhi le fragilità degli altri. E allora, per quel momento magico, va bene anche un sorriso, pur appena accennato, per stemperare quella sensazione di non essere più così deboli, di non vedere gli altri tanto forti. Per metabolizzare il fatto che non era bianco o nero, bene o male. Ma era solo la realtà, piccola e mediocre come sempre. Vera come sempre. Brutale come sempre. Come quando da bambini ci hanno detto che Babbo Natale non esiste. Un piccolo lutto. Un mito crollato. E poi un sorriso: c'erano comunque regali da scartare. E la verità non era poi così male...

Entro, mi cambio al volo ed esco per andare a correre, ne ho bisogno. Ma avendo i tempi strettissimi riesco a ritagliarmi una mezz'ora scarsa. Al parco c'è ancora lei, la signora silenziosa, insieme al suo libro e a tutti quegli abiti. Ho l'impressione che mi osservi, che mi guardi di sottecchi tutte le volte che arrivo. E in fondo la cosa sarebbe reciproca, anch'io la osservo... Anche se poi non ci parliamo mai.

Alle 19.30 sono di nuovo in casa, più tardi ho una cena di lavoro con tutti i membri del consiglio di amministrazione del consorzio agroalimentare che mi ha affidato l'analisi del portafoglio assicurativo. Spero di portare a casa il cliente, sarebbe un bel colpo.

Tutte le volte che entro nella topaia, tornando dall'ufficio, butto giacca e valigetta sulla mia poltroncina in pelle verde consumata e sbiadita, che sta in un angolo accanto alla tv, ed è quello che ho fatto anche prima. È una poltrona del '70, un modello originale, piena di buchi, comprata anni fa con Carla. Eravamo insieme da un mese, la portai in quel negozietto vintage in via del Governo Vecchio dove presi anche un porta vinile. Mi segue ovunque da allora, la poltrona, insieme a poche altre cose a cui tengo: un tavolo in legno e la mia scrivania dei tempi del liceo – bellissima, con le gambe inarcate che disegnano quattro esse, credo sia degli anni Cinquanta, un regalo di nonno. Nasce come tavolo da salotto per quattro persone, sei strette, ma si presta a molti usi: io l'ho reso prima il mio scrittoio, quando era nella mia cameretta a casa dei miei, poi un tavolaccio da cucina, bianco decapato, pieno di venature e un po' di stucco. Nel suo grande cassetto ho messo le posate, i coltelli, apribottiglie, schiaccianoci e tutto il resto. Questi due oggetti basterebbero a farmi sentire a casa pure sotto un ponte, o in una topaia.

Fra le altre cose che porto sempre con me, da anni, ce ne sono due in una tasca interna della mia valigetta: un sacchetto piccolo di cotone, soffice come una carezza, rovinato e logoro come solo un oggetto che ha più di sessant'anni sa essere; e un portassegni in coccodrillo, piuttosto brutto... Anzi, molto brutto. Il sacchetto apparteneva a nonna Ardita, la mamma di mamma; il portassegni a mio padre. Nel sacchetto ci metto la chiavetta per la banca online, una pen-drive e il piccolo quaderno rosso; nel portassegni, ovviamente, un libretto di assegni. Sono due piccoli oggetti che mi aiutano, insieme alla poltrona verde e al tavolaccio decapato, a non perdere mai il contatto con la mia storia, con le cose che ho dentro, con quelle più vere. Con quelle più autentiche e semplici. Per me contano, contano tanto, danno continuità a certi miei pensieri, perdonano alcuni errori, restituiscono un senso alle derive emozionali che a volte mi travolgono, ecco, mi ricordano che in fondo alcune cose, minuscole, piccolissime, semplici e concrete, rovinate e sbiadite, rappresentano il nostro piccolo immenso tesoro, un punto certo da cui ripartire tutte le volte che cadiamo, che scivoliamo. Un fazzoletto di verità per quando ci sentiamo persi, soli e disorientati. L'unica fonte di calore per quando restiamo nudi, col freddo dentro. Quelle cose saranno sempre lì, con me. Dentro di me. Nella mia valigetta. Minuscole e immense. E per me questo conta.

Mentre raggiungo il bagno mi spoglio, gettando calzoncini, felpa e maglietta sudata per terra. Squilla il telefono, lo raggiungo saltellando su un piede solo cercando, nel frattempo, di togliere l'ultimo calzino.

È mia madre. «Ciao bello, come va?»

«Oh, ciao! Bene, ma vado di corsa...»

«E quando mai! Vai sempre di corsa quando ti chiamo... Che fai? Non dovevi passare a prendere i gilet?»

«Stavo per fare la doccia, sono rientrato ora. Non faccio in tempo, devo riuscire subito. Ho una cena di lavoro...»

«Che hai mangiato oggi?»

«Un panino al bar.»

«Non potevi venire da me?»

«Non ho avuto nemmeno il tempo di respirare, ma'. Oh, tempo scaduto!» la avverto, e ridacchio...

«Farabutto! Hai chiamato zio Mario per gli auguri?»

In ogni famiglia di origini meridionali che si rispetti c'è uno zio da chiamare per gli auguri, auguri di ogni tipo, praticamente ogni giorno.

«No, lo chiamo dopo, ma'. Ora scappo... Tu, tutto bene?»

«Sì, sì, tutto bene. Lo sapevo che non lo avevi ancora chiamato! Ti dimentichi sempre delle cose che non ti interessano, eh! I doveri mai... Sai bene quanto tuo zio ti è stato vicino dopo la morte di tuo padre, lo sai che ci tiene... Io non ti capisco...»

La interrompo, altrimenti potrebbe andare avanti per ore: «Mamma, ti ho detto che lo chiamo dopo, avevo in programma di farlo, non me ne sono dimenticato. E so quanto dobbiamo essergli riconoscenti...».

«Me lo auguro... Va bene amore di mamma, adesso va'!»

«Tu stai a casa?»

«Sì sì, e dove devo andare?»

«Non lo so, potresti uscire.»

«E con chi? Sai che Ugo non è il tipo...»

Ugo è l'uomo che mia madre ha sposato cinque anni dopo la morte di mio padre. Vedovo anche lui.

«Mah... Ok, dài, vado...»

«Ciao, bello mio! Ti voglio bene!»

«Ciao! Anche io.»

«Chiama zio, eh!»

"Cristo!" «Sì...»

«Ciao!» Lo dice quasi sorridendo, col tono di chi sa di aver "rotto"...

«Ciao!» e metto giù.

Mentre ero in linea con mamma hanno chiamato Stefano e Franco e penso che, cazzo, devo richiamare Stefano, e fissare questa benedetta cena, pare me la stia tirando. Nel frattempo gli mando un WhatsApp: "Ciao, scusa, ti richiamo appena posso. Ho cena di lavoro e sono in ritardo...".

Stefano: "Sii, tranquillo Luca, era solo per accordarci".

Stefano: "A presto! ;)".

Torno correndo in salone a prendere la stufetta elettrica, da accendere mentre faccio la doccia. In bagno si congela, non ho i termosifoni perché non ho il gas, non c'è proprio l'impianto. Ci sono i condizionatori a pompa di calore, solo che ci mettono un po' ad andare a regime, quindi quando passo di corsa a casa nemmeno li accendo e vado di scaldino elettrico, che dà sempre ottime soddisfazioni quando te lo punti addosso a distanza ravvicinata...

La casa consiste in due camere più il bagno. Nella prima camera, un rettangolo di circa venti metri quadri, ti ci ritrovi appena entri, ed è divisa – concettualmente – in due ambienti: un mini salotto, con la poltroncina anni Settanta, un divano rosso, un piccolo tavolino davanti, sempre troppo pieno di giornali e libri e riviste e scontrini e resti di ogni genere alimentare, e la tv sulla parete di fronte; sopra la tv c'è una stampa su tela di una Trastevere in bianco e nero con una Vespa 50 a colori: gialla. Poi c'è la cucina, dove ho piazzato il mio tavolo decapato con le quattro sedie. L'altro elemento di arredo sono dei pensili in radica del vecchio inquilino, a strisce marroncine, orrendi... Non potendo spendere molti soldi per comprarne di nuovi, ho optato per ricoprirli con degli adesivi di un materiale speciale, resistente anche ad altissime temperature. Attaccarli, ritagliarli, non produrre troppe bollicine d'aria, ecco, non è stato per niente facile, anche se pensavo lo fosse; per il colore ho scelto un verde biliardino, e sono molto fiero del risultato finale. In alto, sopra i pensili, ho piazzato una fotocamera in legno, una di quelle antiche e con il soffietto, e questo, dal mio basico punto di vista, dovrebbe rendere la mia cucina un sacco naïf...

La seconda camera è quella da letto, ed è abbastanza ampia: ho il materasso matrimoniale, un grande armadio a muro, uno specchio appoggiato a terra, due comodini argentati e un appendiabiti in legno con su scritto ROUTE 66. Il bagno è stretto e lungo. E vecchio. E brutto. E no, non c'è nulla che lo renda naïf, se non il fatto di non esserlo per niente.

Dopo la doccia, indosso il vestito grigio, le scarpe nere lucide, scelgo una cravatta bordeaux con piccolissimi punti dello stesso colore ma di un tono leggermente più intenso, mi piazzo davanti allo specchio per fare il nodo – io lo preferisco senza risvolti o pieghe, e piuttosto piccolo – e nel frattempo posiziono un vinile sul giradischi: è un 45 giri di Mina, *Ancora dolcemente*. Lo ascolto più volte prima di uscire, che pezzo meraviglioso...

21
Le parole che non riusciamo a dire sono le uniche per le quali varrebbe davvero la pena parlare

In cuffia The Strokes
con *80's Comedown Machine*

Venerdì 21 luglio 2015

La notte di Fregene, sempre quella.

Dopo aver fatto l'amore, io e Mary restiamo a lungo sulla spiaggia, sotto le stelle. Credo che Giulio, il suo fidanzato, sia fuori Roma per lavoro.

Un fazzoletto di paradiso: questo è quell'angolo di sabbia, mare e stelle per me. In questa sera così magica ho staccato un tassello dal cielo e l'ho messo nel mio cuore. E adesso, da quella notte, senza di lei, tutte le volte che alzo gli occhi manca un pezzo di blu. E vorrei tanto poterlo rimettere al suo posto...

«Sai, credo ci sia un'isola felice in ognuno di noi.»

«E qual è, la tua?» mi chiede girandosi leggermente per guardarmi negli occhi.

«Tu» le rispondo, e lei abbozza un sorriso mordendosi il labbro inferiore.

Sono appoggiato con la schiena su quella casetta di legno che abbiamo usato per ripararci, lei è su di me, e per non farle sentire freddo, per scaldarla un po', la copro con il mio giacchetto estivo. La sua testa è sul mio petto, e le accarezzo i capelli mentre lei, sul suo telefono, mette della musica a basso volume.

«Che fine fanno, secondo te, le domande belle?» le chiedo. «Dove vanno a finire?»

«Restano sospese, nel cielo, perché le risposte belle hanno paura di volare...» mi risponde.

«Non c'è bisogno di parlare. Hai ragione...»

«Quelle che non diciamo, le parole che non riusciamo a dire sono le uniche per le quali varrebbe davvero la pena parlare.»

Dice questa cosa, così, come se fosse la cosa più normale del mondo. Invece non lo è, è una cosa enorme. Una verità assoluta. E io decido che da questo momento smetterò di dire parole per le quali non valga la pena parlare, e inizio a non dire solo quelle che contano davvero. È necessario descrivere e definire la mediocrità, parlarne, parlarne e parlarne... Spiegare, spiegare e spiegare... Per le cose belle invece non servono parole. Nemmeno una.

Prima o poi avrai qualcosa nel cuore che non riuscirai a tirare fuori, molto probabilmente perché il mondo, distratto, non si accorgerà delle tue esitazioni. E proprio lì, in quell'universo nascosto e silenzioso, dovranno venire a scoprire le stelle più belle e luminose, quelle che racconteranno qualcosa di te che nessuno ha mai voluto comprendere...

Poi lei, mentre le mie mani le accarezzano i capelli, si addormenta. Decide di farmi questo dono. E io ce l'ho lì, fra le mie braccia. La sento così mia... Addormentarsi fra le braccia di qualcuno è un regalo prezioso, un gesto d'amore immenso.

Io volo, il precipizio da cui mi sono buttato è ormai lontano, e sento il vento in faccia, la vita nel cuore, e lei sul mio petto. Ogni tanto le appoggio delicatamente un palmo sulla guancia, e poi il dorso, sfiorandola appena, e prego che non finisca, che questa notte non finisca mai. E continuo a non dirle, una per una, quelle parole incastrate fra lo stomaco e il cuore. In questo momento sul suo telefono vanno gli Strokes con *80's Comedown Machine*...

Noi possiamo parlare in varie lingue, possiamo anche non parlare, Mary. Lo farà la musica per noi, anche se non lo sai, anche se pensi che non è vero. È musica, come poesia, quella che senti nello stomaco quando ci pensi. Sono cinque, o sei, le parole che non hai detto per me, in pochi giorni. Ma le hai pensate. Ed erano molto importanti. E ogni nuova non è stata così, a caso, oh no! Tu non fai le cose a caso, e nemmeno io – di quelle che contano, intendo. Niente è mai davvero a caso, anche se non ci credi, anche se ti sembra tutto perso. Nulla si dimentica di noi in così breve tempo, nulla. Il volo ha traiettorie variabili, e quando perdi quota senti il vuoto dentro, ma tu reggiti forte, questo aereo non andrà giù, non lo permetterò. Guardami, io non ho il paracadute, lo vedi? Perché sono sicuro, perché non serve, io sono qua, non mi muovo.

Cosa c'è di più dolce del guardare un angelo mentre dorme ed esserne felici? Cosa c'è di più rassicurante del sentirsi compresi, errori inclusi? È musica quando c'è questo, è musica se parlo e ridi, è musica quando un abbraccio permette un sospiro, quando sfogarsi non fa paura, quando guardarsi fa mancare il fiato. È musica quando da fuori vorrebbero scoraggiarti, in ogni modo, e premere "stop", ma non possono, perché la musica è già dentro di noi, è nata da sola, suona da sola. E più parlano più alzo il volume, più parlano meno li sento, più parlano più questa musica arriva dappertutto, come adesso, come queste parole. La mia è musica, nessuno può negarlo. Io posso essere la tua musica appena sveglia, e quella prima di dormire. Posso essere la musica del tuo film preferito, o quella del tuo spettacolo più bello. Se lo vuoi, io farò la musica, quella coi violini e i ruscelli. Sarò la suoneria del cellulare, la notifica di un messaggio, il jingle dell'attesa. Il motivetto di Natale, quello che senti quando apri i biglietti d'auguri. Posso essere quel fruscìo delle dita che si intrecciano, che di notte, nel silenzio, fanno un suono bellissimo. O lo schiocco del bacio dato al telefono, che non ce la fa a imitare se stesso... Ascoltami, dove vuoi che ti porti? Chiudi gli occhi, andiamo! Il viaggio è dentro di noi, e tu sei il viaggio più bello, il mio viaggio più bello, senti che musica! Questa musica non finirà così, appena nata, tu dovrai dire che non ti piace più, che non ti fa più muovere, che non ti scalda, e io, anche in quel caso, continuerò a ballare da solo, per un bel po', nascosto sotto il letto, o sotto le coperte, come da piccoli. Come quel gioco lì... Continuerò a sentirla dentro, questa musica, come adesso, che ti penso, come adesso, che suoni forte sulle mie corde senza nemmeno toccarle, e amplifichi questo suono bellissimo. E anche se i musicisti ogni tanto sbagliano qualche nota, o vanno fuori tempo, tu perdonali, se puoi, perché lo sai, è solo l'emozione... Vedrai che le note successive saranno ancora più centrate, suoneranno ancora meglio, e questa musica sarà ancora più bella.

Io ti regalo questa musica, Mary, la senti? Dimmi, la senti? Fanne quello che vuoi...

Mary, ma dove sei, dove sei finita?

Le parole che non riusciamo a dire sono le uniche per le quali varrebbe davvero la pena parlare. Sono quelle che non diciamo perché ci fa male solo pensarle, o perché sono così belle che abbiamo paura di svilirle, pronunciandole. E allora le pensiamo e basta, le nascondiamo in quell'angolo del cuore dove può arrivare solo chi ha davvero voglia di ascoltarle. Che certe parole si ascoltano solo col cuore, che certe parole si sentono solo con gli abbracci. Che certe anime rare si parlano solo così, senza dire niente.

Ho continuato a pensarti, perché pensarti era il modo più bello di aderire perfettamente a me stesso. Non l'ho fatto per te, non l'ho fatto per me, l'ho fatto perché qualunque altra cosa sarebbe stata forzata e innaturale. L'ho fatto perché l'ha chiesto il mio cuore, e poi la mia testa. L'ho fatto in silenzio perché è in silenzio che si fa. Nei miei silenzi c'è tutta la mia vita. È nei miei silenzi che chi vorrà dovrà venire a cercare le risposte più profonde, è lì che, al buio, potrà accendere un fiammifero, avvicinarsi e sussurrarmi: «Perché?», «Come?», «Quando?».

E scrivo ancora:

> Alla fine basta sceglierci, farlo di continuo, tutti i giorni, come fosse la cosa più bella e naturale del mondo, sceglierci non come se fossimo l'unica possibilità, ma come l'unica alternativa per il nostro cuore.

E ancora:

> I tuoi occhi sono arrivati a toccare parti di me che nessuna mano era mai riuscita nemmeno a sfiorare.

L'AMORE NON LO SO DESCRIVERE
MA QUALCHE VOLTA HO BISOGNO
DI CHIAMARTI A VOCE ALTA, PER
RICORDARMI CHE SO CHE NOME HA.

22
Sensi di colpa...

In cuffia Beirut
con *The Rip Tide*

Martedì 5 dicembre 2015

Daniela, l'avvocato-single-gran-culo-trentenne amica di Franco e Angela, mi è sembrata una persona stimolante, tanto da spingermi, nei giorni successivi, a risentirla qualche volta, e addirittura decidere di rivederla, chiedendole di uscire – e in questo periodo della mia vita una roba del genere è una notizia sensazionale. Ho anche evitato con discreto successo di operare nella mia testa qualunque confronto con Mary o col desiderio che avrei di vedere lei, desiderio che, se preso come metro di valutazione assoluto, renderebbe avvilente qualunque alternativa.

Abbiamo fissato per domani sera dopo cena. La porto a bere qualcosa al Pellè, un piccolo locale che a me piace tanto, in zona Pantheon.

Oggi invece la giornata si prospetta lunga: alle otto, contrariamente alle mie abitudini, sono già in macchina per andare a un appuntamento, ma appena partito squilla il telefono.

«Dottor Marini, buongiorno.»

«Buongiorno, dottor Lenza! Che succede?»

«Devo chiederle di posticipare di una mezz'ora, ho dovuto all'ultimo momento accompagnare mio nipote a scuola e non sa che delirio per strada, sono imbottigliato nel traffico... Mi scusi, eh!»

«Ma si figuri, dottor Lenza, faccia con calma. Ci vediamo alle dieci, allora, e se dovesse ritardare l'aspetto, non si preoccupi, conosco questo genere di imprevisti, passo molte ore in macchina!»

«Bene, la ringrazio. A dopo.»

Nel frattempo riparto e, percorso nemmeno un chilometro, qui, su via Casetta Mattei, rallento, giro la testa e la fisso: è proprio lì, sulla mia sinistra... In realtà ci passo tutti i giorni, ma questa volta decido di fermarmi, sì, mi fermo, tanto a questo punto sono in netto anticipo con l'appuntamento, e poi l'orario è quello di un tempo, le otto e dieci, quello in cui si entrava...

Scendo dalla macchina, arrivo al cancello e guardo dentro, dalla grata verde. C'è il parco con le panchine dove trascorrevamo la ricreazione, e gli scalini, che ricordavo enormi, e alti, e infiniti. Le porte in vetro, gli alberi ad alto fusto, il profumo di resina e di pigne, il profumo di buono, e di vecchio, e di mio... Inspiro forte, e inspiro forte, e ancora, e trattengo il fiato, e trattengo le lacrime, e trattengo le urla. Come stanno le cose lo capisci presto, quando a tredici anni vedi crepare tuo padre davanti a te, soffocato da un male infame, lento e inoperabile. Un male che sembrava sconfitto, piccolo, risolto, ma che poi torna, si moltiplica, e ti fa scattare, all'improvviso, di notte, agli orari più assurdi e improbabili, per il rumore sordo e indimenticabile dei colpi di una tosse cupa, diversa, esplicitamente maligna. Finché, una cazzo di domenica pomeriggio, ti rendi conto che ha vinto lui e hai perso te, e hanno perso tutti quelli a cui vuoi bene, e poi nulla, poi ti resta il profumo di resina e pigne...

Ecco, da quel momento, pure se non volevi, cominci a mettere in preventivo un sacco di possibilità che prima ignoravi. Sai che può succedere di perdere, di perdere vero, di perdere tanto. E sai che i pugni più duri, nella vita, non arriveranno da una rissa, o dal kick boxing. Sai che ogni lacrima che verserai, in futuro, dovrà essere centellinata, e giustificata, e ne dovrà valere la pena, per il tuo orgoglio, per la tua dignità, per la tua storia. Sai che tutte le volte che guarderai i tuoi fratelli e tua madre, ti ricorderai di quanto è stato brutto vederlo andare, e di quanto è stato bello sapere che loro erano là, con te, e tu là, con loro. Sai che non ci sarà più, e che non ci sarà, soprattutto, quando avrai bisogno del consiglio di un uomo, e proverai a essere tanto bravo da cercare consiglio altrove, e tanto scaltro da capire di chi fidarti, ma metterai in conto, nel caso, di agire anche senza quel consiglio di merda, ché a dare testate random, nella vita, si cresce e si diventa più forti. Capirai che di papà, nel cammino, se lo vorrai, ce ne saranno altri, in modo diverso, ma col cuore sincero, e starà solo a te, deciderai tu se e quando aprirti...

Quindi le cose, oltre a sapere come stanno, le osservi e le studi, e le senti, e le pesi, e decidi quello che per te è il giusto valore da assegnare a ogni elemento, il giusto quantitativo di stress da destinare a questo o quel tratto di vita, l'esatta porzione di indipendenza e di solitudine da difendere con le unghie.

E tutta 'sta roba, che cazzo, non ti aiuta a non soffrire per una storia d'amore finita male o per il tradimento di un amico. Non ti aiuta a non buttarti in cose assurde, in situazioni sbagliate o pericolose. Non ti rende immune dalla sbroccata, non ti impedisce di montare in macchina alle tre di notte, di guidare sei ore di seguito per arrivare alle nove da lei, per fare l'amore con lei, per sussurrarle nell'orecchio che lei è tutto per te, e che la trovi sexy da star male, e che la sposerai, per poi ripartire dopo qualche ora, no, non te lo impedisce, grazie a Dio, no! Però ti aiuta a essere consapevole, consapevole delle cose che succedono, consapevole che il tuo cuore, la tua psiche e le tue palle ce la faranno ancora. Ancora una volta.

E le cose stanno così, stanno nel modo in cui devono, nell'ordine di arrivo. E sì, c'è... c'è che questo ti segna, ok, ma non ti rende migliore, e nemmeno speciale e, inspiegabilmente, tutto sommato, non ti genera neanche così tanto rancore, voglio dire, non ti fa essere più cattivo, ma fa di te, semplicemente, uno che sa bene come è andata e come può andare. Uno che ha delle cose dentro, ecco, delle cose da ricordare e da tenere a mente.

A scuola, quell'anno, scrissi un tema. Titolo: *L'attesa*. Non riesco a ricordare nulla di quel che scrissi, se non che parlai di mio padre e della sua dipartita. Il tema fu letto e riletto pubblicamente, e poi si decise che era il migliore dell'anno scolastico. L'aggettivo che più si usava per descrivere il tema era: commovente. Dunque, non sono fiero di quel piccolo riconoscimento, anzi, sinceramente, non me ne frega un cazzo ma, ripensandoci, ricordo che non capivo cosa ci trovassero di tanto commovente e mi impressionava il modo che avevano di guardarmi. Provai pena per me stesso, senza comprenderne il motivo. E sentivo un assurdo senso di colpa. Forse perché la commiserazione che leggevo negli occhi di tutte quelle persone mi faceva sentire in difetto: quasi come se cadesse su di me il dovere di stare male, disperarmi, nel modo più palese possibile. Mi sentivo spaesato, semplicemente spaesato, tutto qua. E, valutandolo a posteriori, questo sì, questo sì che è commovente.

Così, dai tredici anni ai venti la mia vita prese una piega particolare: ero tendenzialmente, banalmente, convinto che il mondo fosse solo mio. E non pensavo mai prima di agire, non aspettavo mai prima di rispondere, non riflettevo mai prima di parlare, o di mandarti affanculo. E quando mi dicevano di stare calmo, o di riflettere, io niente, io un cazzo... Ed ero così tanto preso da me, dal mio ego enorme, che non c'era posto per nessun altro nei miei pensieri, e nei miei sogni, e nel mio cuore, e nei miei incubi, ché non mi dovevi toccare nemmeno quelli, gli incubi. Dai tredici ai vent'anni sbroccavo un giorno sì e l'altro pure, con chiunque, ero una scheggia impazzita, con i miei, con gli amici, per strada, a scuola, al bowling, in discoteca. Ed era "cazzo hai detto!?", ed era "cazzo guardi!?", ed era piangere di rabbia, piangere di rabbia. Forse perché ero molto incazzato con lui, con mio padre che, vaffanculo, aveva deciso di morire di quella malattia, così, per cazzi suoi, senza chiedere se io fossi d'accordo, senza avvertire, cazzo muori, dico io, cazzo muori? E ok, le cose stavano così, stavano in quel modo, ma era proprio un modo del cazzo. Io non volevo proprio essere uno che gli era morto il padre da piccolo. Ché, se ti muore tuo padre da piccolo, è triste, e tua madre, se ti muore tuo padre da piccolo, la guardi ed è triste, e la casa, se ti muore tuo padre da piccolo, è vuota, ed è triste. E tutti, se ti muore tuo padre da piccolo, ti fissano e pensano che tu sia triste. Ero incazzato con lui perché la notte lo sognavo tantissime volte, sognavo che, in realtà, non era morto, ma vivo, e che, semplicemente, non volesse più stare a casa con noi, sì, che ci aveva abbandonato per un'altra famiglia, lo sognavo che mi guardava impassibile con quella faccia da stronzo, fredda, distaccata e glaciale. Lo sognavo andare via con una macchina bianca, la sua. E, nel sogno, io lo imploravo di restare, e lui niente, lui un cazzo... c'aveva abbandonato, a me, a mia madre, ai miei fratelli e a tutti gli altri. Ah, i sogni, mah...

Ero incazzato con lui, poi, perché prima di morire, in ospedale, mi aveva chiesto se potevo portargli un orologio da polso più leggero di quello che aveva, uno nel quale si leggesse meglio l'ora. Negli anni successivi, fino a ieri, quell'orologio io me lo sono sempre immaginato bianco, tipo Swatch, con le lancette nere...

Ecco, quell'orologio di merda, no, non gliel'ho mai portato. E lui me lo fece pure notare, me lo fece notare poco prima di, poco prima di. Non so perché non gliel'ho portato, forse me ne ero solo fottuto, forse me ne ero solo scordato, forse ero solo un bambino. Ché forse, a tredici anni, era normale essere un po' menefreghista e non credere che davvero tuo padre stesse per crepare. Forse. Ma avevo il senso di colpa, ce l'ho avuto per tanti anni (e forse ce l'ho ancora), e lo trasformavo in rabbia, e lo trasformavo in astio, o forse erano la rabbia e l'astio che trasformavo in senso di colpa per un fottuto orologio bianco con le lancette nere che non è mai esistito. E non piangevo mai, ed era "vaffanculo al mondo!".

Sensi di colpa... Non mi rendo nemmeno conto che si sono fatte le nove e un quarto. Sto facendo tardi, devo andare, e pure di corsa. Faccio un ultimo respiro profondo e via, mi precipito all'appuntamento.

Il dottor Lenza è un simpatico e gentile dentista. Ha bisogno di una polizza di responsabilità civile e professionale, qualcosa che lo garantisca in caso di danni alla salute dei suoi pazienti: anche i medici sbagliano.

«Dottor Lenza, purtroppo sono molto costose le polizze RC professionali per voi odontoiatri...»

«E perché mai, Marini?»

«Perché il rischio è alto, le denunce dei pazienti sono tante e, nell'insieme, le compagnie spendono più in risarcimenti ai pazienti di quello che incassano dai vostri premi assicurativi... E le compagnie, si sa, non amano essere scambiate per opere di beneficenza.» Accenno un rispettoso sorriso che lui ricambia.

«Capisco, Marini... In effetti oggi i pazienti alla prima stronzata ti fanno causa, non sanno quanto sia dura e delicata la nostra professione, se ne approfittano. Alcuni lo fanno per non pagare il conto, ah, sì! Glielo dico io, Marini, alcuni sono in malafede...» Avvicina l'indice sotto il suo occhio, tirando leggermente la pelle in giù, come a dire: "Io ci vedo lungo".

«Lo so, dottor Lenza, capita anche questo...»

«Quindi, la sua migliore proposta è tremila euro l'anno?»

«Sì, io di meglio non posso offrirle... La compagnia che abbiamo trovato, fra l'altro, è molto seria, è fra le prime due italiane per grandezza e solidità.»

«Va bene, Marini, procediamo, non voglio essere scoperto un giorno di più.»

Saluto il dottor Lenza e mi avvio.

Sempre di corsa, sempre col cronometro. Ma cosa corro? Dove vado?

Alle quindici, dopo mille giri, sono in ufficio: al terzo piano di una bella palazzina in via Parini, zona residenziale semicentrale limitrofa al Gianicolo. Ho un vecchio contratto di affitto, che è stato abbastanza vantaggioso fino allo scorso anno, prima di subire un brusco adeguamento del canone. Lo studio è composto da una stanza piuttosto grande in cui ci sono due scrivanie, la mia e quella di Nicola. Poi c'è uno stanzino con fotocopiatrice, macchina del caffè e frigorifero. E, infine, un bagno. Nella stanza delle scrivanie c'è una grande finestra che dà sulla piazza sottostante e rende il locale molto luminoso. Per terra c'è il parquet, e le porte sono bianche e rifinite. Insomma, non è male, il mio piccolo ufficio.

Mi siedo e controllo le mail, quelle da leggere, quelle da inviare. Trascrivo gli incassi, faccio i conti delle spese correnti, do un'occhiata alla banca online. Rispondo ad alcune telefonate di clienti sul cellulare, e ad altre che mi passa Nicola al fisso. Ascolto dieci messaggi in segreteria accumulati negli ultimi giorni. Controllo il cellulare personale: nessun segnale di Mary, ma ha visualizzato il mio messaggio di domenica. Perché non mi risponde? Mi farà impazzire. Ce n'è uno di Stefano, l'ennesimo, mi chiede che fine abbia fatto, e aggiunge una linguaccia. Uno di Franco che mi manda un link di un video porno... C'è anche un WhatsApp di mio fratello Daniele:

Daniele: "Ho preso il patentino!".

Luca: "Complimenti! Ora puoi allenare?".

Daniele: "Potevo farlo anche prima, ma ora ho i titoli per allenare anche nel circuito professionale!".

Luca: "Bene! Ancora complimenti!".

Mio fratello è un forte appassionato di sport, in particolare ama il tennis e il calcio, e ha sempre sognato di fare l'allenatore. Due anni fa ha deciso di seguire il corso organizzato a Goreto, quello che ti prepara all'esame da allenatore professionista. Inizialmente, considerata la sua età, non ne comprendevo il senso, lo trovavo un po' ridicolo. Ma ora comincio a capire. Ha senso. Perché lo ha per lui, quindi ha molto più senso di quel che potessi ottusamente immaginare...

Controllate tutte le notifiche, preparo due preventivi e attivo tre polizze, fra le quali quella del dottor Lenza. Quindi compilo e fotocopio alcuni bollettini, domani devo andare alla posta e pagarli. Domani c'è pure il pagamento mensile di una cartella esattoriale, debiti personali. E che ho scoperto di avere pochi mesi fa, come se non bastasse tutto il resto... E poi fra pochi giorni l'anticipo delle tasse. Tempo, soldi, tempo, soldi... ne ho bisogno, me ne servono ancora, non mi bastano mai. O forse ho bisogno di altro. Senza dubbio, ho bisogno di altro.

Sulla mia scrivania ho un oggetto in alluminio che accoglie e incorpora tre clessidre, che contano rispettivamente tre, quattro e cinque minuti. Ogni volta che le attivo e parte quel conto alla rovescia impetuoso, mi interrogo sul concetto di tempo, sul suo valore. Quotidianamente, nel mio lavoro, nel mondo del business in generale, sento gente ripetere che il tempo è denaro. Il concetto di tempo è pragmaticamente legato al concetto di poter fare una certa quantità di cose, di soldi, di attività.

Penso che anch'io vorrei vederla in questo modo, nel mio cuore. Perché allora la dissonanza fra ciò che devo fare e ciò che vorrei fare si annullerebbe. Perché sento ogni giorno di più che, per me, il tempo e le sue espressioni sono solo "momenti". Non possono valere di più. E se per viverne uno, di momento, che per me valga la pena d'essere vissuto, ecco, se dovesse servire tutta la vita, per quel momento, io la metterei sul piatto oggi, la vita. Tutto il resto sono granelli di sabbia che scorrono, solo granelli. E bollettini. Troppi bollettini...

Alle 17 esco, incontro un cliente in viale Marconi, una cosa veloce, gli consegno semplicemente in mano due polizze che ha già pagato. Salutato il signor Baldelli, entro in un centro commerciale.

I centri commerciali, al mio palato, hanno un fastidioso retrogusto amaro. Quello che mi fa percepire di avere tutto, intorno, senza avere niente. Il pieno che genera il vuoto. Il troppo che annoia. La perfezione che ti ricorda che non è reale. L'eccesso di colori che alla fine ne restituisce solo uno: il grigio.

Compro il regalo a mia nipote Benedetta, la figlia di mio fratello Lorenzo, quello che canta e suona e non sapeva dei Beatles... Poi, prima di uscire, faccio un salto in una libreria. Vorrei comprarle un biglietto di auguri, compie tredici anni, oggi. Le ho preso un bel regalo, cioè una cosa che io ritengo bella e figa: un tavolino nero, da mettere nella sua stanza, lucido, laccato con una stampa della bandiera inglese. "Lo zio fico fa il regalo bello e fico" ho pensato. "Lo zio fico poi, a volte, in passato, se n'è infischiato della nipotina, e non va bene" ho pensato. E il concetto fila, c'è solo da stabilire se io sia fico, come zio.

C'è un buon profumo nella libreria. Si respira aria leggera, fresca. E dire che ci troviamo in questo centro commerciale chiuso, freddo, dozzinale. Senza cornice, senza poesia, senza aspettative, eppure eccolo... Il potere evocativo della carta stampata!

La commessa è un tipo carino, piccolina, riccia, mora, occhi neri neri. Riservata, silenziosa, schiva. Dice: «Salve» quando entro; dice: «Non c'è problema» quando le chiedo se posso poggiare l'ingombrante regalo impacchettato col fioccone sulla cassa; dice: «Ecco, qui» quando le domando dove posso trovare i biglietti di auguri; dice: «Certo» quando le comunico che ne sfoglierò alcuni per farmi un'idea su quale comprare; e dice: «Questo» quando, troppo indeciso, le chiedo di scegliere il biglietto al posto mio. E poi ascolta a volume basso un CD di Flavio Giurato, *Il tuffatore*, meraviglioso...

Io invece tendo a parlare molto, in questi casi. Perché mi sento in dovere di farlo, per non so quale comica e incomprensibile deriva psicologica. Perché mi sento a mio agio, perché percepisco un vuoto dialettico e comunicativo da colmare. Perché ho l'impressione di non essere oggetto di aggressione commerciale alcuna. Ecco. Per queste e altre mille imperscrutabili ragioni. Ma alla cassa esagero...

«Cavolo, mi sono ridotto all'ultimo momento per comprare il regalo a mia nipote, ma sa, si lavora sempre fino a tardi!»

«La capisco. Non lo dica a me.»

«Le dispiace se scrivo qui il biglietto?»

«Ma prego!»

«Potrebbe prestarmi una penna? Scusi, eh!»

«Ci mancherebbe. Per così poco. Ecco a lei.»

«La ringrazio. Vediamo, ok. Dunque... Ho scritto: "Auguri! Ti voglio bene, zio Luca". Che dice, va bene? Potevo fare di meglio, vero?» E sorrido.

«Ma no, sintetico ma eloquente. Perfetto, direi.»

«E, senta, mi dà anche quella fantastica matita col diamante Swarovski in punta, per cortesia, quella con la pietra rossa... Che dice, va bene, è carina per una ragazzina di tredici anni?»

«Molto. Ne vendo tante, soprattutto alle ragazze di quell'età.»

«Bene. La unisco al biglietto d'auguri. Magari la attacco con lo scotch, che ne pensa?»

«Ehm... Sì. Sì...»

Non credo ne fosse molto convinta.

«Potrebbe prendere lo scotch che ci proviamo?»

«Certo. Anche se, ecco, non ho ben capito. Come vuole fare? Come vuole attaccarla?»

«Con lo scotch. Lo faccio io, se permette, non si preoccupi. Ecco, prendo un pezzetto di scotch, vede? E poi la fisso sul dorso del biglietto, così. Be', sì, non è il massimo dello stile, ma è originale, no? Fa molto pop art. E poi, e poi se non dovesse piacerle, ciccia! Certo... certo che lo scotch si nota molto, vero? Non è bellissimo a vedersi. Non so, pensavo fosse quasi del tutto trasparente. Ma che tipo di scotch è questo? Fa lo stesso, ormai è andata. Crede le piacerà? Al limite la butta, o no?»

«Non la butterà. Se è una bambina intelligente, non la butterà. E lei è molto autocritico.»

«Co-come?» balbetto. «Forse. Sì, forse.»

Lei insiste, fissandomi negli occhi: «Troppo. Credo troppo!».

A un tratto non è più la commessa riservata e silenziosa di qualche minuto prima. Ma i suoi occhi sono sempre molto, molto neri, nerissimi. Esiste il rischio di sprofondare negli occhi di qualcun altro? Se sì, sto rischiando di brutto.

«Non so, sì, forse troppo. Ha ragione, lei ha studiato Psicologia?» Sorriso mio, piuttosto impacciato.

«No, Lettere. Ho studiato Lettere.»

Non stacca lo sguardo. Cazzo.

«Bene. Perfetto. Perfetto. Lettere. Certo. Libreria, Lettere, eh?!» E mimo, con l'indice e il pollice, il gesto della deduzione, dell'automatismo. Di ciò che vien da sé e che non poteva essere altrimenti.

«Lettere!» E ridiamo entrambi.

«Pago con carta. Eccola. Ecco il documento.»

«A posto... E questa è per lei. Grazie.»

«A lei. Allora le auguro una buona serata! E... Lettere!?»

«Lettere, giuro!» ride e prosegue: «Buona serata, auguri alla nipote!».

«Grazie, grazie!»

"Autocritico." "Poco indulgente." "Rigido." Sono troppo critico con me stesso. E chi me lo viene a dire? La piccola e silenziosa libraia, dagli occhi neri neri, pericolosi pericolosi, che ha studiato Lettere Lettere e che, del resto, come poteva essere altrimenti? E io cosa sono? Un libro aperto? Aperto sì, ma non verso i miei occhi, aperto verso lo sguardo disattento e indifferente del mondo intero. Che io ce l'abbia, per qualche motivo, con me stesso? Che non abbia lavorato a sufficienza su me stesso? Che sia il momento di smetterla? E ho bisogno di qualcuno che me lo dica. E ho bisogno di qualcuno che mi faccia pensare che, sì, dovrei rilassarmi. E ho bisogno di qualcuno che mi dica: "Fanculo, fottitene!". Qualcuno che pensi che vado bene così come sono, senza ulteriori sbattimenti. Senza ulteriori domande. Qualcuno che mi guardi negli occhi e mi dica: "Basta! Tranquillo!". Ho bisogno di una commessa che mi prenda fra le sue braccia, stringendomi, e mi dica: "Piangi, piangi!". Ho bisogno di essere coccolato, perché non sono un robot, perché un biglietto è un biglietto, perché una matita è una matita, e lo scotch, ecco, è solo scotch... non fa i miracoli, e nessuno li fa. Perché nessuno è magico. Nemmeno io.

E poi ci sono due persone... Un ragazzo e una ragazza... Giovani e innamorati... La vita li ha allontanati... Ma l'amore può superare tutto... Anche la distanza...

Torino, 20 aprile

Piccola, qui a Torino oggi è primavera, era tanto che non c'era un sole così. Nel pomeriggio, dopo gli studi militari, ho fatto una passeggiata in centro, c'era una luce bella, quella tipica delle giornate che si stanno allungando, quella che dona colori nuovi a tutto ciò che tocca, quella che mi infonde un po' di coraggio e mi ricorda che è davvero poco, ormai, il tempo che ci separa.
In centro c'erano le bancarelle di libri usati, tantissime, una attaccata all'altra. Ho comprato *Madame Bovary*, un classico che devi assolutamente leggere se non lo hai già fatto! Ho trovato un'edizione deliziosa, di quelle rilegate in pelle, con la carta spessa, un po' ingiallita ma di qualità. È un regalo per te, amore. Non vedo l'ora di dartelo. Non vedo l'ora di riabbracciarti. Non vedo l'ora di trascorrere il resto della mia vita con te. Ho preso anche un pensiero per tua mamma. Appena torno, se ti va ti porto a guardare le stelle. Andiamo io, te, dei fiammiferi e una coperta. Poi parliamo tantissimo. O forse restiamo in silenzio. Tanto io e te parliamo lo stesso. Poi, ecco, già lo so, mi batterà il cuore, fortissimo. Succederà poco prima di baciarti. Perché tutte le volte che sto per baciarti è così, mi emoziono come se fosse la prima volta. E in fondo forse è questo l'amore quello vero, quando ogni bacio è sempre il primo bacio. Quando ogni volta è sempre la prima volta... Spero di

sognarti questa notte, ho letto da qualche parte che se prima di dormire ti concentri su una cosa, forse riesci a sognarla, sarebbe un po' come venirti a trovare, un po' come averti qui. Sarebbe il sogno più bello del mondo. Ti amo, sempre un po' di più.

Michele
Il tuo gigante

* * *

Napoli, 1 maggio

Tesoro, spero tu mi abbia sognato, perché io l'ho fatto, e non è stata solo una volta...
Qui a Napoli la primavera è già esplosa nel modo meraviglioso che conosci. Qualche giorno fa, insieme a Bianca, sono tornata in quella libreria in cui siamo stati insieme, con quella stupenda scala a chiocciola in legno al centro, e mi sono persa in mezzo al profumo dei libri e al ricordo di noi. È stato proprio quel giorno che ci siamo dati il nostro primo bacio. Ricordi, amore? Ci eravamo conosciuti una settimana prima per via di quella magia... Avevamo passato tutta la mattina insieme, camminando per i vicoli di Napoli, e tu mi avevi detto che volevi farmi vedere un posto a cui tenevi. Io fremevo dalla voglia di baciarti, ma non capivo se fosse lo stesso per te, e allora fingevo disinteresse, perché qualche volta facciamo così, fingiamo indifferenza ma dentro moriamo dalla voglia che lui arrivi, ci abbracci, e ci sussurri nell'orecchio: «Voglio solo te». E poco prima di entrare in libreria, appena girato l'angolo di via Partenope, tu lo hai fatto, mi hai baciata, e io mi sono sentita speciale e solo tua. E poi l'hai detto: «Voglio solo te». Non dimenticherò mai quello che ho provato, quella sensazione di leggerezza e magia.

Bianca ha comprato un libro di Oscar Wilde, e io, nella nostra libreria, ho respirato un po' di noi...
Sto studiando moltissimo perché i professori ci stanno tartassando di interrogazioni, in questo periodo. A breve inizierò la preparazione per gli esami, dovrei avere paura, ma la verità è che, insieme a te, nulla mi spaventa. Ieri al telefono quando mi hai chiesto in quale città mi piacerebbe vivere perché tu possa proporla ai tuoi superiori per l'incarico di settembre, ecco, ho sentito i miei piedi staccarsi da terra, mi sono sentita importante. Solo tu mi puoi fare questo effetto. Lo so, me l'hai spiegato, che la scelta finale non sarà la tua, ma so anche che ce la metterai tutta per rendermi felice e accontentarmi...
Oh, amore... quanto sei dolce! E quanto ti amo! E alla fine non importa dove andremo, perché la verità è che io, con te, starei bene anche in una tenda nel deserto!

Ti mando un bacio per ogni giorno che mi separa da te.
Lucia, la tua piccola

23
Ti va di passare il resto della vita insieme?

In cuffia suonano i Tiromancino
con *La descrizione di un attimo*

Venerdì 5 dicembre 2015

«Cosa cerchi in una donna?»
«Te.»
«Ah ah! Bravo... Buona!» Ride e posa il bicchiere sul bancone, mentre Sharon, accanto a lei, gomito a gomito, parla amabilmente con Paolo di investimenti milionari da operare in Cina. A proposito, a Paolo devo un favore. O una maledizione.
Rido anche io adesso, fingendo che quella fosse davvero solo una risposta scherzosa. Ci conosciamo da dieci minuti, non posso certo dirle: "Guarda che non sto scherzando, Mary! Ho perso la testa per te dieci minuti fa, nel momento esatto in cui ho incrociato il tuo sguardo. Non hai notato quel blocco temporaneo dell'intero universo? Ti va di passare il resto della vita insieme?". Anche se è esattamente quello che penso, poco prima di entrare nel panico e imbrogliarmi con tutta quella storia dei "tipi da quel locale", passo falso col quale si è divertita a imbarazzarmi per diversi giorni.
Mai come in questo periodo sento dentro il desiderio e la voglia di tornare a scrivere. O meglio: di iniziare a farlo. A farlo davvero. Però poi mi blocco, terrorizzato. Mi capita di voler scrivere d'amore, di voler scrivere per lei, ma le parole sono già tutte occupate, le cose migliori già dette. E allora mi dico che

dovrei inventarne altre, per lei, di cose, e di parole, ecco, mi dico che dovrei far suonare il cielo, per lei, far cadere il cielo, per lei, e... E allora la penso, e spero che il cielo le suoni quella melodia che ho nel cuore, quella che il mondo, col suo rumore, confonde con tutto il resto.

"Sei tu il posto più bello dove sono stato, il viaggio più bello che ho fatto." Glielo scriverò su WhatsApp il giorno dopo la notte di Fregene.

Mi aveva scritto lei per prima, quella mattina, verso le nove, dopo poche ore che ci eravamo salutati:

Mary: "Giorno! Io già in piedi, per quella visita medica cui ti accennavo ieri".

Mary: "Comunque sono stata bene, molto bene".

Mary: "Grazie :)".

Luca: ":) Anche io...".

Mary: "Bello anche il posto".

Luca: "Sai, ieri parlavamo di viaggi, di posti del mondo che abbiamo visitato... Ricordi?".

Mary: "Sì, Luca, era tre ore fa... Non ho l'Alzheimer! :P".

Luca: "No, è che pensavo che dovrei smetterla di non dire quello che penso...".

Luca: "E allora: sei tu il posto più bello dove sono stato, il viaggio più bello che ho fatto".

Luca: "E credo che dovrei smetterla di fare la doccia, per sempre. Non voglio togliere il sapore e l'odore che ho sulla pelle, dalla notte scorsa...".

Mary: "Sai invece a che penso io adesso?".

Mary: "Penso che dovrei smetterla di diventare bordeaux!".

Mary: "E che tu dovresti smetterla di farmi diventare bordeaux!"

Mary: "Dovrebbe essere vietato dalla legge, nessuno dovrebbe fare diventare bordeaux nessuno!".

Luca: "Sei bella bordeaux".
Mary: "E tu che ne sai?".
Luca: "Sei bella in qualunque modo, tu! È per questo che la prima volta che abbiamo parlato, e mi hai chiesto cosa cercassi in una donna, io ho risposto: 'Te'. Ecco... No, non stavo scherzando, cercavo te :)".
Luca: "Quella stessa sera avrei voluto dirti: 'Ti va di passare il resto della vita insieme?'. Era folle ma era quello che sentivo, e ti giuro che non mi era mai successo qualcosa di simile. Ma non l'ho fatto, avresti pensato: 'Questo è pazzo!'".
Mary: "Lo sto pensando lo stesso, anche adesso!".
Mary: "Ma tu non sei pazzo, vero, galletto?".
Luca: "Certo! Certo che lo sono...".
Mary: "Mi metti un po' paura...".
Mary: "Prometti di non farmi 'bu!' da un momento all'altro?".
Luca: "Ecco, questo non posso davvero promettertelo".
Luca: "Ma posso prometterti che non ti libererai di me tanto facilmente, questo sì!".
Mary: "Bene, ora sono terrorizzata!".
Mary: ":P".
Mary: "Stanno per chiamarmi qui in ospedale...".
Mary: "A presto...".
Luca: "A presto!".
Ho aspettato un paio di minuti e le ho scritto ancora:
Luca: "Mary...".
Mary: "Dimmi".
Luca: "Ti va di passare il resto della vita insieme?".
Mary: "Scemo! Sto per denunciarti!"
Mary: ":P".
Mary: "Ciao :)".
Luca: "Ciao...".

Non mi era mai successo, così, in un modo tanto potente ed esplosivo, ma ho sempre saputo, in cuor mio, che l'amore non arriva per gradi, non è questione di conoscenza o approfondimento. Non si tratta di una costruzione, quello viene dopo ed è tutt'altra roba. Non meno importante, semplicemente diversa e successiva.

Mary mi piacerebbe bordeaux, ma pure verde e arancione. Mi piaceva prima di sapere che avesse una voce maledettamente sexy. Prima di sapere che fosse brillante e intelligente. E curiosa. E passionale. E colta. E amante dell'indie, del grunge e del punk anni Sessanta. Forse perché tutte queste cose non sono nemmeno vere. O forse perché già le sapevo. Forse perché, in fondo, non contano niente. Quando osserviamo profondamente qualcuno, quando lo guardiamo col cuore, quando lo sentiamo col nostro sguardo, sappiamo subito un sacco di cose che non sapremmo parlandoci ore e ore, toccandolo, annusandolo. Essere non significa esserci. Ho imparato che parlare non significa comunicare, e che parlarsi non significa comprendersi. Molti parlano parlano, ma non comunicano niente. E non si comprendono mai. Ma non succede con tutti, ci sono dei livelli, come fosse una quarta, quinta, sesta dimensione... Dinamiche e percezioni che nessuno può spiegare in quattro righe. È dentro quei livelli che succedono le cose più significative, quelle che ci cambiano e nelle quali ci riconosciamo. Farci un'idea di qualcuno senza mettere in gioco per primi noi stessi, i nostri sensi, il nostro cuore, la nostra emotività, senza chiudere gli occhi impegnandoci a guardare davvero oltre le dieci diottrie, ecco, questo corrisponde a uno stile di vita veloce, frettoloso. Leggero, leggero in un modo sbagliato, perché tutto questo significa non avere nessuna voglia di alleggerire davvero la nostra esistenza tramite l'amore e la bellezza.

Io e Mary già eravamo in contatto, milioni di milioni di anni prima di quella sera in cui ci siamo conosciuti, forse sotto forma di polvere cosmica, o di detriti, o stelle, sì, eravamo stelle, ne sono certo. E il fatto di non averne memoria non ha rappresentato un ostacolo per il nostro cuore.

Mi piace pensare, fantasticando, che l'*entanglement* quantistico, uno dei fenomeni più romantici e meravigliosi della meccanica quantistica, abbia a che fare anche con cuori, sogni e anime, non solo con numeri, equazioni e positroni. Chissà quante schifezze hanno combinato, nello spazio interstellare, le nostre cellule milioni di anni fa, chissà quante ancora ne combineranno, prima di dichiararsi amore eterno...

Riflettevo su questo, e poi sulla percezione che abbiamo delle persone. Su quanto sia condizionata da fattori esterni, dal nostro vissuto, dalle insicurezze e dallo specifico momento emotivo. Poi ho pensato al fatto di guardare le cose da mille punti di vista, i livelli, gli angoli, le dimensioni... Come quando giri intorno a un plastico, che ti abbassi un po' sulle ginocchia, inclini la testa, prima a sinistra, poi a destra, poi ti rialzi, e ti immagini lì dentro, in un qualsiasi punto di quel plastico, e poi in altri mille punti dello stesso, sulla scia di prospettive sconosciute fino a poco prima, ecco, ho pensato che sarebbe ora che iniziassi a farlo davvero, tutte le volte intendo, perché la vita così è più bella, e il futuro è più possibile. O meno banale. Infine, ho pensato alla fragilità emotiva, a cosa nasconda, al fatto che mai nessuno va davvero fino in fondo. Sul fondo si deposita un sacco di roba che nessuno vuole mai toccare con le mani, perché "che schifo!".

C'è un'ultima cosa a cui ho pensato: al concatenarsi degli eventi. Se si ha la lucidità di sedersi e osservare per un attimo cosa succede e come succede, non si può non sorridere del lato comico di tutta la *faccenda umana*. E io, negli ultimi tempi, mi sento piuttosto buffo agli occhi del mondo... È entrato tutto nella mia vita, l'arroganza, la dolcezza, l'odio, l'amore, la guerra, la comprensione, l'intelligenza, l'intuito, i soldi, i libri, la subcultura, la gentilezza, i compromessi, le scorciatoie, l'educazione, la povertà, l'amicizia, il sesso, gli errori, la classe, il cattivo gusto, Carla, Ludovica, Francesca, i sogni, i segni, le risse, la magia, la sofferenza, la malinconia, troppi nomi sulla rubrica, alcune mappe, molti percorsi, la voglia di comprendere, e di capire, e di urlare, la generosità, l'empatia, e molto, molto altro, ma poi, a più riprese, in tempi diversi, ecco, tutta questa roba è uscita da me, per poi rientrare, e poi riuscire, e così via, in un andirivieni di gente, cuori, parole, fatti, cose, bugie e circostanze di fronte alle quali io poco o nulla ho potuto, però, oh Mary, solo una cosa è entrata, sfondando tutto, e non uscirà mai: tu.

Perché tu ci sei sempre stata.

Ora che mi ritrovo qui, in quest'ufficio bianco ma grigio, elegante ma triste, vestito di tutto punto, con la cravatta, le scarpe tirate a lucido e il doppiopetto, con tutti questi biglietti da visita di gente che conta, con cui dovrei fare affari ma con cui, invece, non vorrei avere nulla da spartire, ecco, ora, proprio ora avrei bisogno di sentirmi spoglio d'ogni cosa. Fermo. Nudo. Ora vorrei essere il profumo del mare. L'odore della nostra pelle mischiata. Il sapore della nostra saliva. Vorrei essere il silenzio della notte insieme a tutto questo, quello che ti resta dentro, inebriante. Galattico. Interstellare.

Ecco, e poi ci ritroviamo a pensare a una sola persona, e tutto il resto è come se non fosse mai esistito. È così che va, una mattina ci specchiamo e mettiamo in dubbio tutti quei calcoli, tutta quella paura, tutto quell'insensato tentativo di programmare le risposte del nostro cuore. Ecco come va, va così, che una domanda, all'improvviso prende il posto di tutta quella roba: *Mary, ti va di passare il resto della vita insieme?*

24
Ti voglio bene

In cuffia suona The Killers
con *Shadowplay*

Mercoledì 6 dicembre 2015

«Ho deciso, mi fermo un periodo. Mi disintossico. Da dicembre ad aprile non prenderò la racchetta in mano nemmeno una volta.»

«Cioè?» chiedo a Franco, che è passato a salutarmi in ufficio, prima di andare in palestra – probabilmente per sapere di Daniela, per sondare con i suoi occhi il mio reale interesse...

«Cioè, prima che il tennis mi stomachi mi fermo un po'.»

«Cioè?»

«Cioè, siamo quasi a dicembre, approfitto del fatto che fa freddo e piove per staccare un po' la spina.»

«Per staccare la spina? Ah.» Annuisco, riflessivo.

«Andrò solo in sala pesi e in sala fitness. Metto un po' di massa, faccio un po' di struttura, poi, ad aprile, col bel tempo, ricomincio a giocare. Che con il tennis e il movimento aerobico mi asciugo e mi definisco.»

«Ma non ti mancherà?»

«Sì, infatti in primavera riprenderò. Oh, mo' al club c'è un personal trainer di livello. Due lauree. Scienze Motorie e l'altra non ricordo, ma attinente. E mi allena con la ginnastica propriocettiva e funzionale. Altro che isometria, altro che la panca anni Novanta!»

«Proprio... che?»

«Propriocettiva Luca, non sai un cavolo. Tu e la tua musica, tu e i tuoi libri! E poi mi caschi sulla ginnastica propriocettiva? Roba da pazzi, lasciamo perdere... Comunque, è quel movimento che permette di sfruttare contemporaneamente più zone muscolari, attraverso esercizi compiuti a corpo libero in situazioni di assetto precario. E permette di migliorare molto stabilità ed equilibrio dei vari distretti muscolari, anche grazie all'interazione mentale necessaria all'esecuzione dell'allenamento.»

«Oh mio Dio, aspetta, sono allibito, la cerco su Wikipedia. P-r-o-p-r-i-o-c-e-t-t-i-v-a... Ho difficoltà pure a scriverla, 'sta cazzo di parola. Risposta di Google: "Risultati relativi a Propriocettiva, Cerca invece Propriocezione". Mah, Google, fa' un po' come ti pare. Wikipedia dice così: "La propriocezione è la capacità di percepire e riconoscere la posizione del proprio corpo nello spazio e lo stato di contrazione dei propri muscoli, anche senza il supporto della vista. È resa possibile dalla presenza di specifici recettori, sensibili alle variazioni delle posture del corpo e dei segmenti corporei, che inviano i propri segnali ad alcune particolari aree encefaliche... Le alterazioni della propriocezione determinano sul piano clinico i sintomi dell'atassia. Il più grande recettore è quello del labirinto..."» Continuo: «Sai, mi sto chiedendo se mi hai messo più ansia tu o Wikipedia!» e scuoto la testa.

«Ah ah ah. E pensa che Giampaolo, il personal trainer, ha creato degli esercizi ad hoc per me!»

«Ma pensa!» Lo fisso con un'espressione spaesata.

«E poi, considera che... Ehm... Oh! Ma cos'hai? Ma davvero ti sei impressionato per la storia della propriocezione?»

«Ma no! Oddio, potevi evitartela, eh! Ma non è quello. Stavo riflettendo sul fatto che vuoi disintossicarti. Cosa significa? Che è un veleno, il tennis? Non era forse la tua passione? Una cosa che ti piaceva tanto? Non era una fissa, per te, cavolo?»

Spero che mi risponda qualcosa tipo: “Ma dài, Luca, stavo scherzando! Ma no che non mollo il tennis, nemmeno per un giorno, ma ti pare, sai quanto io ci tenga, non potrei farne a meno!”.

«Sì» mi risponde invece. «Ma io, per non perdere gli stimoli, e per non rischiare di stufarmi o annoiarmi, ho bisogno di dosarle, le cose. Prima che sia troppo tardi.»

“Prima che sia troppo tardi”, ha usato proprio questa espressione...

«Capisco...» dico, e resto qualche secondo in silenzio, quel tipo di silenzio figlio dell’imbarazzo. Quello dei momenti in cui no, non c’è proprio un filo né la minima empatia fra te e il tuo interlocutore. Poi guardo l’orologio e mi rendo conto che è tardi, devo correre a casa per una doccia e buttare giù un boccone prima di passare a prendere Daniela, quindi avverto: «Ora devo andare, faccio tardi, Franco. Questa sera vedo Daniela, te l’ho detto, no?».

«Ah, già, bene! Sai, sono davvero felice di rivederti così...» Sorride. Poi ci alziamo e lui allarga le braccia: «Fatti abbracciare!».

«Così come...?» Ma lo dico a bassa voce, fra me e me, a mezza bocca, mente lo saluto ricambiando l’abbraccio, poi usciamo di corsa dall’ufficio, dopo aver salutato Nicola che rilancia con un: «Vai tranquillo, capo, penso a tutto io! Pensa a tutto Nicola!». Subito dopo fa l’occhiolino a Franco, aggiungendo: «Ecco, capo, Nicola ha in mente come sistemare e impaginare la proposta di mandato per quel consorzio... » e giù un altro occhiolino a Franco prima di proseguire: «Sai, Nicola, ha tutto sotto controllo... le scadenze, le coperture, le quotazioni...».

«Grazie, Nicola, buona serata!» Poi, prima di uscire, torno indietro un attimo e gli dico: «Hai ascoltato il singolo di Fedez?».

«Mh, sì, capo...» e storce la bocca.

«Non essere prevenuto solo perché lo consideri commerciale, è un bel pezzo, Nicola...»

Lui alza le braccia e si gira, io sorrido ed esco.

Una volta in macchina penso che, no, non lo capisco Franco, proprio no. Io che di quel che mi piace succhio fino all'ultima goccia e tutto d'un fiato, come potrei capire? Ma poi: "dosare". Che brutta parola! Dosatore. Che brutta persona! La parola "dosare" la metterei senz'altro, in quanto a bruttezza, sullo stesso piano di "continuazione", una per quel che rappresenta concettualmente, l'altra per come suona: perché uno dovrebbe dire "continuazione", cavolo, se può dire "proseguimento"? Significa voler rendere a tutti i costi la cosa meno appetibile. Significa augurare una "continuazione" di merda. Significa voler essere irritanti di proposito, non avere orecchio, essere privi di gusto. Significa anche un po' rompere i coglioni, diciamolo. Secondo me a farlo sono le stesse persone che abbinano il blu col nero, anche se sono i primi a pensare che cozzino, e poi ti dicono: "Quest'anno va, non hai visto la collezione Armani?". Ma se sta male sta male, su, che significa che "va"? E che me ne frega di Armani!

Tornando a noi... Come si fa, deliberatamente, a sospendere un piacere? A dosarlo? Io le mie passioni le mando giù con l'imbuto, fino a scoppiare, fino a vomitare. Fino a stare male. I miei godimenti tagliano lo stomaco, corrodono l'esofago, tolgono il sonno. Tanto da rendermi nervoso. Tanto da far crollare il cielo e frantumare il mondo in mille pezzi. Quindi no, non capirò mai. E il punto è che io e Franco siamo agli antipodi quasi su tutto. Io e Franco, spesso, parliamo lingue completamente diverse. Io e Franco abbiamo gusti diversi, e modi e tempi diversi, e percezioni diverse, e donne diverse. E lui sente poca musica, e io troppa. Lui è pratico, concreto e produttivo, e io no. Lui ottimizza le risorse, selezionando e scartando quello che è più improbabile, io non faccio calcoli, che tanto non mi tornano mai. Io non sono ordinato e lui sì. Nella mia macchina c'è sempre uno schifo, nella sua no. E lui non indossa la T-shirt sotto la camicia aperta e sgualcita, come me nel fine settimana, no, lui adora piuttosto i maglioni a girocollo, e le camice botton down con le iniziali.

Io non sono mai certo di nulla, lui lo è di un sacco di cose.

Ma il fatto è che, senza di lui, certa penombra, in certi giorni, sarebbe stata buio. Ed è anche grazie a lui se qualche volta ho avuto la forza di aspettare, in penombra, che arrivasse l'alba. Senza di lui, la mia vita sarebbe peggiore, avrebbe un senso diverso, sarebbe meno ricca. Perché era lui quello che ho trovato sugli scalini del portone della mia casa d'infanzia, la notte in cui mio padre se n'è andato, la notte del Nove Settembre Millenovecentonovantasette – che, nella mia storia spezzata, per capirci, il prima e il dopo quella data, è come l'anno zero per la storia dell'umanità, al punto che quando chiedo a qualcuno l'anno di nascita, o leggo la data di uscita di un film, o l'anno in cui è stato inventato qualcosa, ecco, poi calcolo sempre il tempo che li separa da *quella* data. Quando mia madre o i miei fratelli mi raccontano vecchi episodi di vita famigliare, io penso sempre che sono avvenuti "tre anni prima", o "cinque anni dopo". Faccio i miei personali calcoli. Quelli da scemo di guerra. Quelli a cui tengo io. In quella data, spartiacque della mia vita, Franco c'era, non sapeva come e dove rintracciarmi, i vicini gli avevano detto che io, mia madre e i miei fratelli eravamo corsi in ospedale, nel mio palazzo sapevano tutti che era solo questione di tempo, di poco tempo, io e Franco avevamo tredici anni. E lui era lì, quella notte, l'ho trovato sugli scalini, alle tre, dodici ore ad aspettare che tornassi dall'ospedale, da solo, in silenzio, senza dire una parola. Era seduto con le ginocchia sul petto e lo sguardo perso nel vuoto, e quando mi ha visto arrivare, lo sguardo l'ha perso nel mio che, a sua volta, era perso nel vuoto, in quel vuoto che non m'avrebbe mai più lasciato, come le turbe e l'inquietudine, quella che senti nello stomaco, come le farfalle quando sei innamorato, come il buco quando hai fame o il bruciore quando provi rabbia. Ecco, il segnale dell'inquietudine, invece, è quel sussulto che parte dal basso e sale fino alla gola, terminando con un nodo. E poi scende e poi risale. E così in un loop infinito e compulsivo di pensieri né abbastanza definiti da poter essere inquadrati e risolti né abbastanza astratti da poter essere ignorati del tutto. L'inquietudine ti rallenta e ti velocizza, poi ti frena e ti fa scattare. Ti fa sudare, ti fa pensare, e fa tremare la mano mentre le domande scorrono lungo il fiume tortuoso dell'anima, dall'acqua cristallina ma gelata, preda delle più violente e imprevedibili correnti.

Io lo sono di natura, inquieto. Oh, sì. È l'aggettivo che mi porto appresso fin da piccolo, insieme al sorriso un po' storto e all'occhio leggermente pigro. Insieme allo sguardo dolce e ai modi, a volte, un po' del cazzo. Prima parola, dopo il nome, nella pagella: "Luca è inquieto, intelligente, curioso...". Ché, prima d'essere vivace, ero inquieto. Prima ancora d'essere distratto e geniale, io ero inquieto. Ecco, io da quel giorno sono più inquieto. Lo ero già prima, ma da quel giorno di più... E Franco, quella notte, era perso nel mio vuoto, abbracciava la mia inquietudine, senza fiatare, nuotava al mio fianco, dentro quel fiume tremendamente gelato, controcorrente, in quelle brutte ore, quelle che hanno diviso la mia vita, e tutto il resto, in due...

Qualche tempo dopo, al campetto dell'oratorio, durante una partita di calcetto, Franco subì un brutto fallo da dietro, io lo soccorsi e poi andai a litigare con lo stronzo che lo aveva scalciato. Lui da terra mi guardò e sorrise, io ricambiai e, dopo avergli teso la mano per aiutarlo a rialzarsi, gli dissi: «Se ti hanno fatto male, mi hanno fatto male».

Così abbiamo scoperto che fratelli non si è solo per via del sangue. E, quando non è per il sangue, allora è molto altro, più grande di certi legami, più grande di quello che comunemente chiamiamo amore. L'amore, quello che viene tradito e umiliato puntualmente. Ogni giorno. Senza riguardo o rispetto verso se stessi, o verso chi ci guarda negli occhi e, con gli occhi, ci dice: "Ti amo". Perché, quando ci guardiamo dentro e ci perdiamo nel vuoto, terrorizzati, abbiamo bisogno di dare un senso a quel vuoto, lo cerchiamo negli altri e, se non lo troviamo, cerchiamo di crearlo, il cazzo di vuoto, bucando anime, per sentirci meno soli, meno diversi, meno disperati. E allora offendiamo l'amore, l'amore certo, quello che finisce vittima di superbia e orgasmi da sadici, gli stessi orgasmi che non riescono a placarsi davanti al sangue e al dolore, dei quali forse sono stati vittime. Io invece no, io parlavo di altro. Quello di cui parlavo io non ha un nome, non si racconta, non si descrive, però ti tiene la testa quando vomiti e tampona le tue ferite aperte, ti cerca o viene giù con te, anche non avendo la certezza di trovare una cazzo di scala per risalire, o ossigeno sufficiente per l'apnea, o guanti adatti allo "schifo" del fondale, o alle spine della tua corteccia. E combatte, al tuo fianco, spalla a spalla, sempre. Se ne fotte di tutto il resto, perché, senza di te, il resto è un conto che non torna, è un resto sbagliato. Franco è nel mio cuore in un modo speciale, raro ed esclusivo, e questo non cambierà mai. Non cambierà mai che, senza di lui, la mia vita sarebbe un conto che non torna, un resto sbagliato. Ecco perché, mentre guido, pur non avendo capito un cazzo di quella storia del dosare e di quella diavolo di propriocezione, vorrei spedirgli un WhatsApp con su scritto, in modo puerile: "Ti voglio bene". Perché in fondo è l'unica cosa che conta, l'unica vera. Ed è quello che farò, sì, è proprio quello che sto facendo.

Luca: "Ti voglio bene".

Franco: "Idem".

TI VOGLIO BENE...

25
Quel giorno che mi sono innamorata di te...

In cuffia suona Eels
con *Things The Grandchildren Should Know*

Domenica 3 settembre 2015

Sono quasi le dieci di sera, mi trovo in via Crescenzio, di ritorno da un congresso di medicina al quale ho partecipato come relatore riguardo il ruolo della copertura assicurativa rispetto al *medical malpractice*. Devo raggiungere Franco, Angela e un gruppo di altri amici che mi hanno chiesto di unirmi a loro per bere qualcosa.

È da qualche giorno che non sento Mary. Lei, come altre volte, mi ha chiesto di non cercarla, che è meglio così, che è tutto un casino, e blablabla...

Parcheggio, faccio pochi passi sul marciapiede costeggiando un ristorante che fa angolo con via Giulio Cesare – grandi vetrine completamente trasparenti, design da urlo, moderno, minimalista, soffitti altissimi. Mi rapisce, mi avvicino e osservo dentro, affascinato.

E lì, mentre mi godo la panoramica, seduta a un tavolo in mezzo alla sala, noto Mary. Di fronte a lei, quello che deve essere il suo Giulio. È la prima volta che li vedo insieme – dal vivo, intendo, Mary una volta mi aveva mostrato una foto sul cellulare. Su mia insistenza. E controvoglia.

Rimango di ghiaccio, mi si gela il sangue, e il cuore comincia ad accelerare. Resto lì impalato come un pesce lesso, a bocca spalancata, con il mio stupido vestito addosso, la valigetta in pelle, la cravatta allentata, il primo bottone della camicia aperto e i capelli per aria. Mi sono svegliato alle 7 stamattina; otto ore di congresso, ho sudato le sette camicie per via del caldo tropicale romano che a settembre ancora non ti dà tregua, e per quella maledetta inesistente aria condizionata che l'hotel, su indicazione dei medici, ha deciso di tenere al minimo, nonostante il numero di persone presenti in sala.

Sono provato, e ho davvero l'aspetto di uno sfigato, ecco, non è oggi il giorno giusto per incontrare Mary per sbaglio, non è oggi il giorno per incontrarla con Giulio. Che cazzo di sbagli!

Non voglio farmi vedere, ma nello stesso tempo la tentazione di sbirciare è forte, in particolare voglio osservare lui, vedere com'è fatto, un po' come si farebbe con un marziano. È proprio questa la sensazione che provo, perché lui sta con Mary, e solo un marziano potrebbe starci, mica un comune essere umano come me... Ecco, ecco com'è Giulio! Ecco com'è fatto un extraterrestre: biondo. Biondo e bello. Non verde, basso e schifoso. Potrebbe sembrare uno svedese, il Seymour Levov di Mary. Indossa una polo rossa, pantaloni blu con il risvolto e mocassini ai piedi, non il più brutto paio di mocassini che io abbia mai visto, lo ammetto, ma pur sempre mocassini... I lineamenti del viso sono semplici, quasi perfetti, pelle liscia, e gli occhi sembrano verdi. Magro, spalle larghe, bel sorriso. Insomma, un gran bel tipo, Giulio.

Lei è come sempre meravigliosa, vestita in un modo piuttosto semplice ma provocante, indossa delle scarpe aperte con tacco medio, canottiera bianca in seta e shorts cortissimi, neri. Le sue gambe sono lunghe, lunghissime, affusolate, e lucide. Sembrano di madreperla, o di porcellana.

Li osservo attentamente, li osservo mangiare, parlare, gesticolare. Lei a volte si guarda intorno. Lui fissa spesso il suo piatto, e troppo poco Mary. Cerco di leggere negli occhi di lei come sta, se è felice, se sta bene, se vorrebbe essere altrove.

Magari hanno passato una giornata al mare, o forse tutto il giorno in casa. Forse hanno fatto l'amore poco prima di uscire. O lo faranno quando rientreranno. Oppure lui le ha chiesto di sposarla qualche minuto fa.

Lui è composto e, quando ride, la sua, più che una risata, è un accenno. Non gesticola quasi per niente, fa bocconi piccoli, mastica lentamente. Il suo viso e il suo corpo non tradiscono il minimo senso di agitazione o nervosismo. È in pace col mondo. Cazzo, eccolo lì, il fermo, lo "stabile" Giulio. Anche lei pare molto tranquilla, ma nei suoi occhi non leggo eccitazione. Non vedo passione. Mi dico che forse sono io a non volercela leggere ma non so, non mi pare felice. Non noto nemmeno quel suo tipico assetto da guerra... Pare calma, ma la sua non è la calma di chi sta bene. È quieta, ecco. E la quiete è una buona cosa, ma io non ce la vedo a braccetto con la passione. Non me lo immagino Romeo quieto, e nemmeno Giulietta, non mi immagino quieti nemmeno Paolo e Francesca, o Renzo e Lucia... Sono portato a pensare che quando c'è amore e passione c'è anche, sempre, un pizzico di inquietudine, un po' di sofferenza, qualcosa di impercettibile.

Io in Mary, in questa Mary, non vedo niente. Quella che ho conosciuto io è una ragazza incazzata col mondo ma in fondo piena di voglia di vivere, agguerrita, combattuta, impaurita e coraggiosa, col coltello fra i denti e, nello stesso tempo, la necessità di non mettersi in qualcosa di torbido e scorretto, ma nei suoi occhi, tutte le volte che ci siamo incontrati, anche velocemente, anche quelle in cui era più incazzata o triste, anche quando si mostrava tesa e superba, o fredda e riluttante, ecco, nei suoi occhi ho sempre visto una scintilla di eccitazione, di vivacità. Di calore e passione. Ora, da qui, con lui, con Giulio, io quella scintilla non la vedo.

Devo aver passato troppo tempo davanti alla vetrina, imbambolato, perché a un certo punto succede l'inevitabile, quello che speravo non succedesse, ma forse neanche troppo: lei mi ha visto. E io vorrei sprofondare per sempre.

Mi fissa per qualche secondo, spalancando gli occhi, direi quasi terrorizzata, poi guarda lui e gli sorride, ma in modo quasi formale, tradendo un certo imbarazzo. Lui non si accorge di nulla. Nel frattempo inizia a piovere, e io non mi muovo, resto lì, immobile, e i miei occhi pure, restano lì, incollati ai suoi. Lei mi guarda, sento che anche il suo cuore sta esplodendo, ora. E non è solo paura di essere scoperta, o agitazione per Giulio. Non è solo questo. Una parte dell'esplosione è per me, tutta per me. Lo sento. Lo vedo...

Dopo qualche minuto, più o meno un'eternità, prendo coraggio, mi faccio forza e decido di andare. Faccio un passo indietro, continuando a fissarla, completamente zuppo. Mi accorgo che alcuni clienti seduti vicino alla vetrina mi guardano stupiti. Lei capisce che sto andando, e con i suoi occhi, gli occhi più belli del mondo, mi dice ciao. Ciao. È un bel ciao. È un ciao pieno di amore. Io esito ancora qualche secondo, e le sorrido. Le rivolgo il sorriso più bello e dolce che ho, e poi vado. Ma nel mio cuore, mentre mi allontano, c'è amarezza, solitudine, desolazione. C'è una tempesta di sensazioni, emozioni e pensieri che mi travolge senza pietà.

Tornato a casa, dopo aver fatto scena muta per un paio d'ore nel locale con Franco e gli altri, non riesco a chiudere occhio. Penso a lui, a lei, ai suoi occhi, alla scintilla che non c'era, a quel ciao. Ma penso anche a Giulio seduto di fronte a lei, in quel cazzo di ristorante pieno di stile. C'era lui a godersela, non io. C'era lui a non fissarla di continuo, come avrebbe dovuto. È con lui che adesso divide il letto, sotto le lenzuola, fra le sue braccia, sul suo petto.

Alle quattro di notte sono ancora sveglio, fisso il soffitto, sento il *beep* di WhatsApp.

Mary: "Ciao...".

Mary: "Mi spiace! :(".

Luca: "Ciao...".

Luca: "Non è colpa tua, non è colpa di nessuno!".
Mary: "Lo so, però mi dispiace, e vorrei tu stessi bene!".
Mary: "E tutto questo mi devasta, cazzo!".
Mary: "Non dormi?".
Luca: "Vorresti io stessi bene?".
Luca: ":)".
Mary: "Sì, lo vorrei. E sai cosa intendo".
Luca: "Comunque no, direi che non dormo... :) Tu, invece?".
Mary: "Direi che non dormo! :)".
Luca: "Intendevo... Tu, invece, come stai? Stai bene?".
Dopo qualche minuto in cui risultava online senza però digitare:
Mary: "Magari ti chiamo domani".
Mary: "So che non ha senso, ed è incoerente... Ma ho voglia di vederti! Però ti prego non farti castelli, non ho cambiato idea su tutta questa faccenda!".
Luca: "Va bene. Ne ho voglia anche io. Tanta!".
Mary: ":)".
Luca: "Mary...".
Mary: "Sì".
Luca: "Una curiosità...".
Mary: "Dimmi".
Luca: "Ha gli occhi verdi?".
Mary: "Chi?".
Luca: "Lui".
Mary: "...".
Mary: "Ma che cazzo! Che ti frega???!!!".
Mary: "È davvero importante?".
Luca: "No, non lo è...".
Luca: "Notte! :)".
Prendo sonno all'improvviso, senza attendere una sua risposta. E mi sveglio un paio d'ore più tardi, nel bel mezzo di un sogno, o di un incubo, l'ennesimo. Era sempre lei la protagonista. Eri sempre tu, Mary.

C'era un muretto, il solito, quello grigio. Molta luce gialla. Io ero lì, in piedi, appoggiato, da solo. A un certo punto sei venuta tu, e io, vedendoti, come sempre sono impazzito, non avevo più quel senso di solitudine, il mio cuore si è riempito di gioia. Ti sei avvicinata e mi hai detto: «Ehi, ti va di suonare quel pezzo di Silvestri, con la chitarra, quello che mi hai dedicato quel giorno, per strada, mentre pioveva? Quel giorno che mi sono innamorata di te... Ricordi? Io ero riparata dal tetto del treno, quello nel quale mi trovavo, e tu, pazzo, mi fissavi, dal marciapiede di fronte, e cantavi sotto la pioggia...».

E io lo faccio, prendo la chitarra e canto e suono e rido e piango. A quel punto, nel sogno, si è materializzato un treno, davanti al muretto, dentro c'eri tu. Sei scesa, e sei corsa verso di me, pioveva e io ero lì, con la chitarra, sul muretto. Ma non sono riuscito ad abbracciarti perché un attimo prima che succedesse è suonata la sveglia.

Mi alzo di soprassalto e cerco la chitarra perché voglio suonare *Giro in si* di Silvestri. Ma io non ho una chitarra. E non so suonare.

Mary, di una cosa sono certo: non mi basta stare bene, io voglio proprio te. Senza di te, tutto quello che resta è un treno che non passa, una chitarra che non suona. Pioggia che non cade, e una canzone mai scritta.

Sono quasi sicuro che gli occhi di Giulio siano verdi. E che lei, ieri sera, lì, con lui, non fosse poi così felice.

26
Buio

In cuffia suona Pacifico (feat. Manuel Agnelli)
con *In cosa credi*

Mercoledì 6 dicembre 2015

Alle 22, come da programma, sono sotto casa di Daniela e, come da programma, mi aspetto di dover attendere i quindici minuti accademici prima di vederla varcare la soglia del portone. Invece, dopo nemmeno un minuto, la vedo spuntare dall'angolo dell'androne. Il suo è un palazzo degli anni Cinquanta, cortina rossa e inserti bianchi, molto simile a quello nel quale sono cresciuto io (solo che il mio non si trovava in zona Parioli...).

Tacco vertiginoso, pantaloni neri aderenti, molto aderenti, camicia bianca appena scollata, capelli sciolti sulle spalle e leggermente ondulati, un tocco di profumo non eccessivo... Daniela sa il fatto suo in termini di look, e di sex appeal.

Dopo venti minuti siamo seduti uno di fronte all'altra. Il Pellè è un piccolo locale ispirato allo stile *british* anni Sessanta: decori in pelle vintage, vernice scrostata, ogni sedia, poltrona o divanetto rigorosamente diverso dall'altro, stessa cosa per i piatti e per i bicchieri, camino in un angolo e credenze bianche decapate piene di vecchi libri e vinili, luci soffuse e musica dal vivo – perlopiù *easy* jazz e blues. E un po' di country rock. Il giovedì c'è la jam session: chi vuole si presenta con il suo strumento e improvvisa insieme ad altri musicisti. C'è una bella atmosfera, i camerieri sono giovani, simpatici e ben disposti e c'è un'importante selezione di vini, vodka e rum. Il posto che preferisco, nel locale, sono le due poltroncine, con tavolino di cristallo scheggiato in mezzo, che si trovano in un angolo accanto al camino. C'è solo un camino, e quel posto è praticamente impossibile da trovare libero, anche in primavera o in estate. Noi siamo seduti proprio lì. E all'inizio sembra tutto perfetto...

Ma, dopo appena un'ora, il senso di malessere e il mio attuale, smodato odio per l'umanità emergono prepotentemente, con quell'inconfondibile arroganza che a volte, in me, prende il sopravvento.

«Insomma, capisci, sembra proprio che non voglia più smettere di piovere su di me, ma non può piovere per tutta la vita, no?» dice lei, e mi guarda con un'espressione che pare quasi giustificare la banalità della frase e del concetto stesso, piuttosto abusato. O forse è solo così che la voglio vedere io...

«Dimmi qualcosa di nuovo, di meno scontato» pronuncio le mie parole in modo pacato, sorridendo.

Lei è imbarazzata. «Cioè?»

«Cioè, qualcosa di nuovo. Ero sicuro del fatto che adorassi Jennifer Egan, o David Grossman e Philip Roth: sono ottimi autori. E pure che il tuo genere di musica preferito fosse molto chic, molto "in linea"... A proposito, non ami Vasco, vero? Non mi stupirebbe... E poi, oh, un certo tipo di cinema francese, ah, come non amarlo? Come non amare Francis Veber? Come non darti ragione? E non avevo dubbi neanche sul tuo burrascoso, triste, trascorso sentimentale... Devi aver sofferto così tanto, cavolo, che peccato! Però, mi chiedevo, qual è la novità? Forse la tua ricerca di spiritualità e completezza dentro un buon libro o un viaggio esotico? O la quiete interiore che trovi fra le pagine di Haruki Murakami?» Intanto il suo sguardo si fa visibilmente ostile e irritato. «Forse il fatto che ami cose che le masse non comprendono, che rifuggi dal banale, che parli di sociale mentre bevi champagne dalla coppa e cerchi l'amore eterno oltre ogni forma di materialità. Non ti offendere, ma non mi hai scosso. Cioè, sto ancora fermo sulla sedia, lo vedi?»

«Lo vedo che stai fermo sulla sedia. Come me, del resto.» È nera in volto, nerissima. «Dimmela tu una cosa nuova, mister so-tutto-io. Dimmela tu una cosa che mi fa muovere dalla sedia, che mi fa saltare in aria...»

«Sai qual è la novità? La novità è che non c'è quasi mai nessuna vera novità in quel che vedo. Mai nulla di sconvolgente.» "Oltre a Shazam" vorrei aggiungere, ma credo non riderebbe, è così tesa! «Solo conseguenze, solo quelle vedo. La maggior parte delle cose succedono esclusivamente quando il momento è maturo, dopo una serie di eventi e volontà che le hanno rese possibili, realizzabili, talvolta auspicabili. E quando sono molto grandi, queste cose, le chiamiamo "novità". Questo è quello che vedo. Aggiungici, poi, quel pizzico di fortuna, o di sfiga, o di casualità, o di Dio, sì, insomma, chiamalo come ti pare, parlo di quella componente apparentemente ineludibile e imprevedibile che spesso fa la differenza... Ecco, e il gioco è fatto. Così stanno le cose.» Con le mani faccio gesti plateali che vorrebbero sottolineare quanto tutto quello che sto dicendo sia evidente ed elementare.

«Quindi nemmeno tu hai "vere" novità da raccontarmi, solo "conseguenze" e un po' di fatalismo?» Mi guarda con la rabbia di chi vorrebbe farti fuori.

«Certo che ce l'ho, la novità è che non è vero che non può piovere per tutta la vita, questa è una fottuta boiata, una favoletta del cazzo a cui si vuole credere per forza. La novità, tieniti forte, è che potrebbe anche piovere per sempre su di te, ma poteva andarti peggio, molto peggio, fidati... E comunque, se il problema è la pioggia, ti basterà procurarti un ombrello, o capire, finalmente, che non ne hai bisogno...» Vado avanti, incalzo senza tregua, senza permetterle di dire una sola parola: «Sai, capita di fissarci su una singola insignificante goccia d'acqua, col timore che ci sfiori, col timore che ci tocchi. E non ci rendiamo conto che potremmo essere meravigliosamente bagnati da tutta la pioggia del mondo, basta aprire la porta e uscire fuori. Senza ombrello...».

«Senti, ora devo andare.»

Ero sicuro che non avrebbe colto la metafora dell'ombrello. Anche se... Certo, era una metafora un po' del cazzo, c'è da dirlo! E il mio atteggiamento piuttosto supponente.

«Ti ringrazio per averlo detto. È stata una bella serata.» Ah, la mia antipatia! E il sarcasmo... Cosa sto diventando? Luca, dove stai finendo?

C'è un punto di non ritorno... E ho l'impressione che io lo stia per toccare.

Non credo mi abbia più rivolto la parola fino a che non siamo arrivati sotto casa sua. Non sono neanche certo mi abbia salutato.

Finalmente capisco di odiare, nel comportamento e nelle parole altrui, tutto quello in cui rispecchio me stesso. Sarà che l'immagine riflessa mi turba. Sarà che sono fuori di me, mi sento chiuso in una torre inespugnabile. In una scatola senza via di fuga. Armato fino ai denti per combattere una guerra che forse non è più la mia, o forse non lo è mai stata. Un po' come quei soldati che sparano nel mucchio, verso l'obiettivo da eliminare, ma non ricordano il motivo per cui stanno combattendo, e quando uccidono un "nemico" cominciano a domandarsi se lo sia davvero, e magari la notte tutti quei cadaveri, tutti quei nemici che hanno fatto fuori, tornano a far loro visita, e in certi incubi, si sa, non hai armi. Non puoi difenderti da certi incubi.

Ecco, io comincio a cercarlo altrove, il mio nemico. Comincio a cercarlo nello specchio, il mio nemico. Se mi giro vedo qualcosa che mi fa paura. Vedo cose da sistemare, troppe cose da sistemare. E non è solo una questione che riguarda Mary. I conti non tornano, c'è un errore nel calcolo... E allora penso che vorrei che fosse una strada, il tempo. Il mio tempo. Mi basterebbe pure un arco temporale limitato, non chiedo troppo. Tornerei indietro, da un po' di gente che ho nei pensieri io. Con alcuni parlerei, spiegando meglio, facendomi capire, sarei educato, calmo, col cuore in mano e le scuse in tasca; ad altri chiederei perché, come, quando, con chi. Ma con certe persone invece no, non parlerei proprio, oh, no, non scambierei nemmeno una parola. Li guarderei da lontano, alcuni di quelli con cui non parlerei, li osserverei attentamente da lontano, alcuni di quelli con cui non parlerei, senza avvicinarmi.

E allora vorrei che fosse su quella strada, vorrei spiegarlo lungo quel percorso fatto di anni, mesi, ore, minuti e momenti preziosi, lì, è lì che spiegherei il confine labile fra essere sinceri ed essere troppo ingenui, fra essere nudi ed essere deboli, e dimostrerei che quel confine basta guardarlo con occhi, sentimenti e cuori diversi per spostarlo in favore di un lato o di un altro, e che è un confine vicino al quale, prima o dopo, ci ritroviamo un po' tutti, quindi meglio essere prudenti nelle valutazioni. Lì, su quella strada, tornando a certi momenti che ho in testa io, prenderei qualcuno con forza e lo abbraccerei, così, deciso, sicuro, con gli occhi lucidi e le mani sudate, e gli direi: «Oh, io sto con te, non ti mollo, tu fa' quello che devi fare che io non ti mollo». Non lo farei dubitare, non lo farei più dubitare, nemmeno un po'.

E allora vorrei che fosse proprio grazie a quella strada che alcuni, fra quelli che ho nel cuore io, potessero cambiare le cose, sentirsi meno sbagliati, ma senza calpestare il loro orgoglio e la loro dignità, perché non esiste gesto più grande e generoso di concedere a qualcuno un'altra possibilità senza gravarlo del peso disumano e impietoso della vergogna e del giudizio, ché io lo so, di ulteriori possibilità non ne vorrei solo io, ma anche altri, molti altri, proprio quelli che non sembra, quelli più duri, quelli col fucile in mano e lo sguardo incazzato, quelli in trincea, confusi in mezzo al fango, quelli che non si muovono mai di un centimetro, immobili, fedeli a se stessi ma dilaniati dentro, e vorrei che proprio loro, tornando sui propri passi, senza l'angoscia d'essere osservati o giudicati, su quella strada, avessero la possibilità di cambiare le cose, di rimediare, di riposizionarsi, di richiamare a sé la pallottola sparata nel petto sbagliato e correggere gli errori, gli errori più brutti, e di chiedere scusa a se stessi. Chiedere scusa a se stessi. Li accarezzerei con dolcezza. Mi accarezzerei con dolcezza. Saremmo sulla stessa strada, tutti sulla stessa strada, ma sarebbe un po' diverso, quel tanto che basta per essere certi che no, non è quasi mezzogiorno, è quasi mezzanotte, è quasi un giorno nuovo.

E poi tornerei da Luca, sì, tornerei anche da lui. Da quel ragazzino con l'occhio un po' chiuso e il sorriso storto. Quello inquieto e geniale. Quello che a un certo punto ha creduto di dover crescere velocemente, senza versare una lacrima, tanto velocemente da dimenticare se stesso, da essere terrorizzato da ogni cosa, da non credere più in niente, nemmeno nelle sue capacità. Nemmeno nel suo futuro. Nemmeno nei suoi brividi. Tornerei dal piccolo Luca, certo, e accarezzerei anche lui...

Ma dovrò imparare a volermi bene lo stesso, nonostante tutto, perché su quella strada non si torna, e perché solo questo so essere: quello che sono. Anche quando sono stronzo e sbagliato, e autolesionista. E distruttivo. Anche quando alzo un muro insormontabile tutto intorno a me. E vorrei piangere, e chiedere scusa a tutti, a Daniela, a Marzia, a Franco, ad Angela, a Valeria, a mia madre e ai miei fratelli, all'universo intero. Vorrei inginocchiarmi e urlare: "Scusate, volevo solo morire, volevo solo esplodere e sparire!".

È che, cazzo, Mary mi manca così tanto che tutto il resto mi pare un errore, un'imprecisione della pellicola, un difetto dell'immagine che ho davanti agli occhi. Tutto il resto mi pare rumore, fruscìo inutile e senza senso. Ho un buco nel petto, nello stomaco. E non è mica facile, per uno come me, prendere un me, uno fra i tanti me con le mancanze costruite intorno, e metterlo davanti alla mancanza più grossa: lei. Non è facile perché, se la forma della mia mancanza più grossa fosse anche minimamente divergente dalla sua sagoma, se ogni angolo, giro, traiettoria e movimento dell'incastro fosse anche solo un po' difettoso, se non tornasse alla perfezione, ecco, allora tutta questa faccenda sarebbe meno difficile. Ma è difficile, è fottutamente difficile. Perché l'incastro è perfetto, fottutamente perfetto. E il muro che costruisco è sempre più alto e resistente, e spesso.

Una volta Carla mi ha detto che, oltre a quello dolce e romantico, ho anche un lato stronzo, ambiguo e sfuggente, e che, questo lato, alla fine, rovina tutto, perché è quello che dice l'ultima, quello che la spunta fra i due. Ecco: non si chiama lato, ma muro, e buttare giù il muro è un miracolo, non è facile, si rischia tutto, e non succede quasi mai.

Ho voglia di scrivere e prendo il mio quadernino:

> Mary è sparita, e senza nemmeno esserci, anzi, proprio per il fatto di non esserci, più che una goccia d'acqua, nella mia esistenza, sembra un torrente, uno tsunami che mi annega e mi soffoca di continuo senza uccidermi mai del tutto, mi rende debole, fragile e insopportabile agli occhi del mondo, e rende il mondo insopportabile, fragile e debole ai miei occhi.
> Devo ricordarmi che sono solo quello che sono, anche quando è notte e il mare è grosso, anche quando la barca fa acqua da tutte le parti, anche in quel caso, anche quando mi guardano da prospettive diverse, da punti di vista nascosti e vorrebbero dare un nome a quelle prospettive, a quei punti di vista, per dar loro un senso, o per darsi delle risposte, delle giustificazioni. In fondo io non c'entro nulla con l'idea che hanno gli altri di me.

Nessuno c'entra niente con l'idea che hanno gli altri di loro.
Quella che vedono è sempre una parte di ciò che sono, o di ciò che vorrebbero fossi, forse una che non conoscevano, forse una che non conoscevo, magari meno bella, magari meno luminosa, ma è un pezzo del resto, ecco, e il nome è sempre lo stesso: Luca. E anche il buio è un pezzo di Luca, per questo ho imparato ad abbracciarlo quando è intenso, tanto intenso da farmi perdere l'equilibrio, tanto intenso da terrorizzarmi e rendermi immobile. Quando il buio è intenso è molto più facile individuare anche la più tenue fonte di luce, saper ascoltare il mio buio, osservarlo senza paura, è l'unico modo per uscirne. Ora vi annaspo, provo ad abbracciarlo ma non riesco ad afferrarlo. Ho bisogno di quella fonte di luce, ne ho tanto bisogno...

Poi chiudo gli occhi. Senza musica. Senza Mary. Senza tutto quello che vorrei.

E poi ci sono due persone... Un ragazzo e una ragazza... Giovani e innamorati... La vita li ha allontanati... Ma l'amore può superare tutto... Anche la distanza... Basta saperci credere...

Torino, 15 giugno

Bambina, gli esami sono dietro l'angolo, so che andrà tutto bene. Sei brava, hai studiato tanto e con grande impegno, e io, a prescindere dal risultato e dal voto finale, sono già fiero di te, perché per me tu ce l'hai già fatta! Saranno giorni difficili, ma saranno anche gli ultimi in cui saremo lontani. I miei esami finali non saranno duri quanto i tuoi, e la Campagna Tattica che mi attende sarà il ponte per arrivare a te. Ti stringerò fra le mie braccia, mi mancano da star male la tua pelle, il tuo odore, i tuoi occhi, le nostre mani che si sfiorano e poi si prendono per non lasciarsi più. Ho bisogno di baciarti, ne ho bisogno di continuo, sei un pensiero fisso, protetto nel mio cuore. Questi mesi di distacco ci hanno insegnato a dare valore a quello che siamo insieme, a credere in quello che diventeremo, a quello che siamo diventati dal primo istante. Ed è iniziato tutto così, con uno sguardo, i nostri occhi che si trovano, le nostre mani che si cercano, i battiti che accelerano. Poi le nostre labbra, ecco, poi le nostre labbra... Baciarti è stato il miglior modo per ricordarmi che sapore ha la vita.

Ti amo
Michele

* * *

Napoli, 21 giugno

Gigante, sono appena rientrata a casa da scuola: esami finiti! Credo sia andato tutto molto bene, i professori mi hanno fatto i complimenti. Sono al settimo cielo. La forza per affrontare tutto questo l'ho trovata anche grazie a te! I risultati li saprò solo fra una settimana, ma è un dettaglio di cui ormai non mi importa più. Spero solo che i voti siano abbastanza buoni per le graduatorie di insegnamento al ministero. Ti rendi conto? Meno trentacinque giorni a quando ti rivedrò! Conterò non solo i giorni, non solo le ore, ma anche i minuti e i secondi che ci dividono. Solo trentacinque giorni perché abbia inizio la nostra vita insieme. Ho parlato a mamma, le ho detto che vogliamo sposarci, che ci amiamo da morire e che tu hai intenzione di dirlo a papà e di affrontarlo. Non ha detto nulla, è rimasta pietrificata, ma ho visto che le sono venuti gli occhi lucidi... Poi si è avvicinata e mi ha abbracciato per tantissimo tempo, in silenzio. Come non aveva mai fatto. È stato bello... Amore, non vedo l'ora di rivederti, mi manchi da morire. Ti amo!

Tua, piccola Lucia

QUANDO LA NOTTE È PROFONDA,
SIEDITI E ASPETTA SENZA TIMORE.
IL SOLE ARRIVA SEMPRE.

27
Se non posso avere te non posso avere niente

In cuffia suonano i Radiohead
con *Idioteque*

Martedì 10 ottobre 2015

Era la fine di giugno, ero in pausa pranzo e a un certo punto mi è venuta voglia di mandare una foto su WhatsApp a Mary. Poi le ho scritto: "Guarda che spettacolo quel piccolo portone che vedo dal bar dove sto pranzando qui in vicolo del Cinque! Guarda quei mattoncini intorno all'arco! Guarda che meraviglia l'edera sulle pareti! Non ti sembra un miracolo tutto l'intero palazzetto? A me fa pensare a un ponte verso l'infinito, verso la felicità, a una scala che sale e arriva in cielo passando il turchese e il rosa delle nuvole...".

Mary: "Insalata? Mangi un'insalata?".

Luca: "Insalata! :)".

Luca: "E faccio pure jogging, devo mantenermi in forma, ho una reputazione da proteggere, io! :P".

Mary: "Coatto! :P".

Luca: "Assolutamente! :P".

Mary: "Quindi in mezzo alla settimana ti sollazzi con pranzetti in quel di Trastevere? Bene. Bella vita!".

Luca: "Ho un cliente in zona! :P".

Mary: "Raccontami qualcosa di te".

Luca: "Cosa vuoi sapere?".

Mary: "Qualcosa. ;)".

Luca: "Che faccio il broker lo sai...".

Luca: "Ho un ufficio in zona Gianicolo".

Luca: "Dai 25 anni ai 28 mi giravano un sacco di soldi. Auto costose, maglioni hipster e avevo il mondo nelle mie mani (questo era quello che credevo)... Ero ambizioso e piuttosto spregiudicato, ero convinto che nella vita ci fosse bisogno di avere e apparire per poter essere. Poi è cambiato qualcosa. C'è stato un momento...".

Mary: "Un momento? Su, non essere timido".

Luca: "Non sono più convinto di certe mie priorità, credo di essermi costruito, anni fa, una scala di valori sballata, non adatta a me... Sotto ogni profilo, etico, morale, personale... Ma non è facile da spiegare, non così. Magari davanti a una birra sarebbe diverso...".

Mary: "Oh, davanti a una birra tutto è diverso! :D".

Mary: "Quindi, non ti piaci?".

Luca: "Ecco... Diciamo che al momento la mia vita ha un suono che non mi convince...".

Mary: "Ma in quell'insalata ci sono solo verdure?".

Luca: "Ma davvero della foto che ti ho inviato l'unica cosa che ti ha colpito è il piatto sul mio tavolo?".

Mary: "No, anche la collana con le pietre verdi esposta nel negozio accanto alla "scaletta delle magie"! :P (lo ammetto, il palazzetto è molto bello, e tanto, tanto dolce e poetico il modo in cui l'hai descritto... Dio ma mi senti? Adesso basta sentimentalismi, però, eh! Bleah! :P)".

Mary: "Comunque, tornando a noi: eravamo alla scala di valori, al suono della tua vita e blabla...".

Luca: "Sai, oggi, mentre ero in macchina che correvo da un cliente, ho scoperto la cosa più incredibile del mondo: in questo viaggio di gruppo che stiamo facendo, alla ricerca della felicità, ci illudiamo di sapere dove stiamo andando, e come ci stiamo andando. Programmiamo, prenotiamo, calcoliamo... Ah... Tutto inutile! La verità è che non lo sa nessuno dove finirà, perché dire: 'Arriverò lì' non ha nulla a che fare col volerlo davvero, tantomeno con l'arrivarci".

Mary: "Basterebbe avere l'impossibile per essere felici. O un'insalata di verdure... :P".

Luca: ":)".

Luca: "E tu, sei felice? Non mi dici nulla di te?".

Mary: "A volta ho paura di perdermi".

Mary: "Posso dirti questo".

Luca: "Perderti?".

Mary: "Perdermi!".

Luca: "...".

Mary: "Smettila di fare il maniaco con tutti quei punti di sospensione! :P".

Luca: "Ahah! Sei tremenda!".

Mary: "Sì, Luca, sono tremenda. Tremenda, stronza e fidanzata! :)".

Luca: "Quando ci vediamo, allora? Ti prometto che non ci perderemo!".

Mary: "Questo non puoi prometterlo. E comunque non capisco perché dovrei vederti! :P".

Luca: "Me l'avevi promesso! Eh... :P"

Mary: "Eccolo che ricomincia con i puntini!".

Questo è stato uno dei primi scambi su WhatsApp fra me e Mary. Poi, qualche giorno dopo, l'avrei incontrata al Pigneto... E in effetti no, non era mica poco quello che aveva detto, di aver paura del buio. Ma io ancora non l'avevo capito.

Oggi, 10 ottobre, è il compleanno di mio fratello Lorenzo. Dopo la festa raggiungo Mary, che si trovava a un addio al nubilato.

Mary: "Vogliamo fare al Trinity Village?".

Luca: "Il locale frequentato dagli studenti americani?".

Mary: "Sì".

Luca: "Va bene! :)".
Luca: "Alle 23?".
Mary: "Ok, ma come sempre potrò stare poco, un'oretta, non di più".
Luca: "A dopo!".

Alle 23 siamo seduti sugli sgabelli del Trinity, come due universitari. Accanto a me ci sono due ragazze messicane, sui venticinque anni, piuttosto vivaci. Non fanno altro che urlare e scambiarsi sorrisetti ammiccanti. Accanto a Mary, un americano gigante, con dei muscoli assurdi e una T-shirt bianca attillatissima, fissa i monitor nei quali viene trasmessa una partita di football, credo in diretta. A ogni errore dei giocatori della sua squadra del cuore batte i pugni, imprecando e lanciando insulti verso la tv. Quando invece approva, alza le braccia al cielo e grida: «Yeah!». Ogni suo colpo fa tremare tutto il bancone, noi compresi.

Nonostante questo vicino così vivace, Mary sembra un po' adombrata.

«Hey, cos'hai? Vogliamo trovare un posto più lontano dal tipo?»

«Ma no! Sai che me ne frega!»

«E cos'hai?»

«La serata non è stata delle migliori. Dovevamo festeggiare la futura sposa, ma poi ci è arrivata la notizia che Barbara, una nostra amica, ha perso il bimbo che aspettava...»

«Cazzo, mi spiace!»

«Tranquillo, ora non ci pensiamo, siamo al Trinity Village!» dice, e sfodera un sorriso disarmante.

«Ok...» Ricambio il sorriso. «Oh! Era una vita che non ci mettevo piede!»

«Anche io!» esclama e batte il pugno sul bancone, ma in modo molto meno rude del gigante americano.

«Non me lo ricordavo così buio, però.» Butto giù un sorso

di birra. L'ho detto senza pensarci, e proprio per questo la sua risposta mi lascia spiazzato.

«Per me il buio è specchiarsi e non vederci nulla dentro» dice, e mi fissa in modo intenso e profondo.

«Cioè?» domando, confuso. Ma intuisco subito che mi sta parlando di qualcosa di serio e intimo. E che la "serata no" non è per niente superata. Lo capisco dal timbro che usa, dal tono. Da come si irrigidisce.

«Cioè un corpo senza un'anima.»

«Perché dici questo?» le chiedo con pacatezza, e le sorrido dolcemente.

Lei invece è seria, e glaciale. «Perché una volta ti ho detto che avevo paura del buio.» Fissa il suo bicchiere di birra, prima di berne un po'.

«Lo ricordo perfettamente.» Anch'io seguo il suo boccale mentre si inclina, in aria, verso la sua bocca, per permetterle di bere.

«Il buio è una ferita invisibile, fra il cuore e lo stomaco» continua, e mi guarda, come per accertarsi che le sue parole non mi stiano intimidendo. Io accenno un sorriso, e annuisco. Quindi va avanti: «Lo capisci perché brucia, proprio lì, fra il cuore e lo stomaco. A volte brucia come alcol sul taglio, su quel taglio aperto da chissà quanti anni, col sangue che cola e cola e cola». Si interrompe un attimo, con lo sguardo fisso nel vuoto... «Ma quanto sangue c'è? Quanto cazzo ci si mette a morire dissanguati? Possibile che ci vogliano anni? È un disturbo cronico non mortale, è un'agonia? Ti svuota, ma non ti rende tanto leggero da volare. Le ferite peggiori sono quelle che non si vedono, quelle che la gente non vede o non vuole vedere, meno si vedono più lentamente si rimarginano. Più lentamente si muore. Certe ferite non si vedono per niente, forse è per questo che non si rimarginano mai.»

«Ok, Mary...» Lo dico con un filo di voce. Non l'ho mai

vista tanto seria e malinconica. E capisco che la brutta notizia della sua amica e del bimbo perso è stata solo la molla...

«Lo capisci perché ti fa saltare la notte, perché brucia, fra il cuore e lo stomaco. Ma non le dai una forma, sai che dovresti, ma non lo fai. Non puoi abbattere un muro che non vedi, non puoi centrare un bersaglio senza prima inquadrarlo, non puoi rispondere a una domanda che non sai come formulare e che hai paura di vedere, hai paura di illuminare e ritrovarti là, davanti agli occhi. Brucia e si prende tutto il resto, se glielo permetti, se non accendi la luce.»

«E tu non permetterglielo, dalle una forma, adesso, accendi la luce!»

«Pensi sia così facile?» Ride sarcasticamente, serrando la mascella. «Hai mai provato a fare a botte con un pugile che prende anfetamine e non sente i colpi? Hai mai provato a urlare con qualcuno che urla così forte da non emettere nemmeno un suono, da non sentire i colpi?»

«Direi che la mia vita è stata questo, finora, Mary: è stata urlare e fare a botte con un pugile che prende anfetamine e non sente i colpi. E non emette suoni...» Mi interrompo, ma aggiungo subito: «e il pugile sono io...». Lei mi fissa, pare credere alle mie parole... E io concludo: «Quando troveremo il coraggio di guardarci davvero dentro, di guardare il nostro buio, ci ritroveremo sdraiati su un prato a non fare niente di quello che oggi ci sembra tanto importante».

Nel frattempo prendo una penna vicino al distributore delle birre e scrivo sulla sua tovaglietta di carta: "Ti va di farlo insieme? Ti va di accendere la luce con me?".

Lei osserva la scritta, sorride e mi guarda... «Luca...» Poi scuote un po' la testa... «Ma tu lo sai cosa dici? Lo capisci che è solo dopo aver acceso la luce che inizia la salita? Quella è la parte più dura! Lì serve cuore e coraggio. E sincerità. Se decidi di accendere la luce con qualcuno, poi ti sei preso una responsabilità, hai scoperto il suo cuore, poi non puoi dire: "Ah, ok, che schifo, la rispengo!". Lo capisci!?» Il suo tono è secco e vibrante. E pieno di paura.

«Non accenderei mai la tua luce se non fossi certo di voler restare, Mary...»

Mi accarezza il viso: «Sei bello...». Raramente me lo ha detto, e mai con tutta quella dolcezza. Piega la tovaglietta, quella dove ho scritto, e mentre la mette in borsa mi dice che deve andare. «C'è già qualcuno pronto ad accendere la luce, Luca...» mi fissa in silenzio e poi continua: «C'è già qualcuno...».

Io la guardo negli occhi e non emetto un suono.

«Ora vado» dice ancora lei, «è mezzanotte e mezza! Scusami, questa sera ti ho ammorbato con la mia negatività...» E mi fa un'altra carezza.

Pago e usciamo.

Fuori ci salutiamo con un abbraccio. Poi, appena si gira per andare, io le dico: «Accendere la luce, guardare quella ferita, sconfiggerla, ecco, non è una cosa che si può condividere con chiunque... La felicità non esiste fino a che non la inventiamo».

Lei si volta, mi fissa e accenna un sorriso.

«Ciao, Luca...»

> Dovremmo comportarci come bambini, adulti-bambini che sanno quando riflettere e fermarsi, e quando fottersene e continuare a giocare con le ginocchia sbucciate. Bambini che corrono e ridono e cascano e si rialzano, e corrono ancora, e ancora, come se non dovessero cadere mai, come se non dovessero cadere più.

> Vorrei essere, anche solo per un po', la cosa più importante della tua vita. Il punto più sbilanciato dei tuoi pensieri. Il motivo che ti spinge a dire che per certi errori vale la pena continuare a sbagliare. E che per la felicità vale la pena continuare a rischiare. Voglio te perché non voglio altro. Se non posso avere te non posso avere niente.

Quello che vorrei sarebbe entrare nella tua vita e migliorarla, anche solo un po', perché se dovessi scoprire di renderla più brutta, ti giuro che sparirei subito, sparirei per sempre.

28
Vestito ma nudo

In cuffia suona J-Ax
con *Piccoli per sempre*

Giovedì 7 dicembre 2015

Lo squillo del telefono anticipa la sveglia, è Stefano.

«Ciao Stefano!»

«Luca! Come stai? Ti disturbo? Ma dormivi!?»

«Ma scherzi?»

In realtà sono in coma, avrò fatto un'ora scarsa di sonno. Ho passato tutta la notte a riflettere su Daniela, tormentandomi sul mio comportamento. Ho pensato che, quando non stai bene e non vivi la tua vita in modo sereno, tendi a disturbare pure quella degli altri... E a vedere il marcio ovunque. E poi sono dispiaciuto, amareggiato, per Franco e Angela, per Daniela ovviamente, e per me stesso. Oltre ad avere il solito chiodo che mi batte nel cervello, e nel cuore...

«Tranquillo, Stefano! È che la mattina, prima di recuperare un tono ragionevole, impiego un paio d'ore! Anzi, ti avrei chiamato io, perdonami, ho avuto dei giorni assurdi!»

«Ah ah, ok... Senti, ho pensato a sabato, dopodomani, per una pizza e birra, che ne pensi?»

«Fammi fare mente locale...» Un attimo di silenzio e rispondo: «Ottimo, Stefano! È confermato per sabato sera. Dove andiamo?».

«Dài, penso a un paio di posti carini e con un po' di musica, poi ti scrivo. Comunque rimaniamo per le 21, grosso modo, ci stai?»

«Va benissimo!»

«Vengo con Lucrezia, l'amica di cui ti dicevo. Le ho parlato tanto di te, voglio presentartela!»

«Va bene, ma non credo farai una gran bella figura. Non sono al massimo della forma, sai, Stefano?» Sogghigno un po'...

«Sei sempre il numero uno, tu, non ci provare nemmeno!» ride generosamente. Stefano ha sempre avuto un debole per me, mi vede come un figo fin dai tempi dell'università, e io, da allora, mi interrogo sul motivo... Ma in fondo non ho mai avuto la minima intenzione di contraddirlo, perché ne sono anche piuttosto compiaciuto, devo ammetterlo.

«Ah ah ah! Allora, Stefano, bene! Sono contento di rivederti. A sabato!»

Metto giù il telefono, sul tavolino davanti al divano, accanto alla tazza di yogurt e cereali che nel frattempo, mentre parlavo, mi ero preparato, e l'occhio si ferma su un biglietto da visita che spunta fra le pagine di un «Class» di non so quanti mesi fa: è quello del lounge bar in cui ho conosciuto Mary! Abbozzo un mezzo sorriso, qualcosa di dolce e amaro. Più amaro. Meno dolce.

Esco di casa che sono le 10, questa mattina l'ho presa comoda. Devo vedere una persona che mi ha chiesto di valutare alcuni suoi quadri di grande valore: è la moglie di un facoltoso avvocato, anche lui mio cliente. Questo è il genere di cose che mi piace del mio lavoro, perché per quotare correttamente le tele ho dovuto farle esaminare e stimare da un esperto in materia d'arte, e tutta questa commistione fra la parte umanistica e quella tecnica la trovo particolarmente stimolante, quanto rara.

> Io non sono l'idea che hai di me, e non sono nemmeno
> le risposte che vorresti da me. Quelle sono le tue idee,
> le tue risposte, quello è il tuo modo di vedere le cose, e

di pensarle, il tuo modo di placare l'ansia e affrontare la paura, non il mio. Quello è il tuo modo di pensarti educato e perbene, che nulla ha a che fare con me. Quello non sono io, e forse non sei nemmeno tu.

Sono in piedi, con la zip appena abbassata davanti alla toilette alla turca dell'Autogrill sulla Roma-Fiumicino, e leggo questa frase scritta col pennarello nero sulle mattonelle accanto al pannello dello scarico di questo cesso maltenuto e maleodorante che Mary considererebbe pieno di vita che va e che viene...

La leggo e la rileggo, penso che è fottutamente vera e geniale. "Io non sono l'idea che hai di me": già basterebbe questo breve incipit a sbaragliare il mondo. Un certo tipo di mondo. A renderlo un posto meno noioso, meno banale. Cerchiamo di attribuire agli altri il frutto delle nostre aspettative, delle nostre paure e frustrazioni, e se gli altri non sono come vorremmo, se disattendono le nostre masturbazioni mentali, li riteniamo deludenti, sbagliati. Non in linea. Perché noi abbiamo costruito la nostra cazzo di immagine, e loro devono corrisponderle! Non ammettiamo imperfezioni, divergenze nelle forma, nel disegno, alterazioni nel colore. Cosa rende davvero speciale un'immagine? Ci innamoriamo del soggetto, o forse solo di un punto di vista? Il nostro punto di vista...

Intanto, uscito dall'Autogrill, salgo in macchina e mi avvio dal cliente. Dopo venti minuti sono lì. Prima di iniziare l'incontro, telefono a Nicola.

«Nicola, ciao, ascolta... Una cosa: ma per la moglie dell'avvocato Giuliani, la dottoressa Granelli, abbiamo preparato quella quotazione opere d'arte secondo i valori che avevamo stabilito?»

«Certo. Nicola ha preparato tutto, capo!»

«Ok... Passo a prenderlo fra un'ora, ho fissato un appuntamento con la signora Granelli per pranzo. Stampa tutto e metti in cartellina!»

«Nicola non avrà difficoltà a farlo, capo!»

Quando Nicola parla di sé in terza persona mi inquieta. Resto un attimo in silenzio, basito...

«Nicola, grazie... ma potresti smetterla di parlare di te in terza persona? È inquietante!»

«Ehm, ok, capo!» Poi prosegue: «Hai ascoltato il nuovo pezzo di Marra?».

«Dài, no! Quando è uscito?»

«Domani...» Si gode senza fiatare il suo attimo di gloria, poi sghignazza, e aggiunge: «... ma è già scaricabile sul suo sito web! È davvero una bomba!».

«Grande, Nicola... Be', lo sai, Marracash, insieme a J-Ax, è il mio preferito, genio assoluto, poeta puro. Dopo l'ascolto, grazie!»

Alla fine della giornata, la signora Granelli ha accettato il preventivo che garantisce i suoi quadri contro il rischio di furto e rapina, e io sono rientrato in ufficio. Alle 19.30 però sento il peso della stanchezza, più mentale che fisica: ho appena finito di fare i conti di tutti i conguagli; ho ordinato tutte le carte e i documenti per il commercialista, personali e societari. Una rottura di cazzo epocale. Alzo lo sguardo e vedo Nicola in piedi davanti alla mia scrivania...

«Ho messo in frigo una boccia di spumante, eh! Se non hai fretta stappiamo, si festeggia!» mi fa l'occhiolino e ridacchia.

«Cosa, Nicola, cosa festeggiamo?»

«Lo sapevo che te ne eri dimenticato! Ah!»

Ho paura di chiedergli di cosa mi sarei dimenticato, ma è pur evidente che risulterebbe inutile esimermi. Quindi, con tono sconfitto, domando: «Di cosa, Nicola?».

«Dài, impegnati un po'...» Continua a fissarmi con quel suo sguardo godurioso e un po' maniacale che è un mix fra Jack Torrance di *Shining* e Gargamella.

Io sospiro... «Nicola...» E sorrido in modo nervoso, fissandolo di soppiatto.

«Ok, te lo dico, te lo dico...» Prende ancora un attimo di pausa e poi spara: «Oggi sono venticinque anni precisi dall'uscita di *Kick Off 2* del mitico Dino Dini».

Dio, sto parlando con uno squilibrato. Il mio unico collaboratore è un pazzo. Quando non parla di sé in terza persona parla di videogame medioevali.

«*Kick Off*, Nicola? Parli di *Kick Off* il videogame degli anni Novanta?»

«Certo! E di che altro sennò?»

«Nicola, no...» Mi fingo calmo. «Non me ne ero "dimenticato". Semplicemente, non lo sapevo, non potevo saperlo! Nessuno lo sa, nessuno che abbia superato i trent'anni sano di mente potrebbe saperlo...» Abbozzo l'ennesimo sorriso amichevole. «E comunque... Tu che ne sai che sono proprio oggi venticinque anni?»

Quasi mi stupisco di averglielo chiesto. Da questo punto in poi, la nostra conversazione dura ben quindici minuti. Quindici minuti a parlare della data di esordio di un videogame, un videogame del 1990, e poi delle versioni successive, fino all'ultima del 1994, quando io avevo dieci anni. All'epoca avrebbe avuto un senso parlare quindici minuti di un argomento simile, oggi no. Oggi c'è qualcosa che non va. La cosa che mi affligge di più è che a un certo punto ho pure cominciato a interessarmi, e anzi, mi sono perfino gasato! In fondo parliamo di una pietra miliare della storia dei videogame, diamine. C'ho passato anche io svariate nottate con gli amici e con mio fratello Lorenzo. E poi Nicola è stato piuttosto convincente: come potevo dirgli di no? Abbiamo scolato lo spumante di merda che aveva portato, e mi ha raccontato mille aneddoti su *Kick Off*, rivoluzionario sotto ogni aspetto, dalla grafica alla "giocabilità"...

«... tanto da essere considerato ancora oggi come uno dei migliori videogame di calcio mai realizzati per pc e consolle, considerando anche i soli 16 bit disponibili dalla tecnologia dell'epoca» puntualizza Nicola. «Ti rendi conto, solo 16 bit?

La prima versione risale al 1990. M-i-l-l-e-n-o-v-e-c-e-n-t-o-n-o-v-a-n-t-a!»

Scandisce la parola come stesse descrivendo la fine del mondo. E io non posso non calcolare che nel '90 avevo sei anni, mio padre cinquanta, e sarebbe andato via sette anni dopo... L'Amiga 500 l'aveva comprata lui, fanatico di tutto ciò che era elettronica ed elettrodomestici vari, dal videoregistratore al primo DVD, passando per l'impianto parabolico motorizzato acquistato a rate, motivo di continue litigate furibonde con mia madre, che ha sempre teso al risparmio.

Mi adombro, solo un po', e mentre Nicola continua do un'occhiata al telefono. Nel mio telefono non c'è niente, niente che mi faccia sorridere. Niente che mi faccia ballare. Nel mio telefono non c'è musica. Cerco di guardarlo da tutte le angolazioni, ruotandolo lentamente fra le mani, inclinando un po' la testa, chiudendo prima un occhio e poi un altro.

Nicola, nel frattempo, è inarrestabile: «Addirittura, Luca, pensa, dal 2001 vengono disputati ogni anno i campionati mondiali, organizzati dalla KOA, Kick Off Association!!!».

«Pazzesco, Nicola, pazzesco...» rispondo senza ascoltarlo più davvero, e continuo a osservare il telefono. Ora non cerco più la musica, lo osservo e basta: è un Samsung, è bianco, ha una cover trasparente. Guardandolo con attenzione, ha delle righe nell'angolo destro, in alto. Non le avevo mai notate. Il tasto centrale sotto lo schermo, l'unico, è scolorito, stessa cosa per i pulsanti del volume. Nelle fessure verticali è entrata della sabbia, o della polvere, sì, insomma, granelli – dovessi scommettere scommetterei sulla sabbia! – e a guardarlo bene non è proprio bianco, è più perlato, di un bianco leggermente sporco.

Sono molte le cose che non avevo mai notato del mio telefono, eppure lo guardo spesso. Succede così, ci limitiamo a posare gli occhi sugli oggetti senza vedere davvero, invece per capire bene quello che hai davanti devi averne voglia, o fare un passo in più. Troppo facile restare dove sei e dire: “Non ho capito”, e allora sarai sempre quello che sei: uno che non ha capito, uno dei tanti che non hanno capito. Per la vita che vorremmo sembra mancare sempre un pezzo, e il gioco è che tutti si sbattono per ottenerlo, quel pezzo, ma nessuno si chiede mai sul serio se manchi davvero, o quanto costi. Nessuno è mai davvero disposto a farsi bastare quello che ha, quasi sempre perché non lo vede, perché a forza di correre a denti stretti e pugni chiusi verso il vuoto, come su un tapis roulant, verso un domani a cui non sa più nemmeno dare un nome, ci si ritrova a non fare quell’unico piccolissimo passo laterale, quell’impercettibile movimento in là che serviva per vedere quello che aveva già sotto gli occhi: la sua vita. Io sto correndo verso il vuoto, e la mia vita non so più dove sia... E in questo vuoto, in questo vuoto che sembra non smettere mai, come fosse in una perenne e continua espansione verso l’infinito, ecco, in questo vuoto sento solo un’eco: “Mary... Mary... Mary...”.

«A questo torneo annuale, ascolta, ascolta, capo, questa è bella, interviene gente da tutto il mondo per una settimana intera! Una settimana intera di sfide davanti a un monitor, rigorosamente Commodore, con regole ben precise persino sull’uso dei joystick, rigorosamente Albatros!»

Nicola potrebbe andare avanti tutta la notte. Ma io sono stanco, distrutto, e alle 21.30 ci salutiamo.

A casa crollo sul divano, senza nemmeno spogliarmi. Mi addormento vestito ma, in fondo, completamente nudo... Solo J-Ax a farmi compagnia, e a ricordarmi che ci sono delle sere in cui siamo *Piccoli per sempre*...

> Se fai a botte di continuo col mondo intero non puoi pretendere di abbassare lo sguardo e vedere i tuoi piedi scalzi danzare su un campo di margherite. I tuoi piedi saranno ben piantati su un cazzo di ring, indietreggiando sentirai sulla schiena e sul corpo la tensione delle

corde e dei paletti. E tutte le volte che ti sentirai all'angolo cercherai di uscirne con violenza, senza pietà. Guardando avanti vedrai solo uno spiraglio di luce in mezzo ai tuoi guantoni, con una visibilità minima e circoscritta, deludente, per via della guardia alta e della tua testa incastrata nella tua stessa morsa. E non potrai stupirti nemmeno se intorno a te, invece di gente e persone, avrai solo pubblico, tu sei il loro show, il loro gladiatore. Vogliono il tuo sangue, e tu il loro consenso. E più il coro è forte, più picchi duro. Più il sangue schizza, più il volume della musica aumenta. L'autolesionismo non è mica solo una roba fisica, la gente continua a cercare con gli occhi quello che non riesce a vedere col cuore. Se non c'è taglio, punti e sutura allora non c'è dolore. Facile. Comodo. Parlano di giudizi e pregiudizi senza nemmeno aver imparato a guardare la propria immagine nello specchio, senza nemmeno averla accettata. Si vantano di saper guardare il mondo con profondità, ma poi non riescono a guardare dentro se stessi per più di un minuto senza cadere nel panico. Le ferite peggiori le portano quelli che hanno il coltello in mezzo ai denti e il cuore pieno di amore inesploso. Ma la gente guarda il coltello, e non si accorge del cuore, figuriamoci dell'esplosivo...
Un giorno arriverà qualcuno a farti vedere un video: ci sei tu, i tuoi guantoni, il tuo pubblico, il tuo cazzo di ring, e basta. E basta. Scemo! Non c'era nessuno sul ring con te. Nemmeno un pagliaccio a farti da sparring partner. Nessuno. Facevi a botte da solo. E ne prendevi di santa ragione. Hai fatto a botte tutta la vita da solo.
E allora, se sarai ancora in tempo, toglierai i guantoni, abbandonerai il ring, te ne fotterai dei fischi e correrai via. Correrai forte verso quel prato di margherite. E danzerai, a piedi scalzi. Da solo. E poi aspetterai. Aspetterai qualcosa...

29
Shala-la-la...

In cuffia suona Wire
con *Mannequin*

Venerdì 8 dicembre 2015

Villa Pamphilj, il posto dove normalmente vado a correre dopo il lavoro, è un gigantesco parco naturale romano, un'area verde di 184 ettari di superficie che abbraccia un'ampia zona della città, toccando molti quartieri – ha infatti diverse entrate, la mia preferita è quella di San Pancrazio. La villa è meravigliosamente conservata, alcune sue parti risalgono addirittura al Settecento.

La cosa che amo fare è variare il percorso, per godermi un panorama sempre diverso: ruscelli, laghetti e roseti, ponti e distese, sterrati, siepi, alberi e piante d'ogni tipo. Un paradiso. In genere, appena entro, cammino per circa cinquanta metri e mi fermo ad allungare i muscoli sulla prima panchina che incontro, di norma quella sotto un salice meraviglioso, accanto a una delle tantissime fontanelle dislocate per tutto il parco. Ormai sono tre mesi che vengo piuttosto assiduamente, più o meno sempre alla stessa ora, e quasi tutte le sere, mentre faccio stretching, incrocio lo sguardo della solita signora.

È abbastanza anziana e sempre alle prese con la lettura di un libro; tutte le volte, appena arrivo, alza lo sguardo con quei suoi occhi terribilmente espressivi, lo fissa su di me per alcuni secondi, facendomi un cenno impercettibile di saluto, o di consenso – non l'ho mai capito – e poi lo riabbassa sulle pagine del suo libro, per non rialzarlo più.

Mi incuriosisce. Da come è conciata potrebbe sembrare una clochard stravagante, un po' folle, mi fa pensare al "sentimento del contrario" pirandelliano, a quel concetto un po' amaro e malinconico di "umorismo", qualcosa che ti spinge a ridere, all'inizio, ma poi, osservando meglio, mettendoci un po' di impegno e un po' di cuore, ti fa rendere conto che da ridere non c'è proprio nulla... Indossa vestiti logori e consumati, con mille colori diversi, dal marrone al giallo, passando per il grigio e il rosso, e porta sempre un foulard al collo che pare una kefiah. Tantissimo trucco: negli occhi, intorno agli occhi, sulle labbra, sulle guance... Mi piace osservarla mentre mi scaldo, e fantasticare sulla sua vita, sulla sua storia. Sono stato tentato più volte di rivolgerle la parola, ma poi ho sempre desistito...

«Devi scegliere da che parte stare.»

Sono completamente piegato, mentre tiro polpacci e adduttori e cerco di toccare con il palmo delle mani il terreno in mezzo alle mie gambe. Mi giro. Non c'è nessuno intorno a me, ma qualcuno ha parlato, l'ho sentito in modo nitido: "Devi scegliere da che parte stare". Era una voce di donna.

Mi volto verso la signora sconosciuta, deve esser stata per forza lei, ma ha la testa bassa come sempre, sul suo libro... Poi, mentre continuo a fissarla, ogni dubbio viene dissipato.

«Devi scegliere da che parte stare.» Lo ripete, è lei. Parla senza muoversi di un millimetro, mantenendo la stessa identica posizione.

«Salve...» Accenno un sorriso piuttosto imbarazzato, e anche abbastanza inutile, visto che non può vederlo. «Ce l'ha con me? Parlava con me? Piacere, Luca» dico, e mi avvicino un po'...

«Certo che ce l'ho con te, ti sembro una sciroccata che parla da sola?»

«No, no, assolutamente!»

«Certo che ti sembro una sciroccata, lo so che è così, non dire di no!» Ride in modo beffardo.

«No, ma io, guardi...»

Mi interrompe, placando quel mio debole tentativo di dissimulare l'idea che mi sono fatto di lei: «Mia, puoi chiamarmi Mia. Ora va', ora va'!».

La fisso ancora per qualche secondo, incredulo e curioso di capire meglio, poi, senza dire una parola, vado. Mentre corro ripeto di continuo quelle parole: "Devi scegliere da che parte stare"... Cosa avrà voluto dirmi? Forse è davvero solo pazza e parla a vanvera... Eppure mi sento quasi colto in fallo, un po' frastornato, come quando qualcuno, in modo semplice ed elementare, con una domanda o un'affermazione apparentemente molto banale ti fa scacco matto, ti obbliga a guardare la tua vita, a guardarla per quello che è, e proprio in quel momento metti a fuoco l'immagine che hai davanti, quella reale, nella giusta prospettiva e dimensione, in un modo che non ti era mai riuscito prima, anche se eri convinto di averle tentate e pensate tutte. È una sensazione destabilizzante, la provai la prima volta durante la prima seduta di analisi. «Non ha pensato di lasciarla?» mi chiese lo "strizzacervelli" dopo pochi minuti, e la sensazione fu di totale confusione, inquietudine e fragilità. Ho provato qualcosa di simile anche pochi giorni fa, parlando con Valentina, quando mi ha spiegato in modo tanto candido la sua esigenza di schierarsi dalla parte di qualcuno o qualcosa, di prendere una posizione netta, a differenza del padre. Ecco, "devi scegliere da che parte stare" è un'affermazione che mi fa un effetto simile, perché mi pare abbia molto a che fare con azioni e non-azioni, con i sì e i no, con le scelte e le posizioni. Tutta roba che risulta assolutamente esplosiva per il mio equilibrio.

Oggi, per la mia corsa ho optato per un terreno asfaltato, con un po' di brecciolino. È il tratto più esteso, costeggia la via

Olimpica e tutte le automobili, moto e motorini che ci sfrecciano in entrambi i sensi, fra il suono dei clacson e quello delle marmitte... Ma è pur sempre immerso nel verde. Osservo e corro. Alzo il volume: *Shala-la-la-lalaaa-la-la-laaa-la-la-laaa-la-la-laaa-la-laoh... Shala-la-la-lalaaa-la-la-laaa-la-la-laaa-la-la-laaa-la-laoh...*

"Devi scegliere da che parte stare"... Fossi stato più veloce l'avrei capito prima, ah, eccome se l'avrei capito prima... E invece mi ritrovo qui, sull'asfalto, a chiedermi cosa significhi quella frase, a chiedermi come funzioni e quanto costi, quanto duri, e quanto tutto questo dipenda da me. E mentre corro, in cuffia, i Wire suonano *Mannequin* e penso che le cose cambiano, passano. Se non scegli ti scelgono loro, se non decidi deciderà qualcuno o qualcosa al posto tuo. Questo è il gioco, queste le regole, questa la vita. Un po' come quando nel nostro cuore finisce un amore, un amore che sembrava perfetto, unico, poi ne arriva un altro, e *sbadabaaam*, stammi bene, vecchio amore!

Le cose iniziano e finiscono, e conta solo il qui e ora. Io l'ho capito troppo tardi, o troppo presto. O forse non l'ho ancora capito. Credevo nel passato, nelle sue parole, nei suoi dettagli, e sognavo il futuro con gli occhi aperti e una fiducia infantile, troppo infantile. Mi illudevo di essere diverso, speciale, ma poi diverso da chi? Speciale in cosa? E intanto corro e penso che le cose cambiano, cambiano nome, posto, ordine, voce, suono, cambia il sapore, cambiano i motivi, cambia tutto. E non è quasi mai colpa di nessuno. Anche noi cambiamo, anche noi. Oh, l'asfalto, cazzo! L'asfalto è meno duro di quello che sembra, se hai le scarpe giuste... Come certi cuori, come certi assoli, come certe storie che sono meno dure di quello che sembrano, se le sai ascoltare, se le sai comprendere. Come certi finali e certi addii che sono meno duri di quello che sembrano se ti sai voltare...

Shala-la-la-lalaaa-la-la-laaa-la-la-laaa-la-la-laaa-la-laoh...
Shala-la-la-lalaaa-la-la-laaa-la-la-laaa-la-la-laaa-la-laoh...

E in fondo tutto ha un senso, non solo l'amore, non solo il bene e la pace! Il sangue ha un senso, il male ha un senso, l'odio ha un senso, la guerra ha un senso, il distacco ha un senso, e pure il sottofondo metropolitano che si insinua nelle mie cuffiette mentre sono a corto di ossigeno e il mio respiro è affannato, anche quello ha un senso, tutto questo ha senso perché esiste, c'è, ti penetra, fa parte di te, ti cambia, si trasforma, ti trasforma, e lo vedi cambiare sotto i tuoi occhi, e ti vede cambiare sotto i suoi, è la vita, la vita che suona, la vita che salta, la vita che esplode, la vita che succede, e, mentre succede, milioni di mani si chiudono e si aprono, gesticolano, si intrecciano, si colpiscono, si staccano, si toccano, si sfiorano, si accarezzano, si infilano, si sfilano...

Shala-la-la-lalaaa-la-la-laaa-la-la-laaa-la-la-laaa-la-laoh...
Shala-la-la-lalaaa-la-la-laaa-la-la-laaa-la-la-laaa-la-laoh...

E io corro da solo, mentre "devo scegliere da che parte stare"... Corro e l'universo non può davvero accorgersi di me, come potrebbe? E nemmeno tu, nemmeno tu, Mary, puoi accorgerti di me, e mentre non ti accorgi di me sai cosa succede? Lo vuoi sapere? Succede che le mie suole Adidas schiacciano, come carri armati, il brecciolino, quei piccolissimi insignificanti fondamentali dettagli della vita, i sassolini sull'asfalto, per terra, lo senti il suono dei miei dettagli fondamentali che vanno in frantumi, Mary? Oh, no, non credo! E intanto i miei sogni si incastrano fra le nuvole e la pioggia che non cade, fra il grigio e il blu, su, nel cielo, li senti i tuoni? Oh, no, non credo! Mentre l'universo canta *Mannequin*, insieme ai Wire, io sono completamente perso, dissolto, polverizzato, non sento più niente, non sento più niente, nemmeno le parole di Colin. Nemmeno le mie. E nemmeno tu le senti, vero Mary? So che è così, eppure le mie parole, che forse non erano poi così belle, erano solo per te, Mary, erano solo tue, e avevano così tanto senso... *Tell me, why don't you tell me? Tell me, why don't you tell me?*

Shala-la-la-lalaaa-la-la-laaa-la-la-laaa-la-la-laaa-la-laoh...
Shala-la-la-lalaaa-la-la-laaa-la-la-laaa-la-la-laaa-la-laoh...

E pare non ci sia ancora molta energia nelle mie gambe, nella mia testa, nel mio cuore, nelle mie mani, nei miei pensieri, nei miei sogni, nelle mie scarpe, nelle mie suole Adidas, nelle batterie del mio Sony... Ma sai che c'è? Te lo dico io che c'è, c'è che adesso, in cuffia, sento pure la mia, di voce, insieme al sound dei Wire, che è punk, maledettamente punk, e mi rendo conto di avere ancora fiato, ancora voglia, ancora vita. Sì! Ci sparo pure la mia, di voce, accanto a quella di Colin.

"Devi scegliere da che parte stare"... Devo scegliere da che parte stare? Devo scegliere da che parte stare! Mentre corro penso a Mia e alle sue parole, e mi rendo conto che ho ancora fiato, tanto da poter correre e cantare, correre e cantare, sull'asfalto, sotto la pioggia, la pioggia dentro, fra il grigio e il blu, fra i suoni metropolitani e Colin, fra i sogni e i ricordi, lì, nella zona più bella, fra le sfumature di ruggine, proprio come sto facendo ora, che corro e canto fra le sfumature di ruggine della mia vita...

Shala-la-la-lalaaa-la-la-laaa-la-la-laaa-la-la-laaa-la-laoh...
Shala-la-la-lalaaa-la-la-laaa-la-la-laaa-la-la-laaa-la-laoh...

LE PERSONE DI CUI MI FIDO
HANNO LA VOCE SPORCA E
IL CUORE PULITO.

30
Dove sei?

In cuffia suona Soap&Skin
con *Voyage Voyage*

Sabato 9 dicembre 2015

Stefano ha prenotato al Beetpop, un piccolo storico ristorante in zona Testaccio, al piano interrato, sviluppato a semicerchio intorno a un palchetto e completamente insonorizzato. Scendendo le scale hai l'impressione di entrare più in una sala prove che in un ristorante.

Alle pareti, sparsi qua e là, ci sono i classici pannelli fonoassorbenti piramidali, rossi e grigi, quelli che la maggior parte della gente ha conosciuto grazie al rivestimento del confessionale del *Grande Fratello*. Per terra, tappeti di vario genere, da classici a persiani, uno sopra l'altro. Dove non ci sono i pannelli, sulle pareti, sono attaccati vecchissimi vinili, poster di chitarristi, leggende, rock star, e vecchi articoli di giornale relativi a momenti storici della musica mondiale. Le luci sono gestite da piantane anni Settanta – quelle che disegnano un arco simile a un lembo che sale e poi ricade verso il basso, altissime – e anni Sessanta, col paralume quadrato e multicolore, dislocate in vari angoli del locale, o da abatjour col paralume in stoffa e la luce gialla, piazzate sui tavolini rotondi in legno.

Amo questo posto, è uno dei miei preferiti. Qui suonano artisti emergenti e molto talentuosi, in genere già noti nel circuito dei locali live italiani. Il direttore artistico – uno dei due proprietari, entrambi ex musicisti – se ne intende, eccome, e opera un'ottima selezione basata esclusivamente sul suo gusto personale piuttosto che sul possibile ritorno in termini di pubblico: jazz, acid jazz, blues, soul, trip hop, funky e qualcosa di musica leggera italiana impegnata. Roba seria, insomma.

Oggi apre la serata Silvia Gollini, accompagnata dalla sua band. Suoneranno pezzi di Diana King, Stevie Wonder, Lisa Stansfield, più un grande tributo agli Incognito.

Il dottor Stefano Falconieri, web content editor di riviste di moda, la cui reale occupazione ancora mi sfugge, è quello seduto di spalle, me lo indica una cameriera. Lucrezia, la "famosa" amica, gli sta seduta di fronte. Incrocio subito il suo sguardo, e quando sono appena dietro di lui, a un passo, lei gli fa un cenno con gli occhi, che sta più o meno a significare: "Eccolo".

Lucrezia non è oggettivamente bella, perlomeno non secondo i canoni comuni, ma è sexy da far paura, incredibilmente sexy. Il mio primo istinto è saltarle addosso. Ma anche l'ultimo. Infatti per tutta la sera penso solo a quello.

«Grande, Luca!» Si alza e mi abbraccia in modo caloroso.

«Ma ciao, Stefano, felice di rivederti!»

«Fatti vedere... Sempre in forma, farabutto! Ti presento Lucrezia!»

«Piacere, Lucrezia!»

Le tendo la mano e mentre la tocco sento un brivido, una forte scarica erotica. Giunonica, ha qualche chilo in più – non molti, due o tre, ma ben distribuiti, e le stanno immensamente bene...

Ci sediamo, e iniziamo a parlare. "Come stai?", "Come va il lavoro", "Adesso dove vivi?" eccetera, poi la mia attenzione si concentra su Lucrezia.

«Tu invece cosa fai?» le sorrido.

«Io sono ingegnere informatico, analizzo e sviluppo sistemi di sicurezza» risponde lei, sorridendo a sua volta.

«Ah, però, complimenti! Ingegnere informatico! Una bomba» e rido.

«Dici?» E ride anche lei.

Poi mi chiede che faccio io, anche se già lo sa perché Stefano non può non avergliielo detto, e giù il solito teatrino sul broker assicurativo povero che però ha grossi progetti...

«Ma ti occupi anche di polizze infortuni e sanitarie?»

«Sì, certo, ne hai bisogno?»

«Sì, guarda, anche a strettissimo giro. Sono in rotta col mio assicuratore, abbiamo litigato, e ho disdetto i contratti in scadenza, proprio in questi giorni... Mi dài un biglietto?»

«Certo, eccolo»

Glielo do, e lei mi dà il suo.

«Lì c'è anche il mio cellulare, oltre a quello dello studio.»

«Ok, allora ci sentiamo presto e affrontiamo la cosa.»

«Senti, Luca» ci interrompe Stefano. «Ma... Sbaglio o ai tempi dell'università scrivevi testi musicali? Sì, ricordo di averne letti un paio...»

«Oh, Stefano... Che memoria! Sì, in effetti, ma nulla di importante.»

«Dài, che bello! E che genere di musica?» interviene Lucrezia.

«Erano testi rap, e qualcosa di leggera, un po' stile De Gregori... Avevo un paio di gruppetti...» rido.

«Ma che figata! Mi piace l'hip hop, soprattutto quello americano, ma quando passano i rapper italiani in radio li ascolto molto volentieri.»

"Ma pensa" dico fra me e me...

«Lo apprezzo molto, il rap, in particolare per i testi...» rispondo. «Ci sono dei rapper pazzeschi con le parole. All'università, addirittura, mi chiedevo perché non li facessero studiare insieme a Leopardi, Pascoli, Shakespeare o Dickens.»

«Magari poi mi consigli qualche artista o mi suggerisci il titolo di qualche brano...»

«Certo, Lucrezia, molto volentieri...»

«Yo! Yeah!» Stefano ironizza pronunciando questi versi con la bocca leggermente aperta e muovendo avanti e dietro la mano con il pollice il medio e il mignolo alzati, facendo la parodia di quello che è nell'immaginario collettivo "il rapper".

«Stefano, sei ridicolo!» esclamo, e giù a ridere tutti e tre. Poi continuo: «A te, invece, sbaglio, o piaceva dipingere? Come no, mi ricordo i tuoi quadri!» e gli punto il dito contro, con l'espressione di chi ti ha colto con le mani nel sacco...

«Oh, sì, ma poi ho completamente abbandonato...»

«Ottima decisione, Ste'! Ah ah!»

«Ah ah ah!» Stefano sta al gioco. È sempre stato al gioco, Stefano...

«Tu hai hobby o passioni, Lucrezia?» domando.

«Be', sì, riguarda una materia molto lontana da quella che ho studiato e dalle mie competenze: sono appassionata di medicina... Amo studiare per conto mio quella orientale, o olistica, quella che comunemente viene chiamata "medicina alternativa".»

«Dài, deve essere una cosa fica! Apprezzo molto la cultura orientale in generale...»

«Eh... Abbiamo molto da imparare da loro, nel modo di vivere, intendo...» aggiunge Stefano.

La serata scorre in modo piacevole, Silvia Gollini e la sua band sono una bomba e lei ha una voce sublime: chiara, pulita ma anche terribilmente originale e calda, mi ricorda Lisa Jaeggi. E mi piace come trattano gli Incognito.

Il secondo set lo apre il quartetto del sassofonista Michele Villari con il suo *It Isn't*, un brano meraviglioso dal sapore blues. Villari con le sue *blue notes* da jazzista scalda l'atmosfera, ci ritroviamo tutti a portare il tempo schioccando le dita e battendo il piede.

Alle tre siamo fuori e decidiamo di andare a mangiare i cornetti caldi in un bar aperto di notte dietro al locale. Quindi, poco prima delle quattro, ci salutiamo...

Luca: "E adesso che fai? Dove sei?" scrivo subito a Lucrezia. "Certo, questa foto profilo WhatsApp... Cos'è, un quadro impressionista? Non mi convince molto! :P Non riesco a inquadrarti! :P".

Lucrezia: "Infatti non sono queste le cose da considerare per inquadrare qualcuno...".

Luca: "E posso sapere quali sono?".

Lucrezia: "No no! Eh... troppo facile così...".

Luca: "Quindi dove sei?".

Lucrezia: "In macchina...".

Luca: "Ci vediamo?".

Lucrezia: "Mh... :P".

Lucrezia: "Così. Cotta e mangiata? Quasi di nascosto? (comunque io sono dietro viale Trastevere, tu?)".

Luca: "Ahahahah ma di nascosto da chi? Stefano è un amico, non ci sono problemi... ma, non so, voi due avete intrallazzi?".

Lucrezia: "Nessun intrallazzo. Zero".

Luca: "Bene, ti va un altro cornetto?".

Lucrezia: "Un altro cornetto? Ho una linea da difendere!".

Lucrezia: "Ok. Dove? :D".

Luca: "Vengo lì in zona Trastevere".

Luca: "Dammi un civico".

Lucrezia: "Viale Trastevere angolo piazza Ippolito Nievo".

Luca: "Ok. Sono lì in nemmeno 10 minuti".

Lucrezia: "Ok, ti aspetto in macchina, accosto qui".

Luca: "All'angolo dove c'è Maseti Luci?".

Lucrezia: "Proprio lì".

Luca: "Arrivo."

Mi sento deciso a farlo. Devo trovare un modo per uscire dal limbo nel quale sono caduto. Devo reagire.

Guido con foga. Dopo nemmeno dieci minuti sono lì. La bacio. Mi bacia. Ci avvinghiamo sugli scalini e le nostre mani scivolano velocemente sui nostri corpi, sopra e sotto i vestiti dell'altro...

«Andiamo da te?»

«Meglio di no.»

«Meglio di no?»

«Ok, sei carico, sei eccitato, lo sento, ma non sei qui.»

«Cioè? E dove sto?»

«Cioè, non sei qui, non del tutto. E io, perché sia chiaro, non sono certo una che ha problemi a scopare con uno conosciuto dieci minuti prima, ma devo sentirlo con me. Tu sei da un'altra parte, il tuo cuore è da un'altra parte, non lo so dove, ma qui c'è solo *lui*» e indica lì, sì, proprio lì...

«Ma non eri un ingegnere appassionato di medicina alternativa? Anche psicologa, sei? Quante cose sei? Comunque non ti seguo, proprio no.»

«Senti, mi piace baciarti, mi piacciono le tue mani addosso, e tutto il resto. Non sono una bambina, non cerco l'amore, non per forza, non dopo due ore, ma c'è qualcosa che non mi quadra, come se dovessi archiviare velocemente questa cosa, e non capisco perché... Sembra una corsa contro il tempo, una corsa contro te stesso, come se fosse più un impiccio che un'esperienza bellissima ed eccitante di cui godere insieme, percepisco inquietudine e agitazione...»

«Quindi, secondo te, io torno indietro alle quattro di notte per un "impiccio da assolvere"? Mi piaci e sto qui, e... ecco... mi va... Pensavo andasse anche a te...»

«Certo, mi va, mi andrebbe, e pure tanto, ma non così, non in questo modo. Il tuo corpo, il tuo cuore e la tua testa non sono nello stesso posto, credimi, qui c'è solo il tuo corpo...»

«Va bene, figurati, non insisto... Andiamo un po' in macchina, però? Sto congelando.» Lo dico con un sorriso un po' rassegnato e un po' incredulo...

«Certo, anch'io...» sorride.

Dopo una mezz'ora – nella quale, a dispetto delle mie intenzioni, invece di parlare di sesso, si è parlato soprattutto di Alexander Lowen e di bioenergetica – mi ritrovo a dormire spalmato sulle sue gambe, tramortito, mentre le sue mani accarezzano i miei capelli. Non proprio un sonno profondo, quella specie di trance grazie alla quale ti immergi in un altro paradisiaco mondo e non pensi a nulla, quella dimensione per me rara, soprattutto di questi tempi, tipo estasi, capace di farti temporaneamente allentare la presa su tutto, tutti i cazzi, tutti i problemi. Ma non Mary... Anche se in quel lasso di tempo mi sento alleggerito, più sereno, ecco.

Dopo circa un'ora mi "sveglia" e mi dice che forse è il caso di salutarci e andare, sono le sei.

«Scusa...» Mi sento in imbarazzo.

«Non devi scusarti, credo tu abbia bisogno di rilassarti, di lasciarti andare...» E poi in modo spiazzante aggiunge: «Come si chiama?».

«Chi?»

«Lei, quella per cui il tuo cuore ha abbandonato il tuo corpo, o viceversa...» e mi sorride con dolcezza.

Senza tentare di dissimulare minimamente rispondo: «Mary, si chiama Mary...».

«Mary... Bel nome! E Mary, a sua volta, è con qualcun altro, ora, vero? Quantomeno il suo corpo...» Strizza l'occhio destro.

«Immagino di sì...»

«E magari il suo cuore è qui con te.»

Non so se è una domanda, una supposizione o un incoraggiamento...

«Guarda, Lucrezia, non lo so, credimi, non so dove sia il suo cuore, né dove sia lei...»

«Scusa, non volevo metterti in difficoltà...»

«Ma figurati... Certo che questa serata me la ricorderò per molto, eh!» rido.

Anche lei ride, e mi abbraccia.
«Buonanotte...»
«Buonanotte...»

La bioenergetica, il delicato equilibrio fra mente e corpo, dettato, a quanto pare, dalla nostra "energia vitale"... Questi argomenti mi hanno sempre attratto molto, anche perché ho sempre avvertito un dialogo un po', come dire, macchinoso e affannato, fra il mio corpo, la mia mente e, in alcuni casi, il mio cuore. *Sentirsi* davvero e bene, oltre l'*atto meccanico*, oltre gli automatismi quotidiani, non è una questione banale come potrebbe sembrare. Lucrezia, come passione personale, studia tutto questo. E io non posso non esserne affascinato. Era da tanto tempo che non trovavo una persona con cui parlare così apertamente, senza paura...

La sera dopo usciamo di nuovo e andiamo a cena insieme, pizza e birra. Parliamo del giorno prima, ci prendiamo parecchio per il culo, soprattutto lei con me. Le confesso che sono rimasto colpito dalle sue parole, dalla mia reazione, che ci ho pensato molto, e che forse non ha tutti i torti.

«Hai ragione, forse cerco un modo per non stare male, ma non esiste, non è possibile...»

«Cosa ti fa stare male?»

«Lei, non posso vivere senza di lei... La vita senza di lei non è davvero vita, è sopravvivere.»

«Incredibile, nemmeno la conosci...»

«Lo so, incredibile...»

Poi lei mi parla ancora del suo lavoro, della multinazionale da cui dipende, di procedure, di codici e di cybersecurity.

Impressionante è stata la velocità con la quale si è instaurata una certa complicità fra di noi, che ha dato vita a dialoghi finemente ironici, anche comici, e, soprattutto, surreali per due "sconosciuti".

Dopo cena entriamo ancora in macchina sua, ci baciamo e avvinghiamo...

«Ma non lo senti anche tu com'è diverso, questa sera?»

«Sì, io mi sento più rilassato...»

«Proprio così, ti sento, lo sei, sei rilassato, ora è tutta un'altra cosa.» Mi abbraccia.

«Però, ecco, sono tanto rilassato, troppo rilassato, ehm, da tutte le parti, in ogni senso...»

«Ah, ok...» Scoppia a ridere.

«E adesso, tu che di dislocazioni spaziotemporali te ne intendi, dimmi, *lui*... dove sta? Qui, o da un'altra parte? Perché, vedi, io, ti giuro, non ne ho proprio notizie, e mi sento un sacco abbandonato, al momento, da *lui*, e dal mondo...»

Risata fragorosa, sua.

«È dove deve essere, è nel modo in cui deve essere, è tutto ok, sento il tuo cuore e la tua testa, sento che è tutto ok, non preoccuparti, rilassati... È che non è il momento, non sei pronto. È bello quello che provi per lei, lo sai? Tutta questa passione, tutto questo amore...» Poggia una mano sul mio petto.

«E tu cosa ne sai, di cosa provo per lei?» lo dico mentre abbasso testa e mento per osservare la sua mano sul mio cuore.

«È molto chiaro, è così lampante...»

Dopo dieci minuti sono spalmato di nuovo sulle sue gambe, le sue mani sono ancora fra i miei capelli, ma questa volta faccio "l'uomo"... Altro che cascare in trance dopo dieci minuti, ne saranno passati minimo minimo venti.

«Sabato c'è un concerto in centro, in un locale dietro Campo de' Fiori? magari prima mangiamo qualcosa insieme in un ristorante sotto casa mia, che ne pensi?» mi propone. Poi aggiunge: «Hanno anche un divano enorme!» e ride.

«Ah ah! Dài, figo! Ci sto!» rispondo, "ma questa volta mi

presento con tutta la squadra" penso. "Vengo con tutta la 'comitiva', vaffanculo!" mi dico. "Veniamo io, lui, la mia testa e il mio cuore, pure un amico mi porto, in caso di infami subdole defezioni dell'ultimo momento..."

Pochi minuti dopo aver attaccato, le scrivo su WhatsApp: "Non me la sento...".

Lucrezia: "...".

Lucrezia: ":)".

Lucrezia: "Ok, ok... Ti auguro di stare bene, Luca! Di essere felice! Insieme a lei... :)".

Luca: "Mi dispiace...".

Lucrezia: "Smettila! :P".

Luca: "...".

Luca: "Comunque molto meglio così, avevo ancora un sacco di sonno arretrato... :P".

Lucrezia: "Ah ah ah! Non la smetterai mai di ronfare...".

Luca: "Mi sarei presentato con un documentario, per il dopo concerto, uno di quelli noiosi e pesanti...".

Lucrezia: "Per farti venire sonno? In questo hai già un gran talento, non hai bisogno di alcun aiuto! :P".

Luca: "Sì, ma avrei voluto essere sicuro, ho una reputazione da rispettare. A proposito, quel divano... quello del ristorante, era comodo? :P".

Lucrezia: "Magari potresti girare col cuscino... :D".

Luca: "Lucrezia... Grazie davvero di tutto!".

Lucrezia: "Ti mando un bacio".

Luca: "Ciao Lucrezia... :)".

Vedi, Mary, non conta quanto lontani ci troveremo, né dove sei adesso. Conta che dovunque andrò ti porterò con me. Conta solo questo.

E poi ci sono due persone... Un ragazzo e una ragazza... Giovani e innamorati... La vita li ha allontanati... Ma l'amore può superare tutto... Anche la distanza... Basta saperci credere... E trovare le parole giuste...

Torino, 25 luglio

Eri convinta di non essere abbastanza. Abbastanza intelligente, abbastanza interessante, abbastanza bella... E se non ami prima te stessa, piccola, non puoi amare nessuno e, nessuno, potrà mai amarti davvero. A parte me, che ti amo anche quando non ti ami, che credo in te anche quando non lo fai tu per prima. Però, ecco, non permettere mai a nessuno di mettere in dubbio quello che hai dentro, tu sei molto di più di una definizione! Tu sei i tuoi sogni. Tu sei la tua luce. E io sono qui, per tutte le volte che non riuscirai a sorridere. Per tutte le volte che non riuscirai a dormire. Per tutte le volte che avrai bisogno di perderti, e poi di ritrovarti. E poi di perderti ancora, in un abbraccio lunghissimo. In un abbraccio infinito. In cui non perderti più.
Piccola Lucia, ho appena finito di preparare le valigie e lo zaino. Domani si parte, domani torno! Non sto nella pelle. Di questi quattro anni di scuola militare, tre sono volati, i primi. Poi ho conosciuto te, amore mio, e niente è stato più uguale a prima. L'ultimo anno qui a Torino è stato il più lungo della mia vita. Non ho fatto che pensarti. Giorno e notte. I miei amici di corso mi prendono in giro, dicono che da quando ti conosco non sono più io. E in effetti hanno ragione. Non sono più lo stesso, adesso ci sei tu dentro di me. Non vedo l'ora di accarezzare la tua pelle meravigliosa e di coc-

colarti. Non vedo l'ora di farti il solletico, di rincorrerti mentre scappi fingendo di avere paura. Non vedo l'ora di prenderti in giro mentre fai la seria e cerchi di darti un tono. Non vedo l'ora di mettermi al tuo fianco per il resto della vita. Non vedo l'ora di portarti via e regalarti tutto il mio mondo. E poi non vedo l'ora di sposarti e vederti felice.
Ti amo alla follia.

CHI È ARRIVATO TANTO IN PROFONDITÀ
DA TOCCARE IL TUO CUORE, SARÀ DENTRO
DI TE PER SEMPRE

31
Ti diranno che è un'ossessione solo perché non possono capirla

In cuffia suona Pearl Jam
con *Black*

Lunedì 11 dicembre 2015

Fra le cose che vedi, quando mi guardi, c'è un pezzo di quella carne che ti puoi prendere, se vuoi. L'ho scritta in quel modo per te, l'ho pensata in quel modo per te. "Pornografia" la definirebbe una persona che conosco, questa roba di mettersi a nudo e farsi spogliare, spolpare, succhiare, leccare; e tutto questo mettersi a nudo, nella pornografia che ha in mente quella persona che conosco, succede coi vestiti addosso, va da sé, mica come in certi *tape* da quattro soldi. Io ho dato un nuovo senso a quella pornografia, e l'ho fatto solo per te. Come quelli che inventano canzoni partendo da un bel giro di accordi. Come quelli che fanno cascare il cielo dopo che qualcuno l'ha dipinto. Come quelli che fanno suonare la pioggia dopo che qualcuno l'ha immortalata. Sfiorarsi con un'allusione, tipo quando appoggi le tue labbra sul mio viso mancando di pochissimo le mie, con gli angoli che si toccano appena... Hai presente quando si ferma l'universo per quello sfioramento di angoli? Nemmeno il battito d'ali della farfalla e il suo "effetto" possono niente contro quello sfioramento, perché la catena di eventi si interromperebbe là, Mary, all'inizio e alla fine di tutto, in quel preciso punto di contatto, la nostra pornografia: sentire sul collo il respiro dei pensieri, con la mia testa che lecca ogni punto della tua testa, i desideri che si soffiano addosso, il tuo piacere che si incolla al mio, tanto da sembrare una cosa sola, ecco, quello è il preludio all'orgasmo migliore che possiamo concederci, quel tipo di orgasmo che non fa tremare le gambe, ma l'anima insieme a tutte le certezze. Quel tipo di orgasmo che non smette mai di farti godere, nemmeno a milioni di chilometri di distanza.

Ma forse tu, Mary, sei un'ossessione. Forse le ho viste solo io certe cose, le ho sentite solo io. E i miei pensieri scivolano per questi lidi, si inoltrano su questo terreno incerto, impervio, mistificano un amore tanto grande e impossibile e fenomenale che mi fa dubitare persino di me stesso, della mia lucidità, della mia capacità di distinguere il sogno dalla realtà... Penso a questo mentre arrivo a Villa Pamphilj, solita entrata, quella di San Pancrazio, soliti cinquanta metri camminando, panchina a sinistra, salice meraviglioso, Mia che legge il suo libro, oggi tocca a Philip Roth, *La Macchia Umana*...

Mi guarda, cenno di assenso, io la guardo e mi avvicino a dov'è seduta lei. Questa volta rompo subito gli indugi: «Scusi, ieri mi ha preso in contropiede, e non ho avuto modo di dirglielo... Piacere, Mia, piacere di conoscerla!».

«Puoi evitare il "lei", non farmi sentire più vecchia di quello che sono, stronzetto...» dice, e alza lo sguardo regalandomi un sorriso, qualcosa di inedito, e un'espressione incredibilmente significativa. I suoi occhi sono cangianti, di un colore che assomiglia al grigio. Meravigliosi e disarmanti.

«Ok, certo! Senti, Mia, senti...» Sono piuttosto impacciato. «Cosa intendevi, cosa intendevi con "devi scegliere da che parte stare"? Ci penso da due giorni. Ma, ecco... Non capisco. Forse intendevi tra bene e male? Ho pensato a questo...» Mi chino verso di lei, sporgendomi in avanti, appoggiando il palmo delle mani sulle ginocchia...

«Ma figurati! E poi, nel caso, ti consiglierei il male, se fosse quella la scelta, ché per stare dalla parte del bene deve piacerti prenderlo nel culo, ah ah!» La sua risata sembra quella di Al Pacino quando interpreta John Milton, *L'avvocato del diavolo*. Poi torna seria: «E deve piacerti pure parecchio, perché succede sempre in modo violento e senza preavviso, e non mi pare ti piaccia, a occhio e croce, giusto?».

Il tono è provocatorio e dissacrante, come dissacrante è l'uso delle espressioni crude e volgari. Mi guarda con quei suoi occhi che non capisci se ridono o se sono incazzati, se ti prendono per il culo o ti studiano, o se sono semplicemente annoiati... Ma sei certo del fatto che ne abbiano viste tante, quei magnifici occhi, nel corso degli anni, forse troppe.

«No, non particolarmente» confermo e annuisco, e la fisso con curiosità e forte interesse...

Poi continua: «Anche se, va detto, il fatto che non ti piaccia conta davvero poco, purtroppo, il punto è che al mondo, giovanotto, non gliene frega un cazzo che ti piaccia o meno, devi saperli difendere tu, i tuoi "gusti", e il tuo culo... Ecco».

«Ok, ho capito cosa intendi, ma... Culo a parte, spiegami a cosa ti riferivi con "da che parte stare", di quale "parte" parlavi?»

«Vedi, alla mia età certe cose appaiono molto semplici, alla tua è normale farsene un cruccio, chiedersi come e perché, chiudersi in quell'immobilismo che molti scambiano per "atteggiamento riflessivo" o "approccio intellettuale". Ma la scelta è facilissima e la domanda è solo una: vuoi davvero vivere?»

Mi domando perché mi dica questo, non sa nulla di me, né io di lei... La fisso ancora, socchiudendo un po' gli occhi, come si fa quando cerchi una risposta che non trovi, mi chiedo se io abbia davvero colto il senso profondo della sua domanda e, pur percependo di non averlo fatto, rispondo con qualche esitazione: «Sì...» e abbasso lo sguardo sull'erba.

«E allora vivi, lasciati travolgere dalla vita, fai le scelte che devi fare, anche le più assurde e "sbagliate", senza paura, senza risparmiarti, fatti un giro al largo, al buio, sulle montagne russe, in campo nemico, nelle giungle che non conosci, fra le lingue che non sai parlare, con o senza vestiti, con o senza preservativo, con o senza paracadute, buttati nella vita, accetta lo scontro oltre all'accordo, accetta le macchie, accetta di non essere candido e perfettamente pulito, anzi, sporcati, graffiati, sanguina, urla, buttati nel fango, tuffati e nuota, anche se non sai farlo, anche se non tocchi, anche se non puoi vedere i tuoi piedi e oltre il tuo naso, non aver paura di morire, rispetta la morte ma non la temere, altrimenti sarà lei a non rispettare te e quella che chiami la "tua vita"...» Mi sorride accarezzandomi velocemente il viso, cercando quasi di non farmelo notare, con tutta la dolcezza che una donna della sua tempra può usare, nonostante la scorza dura e il disincanto, smettendo per un attimo il cinismo e il ghigno sarcastico. Ma solo per un attimo.

«Questo intendevi?» Non alzo gli occhi, che restano fissi sui miei piedi.

«Io spero tu scelga di vivere, ragazzino, sei ricco dentro, lo sento, io ho fiuto per queste cose, fidati... Godi di questa tua ricchezza, l'unica che conti davvero. Sento che hai paura, te lo leggo negli occhi, son mesi che ti osservo, tu e tutto quell'amore che ti porti dentro. Tu e tutta quella voglia di vita... Falla esplodere! Esplodi, cazzo! Non averne, di paura, oppure abbine, ma stracciala, vincila! Buttati, buttati nella tua vita...»

Quest'ultima frase la dice con voce bassissima e roca, esita qualche secondo e poi prosegue con forza: «E adesso vai, il tuo riscaldamento? La tua corsa? Che cazzo, ma non hai voglia di fare nulla, oggi?» dice con tono di finto rimprovero. «Su, levati dai piedi, vai a sudare!» E con un filo di voce, mentre abbassa di nuovo lo sguardo sulle parole di Roth: «Vai a vivere...».

Io vorrei abbracciarla, fisicamente, ma lo faccio solo con gli occhi. Un po' lucidi. E sono lì lì per andarmene, con poche certezze nella testa, con tante domande e una sola risposta: vivere. Poi mi giro ancora verso di lei: «Mia...».

«Che altro c'è?» chiede, senza, come suo solito, muovere di un millimetro lo sguardo dal libro.

«Si può amare qualcuno più della propria vita fin dal primo momento, così, in una frazione di secondo? Perché, ecco, è quello che è successo a me, o almeno è quello che credevo... Ma adesso non lo so, non so più niente... Le mie certezze stanno crollando, mi sento completamente perso, triste, solo e folle, e ossessionato sì, il mondo mi fa sentire un ossessionato! E non so nemmeno perché lo sto dicendo a te, forse perché non c'è più nessuno disposto a credermi, o ad ascoltarmi, o forse perché ha ragione chi dice io lo sia, ossessionato, forse è davvero solo un'ossessione... Forse sono un povero pazzo, ecco... Non lo so, non lo so, Mia...» La fisso, non stacco lo sguardo da lei, dai suoi occhi, e dai miei scendono lacrime.

Dopo qualche interminabile secondo la sento replicare, con tono calmo ma rassicurante: «Ti diranno che è un'ossessione solo perché non possono capirla, perché è fuori dalla loro portata emotiva, solo perché è impossibile, per loro, sentire tutto quell'amore e tutte quelle emozioni dopo una sola frazione di secondo. E allora ti diranno che non è amore, ma ossessione, e che non è reale, ma una tua invenzione. E tu, ecco, tu farai sì con la testa, e li osserverai morire lentamente, giorno dopo giorno, soffocati dalle loro certezze, dalla paura e da tutta quella patetica mania del controllo... Da tutta quella morte spacciata per vita...» Alza ancora lo sguardo e mi regala un altro meraviglioso, confortante sorriso.

«Grazie...»

«Ragazzo, un'ultima cosa. Ti diranno anche... Ecco, ti diranno di non credere nell'amore, di non alimentare quella fiamma. E tu, con quella fiamma, darai fuoco a tutto l'universo!»

Più che un imperativo, sembra una supplica, la sua, una speranza...

Poi, in modo secco, mi dice soltanto: «Va'!».

«Certo...» le rispondo con un filo di voce.

E vado.

La sera, a casa, penso all'anno di analisi. Chissà cosa penserebbe il dottor Montanari della mia storia con Mary. Sono quasi sicuro si stupirebbe della fine che ho fatto. O forse no, forse analizzerebbe insieme a me tutta la faccenda, ascolterebbe il mio racconto nei dettagli, e si convincerebbe che tutte le leggi della psicoterapia, della medicina e della scienza, in questa storia, non potrebbero nulla. Capirebbe che più che di psicoterapeuti, c'è bisogno di maghi e stregoni. Mai sentito parlare di strizzacervelli nelle fiabe, mai, nemmeno una volta... E sono sicuro che il dottor Montanari, questo, lo capirebbe al volo, smettendo all'istante il ruolo e gli abiti seri e formali, i libri e i farmaci, indosserebbe un cappello altissimo con in punta una stella illuminata, e mi accompagnerebbe nel bosco, nella mia favola, a cercare dettagli, informazioni, cure, pozioni, tra elfi, fate e folletti.

Di certo nel bosco chiunque saprebbe di Mary, e del suo cuore. E del mio amore...

E farebbero tutti il tifo per noi.

Prima di mettermi a letto scrivo:

> Noi crediamo davvero nelle cose non perché qualcuno ci dice di farlo, né per una serie di costruzioni, conferme o riscontri, questo è solo quello che ci raccontiamo. Lo facciamo perché il nostro cuore ci suggerisce di farlo, perché i nostri occhi vedono tutto quello che devono anche quando davanti a loro pare non esserci niente. Ho creduto in te nel momento esatto in cui ho incrociato il tuo sguardo e i nostri pensieri si sono ba-

ciati nel modo più magico e meraviglioso che mi fosse mai capitato.

Parte *Black* dei Pearl Jam, ed entro in una sorta di dormiveglia, o sogno, quasi trance: c'è il mio analista vestito da mago, nel bosco, intorno gli elfi e le fate, io sono seduto davanti a un pianoforte nero e lucido. Lui mi guarda e mi dice: «Ti sei perso ancora, vero? Come dal minuto 2:50 fino alla fine di questa». Intanto Eddie Vedder si scioglie con anima, cuore, sudore e voce, nel suo stesso sound, tanto da non capire più se è lui o la chitarra, se è la musica o la vita... «Da quel minuto, Luca, non hai scampo, non puoi non perderti, qui potresti non tornare più.»

Tutti gli elfi e i folletti intorno gli danno ragione e in coro ripetono le sue parole. Ti sei perso ancora, eh? Però sono certo che, se ti ci mettessi, sapresti suonarlo quel riff finale, insieme a Eddie, in fondo, su, hai studiato cinque anni pianoforte classico, e quel dannato solfeggio, quello che odiavi! La interpreteresti bene, ne sono sicuro. Ci metteresti l'anima. Ci metteresti il cuore. *Na na na naaa na na naaaa Na na na naaa na na naaa Na na na naaa na na naaa Na na na naaa na na naaa Na na na naaa na na naaa...* Suonando, studiandola bene prima, non ti perderesti, nota dopo nota, non ho dubbi, non ti perderesti come sempre, staresti dritto su quello sgabello, serio, composto, saresti composto, pensa, tu composto! Con le dita a martelletto, col gomito all'altezza giusta, con i quattro quarti del metronomo nel cervello, con i soprammobili e le cornici d'argento, come quando eri piccolo, come quando avevi dieci anni, più o meno, su per giù, saresti bravissimo, te lo direbbero tutti, e non ti perderesti, e la musica ti farebbe essere diverso, ti farebbe sembrare migliore, e parleresti solo con quella, che le parole fanno male, che i fatti fanno male, che le parole e i fatti uccidono, e la musica mai! E non ti perderesti più, oh no! Non ti perderesti più, non ti perderesti mai più, mai più, mai più, non ti perderesti più, mai più, mai più, non ti perderesti mai più... *Na na na naaa na na naaa Na na na naaa na na naaa Na na na naaa na na naaa Na na na naaa na na naaa Na na na naaa na na naaa Na na na naaa na na naaa Na na na naaa na na naaa Na na na naaa na na naaa Na na na naaa na na naaa Na na na naaa na na naaa...*

BACIARTI È STATO IL MIGLIOR MODO
PER RICORDARE CHE SAPORE HA LA
VITA

32
Perdere

In cuffia suona Fedez (feat. Francesca Michielin)
con *Cigno nero*

Mercoledì 13 dicembre 2015

L'anno di analisi ("analisi transazionale", per gli addetti ai lavori) è caduto in un periodo fondamentale del mio percorso esistenziale. È stato circa cinque anni fa. In quel momento il rapporto con Carla volgeva al termine, e la cosa, nonostante dipendesse in gran parte da me, mi dilaniava. Carla aveva tutte le carte in regola, era brillante, intelligente e molto affascinate. Neurochirurgo, all'epoca specializzanda. Ma a un certo punto venne meno l'interesse di condivisione. Le volevo e le voglio un bene difficilmente descrivibile, ma a quanto pare questo non bastava.

Il contributo della psicoterapia fu decisivo, per vari motivi. Andai "volontario", senza camicia di forza, senza il timore di diventare dipendente dal "medico dei matti". La motivazione ufficiale con la quale mi presentai a testa alta dallo "strizzacervelli" era proprio la crisi con Carla – una donna che, a prescindere dal tipo di sentimento, ha inciso profondamente nella mia vita. Volevo assolutamente trovare una soluzione. Non potevo credere stesse davvero succedendo, e che fosse colpa mia. O forse volevo che qualcuno mi dicesse che sì, poteva succedere, e che non era colpa di nessuno. Che non ero un mostro e non la stavo uccidendo, e che non stavo uccidendo nemmeno me stesso. Che avrei superato anche quel distacco, e che lo avrebbe superato anche lei. Negli anni ho scoperto che gli addii più sconvolgenti sono quelli che devi pronunciare tu. Io ho sempre preferito riceverli i colpi, piuttosto che assestarli.

Quindi che faccio? Mi presento dal "normalizzatore", dal "quieta schizzati". E il primo giorno, dopo un minuto, appena seduto, lui mi dice: «Perché è qui?».

Che sembra una domanda facile facile, ma poi ho capito che più le domande sono semplici semplici, e più è complicato complicato rispondere.

Le domande, più sono dirette e più ti imbarazzano. Più colgono nel segno e più ti fanno incazzare.

«Fondamentalmente» provo a formulare, «la causa è il rapporto con la mia fidanzata. Sta andando a rotoli. Non ci sentiamo più, non parliamo più. E in larga parte tutto questo dipende da me. Non ho più voglia né entusiasmo, ecco... E vorrei capire. E magari capendo, ho pensato, potrei provare... tentare... Non lo so».

Lui mi fissa e mi assesta un bel gancio sul mento, di quelli micidiali, di quelli che ti spengono la luce: «Perché non la lascia?». Mi ha fatto questa domanda, in modo pacato, guardandomi negli occhi...

Non ho saputo rispondere.

Il metodo del mio "curapazzi" prevedeva la sottoscrizione di un contratto, una sorta di obiettivo, anche in base al tuo "copione di vita" (ché ognuno ha il suo, l'ha detto Berne, teorico dell'analisi transazionale, del quale il mio "moderasbroccati" era un adepto. Quindi, per le lamentele scrivete a lui!). Io ne avevo uno da modificare, da correggere: la mia relazione sentimentale. O si rimetteva sulla giusta strada o qualcuno avrebbe dovuto metterci un punto. Secondo lui, però, avevo anche qualcos'altro da rivedere: l'equilibrio fra il mio Io Genitore, il mio Io Adulto e il mio Io Bambino, equilibrio sul quale si basa il metodo in questione. Nel mio caso, l'Io Genitore e l'Io Bambino rompevano un po' troppo il cazzo.

Il "rimetti a posto suonati" approfittò dunque per farmi celebrare il funerale di mio padre, morto quattordici anni prima. Secondo lui era necessario per farmene prendere atto, per far sì che io potessi parlarne sentendolo davvero, e non a macchinetta, solo per dimostrare al mondo che potevo affrontare il tema senza il minimo cedimento. L'ha fatto per permettermi di piangere, finalmente, in modo liberatorio, per lui. Mai versate così tante lacrime a un funerale... Mai.

Il "raddrizza storti", indirettamente, ha cercato di insegnarmi a guardare la vita da punti di vista sempre diversi, con occhi sempre diversi. E con una filosofia ogni volta diversa. Grazie a lui, in quell'anno di terapia, ho compreso l'importanza di non prendersi troppo sul serio, e ho imparato ad apprezzare i risultati raggiunti, anche quando piccoli. Ho imparato a gestire un po' l'ansia, la rabbia e i sensi di colpa, non a vincerli, eh, ma a gestirli, un po', un po' meglio. Il "risolvi stranezze" mi ha spiegato che l'aggressività e l'irruenza, se ben canalizzate, non vanno represse, e che avere paura è naturale. Grazie a lui ho modificato leggermente, di riflesso, il mio modo di andare incontro al mondo, ai problemi, alla vita, alla morte, allo stress, alle paure, alle ansie. Inutile sottolineare quanta strada ci sia ancora da fare, con o senza il "correggi scemi" di turno. Anzi, penso che dovrei proprio valutare la possibilità di tornarci.

In quel periodo mi successe un fatto che non potrò mai dimenticare in vita mia.

Era un sabato, le 15 circa, mi trovavo in centro, per la precisione in corso Vittorio. Strada a due corsie, incidente. Uomo a terra, senza vita. Tante macchine, come sempre, ferme da una parte e dall'altra della carreggiata. Tanta gente che guarda, che chiede, che fissa. Per aiutare. Per spiare. Perché la curiosità non è femmina, no, è soprattutto umana e a volte becera e meschina.

Il poveraccio era lì, a terra. Cinquanta metri dopo, c'era la sua moto. Lui era in uno stato pietoso a cui non voglio nemmeno ripensare. Io ero a piedi, che casualmente uscivo da un bar dopo aver preso un caffè. Attratto dalla confusione, mi sono avvicinato. Più mi avvicinavo più tremavo. Quando ho intravisto la scena mi sono fermato.

Pietrificato. Terrorizzato.

Pensavo a lui. Guardavo la sua moto che non era più sua, e non lo sarebbe stata mai più. Pensavo a quanto doveva esser stato felice di averla comprata, orgoglioso, come tutti i motociclisti, della sua "piccola". Mi domandavo dove fosse diretto, da chi stesse andando, da dove venisse. Avrebbe potuto avere la mia età. Pensavo che magari aveva una ragazza, che forse andava da lei. Oppure era sposato con dei figli. Pensavo ai genitori, al padre orgoglioso di lui. Magari era appena stato dalla mamma, per farle un saluto, e lei lo aveva ingozzato di roba da mangiare, come solo le mamme sanno fare. Pensavo alla mamma felice di averlo "sfamato". Felice di aver trascorso un po' di tempo con il suo cucciolo. Pensavo a tutti i propositi e ai progetti che aveva in mente, ai quali, magari, stava pensando anche poco prima di volare via, in un lampo. Poco prima di ritrovarsi così, sul cemento, fra l'asfalto e i sassolini, fra le sirene e il vociferare dei curiosi. Fra sguardi invadenti e occhi famelici. Senza nessuno dei suoi cari a proteggerlo, a soccorrerlo, a coprirlo...

Ed ero triste, desolato, disperato, ecco, disperato. E tremavo. E non avrei potuto parlare dal gelo che sentivo dentro, avrei voluto scappare e piangere, ma non muovevo un dito. Se avessi pianto, le mie lacrime sarebbero diventate all'istante cristalli gelati e spigolosi. Ero perso, spaesato, traumatizzato.

A un certo punto ho sentito un suono molto simile a una risata ma – mi sono detto – è impossibile! Chi? Chi potrebbe ridere in un momento del genere? Davanti a una scena come quella. "È impossibile" ho pensato, "mi sono sbagliato, sarà il forte stato confusionale a farmi percepire cose che non esistono."

Invece no. Mi sono girato e ho visto tre ragazzi, età indefinita, fra i venti e i trenta. Erano lì. E ridevano. Facevano delle battute fra di loro, e si divertivano. Si spintonavano, a pochi metri da lui. Senza ritegno, senza contegno, senza umanità, indifferenti alla fine di una vita. Indifferenti a quel che a me devastava il cuore e l'anima...

Ecco, ricordo di essermi chiesto: ma le persone *normali*, il cuore, come ce l'hanno? La forma, intendo. Ce l'hanno come il mio? E il colore? È rosso? Rosso come il mio? E batte in modo simile? E per gli stessi motivi? E quando si spezza, si spezza per gli stessi dispiaceri? Per le stesse delusioni? E quando ride, il loro cuore, e sghignazza in modo sguaiato, lo fa per roba che farebbe ridere anche me? E, soprattutto, mi chiedo: certa "normalità"... è curabile?

«Certa normalità... è curabile?»

Rivolsi questa domanda al mio analista, che mi rispose con un sorriso. E io pensai: "Bel colpo, Luca!".

Il punto è che ancora me lo chiedo. Non sapevo rispondere allora e non so farlo oggi, ma forse quello che conta è l'essermela fatta, questa domanda, è molto importante averlo fatto, è molto importante farlo di continuo, anche quando ci si sente sconfitti dalle risposte, dai fatti, dalla verità, anche quando si ha la sensazione di stare perdendo, e tanto.

«Ascolti: la ama?» mi chiese a un certo punto.

Sbam. Al tappeto. KO. Manifesta superiorità dell'avversario...

Non l'amavo. Non so come succedano certe cose, e perché, ma non l'amavo più. O forse non l'avevo mai amata, pur rispettandola come ho rispettato poche persone nella mia vita. E il mio cuore moriva per il dispiacere di spezzare il suo. Non avrei potuto dirle "basta" guardandola negli occhi, questo non era proprio nelle mie potenzialità.

Mi lasciò. Dopo mesi di silenzi. Dopo milioni di sguardi e carezze sfiorate e perse. Trovò lei il coraggio che mancava a me. Il coraggio di perdere.

Se c'è una cosa che mi ha davvero insegnato la terapia è che saper perdere è il vero segreto della vita. Devi avere il coraggio di perdere, se non vuoi perderti per sempre. Io non ho avuto questo coraggio, non sempre, e sapevo che avrei pagato per la mia vigliaccheria, per certe scelte, e soprattutto per certe non-scelte: le mie silenziose assordanti non-azioni. Quando non segui il tuo cuore tradisci te stesso, ti fotti. Ecco chi è un vero traditore: chi fotte se stesso.

Mi chiedo cosa ne penserebbe Arthur Fellig, mentre sono immerso nella sua formidabile vita raccontata da una signorina di bell'aspetto nella rassegna a lui dedicata, quella nella quale mi ha trascinato Valeria.

Arthur Fellig, alias Weegee, è uno che ce l'ha fatta. E non mi riferisco solo ai soldi, alla fama, alla gloria, alle donne, no, parlo di vita: ce l'ha fatta a vivere. Forse ce l'ha fatta perché ha avuto il coraggio di essere povero, di sporcarsi davvero, di prendere delle decisioni, di rifiutare un posto fisso come fotoreporter in un giornale per non essere costretto a vestirsi in giacca e cravatta e a dire quello che volevano loro. Ce l'ha fatta perché ha avuto il cuore di fotografare crimine e violenza e poi di commuoversene. Forse ce l'ha fatta perché ha avuto le palle di fare delle scelte, di cambiare la posizione degli elementi rifiutando quella imposta, di essere impopolare, di non essere per forza benvoluto da tutti, forse ce l'ha fatta perché, per strada, ha avuto il coraggio di capire gli *onesti* e i *disonesti*, gli *angeli* e i *demoni* e di camminare in punta di piedi su quella sottilissima linea immaginaria che divide il bene dal male. Ma in fondo forse ce la fai quando sai cogliere e far tuoi i dettagli della vita che nessuno vuole vedere perché troppo piccoli, o troppo scomodi.

Ho smesso di affidare tutte le mie attenzioni alla sola forma quando ho compreso che, al contrario, è solo la sostanza che ti può salvare la vita, e l'anima. E la coscienza. Ho smesso di ritenere vere le comuni definizioni di termini come "troia" o "fallito" proprio quando ho capito che quasi tutti quelli che ne abusano sono persone perlopiù meschine, spesso molto volgari nei propri sentimenti, che è l'unico posto in cui si può essere veramente volgari, gente debole che proietta le proprie insicurezze sugli altri, persone che hanno bisogno di dare un nome alla loro personale frustrazione e ai propri fallimenti, tentando di vomitarli addosso al resto del mondo, senza avere il coraggio di viverli, e di accettarli per quello che sono. Nella vita non puoi rinunciare a niente se vuoi tentare di capire, se vuoi provare a esserci davvero, esserci in pieno, senza essere solo un numero, o un passaggio di qualcos'altro, o la spia luminosa e telecomandata dei piani e della rabbia di qualcun altro.

Ho sempre pensato che per capire il significato di una cosa la devi vivere almeno un po'. Anche le testimonianze contano molto: c'è bisogno di umiltà nell'ascoltare chi è più saggio di te, certo, anche di quella... Ma vivere è il segreto, essere, provare, quella è la chiave. Non ci possiamo sottrarre alla vita, sarebbe un suicidio, un insulto. E allora tanto vale fare le nostre scelte, consapevoli, col cuore, anche con la pancia, ma a testa alta.

Le cose succedono, ok, ma c'è quasi sempre un motivo, non prendiamoci per il culo, è questo che la gente finge di non vedere. È questo che la gente ti nasconde, o nasconde a se stessa. È questo che odio nella gente e in me stesso: l'ipocrisia. Un bacio, del sesso, un tradimento, un rifiuto, un incidente, anche il gesto più stupido può fare la differenza, cambiare il corso delle cose. Guerre, canzoni, monumenti, libri e poesie, amicizie e fratellanze, nascite e suicidi... I dettagli possono pesare molto, tantissimo, ma facciamo tutti finta che non sia così. *Non si dice, non si dice...* Fingiamo tutti che certi dettagli non siano un aspetto profondo della vita, invece lo sono, sono un aspetto molto profondo.

Certi piccoli gesti rappresentano scelte enormemente significative. Una mano tesa. O una pallottola, o l'onestà intellettuale, o la fiducia, o l'abbraccio di un amico, anche l'amore, sì, anche l'amore. Perfino l'amore. Siamo qui per questo, in questa catena di azioni e reazioni, in questo vortice di emozioni e collegamenti, in questo delirio di bisogni senza appagamento, di richieste senza aiuto, di favole senza lieto fine, e ogni cazzo di scelta cambia il corso delle cose. Ogni. Cazzo. Di. Scelta. Mettiamocelo in testa, e, la testa, teniamola fuori dalla sabbia se vogliamo renderci conto di quella direzione. Come tutte le volte che non facciamo alcuna scelta e ce ne stiamo fermi, immobili, convinti che, in quel modo, il corso delle cose non sarà influenzato dai nostri pensieri, ecco, anche in quel caso, soprattutto in quel caso, facciamo delle scelte che cambieranno la dinamica degli eventi. Penso a chi non va a votare, a chi finge di non capire, a chi fa il vago, il finto tonto, a chi non esprime le proprie preferenze quando potrebbe. Tutte le volte che, per esempio, per strada assistiamo a un'aggressione e scegliamo di non intervenire, abbiamo fatto una scelta, netta, una scelta chiara, spesso oltre bene e male, oltre giusto e sbagliato, ma pur sempre una scelta. Azioni e reazioni. Questo siamo noi: scelte, giuste o sbagliate, dolci o amare. L'importante è ricordarci che le nostre decisioni, anche quelle che ci pare di non prendere, o di non aver preso, quelle che fingiamo e ci assicuriamo di evitare, anche quelle avranno un peso sugli eventi, e dobbiamo tenere a mente che girare la testa dall'altra parte, o tapparci il naso, non ci rende esenti da responsabilità, anzi, ce le carica addosso.

Qualche volta capita di essere quello che non ci piace essere per scelta, altre per condizione, ed essere qualcosa "per condizione" mi fa girare le palle, mi fa sentire in trappola, pilotato, passivo... Ma può succedere, è umano che succeda, basta rendersene conto e decidere come reagire. Non ci sarà nessun Dio a giudicarci, questo è quello che penso. Ci sarà la nostra coscienza, il nostro cuore, l'educazione dei nostri genitori, i valori, la strada, la dignità... E il rispetto degli altri. Io, per esempio, non ho avuto il coraggio di essere povero, di scommettere su me stesso; non ho avuto il coraggio di perdere Carla, ma poi l'ho persa lo stesso e in modo molto più doloroso. Non ho avuto il coraggio di allontanarmi da Ludovica, di non subirla passivamente. Non ho avuto il coraggio di tornare su quel palco, di metterci la faccia, di riprovarci, di seguire la mia natura e il mio cuore. Ho nicchiato, ho tremato, ho abbassato lo sguardo e girato la testa, e questo gesto ha cambiato molte cose.

Non succede nulla per caso, noi scegliamo, scegliamo sempre. E a volte riconosciamo la bellezza di certe anime in mezzo a miliardi di persone, sentiamo quella bellezza nel cuore e la facciamo nostra e in un attimo, nel modo più magico possibile, ci sentiamo alleggeriti dal peso di una vita intera.

Questo è l'effetto che mi ha fatto Mary: ha alleggerito il peso della mia vita, senza saperlo, pur avendomela irrimediabilmente incasinata, tanto da sentire l'esigenza di spogliarmi di ogni cosa, di essere nudo, di seguire il mio cuore, di volare...

«Ti piace?» mi sussurra Valeria, che mi ha raggiunto, sedendosi accanto a me.

«È il mio preferito» dico, con un tono che non ammette repliche.

«Lo sapevo che ti sarebbe piaciuto, lui è un grande, rappresenta l'avanguardia del fotogiornalismo d'inchiesta.» Poi prosegue: «Allora, come è andata con la tipa, l'amica di Franco?».

«Lasciamo stare... Terribile!»

«Terribile? Non avevi detto che era interessante, che ti aveva colpito?»

«Terribile il tutto, terribile la serata. Terribile lei. Terribile io. Terribile la mia vita...»

«Non te ne va bene una! Poi mi racconti...»

«C'è poco da raccontare, Valeria, non c'è proprio nulla da raccontare...»

«Mi spiace, Luca, vorrei poterti aiutare, davvero!»

Proprio in quel momento arriva il *beep* di un WhatsApp.

Franco: "Non potevi evitare di trattarla così?".

Luca: "Così come? Non ha colto il senso delle mie parole, Franco, io le facevo degli esempi, riflessioni, e lei...".

Franco: "Luca...".

Luca: "Mi spiace...".

33
Se hai bisogno delle mie mani sai dove

In cuffia suona Francesco De Gregori
con *Pezzi di vetro*

Mercoledì 13 dicembre 2015

Ho gli occhi pesanti, bruciano. Nella mia testa cerco un po' di quiete, ma no, non c'è. La mia testa è un casino, un bordello, dentro c'è di tutto: guerre e manicomi, musica e ricordi, sogni e delusioni, rabbia e orgoglio, astio e amore, domande e parole ma, ecco, no, un punto di vista meno incasinato dal quale sedermi e guardare il mio mondo che pare andare in mille pezzi sembra proprio non esserci. In fondo non mi dispiace, perché penso che il dolore bisogna viverselo, e sentirlo nelle ossa, nella pelle, nel cuore... Perché fa parte del gioco, perché sta nelle cose. Perché, se scappi, lui ti rincorre per tutta la vita, e prima o poi ti raggiunge, con una violenza doppia. O tripla. E adesso è proprio in tutti quei posti che lo sento, e credo sia il momento di esserci, è il momento di farmi trovare, disarmato. Senza scudi. Senza scuse. Senza alibi.

Alla fine della mostra di Weegee saluto Marco e abbraccio Valeria, che mi chiede di cenare con loro.

«Non me la sento proprio, Vale, questa sera passo...»

Accenno un sorriso a entrambi, mi sforzo di farlo, con l'illusione di rendere meno pesante la mia presenza, di attenuare un po' dell'alone di inquietudine che sento addosso, su ogni centimetro della mia pelle, in ogni singola cellula.

Marco, in realtà, lo trovo sempre più odioso... Questa sera si è superato in un monologo senza precedenti, con quel suo accento da *noblesse oblige*. Ogni frase del suo ridicolo one man show iniziava con: «Vedi» poi una lunga pausa, «io...». E via a raccontarsi, a spiegare il suo punto di vista su ogni cosa, i suoi innumerevoli e approfonditi viaggi da cittadino del mondo con lo zaino in spalla. Quel cazzo di sorriso teso a comunicare: "Io sono positivo, tu sei positivo, tutti siamo positivi". Cristo. È una macchietta. E io sono stanco, triste e molto incazzato col mondo... Sei un coglione, Marco!

Il suo tono calmo, basso, aggiunto alla erre moscia rende quasi incomprensibile ciò che dice, almeno per me, eppure lui si ostina a parlare in un modo fottutamente lento, come se avesse a disposizione tutto il tempo del mondo per esprimere il suo concetto e noi, poveri stronzi, non avessimo altro da fare che stare lì ad ascoltare lui, e a pendere dalle sue labbra, aspettando il suo verbo, con la speranza di essere illuminati sulla Verità. Ma quando ha toccato il tema dell'Africa, in relazione a una prossima mostra dedicata a Gordon Parks e alla sua lotta per i diritti civili degli afroamericani, ecco, lì il teatrino ha raggiunto i massimi livelli quanto a banalità, sfacciataggine, ipocrisia e falsità: «Il mio soggiovno in Afvica è stato un'espevienza splendida che mi ha apevto gli occhi, qualcosa di tvascendentale. Bisognevebbe aveve il covaggio di mollave tutto e andave a viveve lì, nel modo in cui vivono lovo». E poi: «Adesso vedo il mondo in manieva divevsa». E ancora: «Ho avuto modo di vifletteve sull'esistenza umana e sul significato della mia vita, immagino di tvasfevivmi lì. Ossevvandoli ti vendi conto di quanto, senza nulla, vivano meglio lovo di noi, che abbiamo tutto».

Già ascoltate da gente con serie difficoltà economiche, gente che combatte per la sopravvivenza, certe scemenze mi irritano ma, al contempo, comprendo il meccanismo logico che c'è dietro, individuando a monte un senso di disagio, di inadeguatezza e di insoddisfazione che, alla fine, quasi mi commuove. Ma dette dai ricchi, be'... Cazzo, c'è un limite a tutto, è qualcosa che va oltre il mio livello massimo di sopportazione.

Rientro in casa che non sono nemmeno le 20, butto giù mezzo litro di vino a canna, due bicchieri di rum e uno di vodka, a stomaco vuoto, dopo di che metto su Röyksopp, la discografia, il primo pezzo è *Sordid Affair*.

Non ho mai imparato a far smettere la mia mano di tremare, la sento vibrare insieme alla paura e all'angoscia, alla smania e all'eccitazione, alla terra e al cielo, ed è tutto così vero e naturale che, in fondo, spero che non smetta di farlo mai, spero di vederla tremare per sempre, nonostante il casino che ho dentro, spero di sentire la scossa tutte le mattine appena sveglio... Perché ho capito che è quella scossa che alla fine mi salverà!

Mi butto sul letto e muoio.

Alle 4 mi sveglio di soprassalto.

L'ho sognata, ho sognato Mary. È la terza volta in pochi giorni...

Ah, Mary, Mary... Sparisci e poi... E poi ogni tanto ritorni, lo fai nei miei sogni. Come questa notte, forse sapevi che mi sentivo solo, che ero inquieto, perso. E ti sei presentata lì, su quel muretto grigio. Io ero seduto sul bordo, all'angolo, lo sguardo basso, e dondolavo con le gambe, come si faceva da piccoli. Quando ti ho visto il battito è salito così tanto che il cuore è schizzato fuori dalle lenzuola, e le mie mani, nella penombra, ti cercavano sotto le coperte, in ogni angolo del letto. Sei venuta col tuo sorriso e quello sguardo... Hai preso la mia mano senza dire una parola, ti sei seduta accanto e tutte le mancanze intorno a me, come per magia, sono sparite. Eri così bella che ho pensato di morire nel sonno, o forse l'ho sperato... Volevo rimanere lì, in quel rarefatto non luogo d'amore.

Sai quando guardi qualcuno e il mondo si blocca? E l'universo trema? Hai presente? Ecco, a me succede questo, e mi basta sognarti per rendere vero quello che ho dentro, le traiettorie emotive che ci legano, tutta quella roba che il mondo e la ragione non possono capire, ma il mio cuore sì, il mio cuore sì che lo capisce... Quindi, ecco, se è solo lì che puoi venire per stare con me, nei miei sogni, io ti aspetterò ancora su quel muretto, tutte le volte, e tutte le volte sarà meraviglioso e vero in modo diverso.

Mary, ecco, Mary... Se ti va possiamo fare il gioco, quello che si fa da bambini, "tutti sotto le lenzuola", al buio che non si respira, attaccati che non ci vediamo, magari prima beviamo un po' di bianco, o un po' di rosso, o una birra, o, vaffanculo, ci facciamo una canna?! Poi, se ti va, possiamo essere fragili e vulnerabili, come due bambini piccoli, tanto chi ci vede? Tanto che ci frega? Tanto è solo una cosa bella, e ti prometto che non ti colpisco, pure se non ti fidi, io lo so che non ti fidi, va be', si sa, nessuno lo fa, nessuno mi crede mai davvero, nessuno si fida, quasi nessuno...

Prometto che ti guardo ma non ti fisso, ti sfioro ma non ti tocco, se hai bisogno delle mie mani sai dove cercarle, ma, se non lo fai tu, io non ti tocco, ti sfioro e basta... Ce ne restiamo appoggiati fronte su fronte, occhi chiusi su occhi chiusi, ginocchia al petto su ginocchia al petto. Ehi, ascolta. Prometto che ti proteggo io, per tutto il tempo, te lo prometto, lo giuro, cazzo, lo giuro, te lo prometto! Nessuno toccherà le tue lenzuola! Nessuno! Possiamo parlare a bassa voce, sussurrarci un po' qualche parola, poche eh! Qualcuna qua e là, giusto così... Anche cose sconclusionate, come quelle dei bambini, solo se ci va, però. Solo se ci va... Oppure possiamo non parlare affatto, guarda, come vuoi! È bello uguale, magari mettiamo un po' di musica, un po' di indie... Ah, Cristo, giusto! Tu non lo sai! Non te l'ho mai detto, quel giorno, al Pigneto. Erano tre le cose: una te l'ho data, i braccialetti, l'altra te l'ho messa in tasca... E la terza, ecco, la terza era che avevo comprato questo, per quella sera, ma non c'è stato modo, non c'è stato tempo, mi sa che non sono stato capace... Comunque, ecco, era un piccolo riproduttore, niente di che, venti euro, anzi neanche, diciannove! Ma sapessi per trovarlo! Tutta Roma ho girato, tutta Roma! Ho perso un giorno di lavoro, tutti incazzati, però sticazzi, l'ho trovato! Ce l'ho fatta! Eccolo, è come un iPod, meno fico, ok, è pure un po' bruttino, ma ha un piccolo altoparlante, vedi? Una figata! Non servono le cuffie! Ha anche un laccetto giallo, era per il tuo collo, è lì che l'avrei messo... O sul mio, tanto sarebbero stati così vicini, i nostri colli, che non avrebbe fatto alcuna differenza. Avremmo ballato con Lykke Li, *Dance Dance Dance*, in un angolo, o davanti a tutti, comunque sì, per strada, avremmo ballato abbracciati, in piedi, sul marciapiede... Ma non c'è stato tempo. L'avevo cercato solo per te, solo per quella sera, ma non c'è stato modo, non sono stato capace...

Sai, in realtà forse avevo bisogno solo di questo, solo di ballarti un po' sul collo, solo una volta, con il finto iPod un po' bruttino penzolante fra di noi, mentre andava Lykke Li. Dio! Che bello... Perché non te l'ho detto? Non lo so, non lo so, ma che domande... Quindi, ecco, se ne hai voglia possiamo accenderlo qui, sotto le lenzuola, se non ti piace quella lì ne mettiamo un'altra, tipo *Wonder* di Soap&Skin, o *Goodbye* di Apparat, ma guarda, decidi tutto tu, davvero! Decidi tutto tu! Ché io sto bene qui, solo questo io, solo questo, non serve altro, mi basta sentirti ancora il collo, respirarti ancora un po' sul collo, solo un po', così mi tolgo questo cazzo di vestito, questa giacca e la camicia, e le scarpe, e cambio faccia, ne metto un'altra meno "figa" e cambio modo, così magari sono meno stronzo, e cola via tutto il veleno, e la rabbia, e il non-amore, così magari poi non ci penso più... A me basta starmene qui, sotto le lenzuola, e sentire ancora il tuo profumo, sul tuo collo, ancora un po', mi basta solo quello, solo un po'...

Ah... Mary, sorrido... Mi viene in mente che a trentun anni mi ritrovo a fare ancora il conto dei giorni che mancano, o che passano, con le dita, di nascosto: diciassette giorni che non ti sento... diciassette giorni...

Mi viene in mente che, nonostante Carla abbia cercato di farmelo usare per due anni, ecco, io ancora non lo uso il filo interdentale, che cazzo, è complicato usarlo! E mi viene in mente che ho voglia di piangere quando qualcosa mi commuove, o mi delude, o mi fa male, e poi, ecco, alzo ancora le mani al cielo di casa mia, come adesso, che sono le quattro e mezza di notte, e sono distrutto, stanco, e mi manchi da morire! Nonostante questo mi clicco fra le dita a tempo un pezzo dei Raconteurs che ho appena messo su e mi suona nella stanza, ecco, penso che sia una fortuna poterlo ascoltare, Mary, un regalo prezioso, e questa è una di quelle cose che mi commuovono, e rendono un po' meno doloroso tutto il resto, lo fanno scivolare in quella zona che è una via di mezzo fra la tristezza e la malinconia, fra i ricordi e la nostalgia, fra le lacrime e la pioggia.

E allora basterebbe una domanda bella, sono rare le domande belle, e quelle, più che domande, sono carezze, una tipo "A che pensi?". Ecco, a che pensi, Mary? Te la farei così, nel modo più dolce e semplice che conosco, col sorriso più sincero e naturale che posso, e il mondo si frantumerebbe in quell'istante, andrebbe in mille pezzi che si scioglierebbero sotto i nostri piedi fra le nostre mani dentro il nostro letto. E, attenta, io non ti darei mica il tempo di rispondere, perché direi: "Io a te". Io a te.

Leggo la buonanotte di Laura che faccio mia anche questa volta:

> Buonanotte a te che sorridi anche quando il mondo ti crolla addosso. Anche quando gli altri ti guardano distrattamente e pensano tu sia forte, e felice, e infrangibile, e nessuno di loro sembra aver voglia di andare oltre, nessuno si chiede davvero come stai, nessuno immagina quanto tu abbia bisogno di piangere e accuc-

ciarti fra le braccia di qualcuno che ti dica "tranquilla, ci sono io, ci penso io a te...".
Buonanotte...

Mi addormento canticchiando in modo scomposto il finale di *Together*:

You want everything to be just like
The stories that you read, but you can't write
You've gotta learn to live and live and learn, oh
You've gotta learn to give and wait your turn
Or you'll get burned...

IO NON SO DOVE SEI ORA,
MA SO CHE IL MIO CUORE
È LÌ CON TE.

34
Credi nel tuo cuore!

In cuffia suona All Time Low
con *Remembering Sunday*

Venerdì 15 dicembre 2015

«Ciao, Mia, come stai?»

«Bene, cazzo, come dovrei stare? Tu, piuttosto! Tu, come stai?»

«Me la cavo, Mia, cerco di stare bene...»

«Oh, non te la devi *cavare*, devi farcela, devi stare bene, cazzo! Se vuoi veramente una cosa, devi alzare il culo e provare a prendertela. Subito. Senza se e senza ma. Fosse pure in capo al mondo. Servisse tutta l'energia che hai. Solo quando le avrai tentate tutte, ma proprio tutte, maturerai il cazzo di diritto di lamentarti. Quindi tu non devi cavartela, e non devi disperare. Vatti a prendere quello che vuoi! Su!»

«Quello che voglio non so dov'è... O forse quello che voglio non vuole me...»

«Attenzione, ragazzo, attenzione!» Alza la mano a paletta come un vigile urbano. «A volte crediamo di volere qualcosa, ma invece vogliamo altro... Attenzione! Il tizio in disparte, taciturno, con la barbetta incolta, hai presente? Quello in un angolo, quello che ti fissa col suo cazzo di sguardo profondo, con l'occhio socchiuso, mentre beve scotch, quello che ti pare stia per rivelare il mistero dell'universo, ecco... In realtà, il più delle volte, non parla solo perché non ha proprio un cazzo da dire!» Fa un'espressione con gli occhi che sta per: "Riesci a seguirmi?". La fisso, e sorridendole le confermo di seguirla... «Guarda la tua vita, ragazzo, osservala, sentila davvero! So che puoi farlo. L'ho letto nei tuoi occhi. Io ho fiuto...» dopo aver ripetuto questa frase, per l'ennesima volta, continua: «Va' oltre, guarda bene, non fermarti alla barbetta incolta e allo sguardo profondo...».

Poche battute le sue, nei nostri incontri di Villa Pamphilj. Sempre molto crude e illuminanti.

Ma questa sera è diverso, non ha il solito libro con sé, pare sia lì solo per aspettare me. Se ne sta sulla panchina con i suoi vestiti di mille colori, uno sopra l'altro, lo scialle, il cappello e l'ombrello, per ripararsi dalla pioggia.

«Come mai non hai il libro, oggi?» le chiedo.

«Ragazzo, ho letto tanto negli ultimi mesi... Ora è il momento di fare altro.»

«Cosa, Mia?»

«Ho ottant'anni, non mi resta molto da vivere. Non più di cinquanta, sessant'anni...» Sorrido alla sua battuta, lei incassa il sorriso senza battere ciglio e va avanti: «Non posso permettermi di passare troppo tempo nello stesso posto, il mondo è pieno di cose meravigliose da osservare: luoghi, persone...».

Il termine che usa, "osservare", ora so che non è a caso...

«Quindi tu osservi e basta...»

«E basta?» Sghignazza, con una punta di sarcasmo. «Comunque... non siamo qui per parlare di me. Ti ho portato una cosa, è il mio regalo per te.» Ha un pacchetto legato con uno spago in una mano, sembrano un mucchio di lettere in buste di carta, e un foglio ripiegato nell'altra, è un biglietto, che mi porge: «Leggilo quando sarai a casa. E le lettere, ecco... sono tue, ora!».

Prendo il foglio e lo metto insieme alle lettere nella tasca del K-Way.

Poi la guardo, con malinconia: «E adesso?».

«E adesso va', adesso va'!»

La fisso e so, sento con certezza, che non la vedrò mai più. Vorrei abbracciarla, ma decido di fargliene anch'io uno di regalo, perché so che non abbracciarla, nonostante lo desideri fortemente, è il dono più bello che io possa farle.

«Ciao, Mia, ciao...»

«Ciao...» Mi rivolge uno di quei suoi sorrisi rari, sinceri, pieni di storia, e sudore. Pieni di vita...

Io e Mia abbiamo scambiato pochissime parole in questi mesi, non so assolutamente nulla di lei, ma ci siamo guardati e osservati molto. Con profondità. Senza inganni. Ho l'impressione che abbia capito più lei di me, in così poco tempo, che io stesso da quando sono nato. E l'ha fatto osservando i dettagli, i movimenti, il mio modo di gesticolare. I miei occhi...

Appena rientro in casa, mi spoglio e apro il foglio. E poi le lettere. Leggo tutto. Tutto. Quello che leggo è bello, e commovente. E incredibile. Le parole di Mia, che in realtà scopro solo ora chiamarsi Lucia, mi fanno vibrare il cuore. Hanno il sapore di qualcosa di antico e meraviglioso. Hanno il sapore della vita e dell'amore. E mi emozionano terribilmente.

Sei bella. Nei tuoi occhi c'è la bellezza di una donna che ha vissuto la propria vita mettendoci sempre il cuore. Senza trucchi. Senza inganni. E quando è così si vede, perché non è la solita bellezza, quella che poi passa, è una cosa diversa, è una luce, un piccolo segno, una fiamma. Una scintilla. Una magia. Ecco, quando è così non è solo bellezza. È poesia...

Nello sguardo di una donna che conosce l'amore, si posa tutta la grazia del mondo. Ciao, *piccola* meravigliosa Lucia, ciao...

Vado sotto la doccia e continuo a pensarci. Al regalo che ha voluto farmi.

Quando esco dal bagno infilo un paio di jeans, una T-shirt bianca, e cammino scalzo, avanti e indietro per casa, leggendo e rileggendo ancora le parole di Mia, di Lucia...

Mi distoglie il campanello.

«Valeria!»

«È finita, ho chiuso con Marco...» Lo dice mentre entra in casa.

«Ah... Ma dài...!?» Esito un attimo. «Vale... mi dispiace...»

Ho ancora in mano la lettera di Mia. Mi giro e la poso sul bracciolo del divano.

«Luca, smettila! So che non ti dispiace.»

Mi fissa con uno sguardo che non lascia spazio a dubbi, indossa un vestito a fiori, bordeaux, di quelli lunghi, morbidi, di lana... E, come spesso le accade, ha una scollatura generosa.

«Posso offrirti qualcosa da bere?» le chiedo.

«Mi sa che ne ho proprio bisogno...» risponde lei, seguendomi verso la cucina. «Comunque, guarda, in effetti hai ragione, è meglio così. Alla fine non capisco neppure perché mi ci sono messa, con uno come lui...»

Le verso un calice di rosso e le faccio una carezza.

Allora lei mi tende la mano, con quello sguardo della bambina pulita che ha voglia di giocare sporco. «Piacere, Valeria...»

Io sto al gioco: «Piacere, Luca!» e le do la mano, tirandola leggermente verso di me...

«Sei un bel ragazzo, Luca, lo sai? Sembri anche intelligente...» Lo dice con una voce bassa e volutamente sensuale, mentre si avvicina sempre di più... «Però, sentiamo, Luca... Cosa dirai per sedurmi? Per farmi innamorare di te?»

«La verità, tutta quella che conosco. Così tanta, così assurda, che ti sembrerà una bugia. Sarà sexy come una bugia.»

«Le bugie sono sexy?»

«Certo. Non c'è perversione maggiore. Tutti cercano la verità, ma poi si innamorano delle bugie. Le bugie sono afrodisiache...»

Lei mi fissa senza dire più una parola, e così anch'io, e ricomincia quel balletto di sguardi e occhiate proibite, i preliminari più eccitanti a cui si possa ambire.

Le metto una mano dietro la testa, la prendo per i capelli senza mettere troppa forza, quel tanto che basta per piegarle il collo e iniziare a disegnarci su giochi di traiettorie con la punta della mia lingua, fino ad arrivare dietro l'orecchio, e poi dentro, dentro l'orecchio... Nel frattempo le sue mani slacciano la mia cinta e, uno per volta, i bottoni dei miei jeans, e si infilano nei miei boxer... Mentre la mia mano destra rimane piazzata con presa decisa fra i suoi capelli, la sinistra scivola sotto il vestito, dietro la schiena, scende accarezzandola fin dove può arrivare e poi risale, sul petto, sui seni, e con il solo indice, sfiorandola, traccio una linea sul suo corpo, una linea che scende e sale, parte dal collo, sotto il mento, e scende giù, fino a lambire gli slip, poi quello stesso dito si insinua dentro, dentro gli slip, ansimiamo, la mia lingua, nella sua traiettoria spalla-collo-orecchio-orecchio-collo-spalla, si incrocia con la sua lingua, e le sue labbra si appoggiano sulle mie, le mordono, le leccano, le succhiano, e le mie ricambiano con la stessa veemenza, con lo stesso ardore.

Intanto le nostre mani continuano a farsi spazio fra le nostre gambe. Indietreggiamo senza staccarci nemmeno un attimo, la faccio girare e le bacio ancora il collo, ora le sue mani sono sul muro e il suo vestito è salito, arrotolato poco sopra il fondoschiena.

Quando entro, sento uno spasmo alla bocca dello stomaco e in testa. Quando entro, esco da un'apnea durata diversi minuti, diversi giorni, diversi mesi... Respiro, respira... I suoi seni debordano dalla scollatura e oscillano, cambiano forma a ogni colpo. Il ritmo è deciso, profondo, l'odore della sua pelle si mischia col mio, e il mio sudore col suo. Sento che siamo fluidi, l'uno nell'altra. Mi chiede di andare avanti, di farlo come lo sto facendo. E io non ho la minima intenzione di fermarmi. Quando arriva, il piacere, esplode dentro di noi, quasi contemporaneamente. Le nostre gambe tremano, insieme a tutto il resto, e alla fine ci accasciamo per terra, stremati.

Era quello di cui avevo bisogno. Non è stato sesso, non è stato fare l'amore, è stata morfina...

All'improvviso inizio a piangere, un pianto a dirotto. Lei mi abbraccia, io non smetto. Rimaniamo lì, ai piedi del divano, sul tappeto... Nudi, coperti da un plaid a scacchi, senza dire nemmeno una parola. In silenzio.

«Possiamo trovare tutto quello che cerchiamo solo in certi silenzi, i nostri. Possiamo cercarlo solo lì. Ma serve tanto coraggio, e un po' di follia...»

Queste sono le prime parole che ci scambiamo, dopo non meno di un'ora.

«Tu sei abbastanza folle?» mi chiede Valeria.

«Non ho più scampo, devo esserlo per forza...» le sorrido.

«Non ti ho mai visto tanto a pezzi...»

«Non sono mai stato tanto a pezzi...» La guardo e continuo: «Sai, Vale, pensavo a cosa sono diventato, tu ci pensi mai? Prima volavo fra mille domande, oggi striscio fra mille risposte. Capisci?»

«Sì, Luca, sì... Capisco perfettamente quello che dici!»

«Io ho il fottuto bisogno di ricominciare a volare fra domande a cui non so rispondere. Senza chiedermi perché lo faccio, senza chiedermi come andrà a finire. Puoi volare solo se non sei consapevole di saperlo fare...» Lei mi guarda e non dice una parola. «Una notte di tanto tempo fa, al buio, tremando, ho sussurrato a una persona, alla mia Jennifer Parker: "Sai, io non so volare, ma se sapessi farlo volerei da te". Avevo diciotto anni, e sapevo volare...»

Sorride e risponde: «Oddio, Jennifer Parker, *Ritorno al futuro*... Meraviglioso quel film. Lei è stata il tuo primo amore? Comunque carino che la chiami così, davvero! Tu, quindi, eri il suo Marty McFly?» mi rivolge un altro sorriso dolcissimo, e dopo un sospiro prosegue: «Luca, tu ancora sai farlo, tu ancora sai volare!» e mi accarezza.

«No, non lo so Valeria, non lo so. Sento il vuoto, il vuoto dentro...» Lei mi abbraccia, e io continuo: «Vale, ti ho mai parlato di Mia? La signora del parco?».

«No...»

«È una mia amica. Ci ho parlato solo due o tre volte, ma è una mia amica.» Valeria annuisce sorridendo. «Mia è una giusta... E, ecco, vedi... Lei oggi mi ha dato delle lettere che le appartenevano, e poi un biglietto per me, è una storia, piccola, semplice, ma vera e meravigliosa...» Lei continua a fissarmi. «Vuoi leggerlo?»

«Oh, sì... Sì, che voglio!» mi sorride.

Le porgo il foglio, e lei inizia a leggere, lentamente:

Michele e Lucia

Michele compose il numero di telefono dello studio di Luigi, il cugino avvocato. Erano ancora gli anni del telefono verde col filo nero arricciato e il disco bianco che girava per comporre il numero. Niente cellulari, niente internet, niente chat. Al terzo squillo risposero, era Anna, la segretaria. Michele chiese di Luigi.

I due parlavano da nemmeno un minuto quando, durante un attimo di pausa, si distinse chiaramente una voce femminile in sottofondo. Non era Anna.

Michele trasalì, poi chiese di chi fosse quella voce e Luigi gli disse che era di Lucia, una giovane assistente in prova. Michele, spaesato, lo salutò, si vestì in pochi minuti, prese carta e penna e scrisse su un piccolo foglio bianco. Dopo circa dieci minuti era sotto l'ufficio del cugino, in pieno centro a Napoli, citofonò e chiese ad Anna di far scendere Luigi. Appena lo vide, eccitato, lo salutò con un abbraccio caloroso e gli diede il foglietto nelle mani, pregandolo di consegnarlo a Lucia senza fare troppe domande. «Devi solo dirle: "È di Michele, mio cugino, ha sentito la tua voce mentre eravamo al telefono. Poco fa".»

Luigi, un po' stralunato, esaudì la strampalata richiesta. Tornato su in ufficio ripeté la frase che gli era stato chiesto di ripetere e consegnò il biglietto alla giovane ragazza. Lucia, in disparte, aprì il foglietto, arrossì e lo richiuse. Lucia aveva un fidanzato, stavano insieme da circa due anni. Quella sera, però, dopo il lavoro che svolgeva nel periodo estivo, quando le scuole chiudevano, nello studio di Luigi, non andò subito a casa. Si diresse in un posto non molto distante dall'ufficio. Lì vide Michele. "Ore 19.30. Via Palepoli, 36. Trench panna, pantaloni beige. Una rosa in mano. So tutto di te, me l'ha raccontato il dolce suono della tua voce. So che ci sarai."

Lucia e Michele, da quel giorno, non si sono mai separati, sono stati insieme per quasi cinquant'anni, fino a che lui non se n'è andato, per sempre, stroncato da un male infame. Lasciando Lucia a fare i conti con un dolore accecante ma, nello stesso tempo, a ringraziare la vita per tutta la meraviglia e la gioia che ha deciso di regalarle.

Credi nel tuo cuore, credi nell'amore! E soprattutto credi nelle tue sensazioni, in quello che senti, loro non ti tradiranno mai, perché sei bello, sei bello dentro, mio caro.

Io ho fiuto...

Lucia

Valeria, verso la fine della lettera, ha la voce rotta, un po' strozzata.

«Credo che a un certo punto abbiamo bisogno di volare, Valeria. Per non strisciare per il resto della nostra vita» le dico. E ci guardiamo, senza dire nulla.

Ultimamente faccio fatica a ricordare chi sono. Come mi chiamo. Negli ultimi anni, giorno dopo giorno, ho ucciso, un pezzo alla volta, la mia anima. Sento, a volte, di perdermi fra le pagine, mal scritte, di un libro che non è più mio, che non è più quello della mia vita. Un libro senza un fine, senza una fine, senza una morale. Senza un senso. Una robetta banale e trash. Facilmente fruibile, troppo facilmente. Ho l'impressione, in certi momenti, che tutti gli errori commessi, tutti gli insegnamenti della vita, non siano serviti a nulla. Ho il terrore di non aver capito un cazzo. Che sia stato davvero tutto tempo perso? Ho smarrito il significato autentico delle cose, non ne ho colto il senso profondo. Ho speso un sacco di soldi in sciocchezze, ho rincorso il denaro per poter colmare vuoti generandone altri. Mi sono perso nella continua ricerca di un appagamento a metà strada fra un'automobile di lusso e la conferma che il mondo è un posto dove nessuno dà nulla in cambio di nulla, un gigantesco, rotondo, sospeso compromesso grigio che gira intorno a un sole malato, pieno di sporco e degrado. Ma questa conferma non è mai arrivata, perché c'è un momento in cui, se sai ascoltare, se sai guardare, la vita ti sorprende con una bellezza disarmante, e tu capisci che puoi scegliere dove stare, da che parte stare. Puoi scegliere di sottrarre invece di aggiungere. Ecco, io non mi sento proprio la bella persona che in fondo pensavo di poter diventare, tutto il contrario. Il fatto di avere molti problemi personali da risolvere non è un alibi. Ho perso di vista molti obiettivi. I miei obiettivi. Non so più raccontare. Non so più raccontarmi. Vorrei essere, ma poi non so esserci. Vorrei vivere, ma poi non so vivermi. Provo a ridere del mondo, e col mondo, ma non so ridere con me stesso, figuriamoci di me stesso.

Eravamo partiti da Jennifer, il mio primo amore. Lei si chiamava Francesca e io sapevo ancora volare senza esserne consapevole. E ora? Dove siamo finiti? Che fine ho fatto? Soldi, errori, tempo, ambizione, rincorse, compromessi, svilimento, perdita di valori, rinunce, sogni sacrificati dimenticati nel cazzo di cassetto chiuso pieno di buchi e tarli. Siamo finiti giù, sul fondo, insieme a tutta la schifezza che si deposita lì sotto...

Doveva essere un percorso, io mano nella mano con Luca e Luca mano nella mano con me, invece è stato uno scivolo infinito, a spirale, a strapiombo, senza protezioni. Tutto troppo veloce. Tutto troppo leggero. Guardo gli errori degli altri e li trovo mostruosi, assurdi, intollerabili, poi guardo i miei e li trovo necessari, comprensibili, giustificabili. Non è questa la via per il paradiso, posto che qualcuno voglia davvero trascorrere l'eternità con tutta quella gente noiosa e perbene. Però, di sicuro, sento che non è la mia, questa, di via. Ho parlato di visione di insieme, l'ho fatto spesso, con arroganza, con saccenza: con gli altri so usare le parole, ma non il mio cuore... Ho parlato di sguardo verso l'infinito, di colpo d'occhio, c'ho riflettuto con cura, ma ho continuato a fissare un solo piccolo inutile particolare. Non ho imparato a glissare, a passare oltre. Non ho imparato a essere meno comico di quel che dovrei. Ho dimenticato di telefonare ad alcuni buoni amici, di abbracciarli, pensavo di saperli ascoltare, invece ascoltavo sempre e solo me stesso, e tutte le mie ripetitive storielle e lamentele su quanto vadano male gli affari e gli affetti. Ho dimenticato di respirare il buono della vita, e grazie al cazzo, stando sempre in apnea è un bel po' difficile, quando sei sempre sul chi va là non te lo godi, il buono della vita. Lo subisci, lo fraintendi, lo trasformi in qualcosa di marcio. Ho confuso la scala dei valori, e quella delle priorità. Quando mi dicono "cerca di bastarti" ne rido, perché credo che nessuno possa farlo davvero, abbiamo bisogno degli altri, però, in effetti, dovrei cominciare a volermi bene, a credere nelle mie capacità. Dovrei cominciare a farmi scivolare certa robaccia addosso, come acqua. Dovrei finirla d'essere, io stesso, certa robaccia. Dovrei smetterla d'essere spugna, e abdicare anche al desiderio d'essere roccia: potrei cominciare a essere un uomo... Un essere umano fatto di cuore e anima, carne e ossa, un po' duro e un po' morbido. Consapevole dei propri limiti e di quelli degli altri. Dovrei trovare il coraggio di dire: "Fa lo stesso, non preoccuparti, succede a tutti". Dovrei trovare il coraggio di *dirmi*: "Fa lo stesso, non preoccuparti, succede a tutti".

Vorrei sapere dov'è Mary, vorrei sapere se ho davvero sbagliato, se sono uscito fuori di testa, se ho perso il contatto con la realtà, se quello che sento non è altro che una mia costruzione mentale. Vorrei capire se il mio cuore ancora batte o ha fatto *crash*, se in questa favola ci sono solo orchi e lupi, e se è tutta un'illusione... Vorrei capire se è come dice Mia, se ha ragione lei... la dolcissima Lucia. È giusto crederci, crederci, crederci fino in fondo? Qualche volta le nostre domande sono già le nostre risposte.

Intanto, mentre penso a tutto questo, scendono altre lacrime dai miei occhi, anche se il mio viso non ha la minima contrazione. Sono immobile, e Valeria è lì, in silenzio, e mi guarda come se avesse potuto leggere ogni singola parola del mio monologo interiore. Con le dita asciuga il mio viso, e poi ci abbracciamo, con i nostri corpi nudi, ancora un po' bagnati, ancora un po' tremanti, ancora incastrati l'uno nell'altro...

Siamo così semplici.
Pensavamo di volare, invece siamo a terra.
Pensavamo d'esser tanto sofisticati, invece c'è solo un
[tasto.
E prima di dormire abbiamo bisogno ancora di una
[carezza.
Di alcune parole.
Di un abbraccio.
Di un sorriso.

Siamo così fragili.
Pensavamo di poter star senza, invece lo sogniamo.

E ci agitiamo di notte, cercandolo con le mani...
Le nostre mani schive, prive di legami.
Le nostre mani tese, perse nel buio.

Siamo così piccoli.
Pensavamo di essere all'altezza, invece non capiamo.
Tutte quelle domande.
Senza una risposta.
Tutte quelle risposte.
Senza una domanda.

Sospesi, siamo sospesi.
E lontani.
Trattenendo il fiato.
Respirando piano.
Shhh!

Nulla.
Silenzio.

Nulla.
Silenzio.

Nulla.

Silenzio.

ERO COSÌ FOLLE DA PENSARE
DI FARCELA DA SOLO.
POI SEI ARRIVATA TU...

35
Ma stiamo insieme?

In cuffia suona Virginiana Miller
con *Anni di piombo*

Era il 18 ottobre 2002, avevo diciotto anni. Mi avevano appena consegnato la patente – ce l'ho fatta, quella maledetta salita partendo da fermo e senza poter usare il freno a mano, l'equilibrio fra acceleratore, freno e frizione, a quei tempi l'incubo degli incubi, l'equilibrio fra pressione, spinta, accelerazione, controllo e sensibilità, tutta roba che tornerà, in altre forme, con altre motivazioni, per altri scopi, ma tornerà. E mi sarà utile.

La patente era quella rosa, quella antica, quella ripiegata tre volte, quella che ho ancora nel mio portafogli, con la stessa foto di allora. Incredibile, ero al settimo cielo, fiero, entusiasta, avevo compiuto un'impresa epica. "Dopo di me" pensavo, "chi altro può riuscirci?"

Mi sentivo un uomo, anche se i miei capelli erano lunghi, che dico, lunghissimi, come quelli di una donna, e il mio sorriso pulito, pulitissimo, come quello di un bambino. C'era una Y10 ad attendermi, già vecchia di mille anni, mezza rotta, verde bottiglia, con la vernice un po' sbiadita e mangiucchiata e l'alcantara interno consumato. Praticamente un rottame, ma per me era come la DeLorean di Marty McFly in *Ritorno al futuro*: magica, irripetibile.

Il 25 ottobre, una settimana dopo, andai a prendere a casa Francesca, la mia Jennifer Parker... Lei era bionda, sorridente, sexy e più grande di me, praticamente un mostro terrificante per un diciottenne finto-fico qual ero io. Lei, che sarebbe diventata una cantante professionista, all'epoca, oltre a cantare in giro per localetti soul, insegnava danza moderna e funky, e la pagavano per dipingere le vetrine dei negozi con quelli che io chiamavo "graffiti da vetro", in pratica una writer dei cristalli.

Quella sera ero agitato e nervoso. Avevo il cuore in gola e lo stomaco sottosopra, ma ero eccitato, eccitato da morire all'idea di vederla, di andarla a prendere con la DeLorean, al punto che la notte non avevo chiuso occhio. Arrivato sotto casa sua, incrociai le dita, e quando lei uscì dal portone iniziarono a sudarmi le mani. Ricordo di aver pensato che era troppo bella per me, e presi a cercare qualcosa di fico da dire nel tragitto fino al pub... Ma in quei momenti non puoi essere fico, semplicemente perché sei goffo, non per altro. E infatti ricordo d'aver detto un sacco di cazzate senza senso.

Ricordo anche che, non appena entrò in macchina, la riempì con il suo profumo al cocco. Ah... Lo sento ancora oggi quando ripenso a lei, aveva l'abitudine di metterne sempre una goccia sul collo, su quel suo fantastico vellutato collo bianco, e quel profumo, da allora, è rimasto perfettamente nitido qui dentro, dove sto battendo ora con la mia mano.

All'epoca mi perdevo anche sotto casa. Guidavo un po' a cavolo, dissimulando nervosismo con la mia Marlboro fra le dita e l'atteggiamento da duro, da quello che la sa lunga, ma a diciotto anni non puoi saperla troppo lunga, perché sennò c'è qualcosa che non va. A me, di cose che non erano andate, ce n'erano state, ma non mi avevano ancora tolto la spontaneità e l'ingenuità – e oggi scopro che forse non me l'hanno davvero tolta mai.

Ero lì che cercavo di seguire l'itinerario che avevo imparato a memoria il giorno prima, che portava a un pub (da sfigati) prima, e al Gianicolo (da sfigati) dopo. Qualsiasi cambiamento di programma m'avrebbe messo nei casini, guidavo impacciato e a scatti, ma i miei capelli erano lunghi, lunghissimi, e c'era lei seduta al mio fianco, bellissima come solo il primo amore sa essere, col suo profumo al cocco.

Ci volle poco a comprendere che la strada non l'avevo memorizzata poi così bene, bastò giusto un attimo, il tempo di vederla nella sua maestosa malignità: una maledetta salita, ripida, tanto tanto ripida. Pregai di non trovare intoppi salendo, ma davanti a me una macchina rallentava, rallentava tanto, rallentava troppo, e di conseguenza dovevo farlo anch'io. Ovviamente, non cambiai la marcia quando dovevo, lasciai la frizione troppo presto, poi inchiodai improvvisamente. Insomma, quel dannato equilibrio che mi aveva consegnato la patente andò a farsi benedire, e in un lampo era fatta: la DeLorean si spense nel bel mezzo della salita, col mio primo amore biondo accanto.

Non avevo il coraggio di guardarla negli occhi, ma lei sì, mi guardò e rise, e, mentre io sudavo in cerca di giustificazioni, mi fece: «Rilassati, sei bellissimo!». Inutile sottolineare che con quella frase non mi disse che ero bello, ma che le piacevo, e per me contava solo quello.

Il primo bacio fu proprio al Gianicolo, un paio d'ore dopo. Non ricordo che altro successe, o forse non lo voglio dire nemmeno a me stesso, perché le cose più belle non riusciamo mai a dirle, nemmeno a noi stessi, ed è fantastico che sia così... Ma ricordo che era magia, ero su Marte, o su Venere, sì, insomma, non ero in questo, di mondo, era un altro pianeta, era volare, leggeri.

«Ma stiamo insieme?» le domandai il giorno dopo, al telefono. A distanza di anni mi confessò che quella era stata la domanda più bella che le avessero mai fatto, «tanto folle, tanto sincera, tanto dolce, spiazzante, da farti innamorare all'istante», così la descrisse. Insieme abbiamo volato per un paio di anni, e il profumo era sempre lo stesso. Cocco. Poi è finita, perché eravamo troppo giovani, e avevamo bisogno di scoprire ancora troppe cose, soprattutto io.

Dieci anni dopo, di anni ne avevo ventotto e giravo con un CLK Cabrio blu notte, settantamila euro di nulla, sedili in pelle color crema, tutto meno che una DeLorean. Ray-Ban a specchio e il mondo ai miei piedi, la vita era quella di aperitivi e cene mondane, gente "bene", gente "sociale", locali "giusti". Le foto di quei giorni, riguardandole ora, mi ricordano i ritratti di quei pugili strapagati e pieni di anfetamina in balia dell'avversario, in un angolo, in attesa che qualcuno, con un po' di coscienza, se ne renda conto e getti la spugna. Chi mi circondava non era interessato al "perché", ma solo al "come", o al "quanto", pochissime salite e molte discese, troppe, e *sbadabam*, l'equilibrio è andato a farsi benedire di nuovo, ma questa volta davanti a me c'era una discesa, con l'inevitabile botto addosso al muro, forte e significativo. E, questa volta, accanto a me non c'era nessuno che mi dicesse: "Rilassati, sei bellissimo!".

Oggi giro con una Smart un po' scassata, ma in fondo, pensandoci, non è male. In fondo, è quello che mi posso permettere. Grigia, come certe notti, rigata, come certi cuori, ma va bene, va bene... Mi perdo ancora sotto casa, e vado nel panico quando sono agitato o emozionato. Dissimulo l'agitazione raccontando barzellette davvero brutte. E rispondo a domande che non mi vengono poste. Ma il sorriso, a quanto pare, è ancora quello di quando avevo diciott'anni, pulito.

Sto rinunciando a ricercare spasmodicamente l'equilibrio, sono passato al cambio automatico. E, tempo fa, precisamente lo scorso 23 giugno, ho sentito di nuovo il profumo di cocco, e mi sono innamorato perdutamente, all'improvviso, ancora una volta, di una Jennifer Parker, LA Jennifer Parker, che poi è sparita, chissà in quale luogo, chissà in quale epoca... Eppure, io mi innamorerei di lei ancora miliardi di volte. Mi innamorerei di te ancora, ancora e ancora, Mary! Nello stesso travolgente modo. E lo rifarei per il resto della vita. Pure se, per il resto della vita, fossi destinato ad aspettarti. A cercarti. A perderti. A perdermi. Perché in fondo, se volessi ironizzare, se fossi nelle condizioni di farlo, ecco, direi che conoscerti non è stato un granché: ora so che non sarà più come prima, che non potrò più accontentarmi. Ora so che cercherò i tuoi occhi negli occhi del resto del mondo.

E verrei a prenderti con un cavallo bianco. Alato. Lo stesso di sempre. Come ho già fatto milioni di volte... Oppure in braccio, come farebbe qualunque principe azzurro che si rispetti. E sbaglierei ancora strada, ma alla fine ti porterei in un pub da sfigati, e al Gianicolo. E poi sulla spiaggia. E ti bacerei ancora, sotto le stelle, ché baciarsi sotto le stelle, di notte, in riva al mare, non è roba da adolescenti, è la cosa più bella del mondo. È semplicemente il modo migliore di vivere la nostra vita. E adesso lo so, Mary. Finalmente lo ricordo...

IL NOSTRO PASSATO RENDE
POSSIBILE IL NOSTRO FUTURO.

36
Davanti agli occhi

In cuffia suona Lisa Jaeggi
con *Heartache*

Lunedì 18 dicembre 2015

A dicembre associo il profumo della buccia di mandarino spezzata e l'odore dell'albero di Natale che compravamo e addobbavamo tutti gli anni in casa dei miei, oggetto di competizione e scherno con gli altri parenti, era una gara a chi lo faceva più grande e più bello, più armonico e più luminoso...

Ormai sono anni che non ne addobbo più uno, di albero di Natale, e il profumo del mandarino non lo sento più, e non so se dipenda da me o da lui, dal vuoto che sento dentro o dal rumore che ho intorno, dalla sua buccia o dal mio cuore.

Col tempo, ti rendi conto che non puoi pretendere di cercare con gli occhi quello che non riesci più a vedere col cuore. Col tempo, ti rendi conto che il profumo della buccia spezzata di mandarino devi avere voglia di sentirlo, ci devi mettere la pelle, il sudore, i sogni, i segni, devi crederci, perché è quella, la tua fede. Quella è tutta la tua vita. Quella sarà la fune, subito dopo che il terreno sotto i tuoi piedi si sarà frantumato come cristallo, lasciandoti in balia del vuoto, il tuo.

Il vuoto... Ecco, ecco Mary, guarda come siamo messi... il vuoto... Dài, vieni qui! Che poi usciamo, ci mettiamo in un angolo, sul marciapiede, e parliamo, ti va? Ti racconto tutto, di quel colpo che mi ha steso, di quello che mi ha salvato la vita, del rumore che sento soprattutto quando sono solo e non parla nessuno, e del rumore che faccio quando sento il vuoto dentro che avanza. E la gente, il vuoto dentro, è convinta di poterlo colmare solo perché sente l'esigenza di farlo, perché ne sente il fottuto bisogno, per non morire, per non perdersi per sempre. Invece la verità è che quel buco che ci ha spezzato in mille parti non si colma mai, e se non stai attento si mangia tutto quello che gli sta intorno.

Se ti va, Mary, ti dico dello sporco, dello sporco che ho nel cuore, quello mio e degli altri, perché gli altri, quando se ne vanno, quando ti abbandonano steso giù per terra, ti lasciano un sacco di resti, detriti, schifezze, e poi, dopo che se ne sono andati, non puoi dire: "Non è roba mia", devi imparare a conviverci. Sì che è roba tua, come con le cicatrici, pure se non te le sei fatte da solo sono tue, sono le tue cicatrici, perché quella è la tua pelle, perché quello è il tuo cuore.

Vieni, te lo faccio vedere quello che c'è dentro, non avere paura. Magari nel frattempo apriamo questa bottiglia di rosso, la voglio aprire per te, l'ho tenuta per una grande occasione, è tutto quello che posso offrire, e tu sei una grande occasione. Se ti va, nel frattempo, mi tieni per mano, se ti va nel frattempo piango un po', qui sul marciapiede, perché sto bene qui, così, per strada, con te, mentre tutto il resto continua a essere quello che è, come se niente fosse, come se non avesse memoria di quello che è già stato, continua a essere quello che io non voglio più vedere, lo specchio del vuoto che non voglio più colmare. Abbracciami, ché siamo qua, io e te, senza se e senza ma, con una bottiglia e un mazzo di fiori, con lo sporco e i colpi presi, senza strutture e maschere, nudi su questo marciapiede, a fare l'amore con le nostre imperfezioni, a dirci le cose come stanno, a coccolarle, a raccoglierle per metterle in ordine, secondo la nostra cazzo di logica, a volte sballata e bizzarra, altre fredda e spietata. Ma se non ce lo spiegano, qual è quello giusto, per noi l'ordine delle cose è questo: il nostro. Tienimi per mano, amore, non temere, non è la fine del mondo, non è la fine del mondo, è solo un po' della mia vita, è solo un po' di verità, è solo un po' di quello che resta, poi tutto ricomincia... Tutto ricomincia. E io non ti lascio andare, Mary.

Tu sei la mia più grande occasione.

Sono seduto sul mio divano rosso, e lo fisso per essere certo che non sia davvero un marciapiede, o forse sperando che in fondo lo sia... Guardo la mia mano e cerco quella di Mary, ma le mie dita non sono intrecciate con le sue. Sento di avere gli occhi stanchi e pesanti, ho ancora il vestito addosso, la giacca e la cravatta blu a pois bianchi, nodo perfetto, mentre nella stanza suona ormai da ore, in loop, Lisa Jaeggi con *Heartache*.

Bevo del rum e fisso una foto presa dalla scatola delle vecchie cose. Quelli dell'età mia possono ancora rivendicare il privilegio di avere sia l'hard disk con trentaseimilatrecento scatti sia la scatola di cartone griffata Superga o Nike con dentro foto sviluppate e un po' sbiadite, insieme a qualche lettera d'amore e all'accendino con la scritta "Kiss".

Nella foto ci siamo quasi tutti: io mamma e papà, Lorenzo e Daniele, i miei zii, i cugini piccoli e quelli più grandi. Io indosso un maglione verde con i rombi, molto brutto, di due taglie più grande, uno di quelli a collo alto. Avevo i brufoletti tipici dei preadolescenti, però ridevo...

Fisso la foto e cerco di ricordare a chi stessi rivolgendo quel sorriso tanto leggero e spensierato, tanto semplice e sincero, tanto evocativo e potente. Fisso il mio viso e penso che no, non ero teso, nemmeno un po', sembrava davvero tutto perfetto, i colori, gli sguardi, la musica, il profumo... Sembravamo davvero felici. A me, la felicità, m'ha sempre messo paura solo nominarla, fin da piccolo, ché è un attimo che passa e poi *boom*, ti ritrovi là sotto, laggiù, a cercare i pezzi, a rimontare il Lego... E allora io il Lego non lo montavo proprio, lo lasciavo nella scatola, mi bastava la foto sulla confezione per sapere come sarebbe potuto essere. Ecco, devi avere coraggio per essere felice, un sacco di coraggio per montare il Lego e giocarci come se nessun pezzo dovesse mai staccarsi e cadere, come se nessun incastro potesse mai perdersi.

La prima volta che ho visto Mary, il primo istante, la prima frazione di attimo sono stato felice, incredibilmente felice... Ma, subito dopo, ho provato un contraccolpo di terrore al pensiero di ciò che potevo perdere, del vuoto che poteva lasciare, eppure a differenza di quasi tutte le altre volte l'ho voluta tantissimo, quella felicità, perché, vedi Mary... Fra le cose che non ti ho mai detto c'è che la prima volta che ho incrociato il tuo sguardo ho pensato che mi saresti mancata per il resto della vita, perché dal primo momento, oltre a perdermi nei tuoi occhi, ho anche capito che non saresti mai stata mia. Certe cose le sappiamo fin dall'inizio, le sentiamo subito, ma qualche volta facciamo finta di niente, perché è bello giocare anche per perdere, ed è quello che è successo con te: ho perso tutto quello che potevo perdere: la testa, il cuore, il fiato e le chiavi di casa, in una frazione di secondo... E lo rifarei millemila volte, perché perdere, con te, è stato bello da morire. Perdere il controllo, perdere le strutture, perdersi nel mondo e nella vita. Perdere. Forse la strada giusta la troviamo solo quando ci perdiamo. Forse ci perdiamo solo quando la strada è quella giusta. Ma questo non vuol dire che adesso io non stia anche fottutamente male, che non senta questa fitta così forte nel cuore.

Accendo una sigaretta, la pesco da un pacchetto di Marlboro incastrato fra le bottiglie degli alcolici, nella credenza, e uso l'accendino "Kiss", che dopo così tanti anni ancora funziona. Aspiro, fino in fondo, trattengo e soffio fuori. Ho appena ricominciato a fumare. Avevi ragione, Mary, non vale la pena smettere del tutto.

Mi volto per posare il bicchiere di rum sul tavolino, ma prima cerco di spostare la catasta di giornali, riviste e quotidiani che ci tengo sopra, oltre alle scatole e ai vestiti. Dovrei smetterla di conservare tutta questa roba al solo scopo, non so, di rileggere un articolo o approfondire una recensione: è così tanta che è impossibile trovare un buco libero. Alla fine appoggio il drink su un quotidiano di chissà quanto tempo fa, è lì da giorni, lo fisso senza interesse tutte le mattine mentre faccio colazione. È del 2 dicembre, oltre due settimane fa, ed è aperto a pagina 22, l'ultima prima della cronaca di Roma. Evidenziato a penna, un titolo "Calopresti è *Uno per tutti*", l'avevo sottolineato per ricordarmi di prendere il DVD di questo film.

Poi l'occhio mi cade sul primo articolo della pagina accanto: "Uccisa giovane donna durante rapina in antica gioielleria romana". Si tratta della rapina da Carlo, ovviamente. Nei giorni successivi al fattaccio ho avuto un moto di rifiuto verso i milioni di articoli comparsi dappertutto, quella storia tanto brutta e drammatica mi aveva sconvolto profondamente. Anche adesso, quando ci penso mi fa ancora lo stesso effetto. Eppure stavolta inizio a leggere l'articolo, e mentre lo leggo, man mano che lo leggo, inizio a sudare freddo, sento i brividi lungo tutto il corpo, e i piccoli dettagli che non vorrei vedere a un certo punto diventano segnali, e poi fari isolati nel buio. Il fruscìo che sento nel cuore diventa rumore assordante, e le schegge di vetro bagnate dal rum schizzano e rimbalzano sotto il divano, sui miei piedi, sul tappeto, nelle fughe delle mattonelle – sono le schegge del bicchiere andato in frantumi, spaccato in mille pezzi, quello che mi è appena caduto di mano. Sto urlando, sto urlando come nessuno mai, sto piangendo come nessuno mai, ma non si sente il minimo suono, nessuno può aiutarmi perché nessuno può sentirmi, perché nessuno può vedere quanto tremo, e i miei occhi sono spalancati e fissano il vuoto, la stanza gira, gira silenziosamente, crollando come nel bel mezzo di un terremoto micidiale, di uno tsunami devastante e potentissimo: intorno e dentro di me crolla ogni cosa, l'universo implode, va giù, risucchiato nell'antimateria, tutto è buio, ora tutto è buio...

Era Mary. Era Mary... Il nome, la collana che le avevo fatto fare... Il biglietto che le avevo messo in tasca... "Mariangeles Serafini Rodriguez"...

Durante il nostro primo scambio di battute mi aveva confidato di avere un nome di origine argentina che i suoi avevano voluto fortemente per omaggiare il nonno nato a Buenos Aires, ma aveva anche ammesso che Mariangeles, per ragioni di carattere personale legate al rapporto con la famiglia, proprio non le piaceva, e allora era Mary, per tutti. Poi non ne avevamo più parlato, e io non c'avevo più pensato.

Chiudo gli occhi e loro fanno il giro della testa, come per cercare un punto di vista meno doloroso, senza successo. Nulla. Non sento più nulla. La mia mano immobile con la sigaretta che brucia e la combustione di carta e tabacco che, padroni del vuoto, producono scintille, scoppiettìi e coriandoli di cenere destinati a depositarsi, insieme al vetro e al rum, sul tavolo, sulle mie ginocchia, sul pavimento, su tutto il resto.

I rumori d'assestamento, quelli di casa, sempre gli stessi, quelli a cui, nel tempo, inconsciamente, impari a dare un nome e una posizione precisa, nello spazio e nel cuore. Ora li posso osservare, e posso osservare la mia vita, quella che ho davanti ai miei occhi. E posso osservare la sua, quella che ho dentro i miei occhi.

Adesso è tutto chiaro. Mary era andata a prendere la collana che le avevo fatto fare da Matteo, un artigiano orafo, artista stimato in tutto il mondo che a volte collabora con Carlo. L'ultima volta che l'avevo vista le avevo messo un biglietto in tasca, mentre la baciavo, di nascosto: "Via della Spiga, 12. Entrando, puoi consegnare il codice allegato a questo biglietto. Quello che ti daranno in cambio è solo un piccolo pensiero per te, creato per te, un piccolo segno del mio amore. Spero ti piaccia... L.". Sul retro era spillato un codice che in gioielleria avrebbero riconosciuto.

Era una collana in argento e cuoio, creata con uno stile a metà fra il punk e l'etnico. «Deve rappresentare indipendenza» avevo detto a Matteo, «è il mio anello di fidanzamento per lei, è un simbolo di amore» avevo aggiunto. Poi mi ero preoccupato di fargli avere una lista di canzoni da ascoltare mentre progettava, per prendere ispirazione. Il risultato finale ero stato sublime, "l'ottava meraviglia" l'aveva battezzata Matteo. E a ragione.

Mary aveva scelto me.

Da un momento all'altro realizzo tutto, sento nel cuore qualcosa che non è facile descrivere, non è più disperazione, e forse nemmeno gioia, è vita, sento la vita che mi scorre nel cuore, sento il vento in faccia, come in una rinascita, come qualcosa che finisce perché deve iniziarne un'altra ancora più grande e meravigliosa, come una stella che si spegne per permettere a un'intera galassia di nascere e crescere dando vita a miliardi di altre stelle e di altri pianeti. C'è un momento pieno di musica nell'universo: violini e pianoforte, galassie che danzano e si attraggono, buchi neri che ruotano velocemente l'uno intorno all'altro, per poi fondersi in una sola cosa, incredibilmente colma d'energia, potentissima, mentre l'universo si espande verso l'infinito. Verso la poesia. Questo è quel momento, il mio momento di musica, il nostro momento di musica, e l'universo sta danzando per noi... Sorrido, tutto d'un tratto sorrido e, come fossi in trance, vado verso la porta di casa, la apro ed esco senza nemmeno richiuderla, perché non serve chiudere qualcosa che non aprirai mai più. Non serve proteggere qualcosa che non è più tuo, che non appartiene più al tuo cuore.

Piove, cammino sotto la pioggia, per strada, allento la cravatta, ne sciolgo il nodo, la sfilo dal colletto, la prendo tra le mani e senza nemmeno accorgermene la lascio cadere, la lascio andare...

Avevo tutto davanti ai miei occhi: la mia vita, il mio dolore, la rabbia, la musica, la disperazione, mio padre, i miei sogni, la mia famiglia, le rinunce, la paura, il coraggio, il terrore, il mio amore, Mary, la verità. La verità... E avevo perso tutto, tutto pietrificato, mummificato, come in un coma, come in un sonno che giorno dopo giorno diviene sempre più profondo e alla fine ti conduce a una morte lenta e inesorabile. Poi è arrivato un angelo, il mio angelo, la pietra più rara e preziosa mai esistita, e ha deciso di mettere sul piatto tutta la sua vita per salvare la mia, silenziosamente ha preferito me a se stessa, ha deciso che per dare un senso al nostro amore, a tutto l'amore del mondo, alla nostra intera esistenza, ecco, per darle un senso, lei doveva morire, doveva morire per me, per risvegliarmi, per resuscitarmi... E allora io non posso fare altro che andarmela a prendere, la mia vita, la nostra vita, adesso, in questo momento, e mentre lo penso, mentre lo faccio, tolgo la giacca e lascio andare anche quella, mentre scendono lacrime che forse sono di dolore o forse di felicità, e piove forte, e io cammino con un passo sempre più incalzante verso quello che stavo perdendo senza nemmeno accorgermene, verso tutti quei colori che non potevo più vedere, verso tutta quella musica che non riuscivo più a sentire.

Ehi, Mary! Ehi, Mary, guardami, mi vedi? Sto recuperando tutto l'amore che avevo perso, guardami, sto camminando verso la mia vita, verso il mio sorriso, ed è tutto merito tuo! Continuo quasi correndo e, saltando, passo fra le macchine, i negozi e la gente col cappotto e l'ombrello che mi squadra con aria sospettosa, diffidente e incredula, ecco, mentre piango e rido e corro e urlo e canto, sbottono la camicia sfilandola dai pantaloni e poi, dopo averla tolta, la appallottolo tutta nelle mie mani, fino a farla diventare quanto un pugno, quanto un cuore, e la porto al naso per sentire per l'ultima volta che odore ha la morte, che odore ha la non-vita, di che sa un'occasione sfumata, poco prima di gettarla a pochi centimetri da me... Mary, amore mio, guarda! Guarda come batto la morte! Guarda come la getto dietro di me, nel mio passato remoto! E piove ancora forte, e adesso corro, corro a perdifiato, come non ho mai corso, l'acqua scivola sulla pelle, sulle imperfezioni, sugli occhi, fra le dita, nei capelli, sulle labbra e pure sulle ferite, quelle chiuse, quelle aperte, e si mischia col sudore, e con la saliva, e con le lacrime, e grazie alla pioggia, o per colpa della pioggia, nessuno saprà mai cos'era davvero. Forse perché non era niente, o forse perché era tutto...

La vita mi travolgerà ancora con tutta la sua bellezza, con tutto quel vento in faccia, con tutta quella pioggia piena d'amore e di sorrisi e speranza e futuro, e io non opporrò più nessuna resistenza. Io non avrò più paura. Riprendo fiato, ho corso così forte e così lontano che non riconosco più i luoghi intorno a me, sono disorientato, abbasso lo sguardo e mi rendo conto di aver perso anche le scarpe, senza accorgermene, e i pantaloni sembrano non stare su, e poi sono enormi, lunghissimi... Guardo le mie mani: sono piccole, minuscole. E lisce. Mi specchio nella vetrina di un negozio. Quello che vedo è sconvolgente, o così dovrebbe essere: sono io a essere diventato piccolo.

Mi avvicino alla vetrina, e guardo l'immagine riflessa. Lì c'è il piccolo Luca, in quell'immagine ci sono io bambino, avrò otto o nove anni. Capelli a spazzola, bocca a cuore, cicatrice sul sopracciglio, occhi grandi, quello sinistro, come adesso, come sempre, leggermente più chiuso. Come è possibile? Mentre mi specchio mi sfioro con le mani, tocco il mio viso, i miei capelli. Dovrei essere sconvolto ma non lo sono, anzi, sono felice. Spaesato ma felice. Mi giro e la città è diversa, non so dove sono, mi sono perso ancora, ma questa volta è proprio quello che volevo, e forse è proprio ciò che mi restituisce quel senso di appartenenza e di serenità che mancava nel mio cuore da milioni di anni.

Entro in un bar, passano *Smells Like Teen Spirit* dei Nirvana, su un tavolino c'è un giornale, "La Fiat fa Cinquecento, presentata l'erede della 126". Guardo la data: 18 dicembre

1991. Il barista mi guarda, io gli sorrido e lo saluto con un cenno della mano.

Adesso fuori c'è il sole, non piove più, io esco e giro l'angolo. Non riconosco la zona, ma riconosco lei, davanti a un enorme portone di legno verde in stile vittoriano. È la bambina che incontrai alle giostre, quella che mi regalò la barchetta di carta fatta con origami che ho conservato per anni, quella stessa bambina che nel tendermi la mano per regalarmi la barchetta mi rivolse il primo sguardo d'amore della mia vita. Ricordo che io presi il dono, la guardai negli occhi di sfuggita, in modo frettoloso, senza impegno, senza cuore, e mi rigirai. Non la considerai affatto, in quel momento, non le chiesi nemmeno il nome, non le dissi né ciao né grazie, non una parola. Poi, incredibilmente, ho ripensato a lei per anni. Ricordo anche che dopo pochi minuti misi la mano in tasca e presi la barchetta per guardarla: fu una rivelazione. Era la barchetta più bella del mondo.

Mi voltai per cercare la bambina, ma lei non c'era più, sparita. Quel piccolo gesto era stato profondamente significativo, immenso, ma io non avevo saputo coglierlo, era davanti ai miei occhi, ma non fui in grado di vederlo, non la filai perché troppo preso a rincorrere tutto il resto, tutto quello che pensavo mi servisse: la ruota spaziale illuminata, le macchine da scontro con i lampeggianti, i flipper e i videogiochi pieni di effetti speciali...

Adesso lei è lì, è con il papà, lui pare un tipo serio, la classica persona tutta d'un pezzo: alto, imponente, elegante. Uno di quegli uomini d'affari che sanno il fatto loro. Anche lei è ben vestita, sembra una piccola principessa, ha delle scarpette blu scuro sopra a dei calzini rossi che le arrivano al ginocchio, un vestitino di lana rosa con risvolti e ghirigori sulle spalle, e i capelli legati in una treccia lunga, lunghissima. Schiena dritta, composta, silenziosa. Osserva il papà, quasi venerandolo, senza dire nulla, lo guarda dal basso verso l'alto. Lui non se ne accorge, è intento a parlare con un uomo, anch'egli molto elegante e serio, indicano il palazzo di fianco a loro, quello dal grande portone verde. Lei deve amarlo molto, lo ammira come rapita, però, nello stesso tempo, sembra triste. Ha bisogno di qualcosa. Ogni tanto gli tocca la gamba, e fa per abbracciarla, o gli sfiora la mano con la sua, poi la ritira, per non farsi vedere, sembra quasi volergli dire: "Ehi, io sono qui, concentrati su di me, ho bisogno di te!", poi ritorna subito composta e abbassa lo sguardo.

Mi avvicino e lei mi riconosce subito.

«Ciao» le dico a bassa voce, sorridendole.

«Ciao» risponde lei, fissandomi.

«Volevo ringraziarti per il regalo che mi hai fatto, la barchetta...»

Lei mi guarda ancora con quei suoi occhi meravigliosi, di un colore che non è solo un colore, e non solo uno, ma tanti colori insieme, qualcosa che solo un'altra volta ho già visto... Poi, senza dire una parola, esplode in un sorriso che sa di liberazione e gioia, di attesa e di bellezza, un sorriso che, più che un sorriso, sembra un miracolo...

«Io sono Luca, e tu... tu come ti chiami?» le chiedo, continuando a sorriderle...

Lei esita un attimo e poi, sospirando, con compostezza e un filo di voce, dice: «Mariangeles».

«Mariangeles...» lo ripeto lentamente, e trattengo un attimo il respiro, e trattengo un attimo le lacrime, e trattengo un attimo la mia vita, e la sua, e tutto l'universo...

«Mariangeles, ti va di darmi la mano?»

L'amore, la vita, e le cose preziose... Sono davanti ai nostri occhi, e ci sfuggono nell'affannato tentativo di cercarle, e così le perdiamo, ma erano lì, assurdo, erano proprio lì: davanti agli occhi.

Compra dei pennarelli, colora il mondo!

Potrà capitarti di pensare che questo mondo non faccia per te, questa cosa potrebbe succederti subito dopo aver sentito la lama entrare e bruciare, all'improvviso, inaspettatamente. Forse sarà perché tuo padre ti ha lasciato per sempre, o perché l'ha fatto l'amore della tua vita. Forse sarà la delusione per quello che credevi fosse il tuo più grande amico. Magari sarà la salute, o i soldi. O il lavoro. Ma non è mai tutto perduto, fidati, la bellezza è dietro l'angolo. Davanti agli occhi.

Compra dei pennarelli, colora le zone grigie del tuo cuore. Colora il mondo. Guardalo ancora con gli occhi di un bambino, sarà quel misto di follia e voglia di sognare che ti renderà tanto fragile e vulnerabile e, nello stesso tempo, l'uomo più fortunato del mondo. Siamo intoccabili solo quando i nostri pensieri e le nostre azioni coincidono con i nostri sogni. Nessuno può toccare i nostri sogni, ma i nostri sogni possono toccare chiunque. Ecco, adesso specchiati, e di' a te stesso che con quelle cicatrici sei più bello, più interessante, più umano, e sappi che ti renderanno più forte, ogni volta più forte. Quindi rialzati e vai. Anche quando avrai l'impressione di esserti perso e non saprai dove andare, tu vai!

Roby

Luca. Luca, Luca, Luca, Luca...
Oddio, scrivo il suo nome ovunque
come un'adolescente. Faccio la dura.
Sono spaventata, ma non penso che
a lui. Al suo modo di guardarmi,
vedo speranza nei suoi occhi
ma anche timore, a volte persino
rabbia. Lui vorrebbe tutto e subito.
Ma come faccio? Come?
Buttare all'aria tutto?
Rinunciare alla mia storia con Giulio?
Ma cosa mi sto raccontando...
Giulio...
Giulio è una storia che non sento.
Mi dispiace, ma non la sento come
la mia storia.
E Luca? Rischio con lui?

Con un uomo di cui so poco e niente?
Mi chiedo e mi racconto queste cose, ma so molto bene che ho imparato più cose di lui in poco tempo che di me stessa in una vita intera. Ma cosa dico?
Lo conosco appena...
Lo conosco appena.
Però, se chiudo gli occhi, ripercorro a memoria i lineamenti del suo viso. Il modo di piegare la testa di lato... Lo fa quando è in imbarazzo, quando è intimidito.
Il calore delle sue labbra e delle sue mani. La notte a Fregene.
"Quella" notte a Fregene.
Quella notte ci siamo dati tanto, ci siamo dati tutto.

Non faccio che pensarci.
Io, che mi credevo immune a
queste emozioni forti.
Non è così, è evidente.
Mi hai stravolto la vita, Luca.
Cazzo. E ora?
La mia vita, che credevo perfetta,
non scorre più come prima.
Era scandita da ritmi precisi,
ordinati. Ora l'unico ritmo che
conosco è quello del battito del
mio cuore, ogni volta che penso
a te. Cioè sempre.
Cosa faccio?
Vorrei chiamarti, vorrei parlarti.
Lo so che è quello che vorresti
anche tu, Luca.
Mi manchi, cazzo.

L'ho trovato il tuo foglietto, sai
lo giro e rigiro tra le mani.
So cosa significa usarlo.
Significa credere nella vostra
vita. Significa credere in
tutto quell'amore.
Significa andare fino in fondo.
Ma cosa devo fare?
Cosa voglio fare?
Ci dormo sopra, è meglio.
Niente, sono le 4 e ancora gli
occhi non si chiudono.
Ho messo il foglietto sotto il cuscino...
Scema, eh?
Come se potesse suggerirmi qualcosa
nei sogni.
Non è necessario.

So cosa voglio. Ora lo so.
Inutile nascondersi ancora.
Mi manca il fiato. Aiuto.
Userò quel foglietto per fare
ciò che ho sempre saputo,
che ho sempre voluto.
Scelgo te. Scelgo noi.
Non so cosa accadrà, ma
scelgo noi. Aspettami, amore.
Aspettami.
Voglio dirti tutto ciò che ancora
non ti ho detto.
Voglio guardarti come ancora
non ti ho guardato.
Scelgo te. Scelgo noi.
Hai vinto tu, galletto...

Mary

Ti giuro...
(Metti le cuffie insieme a me, stiamo scrivendo a Mary...)

Mentre scrivo
in cuffia suona Emeli Sandé
con Read All About It, Pt. III.

Ti giuro che ci sarò quando arriverà il freddo, quando ti sentirai tradita, ingannata da qualcuno a cui avevi donato il tuo cuore e tutta la tua fiducia.

Ti giuro che mi farò trovare lì, in quell'angolo di felicità dove saprai di poterti sedere quando avrai bisogno di sorridere, quando le tue certezze vacilleranno insieme a quelli che pensavi fossero i tuoi sogni.

Ti giuro che ci sarò, e li ricostruiremo insieme, i sogni, ne inventeremo di nuovi, amore mio, perché nulla possa spegnere il tuo sorriso.

Ti giuro che soffierò sulle nuvole, comprerò dei pennarelli gialli e disegnerò il tuo sole, con quelli blu colorerò il tuo cielo, e appoggerò il tuo cuore proprio lì, su quelle nuvole bianche come la panna.

Ti giuro che non permetterò a nessuno di sfiorarti, se non per una carezza, e non permetterò al mondo di ignorarti, se non per permetterti di ballare libera da sguardi indiscreti, e non permetterò alla vita di lasciarti da sola al buio, se non per farti guardare meglio le stelle e la luna, ma in quel caso ci sarò io, con te, a prenderti per mano, e non avrai più paura!

Ti giuro che mi farò trovare al posto giusto quando ci sarà da scegliere da che parte stare e, amore, io starò sempre dalla tua, senza esitare, senza timore. Perché è l'unica cosa che voglio e desidero. Perché è quella la mia *parte giusta*!

Ti giuro che saprò sparire quando vorrai volare senza di me, in quei momenti in cui avrai bisogno di sentirti libera e leggera, io ti guarderò da lontano, e ti proteggerò con lo sguardo.

Ti giuro che saremo insieme quando arriverà quel momento, quando il terreno crollerà e davanti agli occhi solo vuoto, ecco, amore, non ci perderemo nemmeno lì, non ci perderemo nemmeno adesso, dammi la mano, perché in quel vuoto voleremo insieme...

Luca

Playlist

1. The National con *About Today*
2. Neil Young con *My My, Hey Hey (Out Of The Blue)*
3. Filippo Gatti con *Il pilota e la cameriera*
4. Ligabue con *Balliamo sul mondo*
5. The Smiths con *Please Please Please Let Me Get What I Want*
6. Vasco Rossi con *Dillo alla luna*
7. Dimartino con *Amore sociale*
8. Diego Mancino con *Le cose inutili*
9. Coldplay con *A Sky Full Of Stars*
10. Marracash con *Bastavano le briciole*
11. Kansas con *Dust In The Wind*
12. Cousteau con *You My Lunar Queen*
13. Brunori Sas con *Una domenica notte*
14. Asaf Avidan con *Love It Or Leave It*
15. Daniele Silvestri con *Tutta colpa di Freud (Il giardino di Psiche)*
16. Archive con *Again*
17. Belle & Sebastian con *Piazza, New York Catcher*
18. Tiziano Ferro con *La paura non esiste*
19. Muse con *Madness*
20. Jovanotti con *Mi fido di te*
21. The Strokes con *80's Comedown Machine*
22. Beirut con *The Rip Tide*
23. Tiromancino con *La descrizione di un attimo*
24. The Killers con *Shadowplay*

25. Eels con *Things The Grandchildren Should Know*
26. Pacifico (feat. Manuel Agnelli) con *In cosa credi*
27. Radiohead con *Idioteque*
28. J-Ax con *Piccoli per sempre*
29. Wire con *Mannequin*
30. Soap&Skin con *Voyage Voyage*
31. Pearl Jam con *Black*
32. Fedez (feat. Francesca Michielin) con *Cigno nero*
33. Francesco De Gregori con *Pezzi di vetro*
34. All Time Low con *Remembering Sunday*
35. Virginiana Miller con *Anni di piombo*
36. Lisa Jaeggi con *Heartache*

Ringraziamenti

Grazie, mamma, per avermi insegnato tutto quello che so, per avermi insegnato a sorridere, per essere la mamma più bella del mondo. Per essere la persona più importante della mia vita. Grazie, Marco Emanuelli, per rappresentare qualcosa di difficilmente esprimibile in poche righe, il nostro, è sempre stato un rapporto speciale ed esclusivo, e questo non cambierà mai. Grazie, Federica Maccioni, perché trovarti ha significato un po' salvare me stesso di continuo, e questo non ha prezzo. Grazie, papà, per quella magia che permette alle anime di comunicare anche quando non possono farlo fisicamente. Grazie, Nadia Manca, grazie per un'infinità di cose, prima di tutto per l'amicizia sincera e profonda che supera il tempo e qualunque distanza, senza contare l'enorme aiuto passato e quello specifico per la realizzazione della prima importantissima edizione autopubblicata di questo romanzo, quella da cui è nato tutto. Sei nel mio cuore in un modo prezioso, unico e indelebile. Grazie, Franco Valenzano, per le nuvole, per la barchetta, per aver creduto sempre in me, per avermi spinto a trovare il coraggio di "essere povero". Ti porto dentro in un modo raro e speciale. Grazie, Mimmo Calopresti, per essere l'amico che sei, umile e speciale. Grazie, Angela Barile, per l'aiuto, per la fiducia. Ti voglio bene. Grazie, Giusi Terranova, dolcissima e preziosa amica. Grazie, Letizia Pierleoni, per l'amicizia a cui tengo tanto. Grazie, Raffaella Buccigrossi, per il supporto sempre prezioso. Grazie, Valentina Sangiorgi, per l'amicizia importante e il supporto. Grazie, Valentina Loi, per il sostegno e la dolcezza. Grazie, Rosaria Fallucchi, per l'aiuto costante e la fiducia. Per l'amica preziosa che sei. Grazie, Nadia Falconieri, perché ti voglio bene. Grazie, Francesca Merico, per la dolcezza. Grazie, Silvia Checchia, per la dolcezza e l'amicizia. Grazie, Serena Volpicelli, per la fiducia e l'amicizia profonda. Grazie, Alberto Di Majo, grande giornalista e autore, che ha dimostrato al mondo che chi crede davvero in qualcosa non ha bisogno che lo faccia qualcun altro prima di lui. Grazie per aver creduto in me! Grazie, Donatella Mugnano, amica e ottimo avvocato, grazie per il supporto legale e per i consigli, qualunque autore meriterebbe un avvocato come te. Grazie, Benny, per la consulenza e l'antica amicizia. Grazie, Giorgio Petrollo, il "terzo fratello", per le lacrime e le risate, grazie per tutto quello che io e te sappiamo. Grazie, Caffeina, per il supporto e l'amicizia. Grazie, Giampaolo Emanuelli, per l'amore e i vuoti colmati. Grazie, Carlo Maria Bassi, per avermi mostrato cosa significhi essere "signori", non scordo. Grazie, Francy Meleleo, per l'amicizia e per il gruppo fanclub. Grazie, Antonella Popolizio, amica e grande avvocato penalista. Grazie per sopportarmi! Grazie, Vittorio Lattanzi, per la consulenza musicale. Grazie, Bianca Ninci, per l'amicizia. Grazie, Bruna Gottardi, per il supporto e l'amicizia. Grazie, Valentina Notarberardino, per i racconti sul mondo della fotografia e per l'amicizia. Grazie al gruppo Facebook "Quelle che non possono più vivere senza un romanzo di Roberto Emanuelli", nemmeno io potrei più vivere senza di voi. Grazie, Silvia Gollini, amica storica e meravigliosa cantante. Grazie, Cristina Tarantino, per l'aiuto e l'amicizia. Grazie, Alfredo Catalfo, per l'amicizia a cui tengo. Grazie, Daniela Antacido, per la dolcezza con cui mi sei amica. Grazie, Annarita Barone, ti voglio bene. Grazie, Manuela Valvo, per l'amicizia e il sostegno. Grazie, Michele Rossi, per la bella persona che sei, per la professionalità, per l'amicizia che ci lega. Grazie, Margherita Pigliapochi, per l'enorme supporto professionale. Grazie, Arianna Curci, per la dolcezza e la professionalità. Sei brava! Grazie, Marinella Amici, per sostenermi con grande fiducia. Grazie a tutte le amiche e gli amici che mi hanno aiutato e supportato nelle precedenti versioni di *Davanti agli occhi*. Grazie, due volte, ci tengo, Angela Barile, Federica Maccioni e Valentina Loi, per aver lavorato con me anche il 31 dicembre e l'1 gennaio, senza mai farmi pesare la cosa, con serietà e cura, con amore e dolcezza, io non ho davvero parole per ringraziarvi, questo testo deve tantissimo anche a voi, io non mi scorderò mai e spero anzi di poter restituire un po' di così tanto bene!

Grazie a tutte le donne incontrate nella mia vita per aver ispirato, senza nemmeno saperlo, tutto questo. Ogni donna meriterebbe di essere felice. Non ce ne sono alcune che lo meritano più di altre. Io non sono stato sempre impeccabile, scusatemi, se potete, perdoniamoci, se possiamo. Certi scambi, certe storie... sono meravigliose per il solo fatto di essere nate. Qualche volta la rabbia e il risentimento prendono il sopravvento, ma possiamo annullarli con l'amore, possiamo innamorarci tutti i giorni di questa nostra bellissima vita, anche se a volte sembra impossibile. Fra un po' di anni ci guarderemo indietro e sorrideremo. Non so come o dove o con chi, ma ci volteremo sorridendo, e troveremo fantastico il fatto di esserci incontrati.

E poi...

... grazie a tutto il gruppo nato intorno alle mie pagine sui social, in particolare su Facebook e su Instagram, quel gruppo che poi è diventato la mia famiglia, anime rare, impossibile citare tutti, siete tanti, ma solo per pochi, vi sento sotto la pelle, dentro le ossa, nel cuore. Grazie, mi avete regalato un sogno e io vorrei poterne restituire un po', anche solo un po', perché il bene ha senso solo quando si rimette in circolo e si rinnova. Solo quando si prende e si restituisce. Siete bellezza!

Siete luce!

Siete solo per pochi!

Siate solo per pochi!

E prima di tutto, non scordatelo mai, siate il vostro più grande amore! Ecco, vi auguro di sapervi guardare dentro, di sapervi amare. Di saper vedere tutta la meraviglia che vi rende speciali. Di non permettere mai a nessuno di mancarvi di rispetto, di umiliarvi. Di tenere accanto al vostro cuore solo chi ha voglia di occuparsi davvero della vostra vita con la massima delicatezza possibile. Con la massima attenzione.

Siamo solo per pochi perché sorridiamo a tutti senza compiacere nessuno, perché inseguiamo il nostro sogno ma facciamo il tifo anche per quello degli altri. Perché è solo se impariamo a credere nel prossimo che possiamo specchiarci negli occhi di chi ci guarda e vederci più belli e meno soli. Le guerre, semplicemente, cessano quando smettiamo di farle. Un cuore senza odio residuo è un cuore pronto al meglio. E io ho ancora voglia di immaginare un mondo dove le persone si agitino per essere con le persone e non contro le persone. Quanta gente vedo arrendersi, prendendo il "meno peggio" per paura di non poter prendere più niente, senza capire che, in quel modo, stanno rinunciando a tutto. Noi non smetteremo mai di concederci chance di felicità, perché non conta quanti fischi ci siamo beccati, conta che abbiamo il cuore e il coraggio di salire ancora su quel palco, di metterci la faccia, di provarci ancora. Io mi ritrovo qui, su questo palco, pieno di paura ed eccitazione, mi ritrovo qui davanti a questo pianoforte, davanti a questo vuoto dove posso perdermi o volare, a eseguire questo brano pieno di blues e passaggi complicati e per me impegnativi, senza spartito, a braccio, seguendo solo il ritmo del mio cuore, mi ritrovo qui, davanti a questo pezzo che mi rende vivo e felice, che mi fa sentire il vento in faccia e la vita nelle mani, e questo è grazie a voi. Ho suonato questa melodia per me, per non morire, e per voi, per non mentire. Se vi è piaciuta – per favore – non fatemi l'applauso, datemi un bacio, venite qui e abbracciamoci. E se volete davvero farmi un regalo, fatela ascoltare ai vostri amici, questa mia melodia, questo pezzo di cielo che ho rimesso al suo posto, perché scelgano di vivere davvero seguendo il cuore e l'istinto. Questa è la nostra storia. Questa è la nostra vita...

... e noi siamo solo per pochi!

#siamosoloperpochi
#robertoemanuelli
#davantiagliocchi

A CHE PENSI? :)

NON SIAMO ANCORA IN CONTATTO?
ENTRIAMOCI...

WWW.FACEBOOK.COM/ROBERTOEMANUELLIOFFICIAL

WWW.INSTAGRAM.COM/ROBERTOEMANUELLIOFFICIAL

Indice

Questo volume è stato stampato presso ELCOGRAF S.p.A.
nel mese di marzo 2018
Stabilimento – Cles (TN)
Stampato in Italia